瘋狂亞當

MADDADDAM

Margaret Atwood

瑪格麗特・愛特伍——著　何曼莊——譯

獻給我的家人
以及獻給賴瑞・蓋諾（Larry Gaynor, 1939-2010）

目次

瘋狂亞當三部曲：前情提要

《瘋狂亞當三部曲》前兩部為《劍羚與秧雞》和《洪水之年》，《瘋狂亞當》是第三部。

第一部　劍羚與秧雞

故事一開始，雪人住在海邊一棵樹上，他以為那致命的流行病橫掃全球之後，自己是唯一倖存的人類。離他不遠處，住著克雷科人，是由天賦異稟的克雷科用基因工程創造出的溫順近人類。曾經，克雷科與雪人是最好的朋友，但他們同時迷戀美麗神祕的奧麗克絲，而成為情敵。

克雷科人不受性嫉妒驅使，不貪婪，不穿衣服，也不需要驅蟲劑和動物蛋白質——克雷科深信這些都是造成人類不幸和地球退化的因素。克雷科人有交配期，身體的某些部位會在這段期間呈藍色。克雷科設法讓他們沒有象徵性思維也不懂音樂，但他們自創了一種怪異的歌唱方式，還發展了一種宗教，把克雷科視為造物主，奧麗克絲為動物的守護神，雪人則勉為其難地當了他們的先知，是他帶領克雷科人離開了天塘這個高科技圓頂屋——也就是創造他們的地方——來到他們現在居住的海邊。

在瘟疫爆發之前，雪人叫做吉米，他的世界被畫分為一個個園區——具有高科技菁英且戒備深嚴的公司，這些集團透過他們共有的保全部隊，也就是公司安全衛隊，來掌控社會——以及在園區牆外的平民區，社會中其餘的人在這裡的陋巷、城郊和購物中心裡居住、購物，以及相互欺騙。

吉米在奧根農場度過他的童年，他的父親在那負責器官豬的基因工程，這些豬是專門養來提供臀臟、大腦組織等人體器官移植基因轉殖豬。後來，他父親轉到康智公司這家健康養身集團工作，少年吉米就在康智中學認識了克雷科，他那時叫做葛林，他們因為一起上網看色情片和玩複雜的線上遊戲而成為好友。遊戲中有一種叫「大滅絕」，由瘋狂亞當這個神祕組織運作，亞當為活著的動物命名，瘋狂亞當則替死亡的動物命名。他們發現，只能透過一個聊天室聯繫瘋狂亞當，而聊天室只限受信任的遊戲大師加入。

克雷科和吉米在克雷科進入資金雄厚的沃特森．克里克學院後就失去了聯繫，學文的吉米則勉強進入瑪莎．葛蘭姆學院。奇怪的是，克雷科的母親和繼父相繼死於一種讓他們溶解的怪病。後來，一個代號瘋狂亞當的生物恐怖組織，開始用基因改造動物和微生物來攻擊公司安全衛隊以及維持控管的基礎建設。

吉米與克雷科多年後重逢，克雷科當時負責天塘計畫圓頂屋，他重組基因，創造出克雷科人。他同時研發喜福多藥丸，同時保證性滿足、避孕，與駐顏。吉米很驚訝地發現天塘裡許多科學家的名字與大滅絕遊戲裡的使用者名稱相同，事實上，他們正是原本活躍於瘋狂亞當的生物恐怖分子，克雷科透過聊天室找到他們，允諾免責作為他們協助天塘計畫的交換條件。但是喜福多暗藏了一種成分。上市時，恰巧與造成人類滅絕的流行病幾乎同一時間。其後導致的混亂中，奧麗克絲和克雷科雙雙去世，留下了吉米和克雷科人。

對於死去的奧麗克絲和背叛自己的克雷科，雪人始終擺脫不掉那些回憶。他亟欲渴望更好的未來，於是帶著重病跟深深的內疚，徒步登上天塘計畫圓頂屋，他知道那裡一定找得到武器和物資。途中，那些逃逸的基因改造動物悄悄跟蹤他，包括凶惡的狗狼和巨大的器官豬，這些動物具有人類的大腦組織，非常狡猾。

《劍羚與秧雞》的最後，雪人發現除了自己以外，還有三個人也從瘟疫倖存。他是否應該拋棄克雷科人，加入他們？或者，基於對同類相殘傾向的了解，出手殺了他們？《劍羚與秧雞》以雪人默默思考其決定作結。

第二部　洪水之年

《洪水之年》描述的故事，發生的時間與《劍羚與秧雞》相同，但以園區圍牆外的平民區為背景。故事隨著亞當一創立的環保宗教團體上帝之園丁會展開。身為園丁會的領導群，亞當和夏娃們負責傳授經文及其如何自然交融，傳播對萬物的慈愛、科技帶來的威脅、公司組織的邪惡、摒棄暴力，還有如何在窮困的平民區屋頂上，培育蔬菜和蜜蜂。

故事從園丁會創園二十五年開始，即無水之洪——園丁們都這樣稱呼那場瘟疫——發生的那年。桃碧持老舊步槍藏身在泉馨芳療館裡，留意外面是否有其他倖存者，特別是澤伯。她一直對熟悉街頭生存之道的前園丁會成員心存眷戀。桃碧違反園丁會規章，對經常衝進她菜園的器官豬開了一槍。那一天，她看見遠處一隊裸體的人類經過，帶頭者是個衣衫襤褸的鬍子男，對雪人和克雷科人一無所知的她，還以為這只是幻覺。

在這同時，年輕的芮恩被關在鱗尾痲煩間裡，那是她上班的脫衣舞夜總會。瘟疫爆發以前，痛彈場的人把夜總會砸個稀爛——那些人是公司關起來的囚犯，他們被丟到痛彈競技場上，被迫殘忍消滅對手而失去人性。芮恩知道，除非童年好友亞曼達及時前來開門救她，否則她會餓死在這裡。

很久以前，桃碧落到了痛彈場出來的虐待狂布朗可手中，那是她在討厭的祕密漢堡攤工作時的老闆，後來她被園丁會的人救出，成為一名夏娃，專攻蘑菇、蜜蜂和藥水。年邁的琵拉爾——她跟許多園丁一樣，是從公司逃出的生科難民——她私底下依然與公司裡的線人有聯繫，其中包括少年克雷科。

芮恩曾經是桃碧在園丁會的學生，跟強悍卻很有魅力的鼠民亞曼達在一起。芮恩的母親琉森與澤伯一起逃離了康智園區，但後來因澤伯無法給她承諾，她在芮恩十三歲時，憤而離開園丁會，回到康智園區。芮恩受正值青春期的吉米吸引，到頭來卻還是被拋棄，她選擇鱗尾夜總會跳舞謀生，對她來說這已經是最好的出路。

澤伯和他的支持者不贊成亞當一和平主義的做法，便脫離了園丁會，在瘋狂亞當的聊天室結識並加入活躍的反公司生物恐怖分子。其他園丁會的成員，被公司安全衛隊逼得躲藏起來，只好繼續準備靜待無水之洪的來襲。

現在——創園二十五年——亞曼達終於到鱗尾夜總會救出了芮恩。在歡慶的當下，她們的三個園丁會友人——薛克頓、柯洛齊和奧茲——被布朗可和其他兩個痛彈人追到這裡。稍後五個年輕人便逃離此處。芮恩和亞曼達在途中遭到痛彈人強暴，亞曼達被綁架，奧茲則被殺害。

芮恩克服萬難來到了泉馨芳療館，在桃碧的照顧之下，她恢復了健康。隨後兩人啟程尋找亞曼達，一路閃躲兇蠻的器官豬攻擊，還要對付惡毒的布朗可，最後她們在小公園的泥草屋裡找到一些生還者，其中有澤伯，還有瘋狂亞當成員，也有幾個前園丁會成員，他們都相信亞當一還活著，正在尋找他的蹤跡。

桃碧和芮恩決心進行從痛彈場人手中營救亞曼達的危險任務。在海邊，她們意外發現了一群奇怪的半藍人營地，他們表示見過兩個男人和一個女人，桃碧和芮恩猜想那應該就是亞曼達和綁架她的痛彈場人，她們找到這三個人時，雪人因傷口感染、而引發幻覺，還想用他的天塘噴槍射她們。

《洪水之年》到了結尾，痛彈場兩人被綁在樹上，芮恩照顧著飽受摧殘的亞曼達和渾身發燙的雪人，桃碧為每個人舀湯，慶祝聖朱利安與眾靈魂日，膚色泛藍的克雷科的孩子們，唱著怪誕歌曲，沿著海岸，朝他們逼近。

蛋

Egg

這個故事，是關於蛋、奧麗克絲與克雷科，以及他們如何創造人和動物；關於混沌；關於雪人吉米；關於臭骨頭和兩個壞人的下場。

一開始，你們都住在蛋裡，克雷科就是在那裡創造你們。

是的，善良、仁慈的克雷科。請你們不要再唱了，不然我沒法繼續講故事。

蛋又大又圓，又白，猶如半個氣泡，裡面的樹長滿綠葉，還有草和莓果，全是你們喜歡吃的東西。

是的，蛋裡面會下雨。

不，那裡面不會打雷。

因為克雷科不希望蛋裡面會打雷。

而蛋的四周則是混沌，有許許多多與你們不同的人。

因為他們多了一層皮。那層皮叫做衣服，是的，就像我的一樣。

而他們之中有很多壞人，殘酷地對待彼此，互相傷害，對動物也一樣。像是……我們現在不用談這些。

奧麗克絲為此感到非常悲傷，因為那些動物都是她的孩子。只要她傷心，克雷科也會很傷心。

在蛋的外面，混沌無所不在，但是蛋裡面一點也不混亂，很平靜。

而奧麗克絲每天都會來教導你們，她教你們吃什麼，怎麼生火，讓你們了解那些動物——她的孩子。她還教你們對受傷的人做呼嚕聲。克雷科則守護著你們。

是的，善良、仁慈的克雷科，拜託你們不要再唱了。你們不需要每次都唱，我相信克雷科喜歡聽你們唱歌，但是他也很喜歡這個故事，他很想繼續聽。

然後，有一天，克雷科擺脫了混沌和那些傷人的人，為了讓奧麗克絲快樂，也為了清理出一個安全的居住空間給你們。

是的，那真的讓東西臭了好一陣子。

後來，克雷科去了他現在住的天上，奧麗克絲也隨著他去了。

我不知道他們為什麼去那裡，必定是有很好的理由，而且他們把雪人吉米留下來照顧你們，吉米帶你們搬到海岸，每到**魚節**，你們都會抓一條魚給他，他會吃掉。

我知道你們絕不會吃魚，但雪人吉米與你們不一樣。

因為如果他不吃魚，就會生重病。

因為他生下來即是如此。

然後有一天，雪人吉米去找克雷科。他回來的時候，腳上受了傷，你們就對那傷口呼嚕，但並沒有好轉。

後來，兩個壞人來了，他們是那團混沌的殘留物。

我不知道為什麼克雷科沒有除掉他們，可能他們那時躲在灌木叢裡，所以他沒有看到他們。可是他們捉走亞曼達，殘忍地傷害了她。

我們現在不需要談這些事情。

雪人吉米試著阻止他們。然後，我來了，芮恩也來了，我們捉住那兩個壞人，並用繩子將他們綁在樹上，然後圍坐在營火旁喝湯。雪人吉米喝了湯，芮恩和亞曼達也喝了湯，甚至連那兩個壞蛋也喝了湯。

對，那湯裡是有骨頭。沒錯，一根臭骨頭。

我知道你們不吃臭骨頭，但是許多奧麗克絲的孩子喜歡吃這種骨頭。小山貓會吃，浣鼬、器官豬和綿羊獅也都吃臭骨頭，就連熊也會吃。

我以後再告訴你們熊是什麼。

我們現在不用再講臭骨頭的事了。

他們全都在喝湯的時候，你們帶著火把來了，因為你們想幫雪人吉米，因為他的腳受了傷，也因為你們發覺那裡有些女人是藍色的，所以你們想跟她們交配。

你們當時對那兩個壞人一無所知，也不明白他們為什麼被繩子綁起來，他們脫逃到樹林裡，不是你們的錯。別哭啊。

沒錯，克雷科一定很生這些壞人的氣。或許他會來點雷。

是的，善良、仁慈的克雷科。

拜託不要再唱了。

繩子

Rope

繩子

那天晚上發生的一連串事件，讓人類的惡毒天性再次橫行世間，後來桃碧編了兩個故事：第一個故事她可以講得出口，講給克雷科的孩子們聽，有快樂的結局，或者可以說她盡量讓結局聽起來比較好。第二個是她講給自己聽的故事，這個就沒那麼愉快了，部分關於她個人的愚蠢、她的粗心大意，但也跟速度有關，所有的一切發生太快。

她當時總是很累，當然，她因為腎上腺素驟降吃了不少苦。畢竟她已經精神緊繃了整整兩天，承受許多壓力，又沒什麼東西吃。

她和芮恩在前一天離開了安全的瘋狂亞當泥草屋，那裡還躲了幾個逃過滅絕人類的全球性流行病倖存下來的人。她們倆一直追蹤芮恩的好友亞曼達的下落，幸好及時找到了她，因為她快被那兩個痛彈場人折磨消耗得差不多了。桃碧對這些男人的行徑相當熟悉：她在加入園丁會之前就差點被他們其中一個給弄死了。只要能在痛彈場撐過一次，就算活著，頭腦也肯定縮小如爬蟲類般。他們一貫的行徑就是一直性交，直到把你榨乾，然後，你就成了晚餐，他們喜歡腎臟。

痛彈場的兩個傢伙正在為吃一半的浣鼬吵架，又爭著要不要去攻擊克雷科人，還有接下來要怎麼處置亞曼達，這時桃碧和芮恩蹲在灌木叢裡，芮恩嚇壞了，桃碧但願她不要昏倒，但管不了，因為她自己正忙著鼓起勇氣開槍。要先射鬍鬚男，還是短髮男？另一個來得及拿起噴槍嗎？亞曼達幫不上忙，她連跑都不行：他們在她頸子上綁了一根繩子，另一端則綁在那個鬍鬚男的腿上。只要桃碧走錯一步，亞曼達就死定了。

然後，有個古怪的男人踉蹌地從灌木叢中出來，他赤裸的皮膚上到處都是曬傷和結痂，手裡緊握著噴槍，幾乎要射光所有在場的人，就連亞曼達也不例外，但此時芮恩一邊尖叫一邊往空地跑去，分散了他的注意力，桃碧一步站出，步槍瞄準痛彈場人，讓亞曼達掙脫捆綁。兩個痛彈場人在幾個胯下踢跟石塊砸之後被綁起來，用的是他們自己的繩子和粉紅色布條，從桃碧穿的泉馨芳療館全身防曬罩衫撕下來的。

芮恩連忙去照顧還在驚嚇中的亞曼達，以及那個滿身結痂、她稱之吉米的裸男。她用罩衫剩下的布把他裹起來，溫柔地對他說話，就像他是久別重逢的男友。

現在局面比較明朗，桃碧覺得可以放鬆一些。她用園丁會呼吸法穩定自己，隨著附近海浪舒緩的節奏呼氣和吸氣，浠——唰，浠——唰，直到她的心跳緩和，恢復正常節奏。接著她煮了湯。

然後月亮升起。

高掛的月亮標示著園丁會聖朱利安與眾靈魂日的開始，頌揚上帝對世間萬物的慈愛和憐憫。神將宇宙捧在掌心，諾威奇的聖朱利安從許久以前就用她的玄祕預言教導我們：寬恕為懷、修養慈愛，所有破鏡必將重圓。眾靈指的是全部的靈魂，不論他們做過什麼，至少從月升，到月落。

園丁會的亞當和夏娃們一旦教過你什麼，你就永遠不會忘記。在這樣的夜晚，要她冷酷地宰殺這些痛彈場人——幾乎是不可能的事，而且他們那時已被緊緊綁在樹上了。

亞曼達和芮恩綁的，她們以前在園丁會一起上學的時候，用回收材料做過很多手工藝品，所以精通編結。那兩個人被她們綁得像個繩結藝術品。

在那萬福的聖朱利安之夜，桃碧把所有的武器都擱在一旁——她的老舊步槍跟痛彈人和吉米的噴槍。然後她扮起了慈祥教母，為大夥兒舀湯，讓每個人都分得一點營養。

她肯定是被自己那崇高和慈愛的樣子給迷住了，她讓所有的人在這夜晚圍著暖暖的火坐著喝湯——甚至包括還在創傷中緊繃不已的亞曼達；還有全身燒得顫抖、對著火焰中已死女子說話的吉米，甚至還包括那兩個痛彈人。她真的以為他們會改變信仰，然後開始擁抱小白兔嗎？奇怪的是，她在分骨頭湯的時候，竟然沒有對他們說教。一些給你，一些給你，還有一些給你！拋棄仇恨和毒惡！來到光環裡！

但仇恨和毒惡令人上癮，它能讓你嗨，你一旦試了，少了它就開始發抖。

他們喝湯的時候，聽到沿海樹林裡的聲音越來越近。那是克雷科的孩子們，克雷科人——一群住在海邊，經過基因重組後的近人類。他們拿著松木火把，唱著清澈嘹亮的歌曲，列隊穿過樹林。

桃碧以前只匆匆看過他們一次，且是在白天。這時月光和火把的光芒將他們照得閃閃發亮，更加美麗。他們有各種不同的膚色——棕、黃、黑和白色——身高不一，但每一個都很完美。女人都露出安詳的笑容；男人則完全處於求愛的狀態，他們手裡捧著花束，赤裸的身體如同十四歲青少年閱讀的漫畫裡描繪的一樣，展現出理想的身體樣貌，每塊肌肉和每處凹陷都格外分明、亮麗。他們那大得極不自然的鮮藍色陰莖，彷彿友善小狗的尾巴，左右搖晃。

後來桃碧一直記不起事件經過，如果那也算是有順序的話，其實那比較像在平民區的街頭鬥毆：急促的動作、相互糾纏的身體和嘈雜的聲音。

藍色在哪裡？我們聞到了藍色！你看，雪人在那兒！他好瘦啊！他病得好嚴重！

芮恩：啊，糟了，是克雷科人。萬一他們想要……你看他們的……慘了！
克雷科的女人看到了吉米：我們得幫助雪人！他需要我們為他呼嚕！
克雷科的男人嗅著亞曼達：她就是藍色！她有藍色的氣味！她想要跟我們交配！把鮮花給她！她會很高興！
亞曼達嚇壞了：不要靠近我！我不……芮恩，救救我！四個高大俊秀的赤裸男子，手裡拿著花向她逼近。桃碧！把他們趕走！向他們開槍啊！
克雷科的女人：她生病了。我們得先為她呼嚕，讓她好一點。要給她魚嗎？
克雷科的男人：她是藍色！她是藍色！我們好快樂！唱歌給她聽！
另一個也是藍色。
那魚是要給雪人的。我們必須留著魚。
芮恩：亞曼達，妳最好把花收下，不然，他們說不定會生氣或是怎麼樣……
桃碧發出細小微弱的聲音：求求你們，聽我說，往後退，你們嚇到……
這是什麼？是骨頭嗎？幾個女人盯著湯鍋裡猛瞧：是妳在吃這根骨頭嗎？聞起來好臭。
我們不吃骨頭。雪人也不吃骨頭，他吃魚。妳為什麼要吃臭骨頭呢？
是雪人的腳聞起來像骨頭，像禿鷹留下來的骨頭。喔，雪人，我們必須為你的腳呼嚕！
渾身發燙的吉米：妳是誰？奧麗克絲嗎？但妳已經死了。所有的人都死了。世界上所有的人全都死了……他開始哭泣。
不要難過，噢雪人。我們是來幫助你的。
桃碧：妳們最好不要碰……那已經感染了……他需要……
吉米：哎呦！幹！

噢雪人，不要亂踢，這樣會傷到你的腳。她們其中幾個開始做呼嚕聲，發出如食物攪拌器的聲音。

芮恩大聲呼救：桃碧！桃碧！嘿！放開她！

桃碧往火堆的另一邊望去，亞曼達消失在那忽暗忽明、叢叢赤裸的男人肢體和背脊中。芮恩衝進人堆裡，卻也很快被吞沒了。

桃碧：等等！不要……住手！她該怎麼辦？真是一個重大文化誤解。她要是有一桶冷水就好了！

桃碧聽到悶悶的哭喊聲，急著要去幫忙，可是……

其中一個痛彈人喊道：喂！你們給我過來！

這些人真難聞，像骯髒的血腥味。血在哪裡？

這是什麼？一根繩子。他們為什麼被繩子綁起來？

雪人以前住在樹上的時候，給我們看過繩子。繩子是用來為他蓋房子的。噢雪人，這兩個人為什麼被這根繩子綁著呢？

這繩子傷到他們了。我們必須把它解開。

一個痛彈場人說：對啊，沒錯！我們他媽的痛死了。他呻吟著。

桃碧：不要碰他們，他們會……

另一個痛彈場人說：媽的快一點，藍色蛋蛋，趁那個老婆娘還沒……

桃碧：不要！不要鬆綁……這些人會……

但已經太遲了。誰曉得克雷科人解繩結竟然會那麼俐落？

那兩個男人消失在黑暗中，留下一堆纏成一團的繩子和四散的餘燼。白癡，桃碧心想，原本就該狠下心來才對，拿石頭砸爛他們的頭，或是用刀子割斷他們的喉嚨，連一顆子彈也不會浪費。妳是個笨蛋，沒有採取行動就等同過失犯罪。

火漸漸熄滅，無法看清楚，但她很快清點剩下來的東西：最起碼她的步槍還在，老天留情，可是痛彈場人的噴槍不見了。蠢蛋，她對自己說，妳的聖朱利安和普天慈愛搞的好事。

亞曼達和芮恩抱在一起大哭，旁邊幾個美麗的克雷科女人擔憂地撫摸她們，倒在地上的吉米正對著一堆煤炭講話。他們越快回到瘋狂亞當的泥草屋越好，因為他們在黑暗中就像活靶，痛彈場人可能會回來找剩下的武器，如果發生這種情況，桃碧已經很清楚這些克雷科人幫不上什麼忙。你為什麼打我？克雷科會生氣！他會打雷！她要是打倒痛彈場的人，克雷科人會盡力阻止她發射了結的那槍。喔，妳砰了一聲，有人倒了，他的身體上有個孔，血從孔裡流出來了！他受了傷，我們必須幫助他！

但即使痛彈場人暫時不來，森林裡還是有許多掠食者。小山貓、狗狼、綿羊獅，更糟糕的是那些龐大的野豬。而且現在城市和路上沒有半個人影，誰曉得那些從北方下來的熊會多快到呢？

***

「我們現在就得走。」她對克雷科人說。幾個頭轉向她，幾雙綠色的眼睛同時看著她。「雪人必須跟我們一起走。」

克雷科人全都開始講話。「雪人一定要和我們一起！我們應當把雪人帶回他的樹上。」「這就是他喜歡的，他喜歡樹。」「對，只有他能夠與克雷科交談。」「只有他能告訴我們克雷科的話，和蛋的故事。」「還有混亂。」「還有奧麗克絲，她創造了動物。」「還有克雷科如何趕走混亂。」「善良、仁慈的克雷科。」他們開始唱歌。

「我們必須去拿藥，」桃碧著急地說，「不然，吉米——不然，雪人可能會死。」他們空洞的目光落在她的身上。他們到底懂不懂死亡是怎麼回事？

「什麼是吉米？」他們困惑地皺著眉頭。

她犯了一個錯誤：講錯了名字。「吉米是雪人的另一個名字。」

「為什麼？」「為什麼它是另外一個名字？」「吉米是什麼？」他們對此似乎比對死亡還感興趣。

「是不是雪人身上粉紅色的皮膚？」「我也要一個吉米！」最後一個小男孩說了這句話。

怎麼解釋呢？「吉米是名字。雪人有兩個名字。」

「他的名字叫雪人吉米？」

「是的。」桃碧說，因為現在就是。

「雪人吉米，雪人吉米。」他們一個傳一個。

「為什麼有兩個名字？」他們其中一個問，但其他克雷科人將注意力轉移到下一個令他們困惑的字。「藥是什麼？」

「藥是一種幫助雪人吉米好起來的東西。」她設法解釋。微笑：他們喜歡這個說法。

「那麼，我們也一起去，」說話者像是他們的領袖——個子高大，鼻梁高挺的棕膚色男人。「我們會負責抬雪人吉米。」

兩個克雷科人很輕易地把吉米抬起來，他的眼睛讓桃碧感到驚慌：眼瞼間閃著細長白光。「飛起來。」他在克雷科人將吉米一舉揚起的時候說道。

桃碧找到了吉米的噴槍，並把它交給芮恩，但先扣上槍的保險裝置：這女孩不懂得用——她怎麼可能會呢？——但這東西以後一定派得上用場。

她原本以為只有那兩個克雷科人會跟他們一起回去泥草屋，但沒想到所有的克雷科人都跟在後面，連孩子們也是。他們都希望待在雪人身邊。男人們輪流抬他，其餘的人就高舉火把，不時地用他們古怪、如玻璃般清澈的聲音唱歌。

其中四個女人，走在芮恩和亞曼達身邊，一直輕拍、撫摸著她們的手掌或手臂。「奧麗克絲會照顧妳。」她們對亞曼達說。

「不要讓那些藍色老二再他媽的碰觸她。」芮恩對她們大吼。

「什麼是藍色老二？」她們迷惑地問，「什麼是他媽的碰觸？」

「不要就對了，不然，」芮恩說，「不然妳們麻煩就大了！」

「奧麗克絲會讓她快樂，」那些女人說，但是聽起來不是很確定。「什麼是麻煩？」

「我沒事，」亞曼達有氣無力地對芮恩說，「妳呢？」

「妳好個屁！我們還是趕緊把妳帶回瘋狂亞當泥草屋，」芮恩說，「那裡有床鋪，還有抽水機，什麼都有，我們可以好好把妳弄乾淨，還有吉米。」

「吉米？」亞曼達說，「那是吉米？我以為他已經死了，跟其他人一樣。」

「對啊，我原本也這麼想。但其實很多人沒死。嗯，有一些人。澤伯沒死，還有蕾貝佳，妳和我，還有桃碧，還有……」

「那兩個人跑到哪裡去了？」亞曼達說，「痛彈場人。我那時應該抓住機會砸爛他們的腦袋。」她禁不住笑了出來，用鼠民的方式揮去一些傷痛。「那裡有多遠？」她問。

「他們可以抬妳。」芮恩說。

「不用，我沒問題。」

成群的飛蛾圍繞著火把飛舞，他們頭頂上的葉子被晚風吹得發出窸窸窣窣的聲響。他們已經走了多久了？桃碧覺得似乎有一小時，可是在月光下很難掌握時間。他們正穿過遺跡公園往西走，身後的潮水聲離他們越來越遠。雖然那裡有條小徑，她還是不大確定回去的路，但克雷科人很有把握。

她注意聽樹林裡的聲音——腳步聲、樹枝斷裂或是動物的呼嚕聲——她讓自己留在隊伍最後，手裡拿著步槍，準備隨時射擊。有呱呱聲，一兩聲啾啾叫：一些兩棲動物，一隻夜鳥稍微動了一下。她意識到身後的黑暗，自己的影子極度延展，融入更深的暗影中。

他們終於到了泥草屋聚居地。院子裡有顆燈泡亮著，柯洛齊、海牛和塔摩洛水牛持著噴槍在圍著籬笆的院子裡站哨，頭上都戴著從單車店拾來的電池頭燈。

芮恩跑過去。「是我們！」她叫著，「沒事啦！我們找到了亞曼達！」

柯洛齊開柵門的時候，他頭燈的光跟著晃了一下。「做得好！」他大聲叫。

「太棒了！我去跟大夥兒說！」塔摩洛水牛說。她急忙走向主棟。

「小柯！我們做到了！」芮恩說。她丟下一直拿在手裡的噴槍，伸出雙臂摟著他。他將她舉起來，讓她旋轉，並親吻她，然後將她放下來。

「嘿，妳從哪裡弄到噴槍？」他說，芮恩開始哭泣。

「我以為他們會殺了我們！」她說，「他們，那兩個……但你真應該看看桃碧，她實在太厲害了！她用自己那把老槍，然後我們用石頭砸他們，之後我們把他們綁起來，但後來……」

「哇，」海牛說，他望著那些克雷科人一邊聊天一邊通過大門蜂擁而入，「天塘計畫圓頂屋的馬戲團來了。」

「原來，這就是他們，是嗎？」柯洛齊說，「這就是克雷科做的那些裸體怪咖？那些住在海邊的傢伙？」

「我覺得你不應該叫他們怪咖，」芮恩說，「他們會聽到。」

「並不是只有克雷科，」海牛說，「我們也都曾經在天塘計畫中參與製造他們的過程。我、閃狐、象牙啄木鳥……」

「他們為什麼跟妳一起來這？」柯洛齊問，「他們要什麼？」

「他們只是想幫忙。」桃碧說。她突然覺得好累，只想趕緊到她隔間裡倒頭大睡。「還有其他人來過嗎？」澤伯與她同時離開了泥草屋，去找亞當一和其他可能還活著的園丁會成員。她想知道他回來沒，但不想表露得太明顯：園丁們以前常說，思念就是抱怨，而且她向來不輕易流露自己的感情。

「只有那些豬又來過，」柯洛齊說，「牠們想要挖洞穿過菜園圍籬底下。我們用燈來照，牠們就嚇跑了。牠們知道噴槍是什麼東西。」

「自從我們將幾隻變成了培根以後，」海牛說，「算是科學怪肉，因為基因改造。我一直覺得吃起來有點怪怪的，牠們有人類的大腦新皮質組織。」

「我希望克雷科的科學怪人不是要搬來跟我們一起住。」一個與塔摩洛水牛一起走出主房舍的金髮女子說。桃碧記得在她去找亞曼達之前，曾經在泥草屋匆匆見過她。這是閃狐，她肯定有三十多歲了，這時卻穿著一件像是十二歲女孩才會穿的荷葉邊睡衣。她是在哪裡找到這個？桃碧心想。被搶光的麗嬰房還是百元商店？

「妳一定累壞了。」塔摩洛水牛對桃碧說。

「我不知道妳為什麼要帶他們來，」閃狐說，「他們人數太多了。我們無法餵飽他們。」

「不需要，」塔摩洛水牛說，「他們吃樹葉，記得嗎？這是克雷科設計的，這樣他們就永遠也不需要農耕。」

「沒錯，」閃狐說，「妳是負責那個組件。我呢，負責大腦。額葉的部分，感官輸入的更改。我曾設法讓他們比較沒有那麼無趣，可是克雷科要求零上進心，甚至不開玩笑。他們是會走路的馬鈴薯。」

「他們真的很和善，」芮恩說，「最起碼，女人是。」

「我猜那些男的想要跟妳交配，他們會這樣做的。反正不要叫我跟他們講話就是了。」閃狐說，「我要回去睡覺了。大家晚安，祝你們和植物人玩得開心。」她打了個呵欠，伸了下懶腰，然後懶洋洋地離開。

「她的脾氣怎麼這麼壞啊？」海牛說，「她一整天都這樣。」

「我猜是荷爾蒙，」柯洛齊說，「不過，你們看她的睡衣。」

「她穿太小了。」海牛說。

「注意到啦。」柯洛齊說。

「說不定她不高興是有別的原因，」芮恩說，「你知道，有時候女人會這樣的。」

「對不起。」柯洛齊說，他摟著她。

四個克雷科男人離開了大夥兒，跟著閃狐後頭，藍色的陰莖晃來晃去。他們不知道從哪裡又拔了一些花，這會兒正要開始唱歌。

「不可以！」桃碧厲聲說，像在教一群狗，「待在這兒！跟雪人吉米一起！」她要怎麼讓他們明白，即使獻上鮮花，唱著情歌，並搖晃陰莖，他們還是不能對那些非克雷科人的年輕女子一擁而上，就算他們嗅到她們的氣味？但是他們已經在主屋轉角處消失蹤影。

兩個抬著吉米的克雷科人小心地將他放下來，他無力地靠著他們的膝頭。「雪人吉米要待哪裡？」他們問，「我們可以在哪裡幫他呼嚕？」

「他需要自己住一個房間，」桃碧說，「我們會幫他找一張床。」

「我們跟妳一起去，」他們說，「我們要為他呼嚕。」那兩個人又把吉米抬起來，用他們的手臂做成椅子狀。其他克雷科人都圍攏上來。

「你們不能全都來，」桃碧說，「他需要安靜。」

「他可以睡小柯的房間，」芮恩說，「小柯，可以嗎？」

「他是誰呀？」柯洛齊說，他盯著吉米看，吉米這時頭歪向一邊，口水流到滿臉的鬍子上，一隻骯髒的手不時地隔著粉紅色的罩衫搔癢，而且他真的是奇臭無比。「妳是從哪裡把他拖出來的？他幹麼穿粉紅色？看起來像他媽的芭蕾舞星。」

「這是吉米，」芮恩說，「你記得我跟你說過嗎？我以前的男朋友？」

「就是高中時把妳搞得很慘的那個人？那個戀童癖？」

「別這樣，」芮恩說，「我那時已經不是孩子了。他正在發燒。」

「別走，別走，」吉米說，「回到樹這裡！」

「妳還要幫他？他那樣把妳給甩了！」

「嗯，對呀，不過他現在算是英雄了，」芮恩說，「他幫忙救了亞曼達，還差一點，呃，命就沒了。」

「亞曼達，」小柯說，「我沒看見她。她在哪兒？」

「她在這裡。」芮恩說，她指著一群圍著亞曼達的克雷科女人，她們一邊輕撫她，一邊輕柔地對她做呼嚕聲。她們退到一旁，讓芮恩加入她們的圈圈。

「那是亞曼達？」柯洛齊說，「不可能！她看起來像……」

「不要說了，」芮恩說，她將亞曼達抱在懷中，「她明天氣色就會好多了，或者下星期，一定會。」

亞曼達開始哭泣。

「她走了，」吉米說，「她飛走了，器官豬。」

「天哪！」柯洛齊說，「這真是他媽的奇怪。」

「小柯，所有東西都他媽的奇怪。」芮恩說。
「好啦，對不起啦，我快放哨了，我們……」
「我想我得幫一下桃碧，」芮恩說，「這個時候。」
「看來我得睡地上了，既然那個白癡占了我的床。」小柯對海牛說。
「拜託你成熟一點好不好。」芮恩說。
這下可好了，桃碧心想，小情侶鬥嘴。

他們把吉米抬到小柯的臥室，讓他躺在床上。桃碧要兩個克雷科女人和芮恩拿著廚房找到的手電筒幫她照明。然後，桃碧在架子上找到了醫療用品，是出發找亞曼達前存放的。

她為吉米竭盡所能：為他擦澡，把最髒的地方洗乾淨；在傷口表面上塗蜂蜜；抹蘑菇萃取液治療感染。接著用罌粟和柳木舒緩疼痛並幫助好眠。然後，將那些又小又灰的蛆敷在他腳上的傷口，讓牠們啃食受到感染的肉。按氣味判斷，現在不用蛆就會太遲了。

「這些是什麼？」比較高的克雷科女人說，「妳為什麼把這些小動物放在雪人吉米身上？牠們在吃他嗎？」

「好癢喔。」吉米說。他的眼睛半睜著，看來罌粟正在起作用。

「這是奧麗克絲給的，」桃碧說。這似乎是個好答案，因為她們臉上露出了微笑。「這叫做蛆，」她繼續說，「牠們正在把疼痛吃掉。」

「疼痛是什麼味道啊，噢，桃碧？」

「我們是不是也應該吃疼痛？」

「如果我們把疼痛吃了，就可以幫助雪人吉米。」

「疼痛聞起來好臭。它好吃嗎？」

她應該避免使用隱喻。「只有蛆才會覺得疼痛好吃，」她說，「不，妳們不應該吃疼痛。」

「他不會有事吧？」芮恩說，「他有沒有生壞疽？」

「我希望沒有。」桃碧說。那兩個克雷科女人將手放在他的身上，開始做呼嚕聲。

「落下來，」吉米說，「蝴蝶。她走了。」

芮恩朝他俯下身，將他額頭上的頭髮往後撥。「睡吧，吉米，」她說，「我們都愛你。」

泥草屋

Cobb House

早晨

桃碧夢到她躺在家裡那張小小的單人床。身旁的枕頭上有她的絨毛玩具獅子和會演奏曲子的大毛熊。書桌上放著她的古董撲滿、寫作業用的平板電腦、彩色筆和雛菊外殼的手機。廚房裡傳來媽媽的聲音正叫著爸爸，而回應是煎蛋的味道。

在夢裡，她夢見動物。有一隻六條腿的豬；還有長得像貓，卻有雙像蒼蠅的複眼。另外有隻熊，但長了蹄，這些動物無敵意也無善意。這時外面是起火的城市，她聞得到，空氣中的恐懼。沒了，沒了，那個聲音說，如鐘聲敲響。動物一隻接著一隻，走到她身邊，用溫暖、粗糙的舌頭舔著她。半夢半醒之間，她試著抓回消逝的夢：燃燒的城市，使者向她發出警語，告訴她世界已經完全變了；她熟悉的人們早已死去；她愛過的事物已經全被沖走。

就如同亞當一過去常說的，所多瑪的災難即將來臨。壓抑你的悔恨，避開鹽柱，不要回頭。

她醒來的時候，發現魔髮羊在舔她的腿：一隻紅頭的，牠長長的人髮綁成兩條辮子，並繫著蝴蝶結：瘋狂亞當裡某位感情豐富成員的傑作。牠一定是從圍欄裡溜出來的。

「走開。」她對牠說，並用腳輕輕地推開牠。牠用呆滯的目光委屈地看了她一眼——這些魔髮羊的腦袋不是很靈光——然後踩著笨重的腳步，喀噠、喀噠地走過門口。這裡真的需要裝幾扇門，她心想。

晨光穿透掛在窗邊的布，這塊布本是懸掛來防蚊，卻無多大作用。如果他們能找到一些紗窗就好了！但他們必須先裝上窗框，因為泥草屋並不是建給人住的。這原本是小公園裡集市和活動用的倉庫，他們現在暫住這裡，是因為它安全。它遠離城市的廢墟——那裡現在到處都是廢棄的街道，偶有電線走火，抽水機故障後地下水都湧上地面。但是在這裡，沒有建築物倒塌的危險，因為它只有一層樓高，壓垮自己的機會不大。

她掙出被朝露弄濕的被單，伸展雙臂，看看身上是否有扭傷或緊繃感。她累得幾乎不想起床，太累了，又氣餒——昨晚火堆旁的徹底失敗讓她太氣自己。要是澤伯回來，要怎麼跟他說？假定他真回得來的話。澤伯雖然足智多謀，但也不是沒有弱點。

她只期望，他比自己更成功達成任務。有一些園丁會的成員很可能還存活，因為只有他們知道如何熬過這場幾乎滅絕人類的流行病。與他們共度這些年，她從客人變成學徒，最後成為高階夏娃，他們總是在為災難做準備。他們建造了隱密的避難處，儲藏許多物資：蜂蜜、乾燥黃豆和蘑菇、野玫瑰果、糖煮接骨木泥和各種醃製的食物。還有那些種子，他們相信經過淨化的新世界終將來臨，他們要將種子播在那片土地。他們或許會在其中一個避難所裡等候瘟疫過去——在亞拉臘的遮蔽下，期待著自己能平安地度過無水之洪。上帝在諾亞事件給過承諾，再也不會用水的方式，但以世界惡化的情況來看，祂應該正在進行什麼。這是他們的推論。但是澤伯會去哪裡找他們呢？在那城市的廢墟裡？那又該從哪開始呢？

園丁們以前常說，*把你最渴望的事情在心中具象化，它就會昭告天下*，不過並非每次都能成功，至少達不到理想狀態。她最強烈的渴望，就是澤伯平安回來，但他回來的話，她就得再次面對事實：在他眼裡，她落在中性地帶，不涉及情感，沒有性吸引力，沒有其他。她是可信的戰友和步兵：可靠的桃碧，那麼能幹。如此而已。

然後，她必須向他承認自己的失敗。我是個笨蛋。那是聖朱利安與眾靈魂日，我下不了手殺了他們，於是他們逃跑了，拿走了一支噴槍。她不會抽泣，不會大哭，也不會找藉口。他不會說太多，但是他會對她感到失望。

不要對自己太苛刻，亞當一以前常眨著他堅毅的湛藍眼睛說。我們都會犯錯。沒錯，她現在回答他，但是有些錯誤更危險。要是澤伯被其中一個痛彈場人殺了，那就會是她的錯。真是蠢、蠢、蠢，她真想一頭撞向泥草屋的牆。

她只能希望那兩個痛彈場人嚇得跑得遠遠的。但是，他們會一直離他們遠遠的嗎？他們會需要食物，他們可能會在荒廢的房屋或是商店裡搜尋，任何還沒發霉、沒被老鼠吃掉、幾個月前沒有被搶的食物，他們甚至可能轟擊幾隻動物——浣鼬、綠兔或是綿羊獅——但當電池彈藥耗盡時，就會需要更多。

他們知道瘋狂亞當的泥草屋裡會有所需之物，所以他們遲早會按捺不住，來襲擊這裡最弱的一群：他們會綁架克雷科小孩作為交換的籌碼，就像他們之前想交換亞曼達一樣。他們會要噴槍和電池組，外加一兩個女人——芮恩、蓮灰蝶、白莎草或是閃狐——他們不會要亞曼達，他們早就把她榨乾了。或許，他們會想要正在發春的克雷科女人，為何不要呢？他們會覺得很新奇，一個有著鮮藍色腹部的女人；這些克雷科人不是很健談，但痛彈場人根本不會在意。他們還會要桃碧的步槍。

克雷科人會認為這只是分享的問題。他們想要那個棍子的東西？那個會讓他們高興？妳為什麼不給他們，噢桃碧？她要怎麼跟他們解釋不能將殺人武器交給殺人犯？克雷科人不會懂得殺人，他們太輕信別人了。他們永遠也無法想像任何人會想強暴她們——什麼是強暴？或是割開他們的喉嚨——噢桃碧，為什麼？或者把他們切開，然後吃他們的腎——但是奧麗克絲不會允許他們這麼做！

要是克雷科人沒有解開那些結的話，她會怎麼做呢？她會把那兩個痛彈場人押回泥草屋，把他們關起來，一直到澤伯回來接手，然後採取必要手段？

他會進行某種不痛不癢的討論，然後將兩人同時吊死。或許他會跳過這些前置作業，乾脆用鏟子打他們，邊打還邊說：何必弄髒一條繩子？最後的結果會跟她在火推旁直接把他們幹掉一樣。

這種陰鬱的想法應該想夠了。現在是早晨，這些白日夢——澤伯果斷執行的領導行動，幫她履行了原本的職責——該停止了。她得起身到外頭加入其他人，修理修不好的、補救補不好的、去射必須要射的東西，堅守崗位。

早餐

她擺動雙腿下床，兩腳踩在地上，站起來。她覺得肌肉疼痛，皮膚像砂紙，不過一旦起來之後，感覺就沒那麼糟了。

她從架上一堆床單中挑選了一條帶著藍點的淡紫色床單。這裡的每一間臥室裡都有一堆床單，就像以前旅館裡有毛巾一樣。她從泉馨芳療館穿來的粉紅色罩衫已經破爛不已，而且可能沾染上吉米感染的某種病菌，必須燒掉。等她以後有時間，可以將幾條床單縫起來，加上袖子和兜帽，但現在她將那淡紫色的床單裹在身上，有點像古羅馬人穿的托加袍。

這裡不缺床單。瘋狂亞當的成員從城市荒廢的建築物裡搜集來的床單足夠他們用一陣子。另外，他們還有一些做粗活用的長褲和短袖運動衫。但是這些床單比較涼快，而且都是均一尺碼，所以成為瘋狂亞當成員最喜歡的穿著。床單用盡之後，他們就得想點替代品，但那都是幾年，或幾十年以後的事了。要是他們活得了那麼久。

她需要鏡子，不然她很難知道自己看起來有多糟。或許她可以把鏡子寫在下次搜集物資的清單上。另外還有牙刷。

她把裝著醫療物品的背包背在一側肩上，裡頭裝著一些蛆、蜂蜜、蘑菇藥水，還有柳木和罌粟。照料吉米是她第一要務，假設他還活著。不過她必須先吃點早餐：她無法空著肚子面對這一整天，更別說面對吉米那隻潰爛的腳。於是，她拿起自己的步槍，走到屋外耀眼的晨光下。

雖然時間還早，豔陽已經高照。她將床單的一邊拉過頭頂，作為保護，然後望向泥草屋的院子裡。那隻紅頭的魔髮羊還在圍欄外頭。牠嘴裡嚼著一些葛菜，眼睛瞪著菜園圍籬另一端的蔬菜。牠那群還在魔髮羊圍欄裡的朋友正對牠咩咩叫。牠們有各種不同的顏色：銀色、藍色、粉紅色、深褐色和金色。這些動物剛面世的時候，廣告詞是這麼說的：今天有頭髮，明天有魔髮羊的頭髮。

桃碧現在的頭髮就是從魔髮羊移植的：她以前的頭髮沒有這麼烏黑。說不定這就是為什麼魔髮羊到她臥室裡舔她的腿。不是因為她身上的鹽分，而是那淡淡的羊毛脂味。牠或許覺得她是同類。

她心想，只要我不要被其中一隻公羊給撲上就好了。她得小心別顯露像綿羊那般侷促不安的樣子。蕾貝佳一定已經起床，在做飯小屋裡忙早餐。說不定她在供應室裡貯藏了一些散發花香氣味的洗髮精。

芮恩和蓮灰蝶坐在花園附近的陰影處下，在深入交談。亞曼達跟她們坐在一起，正凝視著遠方。園丁們會說她是在休耕狀態。這個診斷能包含許多病情，從憂鬱症到創傷後壓力症候群和長期性吸毒神智不清等等。他們的理論是，當一個人處於休耕狀態，可以養精蓄銳，透過冥想來滋養自己，向宇宙散發出看不見的根絲。桃碧真希望亞曼達的確是這樣子，她以前在伊甸崖屋頂花園的園丁學校，在桃碧班上是個相當活潑的孩子。那是多久以前？十年，十五年以前？往日變成風景畫的速度真是快得不可思議。

象牙啄木鳥、海牛和塔摩洛水牛正在鞏固院子的籬笆。這籬笆在大白天裡看起來很不結實，縫隙又大。他們在老舊的鐵柱上加上各種材料：用膠帶交纏的鐵絲網、各種混搭的柱子，還有一排埋在地裡的尖棍子，尖銳的一端指向籬笆外側。海牛還在加放更多的棍子；象牙啄木鳥和塔摩洛水牛拿著鏟子，站在籬笆的另一邊，好像正在填洞。

「早安！」桃碧說。

「妳來看看這個，」海牛說，「昨晚有什麼東西想要從底下挖洞過來。值班的守衛沒有看到牠們，他們那時正忙著在前院趕豬。」

「有沒有任何足跡？」桃碧問。

「我們覺得可能是那些豬，」塔摩洛水牛說，「真聰明——先分散我們的注意力，然後設法偷偷挖洞。至少，牠們沒進來。」

在籬笆外面一群克雷科男人彼此隔著一定的距離，圍成了半圓形，向外一起撒尿。有個裹著條紋床單的男人，看起來很像柯洛齊——事實上，那真是柯洛齊——與他們站在一起，成為撒尿陣容的一員。

接下來會變成什麼樣子？柯洛齊被克雷科人同化？他會不會脫光衣服，開始清唱，長出一根會在發情期變藍的陰莖？如果前兩條項目是得到第三項的代價，他一定會馬上照做，不久之後，每一個瘋狂亞當的男性成員都會渴望有跟他一樣的陰莖，這一旦起了頭，不用多久就可以看到他們彼此爭奪、戰爭爆發，用棍棒、石頭，以及……

鎮定點，桃碧，她告訴自己。別自找麻煩。妳真的、真的、真的需要來點咖啡。不管哪種咖啡都行，蒲公英根、快樂杯，即使只有黑泥也行。

而要是有酒的話，她也會照喝。

在做飯小屋旁擺著一張很長的餐桌，不知道從哪個荒廢的後院拾來的遮陽帆布鋪在桌上。現在所有院落一定都已荒廢，游泳池要不是龜裂乾涸就是被雜草堵塞，常綠的蔓藤伸展它們探測的觸角，穿過殘破的廚房窗戶爬進屋裡。那些屋子裡四處都是老鼠用嚼過的地毯纖維做的窩，全身無毛的小仔鼠在窩裡蠕動，發出吱吱的叫聲，白蟻挖穿梁柱，蝙蝠在樓梯間盤旋捕捉飛蛾

「一旦那些樹扎了根，」亞當一以前很喜歡對園丁會的核心圈說，「它們一旦扎穩了根，沒有人造建築物能逃過它們的魔掌。它們不但在一年內就會將路面崩裂，也會堵塞下水道，抽水系統一旦故障，地基就會被侵蝕，地球上沒有任何力量能夠阻止那麼強的水流。然後，等發電廠著火或是線路發生短路，更別提核能……」

「那你就可以跟土司早餐道別了，」澤伯有次補充了那冗長的陳述。他剛剛做完神祕的傳訊任務回來，一副疲憊不堪的樣子，身上的假皮黑夾克也被扯破了。他曾經教過小園丁都市殘殺的限制這門課，但他自己並沒有時常遵守。「好啦，好啦，大夥兒都知道，我們全完蛋了。有沒有人有接骨木派？我快餓死了。」澤伯對亞當一並非總是恭敬從命。

很久以前有段期間，各種關於人類失去控制後，世界會如何轉變的臆測成為娛樂，熱門得令人想吐，甚至還有專門的網路電視節目：用電腦合成鹿在時代廣場吃草的影像，許多道貌岸然的專家搖著手指，一副「我們罪有應得」的態度，訓示人類走上的不歸路。

人們對這些節目的忍受是有限度的，收視率一時飆升但不久後即一落千丈便是證明，觀眾用拇指做了選擇，拋下「滅絕時分」：懷舊的人轉到熱狗大胃王比賽實況轉播，喜歡絨毛玩具動物的人轉到辣妹過招式的喜劇，有人轉到「重罪綜合格鬥」去看別人的耳朵被咬掉，要是對世事心灰意冷，不妨轉到線上直播自殺節目「晚安」、兒童色情節目「熱童」，或是「砍頭」執行死刑的實況轉播，這些都比真相更容易下咽。

「你知道我一直追求真理。」那時亞當一說，他有時對澤伯會用委屈的口氣，對其他人則從未如

此。

「對啦，沒錯，我的確知道，」澤伯說，「追尋，就能尋得，終有一天。你找到了。你是對的，我不跟你辯這點。抱歉，我腦袋裡事情太多，口無遮攔。」但他那語氣像是說，你知道我就是這個樣子，就別抱怨了吧。

桃碧心想，要是澤伯在這裡就好了。她腦海中閃過摩天大樓傾倒時，在玻璃碎片和水泥塊中逐漸消失的蹤影；或他長嚎一聲墜入腳下地面突然裂開的深谷，谷底的抽水機和下水道都早已失控；又或者當他漫不經心哼著小曲，身後突然出現的胳臂、某人的手掌、某張臉、一塊石頭、一把刀子……

但一大清早的，想這些不但太早，而且沒有什麼用。於是她試著停下來。

餐桌四周放著搜集來的各種椅子：廚房用的、塑膠的、有坐墊的，還有旋轉椅。桌布有玫瑰花蕾和藍鳥圖案，上面擺著盤子、玻璃杯、咖啡杯和餐具，有的已經使用過了。看起來有點像一幅二十世紀的超現實主義繪畫：每一個物體都超級立體、清晰且線條分明，可是它們全都不應該在這裡。

但為何不可呢？桃碧心想。它們為什麼不應該在這裡？所有的人死去之後，物質世界裡卻沒有任何東西隨其消逝。以前的人口太多，東西不夠；現在恰好相反。但是這些物質卻擺脫了羈絆——我的、你的、他的、她的——自行在外遊蕩，就像二十一世紀初紀錄片播放的景象，那些暴動之後，孩子們用手機聯繫後蜂擁而至，打破商店玻璃隨便拿東西，能帶走多少就拿多少。

現在就是那樣，她想。我們宣稱擁有椅子、茶杯、玻璃杯，全是我們拖來這裡。歷史終結了，但在貨物跟財產用完為止我們還能過得奢華。

盤子看起來像古董，或至少很貴，但即便現在她砸碎整套瓷盤，除了她心底一波漣漪之外，不會激起任何波瀾。

蕾貝佳手裡托著瓷盤，從做飯小屋裡出來。

「親愛的！」她說，「妳平安無事地回來啦！他們跟我說妳還找到了亞曼達！實在太棒了！」

「她的狀況不怎麼好，」桃碧說，「那兩個痛彈場人差點弄死她，然後呢，昨天晚上……我想她受了驚嚇，正處於休耕狀態。」蕾貝佳是老園丁，所以她知道休耕的意思。

「她很堅強，」蕾貝佳說，「她會痊癒的。」

「可能，」桃碧說，「但願她沒得什麼病，也不要有內傷。我猜妳已經聽說了，那兩個痛彈場人跑掉了，還把噴槍也拿走了。我真是搞砸了。」

「有得必有失，」蕾貝佳說，「看到妳還活著，我高興得無法形容。我原本以為那兩個人渣一定會宰了妳還有芮恩，我擔心死了，但是妳現在就站在我眼前。不過，我得說，妳看起來糟透了。」

「謝了，」桃碧說，「瓷盤不錯。」

「吃吧，寶貝，一豬三吃：培根、火腿和豬排。」他們不需要多少時間就違背了園丁會吃素的誓言，桃碧心想，就連傑拉克．蕾貝佳也可以吃豬肉了。「牛蒡根、蒲公英葉；狗排骨當配菜。我要是繼續吃這些動物性蛋白質，一定會變得比現在更胖。」

「妳才不胖哩。」桃碧說。不過蕾貝佳一直都很健壯，甚至在她們成為園丁之前，一起在祕密漢堡賣肉時，她也是這麼壯。

「我也愛妳。」蕾貝佳說，「好啦，我一點也不胖。這些杯子都是真的水晶，我很喜歡，以前可貴得很哩。妳記得在園丁會的時候？亞當一常跟我們說虛榮會害死人，所以不用土陶製品，就該死。不過我看我們終有一天會連碗盤都不用了，就光用手吃飯。」

「就連最純淨、最具奉獻精神的生活，也可以有高雅的空間。」桃碧說，「亞當一以前也常這麼說。」

「沒錯，不過這空間有時候就是垃圾桶，」蕾貝佳說，「我有一整疊亞麻布的餐巾，可是沒有熨斗，我就沒有辦法將它們燙平，真的讓我好煩！」她坐下來，叉起一塊肉放到自己的盤子上。

「看到妳沒死我也很高興，」桃碧說，「有沒有咖啡？」

「有，只要不去想燒焦的小樹枝、樹根和一些亂七八糟的東西。那裡面沒有咖啡因，但我需要它的抗憂鬱效果。我知道妳昨晚帶回一大團人——他們叫做什麼來著？」

「他們是人，」桃碧說，至少我認為他們是人，她心想。「他們是克雷科人。瘋狂亞當成員是這麼叫他們的，我猜他們應該知道。」

「他們絕對跟我們不一樣，」蕾貝佳說，「一點也不像。克雷科那個小混蛋，真是壞了一鍋粥。」

「他們想待在吉米身邊，」桃碧說，「是他們抬吉米回來的。」

「對呀，我聽說了，」蕾貝佳說，「是塔摩洛水牛告訴我的。他們應該回到——他們原來住的地方。」

「他們說他們必須幫他呼嚕，」桃碧說，「幫吉米。」

「什麼？對他做什麼？」蕾貝佳噗哧一笑地說，「是不是他們奇怪的性活動之類的事？」

桃碧嘆了一口氣。「這真的很難解釋，」她說，「妳必須親眼看到才行。」

吊床

桃碧在早餐後去察看了吉米。他睡在用膠帶和繩子湊合做成的吊床上，懸在兩棵樹之間，雙腿上蓋著兒童絨被，上面印有圖案：貓咪拉著小提琴、笑哈哈的小狗、有臉的碟子與露齒而笑的湯勺手牽手，還有脖子上掛著鈴的母牛躍過月亮，而月亮正瞅著母牛的乳房。桃碧心想，真是再適合幻覺病人不過了。

吉米的吊床旁邊有三個克雷科人──兩個女人和一個男人──坐在餐椅上，很有可能跟餐桌是同一套，不但一樣是深色木質、復古的豎琴式椅背，還有黃、棕色條紋緞面椅墊。只是克雷科人坐在這些椅子上看起來很不搭調，但是他們似乎很愉快，好像覺得自己正在冒險。他們的身體像含有金絲的彈性布料般發亮；巨大的粉紅色葛蛾繞著他們的頭頂上飛舞，猶如閃耀的光環。

桃碧心想，他們真是美得異乎尋常，跟我們不一樣。他們一定覺得我們看起來像是次等人類，具有鬆垮多餘的皮膚、衰老的臉孔、歪曲的身體、太瘦、太胖、太多毛，太凸出的骨節。完美是需要付出代價的，但是由不完美的人來支付。

他們每個人都將一隻手放在吉米身上，發出呼嚕聲，那音量隨著桃碧走近就越顯大聲。

「妳好，噢桃碧。」其中一個較高的女人說。他們怎麼知道她的名字？昨晚他們一定聽得比她想得更仔細。那麼，她應該如何回應呢？他們各自叫什麼名字呢？但問他們這個問題是否禮貌？

「你們好，」她說，「雪人吉米今天怎麼樣？」

「他越來越強壯了，噢桃碧。」較矮的克雷科女人說。另外兩個克雷科人露出了笑容。

吉米看起來的確稍微好一點，氣色較紅潤，體溫也降低了，而且睡得很熟。他們已經幫他收拾打理好：梳了頭髮，洗了鬍子。他頭上頂著破爛的紅球帽，手腕上戴著一只錶面空白的圓形手錶，一副掉了一個鏡片的太陽眼鏡歪斜地掛在他的鼻梁上。

「他要是不戴這些東西，可能會比較舒服。」桃碧說，她指著吉米的帽子和太陽眼鏡。

「他必須擁有這些東西，」克雷科男人說，「這些是雪人吉米的東西。」

「他需要這些東西，」較矮的女人說，「克雷科說他必須戴著它們。妳看，這是用來聽克雷科的東西。」她拿起他那隻戴著手錶的手臂。

「他還可以用這個看到克雷科，」克雷科男人指著太陽眼鏡說，「而且只有他可以。」桃碧原本想問那帽子是用來做什麼的，但她抑制住了自己。

「你們為什麼把他搬到外面來？」她問。

「他不喜歡在那黑暗的地方，」那男人說，「那裡頭。」他朝屋子的方向揚了揚頭。

「雪人吉米在外面行動比較自由。」較高的女人說。

「行動？」桃碧說，「在他睡著的時候？」難道他們在形容他們推測吉米正在做的夢？

「沒錯，」那男人說，「他正在往這裡的途中。」

「他正在跑，有時快，有時慢。有時會用走的，因為他累了。有時候那些豬會追他，因為牠們不懂。他有時候會爬到樹上。」較矮的女人說。

「他到達這裡以後，就會醒來。」那男人說。

「他從哪裡出發，開始往這裡來？」桃碧小心地問。她不想表露自己不相信他們的話。

「他那時候在蛋裡面，」較高的女人說，「就是我們一開始待的地方。他與克雷科和奧麗克絲在一起，他們從天上下來與他在蛋裡相見，告訴他更多故事，他就可以把這些故事告訴我們。」

「這些故事就是這麼來的，」那男人說，「但那個蛋現在太黑暗了。克雷科和奧麗克絲可以繼續待著，但雪人吉米不能夠繼續待在那裡。」他們三個向桃碧露出親切的笑容，好像確信她能夠理解他們說的每一個字。

「我可以看看雪人吉米受傷的那隻腳嗎？」她禮貌地問。他們沒有反對，不過他們還是將手放在原來的地方，繼續做他們的呼嚕聲。

桃碧察看布下面的蛆，那塊布是她昨天晚上用來包裹吉米的腳。牠們正忙著清除那些已經壞死的肉，原先的腫脹已經消退，傷口也不再流膿。這一批蛆已經快長成成蟲：她明天必須弄到一些腐爛的肉，放在太陽下，吸引蒼蠅來養一批新的蛆。

「雪人吉米離我們越來越近，」較矮的女人說，「他很快就會跟我們說克雷科的故事，就像他以前住在樹上的時候一樣。但是今天妳必須跟我們講故事。」

「我？」桃碧說，「可是我不知道克雷科的故事！」

「妳會學會的，」克雷科男人說，「一定會的。因為雪人吉米幫助克雷科，妳幫助雪人吉米。就是這樣。」

「妳必須戴上這個紅色的東西，」較矮的女人說，「這叫做帽子。」

「對，帽子，」較高的女人說，「到了傍晚，飛蛾出來的時候。妳必須將雪人吉米的帽子戴在頭上，然後聽這個戴在妳手臂上光亮的圓東西。」

「沒錯，」另一個女人點頭說，「然後克雷科的話就會從妳嘴巴裡跑出來。雪人吉米是這麼做的。」

「看到嗎？」克雷科男人說，他指著帽子上的字：紅襪。「這是克雷科做的。他會幫妳。如果故事裡有動物的話，奧麗克絲也會幫妳。」

「天快黑的時候，我們會帶一條魚給妳。雪人吉米總是會吃一條魚，因為克雷科說他必須吃魚。接著，妳就將帽子戴上，聽克雷科的這個東西，然後講克雷科的故事。」

「對，講克雷科如何在蛋裡面創造我們，如何清除壞人與混沌。還有我們和雪人吉米離開那個蛋來這裡，因為這裡有更多的葉子給我們吃。」

「妳要吃魚，然後像雪人吉米往常一樣跟我們講克雷科的故事。」較矮的女人說。他們用綠色怪異的眼睛看著她，臉上露出安慰桃碧的微笑。他們似乎對她的能力十分有信心。

我有什麼選擇？桃碧想。我不能拒絕。他們可能會失望，然後自行離去回到海邊，那些痛彈場人可以在那裡抓到他們。他們是容易捕獲的獵物，尤其是那些孩子們。我怎麼能夠讓這種事情發生？

「好吧，」她說，「我傍晚過來。我會戴吉米的帽子，我是指雪人吉米，然後跟你們講克雷科的故事。」

「還要聽那個閃亮的東西，」那男人說，「還有吃魚。」這似乎是一種儀式。

「好吧，統統都做。」桃碧說。

糟糕，她心想，但願那條魚會先煮過。

蕾貝佳在收拾早餐碗盤時，以為自己看見樹叢中有張凶惡消瘦的臉在看她。這好像只是虛驚一場，桃碧心想：痛彈場人沒有出現，不僅如此，更令人慶幸的是，蕾貝佳身上沒有被噴槍打個洞，也沒有聽到克雷科小孩被強行拉到樹叢裡的尖叫聲。可是，每個人都還是很緊張。

桃碧請克雷科人的母親們搬到離泥草屋近一點的地方。當她們露出迷惑不解的眼神時，她就跟她們說這是奧麗克絲的指示。

這一天平安無事地過去了。出行的人都沒有回來：薛克頓、黑犀牛和克郎都沒有回來。澤伯也沒有回來。桃碧上午其餘的時間都在菜園裡挖土和除草，這是不用大腦的活動，不但能夠讓她平靜下來，也可以打發時間。有一些雞豆已經開始發芽了，菠菜長得十分茂盛，紅蘿蔔也長出如羽毛般的綠葉。她的步槍就擱在身旁。

柯洛齊和吸蜜蜂鳥將魔髮羊趕到圍欄外頭吃草。他們兩個都攜帶著噴槍：萬一遇上了痛彈場人，他們就會比較有優勢——在武器上是二對一——除非他們受到偷襲。桃碧希望他們走到樹的周圍時，要記得檢查上方：那兩個痛彈場人一定就是從上頭跳下來抓住亞曼達和芮恩。

戰爭為什麼那麼像惡作劇？她心想。兩者都是先躲在樹叢後面，然後跳出來，發出「喝！」或「砰！」的聲音，差別只在流不流血而已。輸的人會尖叫一聲倒下去，然後做出愚蠢的表情，嘴巴張開，兩眼歪斜。在《聖經》裡提到的那些古代的國王，他們用腳踩在被征服者的脖子上，將敵對的國王吊死在樹上，在成堆人頭上手舞足蹈——這種種都包含著幼稚的喜悅。

或許這就是驅動克雷科的動力，桃碧心想，或許他想結束這一切，切除我們的齜牙咧嘴和原生的邪惡，讓我們重新做人。

她提早吃午飯，因為午餐時間她就得持槍守衛。她吃的是冷豬肉和牛蒡根，還有一塊奧利奧餅乾，他們從藥房拾到這包餅乾：這是稀有的零食，得很小心分配給每個人。她掰開自己的夾心餅乾，先舔淨白白甜甜的奶油夾心，才吃那兩片巧克力餅乾：享樂的罪惡感。

在午後的雷雨前，五個克雷科人將吉米和他那條印著童謠故事圖案的絨被一起移到泥草屋裡。下雨的時候，桃碧與他坐在一起，檢查他的傷口，雖然他仍舊昏迷，她還是設法將他的頭抬起來喝一點蘑菇藥水。她的藥水剩不多了，可是她不知道去哪裡找合適的蘑菇來做新的藥水。

只有一個克雷科人跟他們一起留在房間裡，他在做呼嚕聲，其他幾個都到外頭去了。他們不喜歡屋子，寧願被淋濕也不願被關起來。雨一停，那四個克雷科人又回來將吉米帶到外頭。

天空雲散日出，柯洛齊和吸蜜蜂鳥趕著那群魔髮羊回來了。沒有發生什麼事情，他們說；至少沒有可以明確指出的事。魔髮羊有些躁動不安；很難將牠們集中在一起。烏鴉也吵個不停，但這意味著什麼呢？烏鴉總是為了各種事吵個不停。

「躁動不安，是什麼樣子？」桃碧問，「怎麼個吵法？」但是他們無法說得更具體。

塔摩洛水牛在她弓起的背上披著牛仔襯衫，頭上戴著粗帆布的遮陽帽，試圖為一隻產奶的魔髮羊擠奶。但擠奶的過程並不順利，這隻魔髮羊又踢又叫，弄翻了桶子，奶也灑了出來。

柯洛齊在教克雷科人如何使用手壓抽水幫浦：這個原本是復古的裝飾品，現在卻成為他們飲用水的來源。天知道水裡有什麼，桃碧心想，這是地下水，方圓幾英里內所有外洩的有毒物質都可能滲透進去。她會建議他們用雨水，至少作為飲用；但是遠方的火災或者核電廠爐心熔毀都會讓微粒狀物質升到大氣層中的平流層，天知道那裡面又有什麼。

克雷科人很喜愛手壓抽水幫浦；小孩子都跑過來吵著要將抽上來的水淋在他們身上。接著，柯洛齊示範操作瘋狂亞當成員能夠讓其運作的一片太陽能發電板，它連接著兩個燈泡，一個在做飯小屋裡，另一個在院子裡。他試著向他們解釋燈為什麼會亮，但他們感到困惑。對他們來說，電燈泡顯然就像晶玫瑰或是在黃昏出現的綠兔一樣：它們會發亮都是奧麗克絲的傑作。

大夥兒在長桌前吃晚餐。白莎草穿著有藍鳥圖案的圍裙，蕾貝佳在腰上用黃色緞帶綁著一條淡紫色的浴巾，她們舀出鍋裡的食物分給大家，然後坐下來。坐在餐桌另一端的芮恩和蓮灰蝶正哄著亞曼達吃東西。這時不用負責守衛職務的瘋狂亞當成員放下了手中的工作，陸續進來。

「妳好，荒島秧雞。」象牙啄木鳥說，他喜歡用桃碧以前在瘋狂亞當用的代號來稱呼她。他瘦小的身體上披著印滿鬱金香圖案的床單，頭上用同樣圖案的枕頭套如頭巾一般地纏起來。他那稜角分明的鷹鉤鼻像鳥嘴一樣地從皮革似的臉上突出來。真奇怪，桃碧心想，瘋狂亞當的成員選擇的代號都反映出他們身上的某些部分。

「他的情況如何？」海牛說。他頭上戴著那頂寬編草帽讓他看起來像圓滾滾的種植園園主。「我們那位有名的病人。」

「他還沒死，」桃碧說，「但也不能算是清醒。」

「他本來就是這樣，」象牙啄木鳥說，「我們以前都叫他西克尼。那是他很早以前在瘋狂亞當的代號。」

「在天塘計畫裡，他是克雷科的爪牙，」塔摩洛水牛說，「等他醒來以後，可有很多得對我們解釋的，然後讓我想把他狠狠踩死。」她哼了一聲表示自己在開玩笑。

「西克尼這名字可真是名副其實，」海牛說，「我看他什麼都不知道，他只是個被愚弄的傢伙。」

「坦白說，我們對他的評價不是太高，」象牙啄木鳥說，「他是自願參與天塘計畫的，跟我們不一樣。」他把叉子插到一塊肉裡。「親愛的小姐，」他對白莎草說，「妳有沒有可能幫我識別這是什麼成分？」

「事實上兒，」白莎草夾著她的英國腔說，「事實上，不行。」

「我們都是腦力奴隸，」海牛說，他叉著另一塊肉，「一群被俘擄的科技菁英，為克雷科操作他的進化機器。他真是一個嗜權的人，以為自己能夠打造出完美的人類。但也不能說他沒天分。」

「他可不是靠自己撐在那兒，」高瘦的吸蜜蜂鳥說，「這其中有巨大的商機，背後有生物科技集團的資助。人們願意花大筆錢來買那些基因組合物，他們訂做自己的孩子，像是在點披薩配料似地點那些DNA。」他戴了一副雙光眼鏡。桃碧心想，我們一旦用盡這些光學用品，就真的會回到石器時代。

「不過，克雷科真的比較厲害，」海牛說，「他在這些傢伙裡頭放的一些小配件是別人沒想過的。內建式驅蟲劑，天才。」

「還有那些不能說不的女人。用顏色顯示荷爾蒙的特徵，你不得不佩服他想到的點子。」吸蜜蜂鳥說。

「以一台為解決難題而生的肉身電腦來說，那挑戰有吸引力，」象牙啄木鳥說，他將注意力轉向桃碧。「讓我闡述一下，」他邊說邊將自己的綠色蔬菜切成小小的方塊，好像大夥兒都在研究生的研討會上似的，「譬如說，兔子的肌胃，還有在生殖系統採用狒狒身體中的顏色特徵。」

「就是他們變藍的部位。」吸蜜蜂鳥熱心地跟桃碧解釋。

「我那時負責他們尿液中的化學成分，」塔摩洛水牛說，「嚇阻肉食性動物的元素。在天塘計畫裡很難測試——我們那裡沒有任何肉食性動物。」

「我針對的是喉頭：那才真是複雜。」海牛說。

「可惜你沒有寫入唱歌刪除鍵的編碼，」象牙啄木鳥說，「快被逼瘋了。」

「他們唱歌可不是我的主意，」海牛繃著臉說，「但我們一刪除這個部分，他們就跟植物沒兩樣了。」

「我有問題。」桃碧說。他們全都轉過頭看著她，好像很驚訝她也有話說。

「是什麼？親愛的小姐。」象牙啄木鳥說。

「他們要我說故事給他們聽，」桃碧說，「有關克雷科如何製造他們的故事。但是他們以為克雷科是什麼人，如何製造他們的？他們在天塘計畫圓頂屋時，對這方面知道些什麼？」

「他們覺得克雷科是某個造物主，」柯洛齊說，「不過他們不知道他長得什麼樣子。」

「你怎麼知道？」象牙啄木鳥說，「你那時候又沒有和我們一起在天塘。」

「因為他們跟我講啦，」柯洛齊說，「我現在跟他們是哥們，我還跟他們一起撒尿，這像是一種榮幸欸。」

「還好他們永遠都無法見到克雷科。」塔摩洛水牛說。

「那當然，」閃狐這時加入他們的談話。「他們只要看過一眼那位瘋狂造物主，就會轉身跳下摩天大樓，如果還有摩天大樓可跳的話。」她又哀傷地加一句。她誇張地打著呵欠，將胳臂伸展到頭後面，讓胸脯猛然向前一挺，她用淺藍色針織髮圈將淺棕色頭髮綁成了一束高高的馬尾，她的床單上有雛菊和蝴蝶的雅致花邊，腰間繫著寬紅皮帶。這種搭配令人怵目驚心：猶如天使祥雲遇上一把屠刀。

「發牢騷就沒什麼意義了，淑女。」象牙啄木鳥說，他將目光從桃碧身上移向閃狐。桃碧心想：等他試圖蓄留的鬍鬚長出來，就會看起來更傲慢。「及時行樂，珍惜每一刻。花開堪折則須折啊。」他半帶挑逗地微笑，眼光往她腰上的紅色皮帶移去。閃狐面無表情地瞪著他。

「告訴他們一個快樂的故事，」海牛說，「細節要模糊。克雷科的女友，奧麗克絲以前在天塘的時候常做這種事，這樣可以讓他們保持平靜。我只希望那個混蛋克雷科不會在墳墓裡也能顯靈。」

「比方說，將所有的一切都變成稀巴屎，」閃狐說，「喔，抱歉，他已經做了。還有咖啡嗎？」

「哎喲，」象牙啄木鳥說，「我們沒有咖啡了，親愛的小姐。」

「蕾貝佳說她得烤一種什麼根。」海牛說。

「等我們終於可以喝的時候，也沒有任何真的鮮奶油可以加，」閃狐說，「只有羊的那個黏糊糊的東西，這足以讓你用冰錐戳自己的太陽穴。」

天色漸漸暗了下來，一群飛蛾正在飛舞，有的呈暗紅色，有的呈暗灰色，還有暗藍色。克雷科人都圍在吉米吊床的周圍。他們要桃碧在這裡跟他們講克雷科和他們如何離開那個蛋的故事。

雪人吉米也想聽這個故事，他們說。他依然昏迷也沒關係，他們深信他能聽到她講的故事。

他們早就知道故事的內容，但對他們來說，桃碧必須講出來似乎是很重要的事。她必須吃他們送的魚給他們看，那條用葉子包起來外皮焦黑的魚。她必須戴上吉米破爛的紅色棒球帽，還有沒有錶面的手錶，並且要抬起手臂將錶湊到耳邊，她一定得從頭開始，她必須主持創造萬物的過程，還要造雨，她得清除混沌，還得帶領他們離開那個蛋，一起到海岸附近。

最後，他們想聽那兩個壞人的故事，還有樹林裡的營火，和有臭骨頭的湯：他們一直對那根骨頭感到困擾。然後，她必須跟他們描述他們如何鬆綁那兩個壞人，那兩個壞人怎麼逃到樹林裡，他們為什麼可能會隨時回來，做更多的壞事。這個部分讓他們很難過，但他們還是堅持要聽。

桃碧每次一講完，他們就要求她再講一遍，然後再重講。他們為她提示，打斷她，或是幫她加上她忘記的部分。他們想要從她身上得到的是天衣無縫的表演、以及超出她知識或想像的詳情，她是雪人吉米差勁的代班，但他們盡力為她潤飾表現。

他們一起轉頭的時候，她正在講克雷科如何清除混沌，這是她講的第三次。他們嗅了嗅空氣中的氣味，說：「幾個男人過來了，喔，桃碧。」

「男人？」她說，「那兩個逃跑的男人？在哪裡？」

「不，不是那些聞起來有血腥味的人。」

「是其他的人，不止兩個。我們必須迎接他們。」他們全都站了起來。

桃碧朝他們看的方向望去。她看到了四個——四個人的身影，他們沿著泥草屋小公園旁髒亂的小路走來，頭燈亮著。四個黑暗的輪廓，每個都閃爍著耀眼的光芒。

桃碧覺得自己的身體放鬆下來，她無聲地深吸一口氣，感覺到空氣流入了她身體。心臟會不會跳出來？如釋重負的感覺是頭暈嗎？

「噢桃碧，妳在哭嗎？」

回家

那是澤伯，她的願望實現了。跟她記憶中相比，他看起來體型更大，頭髮更加蓬亂，而且——雖然桃碧只有幾天沒看到他——更蒼老。另外，他的背駝得更厲害。發生了什麼事？

跟他一起的還有黑犀牛、薛克頓和克郎。現在他們離得比較近，看得出來他們有多麼疲累。他們卸下背包，其他人都圍攏過來：蕾貝佳、象牙啄木鳥、閃狐和白鯨；海牛、塔摩洛水牛、吸蜜蜂鳥和白莎草；柯洛齊、芮恩和蓮灰蝶；甚至亞曼達也來了，但她還是與大夥保持了距離。

每個人都在講話；或者應該說所有的人類都在講話。克雷科人依然是旁觀者，他們擠在一起，睜大眼睛看著。芮恩邊哭邊緊抱著澤伯，這很正常：他終究還是她的繼父。桃碧心想，他們以前在園丁會的時候，澤伯曾經與芮恩性感迷人的母親琉森同居了一段時間，但她並沒有好好地珍惜他。

「沒關係了，」澤伯對芮恩說，「妳看！妳把亞曼達找回來啦！」他伸出一隻手臂，亞曼達容許了他的觸碰。

「那是桃碧，」芮恩說，「她有槍。」

桃碧稍等了一下，然後走上前。「幹得好，神槍手。」澤伯對她說，雖然她並沒有開槍射任何人。

「你沒找到他們嗎？」桃碧問，「亞當一和……」

澤伯陰鬱地看了她一眼。「沒有找到亞當一，」他說，「但是我們找到斐洛。」

其他人都靠過來聽。「斐洛？」閃狐說。

「老園丁，」蕾貝佳說，「他抽很多……他喜歡做靈視探尋。他在園丁會分裂的時候，留下來跟亞當一一起。你在哪裡找到他？」他們都從澤伯臉上看出，斐洛沒有活下來。

「我們看到一座室內停車場的最上層有群禿鷹，所以就上去查看一下，」薛克頓說，「在舊的健康診所附近。」

「就是我們以前上學的地方？」芮恩說。

「他剛死不久。」黑犀牛說。桃碧心想，這表示至少一些失蹤的園丁在第一波瘟疫後還活著。

「沒有其他的人？」她說，「沒有別人？是因為……他生病了嗎？」

「連個影子也沒有，」澤伯說，「但我猜他們還在。亞當可能在。有沒有什麼可以吃的？我吃得下一隻熊。」這表示他現在不想回答桃碧的問題。

「他吃得下一隻熊！」克雷科人對彼此說，「對啊！就像柯洛齊跟我們說的一樣！」「澤伯吃一隻熊！」

澤伯向克雷科人點了點頭，他們正猶豫地看著他。「原來我們有客人。」

「這是澤伯，」桃碧對克雷科人說，「他是我們的朋友。」

「我們很高興，噢澤伯，你好。」

「就是他，就是他！柯洛齊跟我們說過。」「他吃一隻熊！」「對，我們很高興。」他們露出不大確定的微笑。「噢澤伯，什麼是熊——是你吃的熊？是一種魚嗎？牠有沒有很臭的骨頭？」

「他們是跟我們一起回來的，」桃碧說，「從海岸附近。沒法阻止他們，他們要和吉米在一起。要跟雪人一起，他們是這樣稱呼吉米的。」

「克雷科的夥伴？」澤伯說，「天塘計畫裡的？」

「說來話長，」桃碧說，「你應該先吃點東西。」

海牛拿來剩下的一些燉肉。克雷科人退到安全距離外，他們不喜歡離烹調肉食動物的臭味太近。薛克頓狼吞虎嚥地吃光了他的份，就去跟芮恩、亞曼達、柯洛齊和蓮灰蝶坐在一起。黑犀牛吃完了兩盤，才去淋浴。克郎說他要幫蕾貝佳整理他們背包裡的東西：他們搜集到更多的黃豆罐頭、一些萬用膠帶、幾包冷凍乾燥的人造雞肉球和一些勁力棒，而且又找到一包奧利奧餅乾。蕾貝佳說這是個奇蹟，現在很難找到一包沒被鼠類咬過的餅乾。

「我們去菜園裡看看。」澤伯跟桃碧說。桃碧的心往下一沉：一定有什麼壞消息，他想私下告訴我。

螢火蟲剛出來。空氣中瀰漫著盛開的薰衣草和百里香的氣味。圍籬旁有幾株自然長出來的晶玫瑰，幾隻發出微光的綠兔在啃它們最下面的葉子。巨大的灰蛾像被吹散的灰一般飄浮著。

「斐洛並不是被瘟疫害死的，」澤伯說，「他的喉嚨被人割斷了。」

「好。我了解了。」桃碧說。

「然後，我們看到痛彈人，」澤伯說，「跟抓走亞曼達的是同一組人，他們正在宰一隻豬。我們開了幾槍，但讓他們逃走了。因此我們停止尋找亞當，盡快趕回這裡。因為他們很可能接近這裡。」

「我很抱歉。」桃碧說。

「為什麼？」澤伯問。

「前些天我們捉住他們，」她說，「我們將那些人綁在樹上，但我沒有殺了他們，那天是聖朱利安日，我沒辦法下手。他們逃跑了，並且帶走噴槍。」

她哭了起來，看起來楚楚可憐，就像老鼠寶寶，眨著眼睛、粉紅色，抽噎著。並非她想這樣哭泣，不過她就是無法停止。

「嘿，」澤伯說，「不要緊的。」

「不，」桃碧說，「不會沒事的。」她轉身要離去：她如果要哭，應該自己一個人哭泣。孤單是她的感受，她將永遠孤單。妳已經習慣了孤獨，她告訴自己，恬淡寡欲。

她被他擁入懷裡。

她等了這麼久，已經放棄等待。她一直渴望這個時刻，但總覺得這是絕對不可能的事。但現在卻這麼簡單，這一定像以前那些有家的人回家的感覺。通過一扇門，走進熟悉的環境，來到一個認識她的地方，向她敞開，讓她進入。跟她說她需要聽的故事，還有用雙手和嘴唇的觸碰來敘述的故事。

我好想念你。這是誰說的話？

一個身影站在夜裡的窗前，眼裡閃閃發光。黑暗中的心跳。

好，終於，你來了。

移熊

Bearlift

澤伯在山中迷路後吃了熊的故事

於是克雷科掃除混沌，給你們一個安全的住所。然後……

我們知道克雷科的故事，我們聽過很多次了。現在跟我們講澤伯的故事，噢桃碧。

講澤伯怎麼吃掉熊的故事！

對呀！吃了一隻熊！一隻熊！什麼是熊？

我們想聽澤伯的故事，還有那隻熊的故事，他吃的那隻熊。克雷科要我們聽的，如果雪人吉米還清醒，他會跟我們講這個故事。

那好吧，讓我聽聽雪人吉米閃閃發亮的東西，這樣我就可以聽到他說的話。

我正在努力聽，你們再唱歌，我就聽不到了。

好吧，這是澤伯和那隻熊的故事。一開始，故事裡只有澤伯，他獨自一人，那隻熊後來才會出現，也許明天會講到那隻熊，你們一定要有耐心，為了等到熊來。

澤伯迷了路，他坐在樹下，這棵樹在很空曠的地方，寬闊又平坦，就像沙灘一樣，但沒有沙也沒有海，只有一些冰冷的水池和許多青苔，遠方四面環繞著高山。

他是怎麼去到那的？他飛到那裡，搭的是……算了，那部分是別的故事了，不，他不能像小鳥那樣飛，再也不能了。

高山？高山是又高又大的石頭，不，那些不是高山，是大樓，大樓會倒下來，然後轟隆隆地碎裂，高山也會倒，不過它們是慢慢地倒下，沒有，高山沒有倒在澤伯身上。

於是，澤伯看著四面環繞但距離遙遠的高山，他想：我要如何越過高山呢？它們是那麼高大。他需要越過高山，因為高山的另一側有人在，他想要和這些人在一起，不想獨自一個人。沒有人想單獨一個人，對不對？

不，他們和你們不一樣，他們有穿衣服，他們穿很多衣服，因為那裡很冷，對，那是在混沌期間，在克雷科將它倒掉之前。

所以，澤伯看著高山、水池和青苔，他想：我能夠吃什麼？然後他想，山裡住了很多熊。熊是一種很大的動物，牠全身長著毛，有很大的爪子和許多尖銳的牙齒。牠比小山貓還大，也比狗狼和器官豬都大。有這麼大。

牠會大吼，會變得很餓，也會把東西撕裂開來。

對，熊是奧麗克絲的孩子。我不知道她為什麼把牠們造得那麼大，還有那麼尖銳的牙齒。是的，我們對牠們要仁慈。對熊仁慈最好的辦法就是不要太靠近牠們。

我想現在沒有任何熊離我們很近。

所以澤伯想：或許已經有熊聞到了我的味道，也許牠正朝這裡來，因為牠很餓。牠餓到想把我吃掉。然後我就必須和熊打鬥，但是我只有這麼小的刀子，還有可以鑽洞的棍子。所以，我必須打贏牠，殺了牠，然後我得吃掉牠。

我們很快就會講到那隻熊。

是啊，澤伯會打贏牠。澤伯每次都會打贏。因為每次都是這樣。

是的，他知道奧麗克絲會悲傷。澤伯也為熊感到難過，他並不想傷害牠，但是他並不想被牠吃掉。你們不會想被熊吃掉，對不對？我也不想。

因為熊不能只吃葉子，因為那樣牠們會生病。

反正，澤伯如果沒有吃那隻熊，他就會死掉。這樣一來，他現在就不會跟我們在一起了。這也會是很悲哀的事情，不是嗎？

你們要是再哭的話，我就沒有辦法繼續講這個故事。

皮草貿易

有一個故事，還有一個真實的故事，另外還有如何經由講述變成故事的故事。還有你省略的故事情節，這也屬於這故事的一部分。

在澤伯與熊的故事裡，桃碧沒有提到那個死去的人，他的名字叫做查克。他也在那片充滿了池子、青苔、高山和熊的大地中迷了路，他也不知道怎麼離開。不提到他，將他從時間中拭去，有些不大公平，但將他放在故事裡會引起更多麻煩，桃碧現在尚未準備好如何應付。比方說，她現在還不曉得這個死去的人當初是怎麼捲入故事裡。

「那混蛋死了真可惜，」澤伯說，「要不然，我就可以逼他說出實情。」

「什麼實情？」

「誰雇用他，他們想要什麼。他原本想要把我帶到哪裡？」

「死是一種婉轉的說法，我接受，他又不是心臟病發死的。」桃碧說。

「別那麼為難我，妳懂我的意思。」

澤伯迷了路。他坐在樹下。

但他或許沒有完全迷路。他大略知道自己在哪裡：他在馬更些山脈的荒原，距離任何速食店都有數百哩。而且他並不在樹下，比較像是在樹旁，但那也不算是樹，比較像是小灌木；雖然葉子長得不茂密，比較細長，這是一種帶著針葉的雲杉，他注意到了樹幹的細節，最下面有細小的枯樹枝，上頭長滿了灰色的地衣，鑲了褶邊似的地衣，複雜精細又透明，像妓女的內褲一樣。

「你對妓女的內褲知道些什麼？」桃碧說。

「比妳希望的多，」澤伯說，「所以，當你這麼專注於細節——靠得那麼近，看得那麼清晰，卻又完全派不上用場——的時候，你就知道自己一定受了驚嚇。」

四翼直升飛船依然冒著煙。他很幸運能夠在飛船爆炸之前，或者可以說在它的艙體部分爆炸之前脫身，幸虧他的安全帶的數位開啟裝置還沒壞，否則他早就死了。

查克趴在那片凍原上，他的頭歪得厲害，像貓頭鷹一樣，往後轉了一百八十度。但他並沒有看澤伯，而是望著天上。那上面並沒有天使，至少祂們這時還沒有出現。

血從澤伯頭頂流下來，他可以感覺到那股溫熱緩緩地滴淌下來。這是頭皮傷，沒有什麼危險，但會流許多血。你全身上下最膚淺的地方就是你的頭，他那反社會的父親以前經常這麼說。但你的腦子和你的靈魂還更膚淺，假如你夠幸運擁有腦子與靈魂的話，但我懷疑你沒有。牧師老爸一直把靈魂掛在嘴邊，不僅如此，他還覺得自己是靈魂的主人。

澤伯現在發現自己在懷疑查克是否有靈魂，靈魂是否像股淡淡臭味一般在遺體上方盤旋。「查克，你這個蠢貨。」澤伯大聲喊。如果他從大腦搜查員接到任務要綁架自己，一定會做得比查克這個白癡好得多。

從某一方面來看，查克死了實在太可惜——他一定也有好的一面，或許他喜愛小狗——但現在世界上少了一個混蛋，這不是很好嗎？這樣就可以在光明的欄項裡打個勾。但這要看是誰負責這個道德的複式記帳法，他會在黑暗的欄項裡打勾也說不定。

但是查克並不是普通的混蛋；他沒有壞脾氣，也不會爭強好鬥，不像澤伯耍混蛋的時候，但是他太不像混蛋了，他太友善，又太急於宣揚訊息，他喋喋不休地說人類已經被淘汰了，我們注定走向滅亡，還有讓自然恢復平衡之類的話。由於他太過火，讓他聽起來實在很荒謬，在移熊大隊這樣充滿了荒謬皮草環保狂的公司裡，還能夠顯得荒謬，得多耗心力。

不過他們並不全是皮草環保狂：其中有些人表示他們純粹是為了挑戰而加入。他們大膽、不顧一切、沒有束縛、全身刺青，留著油膩膩的馬尾辮，像老電影裡的摩托車騎士一樣——這些倜儻不羈、魁梧健壯的漢子好像靴子底有點太燙，讓他們無法悠閒漫步。澤伯就是以這種形象加入他們：用天然類固醇讓身體變得健壯，任何需要做的事情都會去做，跟得上步伐，行動敏捷，需要錢，喜歡陰暗的邊緣地帶，這裡沒有任何官員可以觸及到你褲子後頭的口袋，這裡面可能暗藏著他人被駭的銀行帳戶。

那些全心投入的皮草環保狂，帶著自認虔誠的狹隘環保意識，看不起澤伯和他的同類，但是他們並沒有過於強調自屎不臭的想法。他們需要人手，因為並非地球上所有的人都贊成他們用四翼直升飛船載著裝滿了腐臭生物垃圾的大型垃圾箱到遙遠的北方，好讓那些全身疥癬的熊可以大嚼這些免費食物。

「這大概是在油荒真正開始之前吧？」桃碧說，「而且在碳質垃圾油的事業迅速發展以前。不然，他們絕對不會讓你們將那麼寶貴的主要原料浪費在熊的身上。」

「這是在許多事情發生以前，」澤伯說，「不過那時的原油價格已經高得不得了。」

移熊大隊有四架從灰色市場買來的四翼直升飛船，大夥兒將它們起了個飛行河豚的綽號。據說，這些飛船具備了生物設計：它們具有裝滿氦氣/氫氣的艇艙，艇艙有一層能夠呼吸化學分子的外皮，能像魚鰾一樣收縮和擴展，讓它們得以搬運重物。此外還有穩定作用的腹鰭、一對讓它們可以懸空靜止的螺旋槳，和兩對跟鳥一樣上下拍打的翅膀，需要時便可緩慢行進。它們的優點是省油、超大載貨量，還能夠飛得很低、很慢；但缺點是它們飛行時間永無止境，電腦軟體經常故障，而且很少人會修理這些鬼東西。他們必須找些可疑的數位技師，甚至得從巴西偷渡過來，因為巴西的暗黑數位技術發展蓬勃。

在那裡，他們一見到你就會想駭入你的一切，這種生意十分興隆，搜索政客的病歷和齷齪的情事，知名人士的整形手術——都還算是小的目標——大標的則是公司之間互侵，駭進一家有勢力的公司會讓你走上真正的厄運，即使你躲在另一家有權有勢公司的防火牆後、領的是它們的地下薪資。

「那我猜你做過，」桃碧說，「那種真正帶來厄運。」

「是啊，我在那做過，只是為了謀生，」澤伯說，「這也是為什麼我跑到移熊大隊休息一陣子：那裡離巴西十萬八千里遠。」

移熊大隊是個騙局，或者部分是騙局，連只有半個腦袋的人也不須花太久時間來搞懂這一點，不過這跟其他的騙局不一樣，它是出於善意，但畢竟還是騙局，它靠著城市人多餘的善意來生存，讓他們覺得自己救了一些什麼——遠古祖宗留下的破布，套著可愛小熊套裝的集體靈魂。概念很簡單：北極熊快餓死了，因為冰幾乎全化光了，牠們再也抓不到海豹，所以我們在牠們適應以前，把我們的剩菜送給他們吃。「妳要是記得的話，那個時候很流行適應這個詞。不過我懷疑妳那時候年紀不夠大，一定還是個穿著裙子的小女孩，正學著怎麼搖擺妳那小小的誘惑陷阱。」

「不要再調情了。」桃碧說。

「為什麼？妳喜歡啊。」

「我記得適應這詞，」桃碧說，「那就像對那些你不想幫忙的人說他們活該的意思。」

「妳說得沒錯，」澤伯說，「反正，餵那些熊吃垃圾不會幫助牠們適應，只會教牠們食物是從天上掉下來的。牠們每次聽到飛船的聲音就開始流口水，而且馬上展開牠們的船貨崇拜儀式。」

「但這是最扯的地方。沒錯，所有的冰都差不多融化了；另外，沒錯，還有一些北極熊餓死了，但是其餘的北極熊往南移動，並且跟那些與牠們在二十萬年以前就分歧的灰熊交配。所以你會看到白色的熊身上帶著褐色斑點，或是褐色的熊帶著白色的斑點，還有全身褐色或是全白的熊。但不論牠們的外表如何，你都無法預測牠們的性情：灰北極熊和灰熊一樣，大多數的時候會躲著你；但北極灰熊大多數時候會像北極熊一樣攻擊你。誰也說不準自己碰到的是哪一種熊。你只希望自己乘坐的飛船不會從天上掉下來，掉到遍野都是熊的荒地。」

澤伯那時候就是這樣。

「你這個蠢貨，」他對查克又說一遍，「那些雇用你的人更是蠢得不得了。」他又接著說，雖然根本沒人在聽。或者——他突然有種令他反胃的想法——他們說不定正在聽。

墜毀

在查克出現以前，移熊大隊裡一直都平安無事。不過，澤伯那時遇到一些麻煩倒是真的……

「好像其他的時候就不會。」桃碧說。

「妳在笑我嗎？我這個受父母虐待而成為困惑青少年的受害者？還有，我長得太快？」

「我會笑你嗎？」

「實際上，妳會，」澤伯說，「妳這個鐵石心腸，妳需要我好好疏通一下。」

澤伯那時候遇到了一些麻煩，沒錯，但似乎沒有任何移熊大隊裡的人知道或是在乎：他們其中有半數的人自己也有麻煩，所以大夥兒都是你不問，我不說。

他們的工作很簡單：將飛船載滿可食用的垃圾，有時在白馬市、有時在黃刀鎮。但有時候也可能在圖克——波弗特海近岸的那些石油鑽塔的油輪要是沒有非法傾倒垃圾，就會倒在這裡。那時候，那些石油鑽塔還能夠生產許多具有真的動物性蛋白質的殘羹剩菜，因為給那些油輪上的船員吃得再好也不算浪費。豬肉——他們吃了很多豬肉加工副產品——和雞肉，或是一些類似的肉類。要是給他們吃實驗室培養的肉，一定會是最頂級的，而且藏在香腸或是肉餅裡面，所以你真的吃不出來是什麼。

你將飛船裝滿了廚餘以後，就抓一罐啤酒，把飛船飛到移熊大隊傾倒的地點，倒掉負載的廚餘時讓飛船盤旋，然後飛回基地。除了讓人精神麻痺的無聊時光之外就沒別的了，除非天候不好或是機械故障，這樣就必須小心不要擦到山腰，先將飛船降落，等待氣候好轉，或者踢著腳跟等修護人員過來，然後重複，十分規律。最糟糕的就是當你在移熊大隊留駐的鎮上找間酒吧坐下來，想要痛飲他們一桶一桶載過來賣的酒，來個酩酊大醉時，卻還要聽那些高傲的皮草環保狂說教。

除了這些以外，就是吃和睡，遇到運氣好的日子，可以和酒吧裡的女服務生激戰一番，不過澤伯必須很小心，因為她們其中有些脾氣很壞，另外一些都已名花有主。此外，他也盡量避免與人發生爭端，他一直覺得，跟個自認有大老二和酒窩就永遠把得到妞的憤怒白癡在酒吧椅子下扭打，實在沒有任何好處，而且他可能帶著刀子。他身上不大可能有槍，因為公司安全衛隊差不多就是在這時候打著市民安全的假旗號，沒收了所有的槍枝，如此一來，他們就可以成為唯一可以遠距離殺人的人，有些傢伙會將他們的格洛克或是其他品牌的槍枝藏在石頭底下挖的洞裡頭，以備不時之需，但基於同樣原因，他們也不大可能把槍帶在身上。不過，在北部那些偏僻的地方，人們並不一定會遵守每一條法律，在北部法律的邊緣經常都有模糊地帶，所以，實在很難預料。

反正，講到女孩子。不論是她們的豐臀是大的中的還是小的，只要上面顯示閃開的跡象，他絕對不會沾碰。但是如果有人在漆黑的夜裡偷偷溜進他的寢室裡，他憑什麼要怨嘆？他從小就聽到別人跟他說他的道德和一隻蠹蟲大小差不多，他實在不願意讓說這些話的人失望，而且拒絕女孩的邀約會傷害她的自尊心，其中有些女孩子在明亮光線下看起來不怎麼樣，倒是有個女孩的屁股鬆軟得讓人讚嘆，另外還有一個女的頂著一對像是裝著兩顆保齡球網袋的豐乳，還有……

「你講得太多了。」桃碧說。

「妳可別發醋勁，」澤伯說，「她們現在都死啦。妳不能妒忌已經死去的女人吧。」

桃碧沒吭聲。她想起了澤伯以前的情人琉森，她那豐滿的屍體在他們之間飄浮著，看不見，也沒有被提及，而且對桃碧來說當然也還沒有埋葬。

「好死不如賴活著。」澤伯說。

「這我沒辦法跟你爭，」桃碧說，「但是，話說回來，你沒試過是不會知道的。」

澤伯放聲大笑。「妳的屁股也很棒，」他說，「不過，不是很鬆軟，而是很結實。」

「跟我講有關查克的事。」桃碧說。

查克進入移熊大隊總部的方式就好像他踮著腳走進禁止進入的房間，卻又假裝自己有權利在那裡似的，鬼鬼祟祟又自以為是。在澤伯看來，他的衣服實在太新了，看起來像是查克剛從戶外用品專賣店買回來似的，到處都是拉鍊、魔鬼氈和口袋蓋，彷彿是變態的電腦拼圖遊戲，把這個人解開，你就能夠找到小精靈，然後可以得獎。絕對不能信任穿著嶄新衣服的男人。

「可是有時候衣服就是新的，」桃碧說，「至少以前那個時候是這樣子，剛出廠的時候不是舊的。」

「真正的男人知道怎麼在一秒內將衣服弄髒，」澤伯說，「他們會在泥巴裡打滾。但除了衣服以外，他的牙齒也太大太白。我只要一看到這種牙齒，就會想拿瓶子輕輕地敲一下。看看它們到底是不是真的，然後看著它們粉碎。我那個當牧師的老爸就有這種牙齒，他用漂白劑。那些牙齒再加上他一身曬得棕褐色的皮膚，讓他看起來像某種發亮的深海魔鬼魚，要不就像在沙漠裡死了很久的馬頭，他微笑的時候比不笑的時候看起來更糟糕。」

「別提童年，」桃碧說，「會讓你悲傷。」

「悲傷，妳的敵人？拒絕悲傷？可別向我說教喔，寶貝。」

「這對我有用。遠離悲傷。」

「妳確定嗎？」

「好啦，講查克。」

「好吧。他的眼睛有點奇怪。查克的眼睛。好像有層保護膜，又硬又亮，上面覆蓋著透明表面。」

查克第一次在公司餐廳桌前拿著托盤說：「我可以跟你坐嗎？」他那雙覆蓋薄膜的眼睛從頭到腳上下打量著澤伯，像是在掃描條碼一樣。

澤伯抬頭瞥了他一眼，沒說可以，也沒說不可以。他模稜兩可地哼了一聲，便繼續吃他那根如橡膠似的謎樣香腸。你以為查克會先問一些私人的問題來打開話匣子——你從哪裡來？怎麼到這裡的？等等——但是他沒有問，他把移熊大隊當作開場白的主題，他說這個公司有多好，但還是沒有讓澤伯點頭或是說對啊，他就暗示自己之所以到這裡只是因為暫時走了霉運，所以呢，你知道，只是安靜一陣子，避一避風頭。

「你幹了什麼事，挖鼻孔嗎？」澤伯說。查克像死馬露牙般地發出了笑聲。他說他猜移熊大隊是給那些，你知道，有點像外籍兵團裡的傢伙待的地方，但澤伯說外籍什麼，然後就這樣不了了之了。

雖然澤伯這麼粗魯，還是沒有影響到這個傢伙。查克不再那麼緊迫盯人，但他還是能夠讓自己無處不在。澤伯要是在酒吧努力為第二天早晨的宿醉猛灌酒，查克就會突然出現，想要巴結他，搶著幫他付下一杯酒錢。澤伯去廁所撒泡尿，查克也會在那裡，他像鬼魂現身一樣，在兩個小隔間外撒尿；要是澤伯溜達到白馬市較破敗一帶的轉角，你猜怎麼樣，查克肯定會在下個轉角晃蕩。他很可能趁澤伯不在時，把他那與掃除用具間一般大的房間都翻遍了。

「隨便他翻，」澤伯說，「除了髒衣服就沒別的了，因為最髒的衣服其實是在我的腦袋裡。」

可是他究竟耍什麼把戲？因為很明顯他有。澤伯一開始以為查克是同性戀，還以為他會開始做一些用鼻子摩蹭他褲襠之類的事，但事實上並非如此。

接下來的幾個星期，查克和澤伯一起飛了兩趟。飛行河豚裡每次總是有兩個人，這樣你就可以輪流打盹兒。澤伯盡量避免與查克搭檔，若是一見到他，頸背的寒毛就會豎起來。但第一次是因為原本與澤伯一起飛的那個傢伙必須參加他姑媽的葬禮，查克自願幫他代班，第二次是因為另一個傢伙食物中毒。澤伯有點懷疑查克是否用錢買通了他們，讓他們故意不來。說不定他為了增加說服力，真的勒死了那個姑姑，或是在披薩裡摻入大腸桿菌。

他們飛到半空中的時候，他一直在等查克突然提問。說不定他知道澤伯以前幹過的勾當，受一些不為人知的惡勢力之託，來請澤伯為他們進行嚴禁的駭侵工作；也可能幫想要勒索某個富豪的詐騙集團找澤伯，也可能受雇於某些智慧產權小偷，他們需要專業人士為他們進行追蹤工作，讓他們能夠綁架某個大企業裡的天才。

不過，這也可能是個圈套——查克會提出一些明目張膽的非法活動，錄下澤伯願意加入的證據，然後正義體系那對巨大的鉗子就會降下來抓他；但查克也說不定會用這個證據來做什麼愚蠢敲詐，好像石頭裡真能榨出屎來。

然而，這兩趟沒有發生任何異常的事。這肯定是故意用來安撫澤伯的，讓他比較安心，顯示查克不會害人，他那整齊的樣子是掩護嗎？

這個方法幾乎奏效，澤伯開始覺得是自己多慮了，看到影子就開槍，竟然讓查克這種滑頭小人物困擾自己。

那天一早——飛船墜毀的那天早上——剛開始就跟往常一樣。早餐吃了一些裡面不知道有什麼原料、也說不出名堂的小圓麵包三明治、兩杯咖啡因替代飲料和一片木糠麵包。移熊大隊以低廉的價格採購食品：這是因為它們的宗旨是，要成為崇高、有價值的人，你就應該謙卑，吃食物替代品，把好的食物留給熊吃。

然後他們裝載內臟，用叉架起貨機，將一袋袋裝在生物可分解袋子裡的垃圾載入飛行河豚的船艙內。有人將原本排好與澤伯一起飛行的搭檔的名字從當天的名單上劃掉了——聽說他在當地的一家妓院裡為了顯示自己有多強悍，光著腳在碎玻璃上跳舞時割破了腳，他當時嗑了只有蠢蛋才會用的迷幻藥，整個人像是飛到大氣層外——澤伯本來應該跟還可以接受的傢伙羅捷一起飛。但他一上船艙，看到的卻是查克，一身都是新穎的拉鍊和具有魔鬼氈的口袋蓋，他那排又大又白的馬牙露出了微笑，但他那有薄膜的雙眼卻沒有笑。

「羅捷接到一通電話？」澤伯說，「他的祖母去世了？」

「其實，是他的爸爸，」查克說，「天氣不錯喔。嘿，我幫你買了一罐啤酒。」為了證明自己是個普通的男人，他自己也有一罐。

澤伯哼了一聲，接過啤酒，扭開了瓶蓋。「我要去小便。」他說。他把那罐啤酒全都倒進小便器的洞裡去了。瓶蓋似乎是密封的，但這些東西也可以造假，你幾乎可以假造任何東西。只要查克經手過的東西，他一定不會喝也不會吃。

飛行河豚起飛的時候總是十分複雜：它的螺旋槳和充滿了氦氣和氫氣的船艙可以讓它升起，但關鍵在於要讓它飛得夠高，才可以讓它的四翼開始拍打，並且要在準確的時刻停止螺旋槳，不然整個飛船可能會傾倒打轉。

但是那天沒有任何問題。整個行程都很正常，飛船越過了山谷，繞過了佩利山脈，在這期間停了幾次，向地面拋下了那些大熊喜愛的佳餚；然後飛到海拔很高的荒原再投兩次，荒原被馬更些山脈環繞，山頂的雪如明信片般，落個不停。然後再飛過加諾古道遺跡，那些第二次世界大戰時代的電線桿清晰可見。

飛船的運作良好。它暫停拍打翅膀，在投放點的上方盤旋，艙口也如預期般打開，讓艙裡的生物分解垃圾掉出來。在飛船就快靠近最後的餵食處之前，已經有兩隻大熊——一隻全身大部分白色，另一隻全身大部分棕色——開始奔向牠們的私人垃圾堆；澤伯可以看到牠們身上的毛如粗毛地毯被抖動般地起伏波動。離那些熊那麼近，總是會令人感到興奮。

澤伯調轉飛船，朝西南方的白馬市折回。然後澤伯將飛船交給查克掌控，因為時鐘顯示，現在輪到澤伯打盹了。他背向後靠，將頸枕吹鼓了以後就閉上了眼睛，但他沒有讓自己睡著，因為查克在整個行程顯得太過警覺了，在沒有發生任何事的時候，不可能那麼緊張。

查克在他們往第一個狹窄的山谷飛了差不多三分之二的旅程時，採取了行動。澤伯透過幾乎閉上的雙眼，看到一隻手鬼鬼祟祟地移往他的大腿，手中握著一根閃閃發亮的東西。他立刻坐起來，朝查克的氣管狠狠地打下去。但他用的力還是不夠，因為雖然查克深吸了一口氣——其實也不是深吸了一口氣，很難形容的聲音——他雖然發出那種聲音，並且鬆開手裡拿的東西，卻用雙手勒著澤伯的脖子，澤伯便又用力地打他，這時候當然沒有人在掌控飛船，而且當他們倆扭打成一團的時候，一定有人的手、腳或手肘碰到什麼，因為就在這個時候，飛船的四片翅膀中有兩片合攏起來，往一邊傾斜後就墜了下去。

之後，澤伯就發現自己坐在樹下，盯著樹幹。他對地衣的褶邊那麼清晰感到不可思議；帶著一點綠色的淺灰色，有著比較深暗的邊緣，錯綜複雜……

站起來，他命令自己。你得趕緊移動。他的身體卻不聽使喚。

補給品

過了許久以後——似乎過了許久，他覺得自己彷彿吃力地跋涉過透明污泥——澤伯將身體滾向一側，雙手著地把自己撐起來，站在細長的雲杉旁。然後，他就吐了。在這之前，他並沒有作嘔的感覺：就這麼突然地吐了。

「很多動物都會這樣，」他說，「在受到壓力的時候。這樣你就不需要將精力放在消化上面。減輕身體的工作量。」

「你那時會冷嗎？」桃碧說。

澤伯的牙齒格格打顫，全身直打哆嗦。他把查克的羽絨背心穿在自己身上。那背心並沒有撕裂得太厲害，他檢查了一下所有的口袋，找到了查克的手機，便拿起石頭將它砸爛，搗毀任何ＧＰＳ和竊聽功能。就在他把手機砸爛之前，它的鈴聲突然開始大響；他費盡了力不要假裝查克去接那通電話。但是，也許他應該接，然後說澤伯已經死了。這樣的話，說不定能夠得知一些訊息。沒過幾分鐘，他自己的手機也響了，他等它不再響了以後，也把它砸毀了。

查克還有幾樣小玩意，但這些澤伯也全都有了。像是隨身小疊刀、防熊噴劑、防蟲噴液、折疊起來的鋁箔保溫急救毯，這類東西。幸運的是，他們為了萬一飛機迫降後可能受到攻擊而隨身攜帶的獵熊槍，跟查克一起被拋出了飛船。不准帶槍的新規定裡不包括獵熊槍，因為就連公司安全衛隊的那些官僚也明白在北部需要獵熊槍，公司並不喜歡移熊大隊，雖然他們只須動動手指就能將它關閉，他們卻沒有試著這麼做。因為對他們來說，它具有一種功能，能夠給予人們一線希望，藉此轉移他們的注意力，以至於看不到公司的真正行動，即是將地球鏟平並且掠取任何有價值的東西。他們對於那些標準的移熊大隊廣告沒有什麼異議，通常都是帶著微笑的皮草環保狂告訴大家移熊大隊做了多少好事，請再多捐一些錢給我們，不然你就會有犯下殺熊罪的罪惡感，公司甚至也會給他們一些錢。「那時候他們還會試圖營造令人信賴的形象。」澤伯說，「後來他們一掌握到權力，就不用那麼在乎了。」

澤伯幾乎是一看到獵熊槍就停止顫抖，他甚至想將它擁入懷裡：至少他現在有了一半成功的機會。但是他沒有找到注射筒，那個查克原本想要對他注射的針筒，這實在太可惜了，他很想知道那裡面到底是什麼東西，很可能是迷藥。讓他停格在清醒的那一瞬間，然後將他載到骯髒破爛的會合處，天知道誰雇來的大腦搜查員會在那裡等著，搜刮他頭腦裡的神經數據，吸取所有他駭過的事物以及雇用他行駭的人的資料，留給他被掏空且皺縮的腦殼，讓因此失憶的他，在那遙遠而飽受蹂躪的沼澤地區晃蕩，一直到當地居民偷走他的褲子，將他的器官賣給移植業者。

但就算他設法找到了針筒，又能怎麼樣呢？用在他自己身上？為旅鼠打一針？「不過，我還真的可以把它保留下來，好在緊急的狀況備用。」

「緊急狀況？」桃碧在黑暗中露出微笑說，「這還不算緊急？」

「不算，我說的是真正的緊急狀況，」澤伯說，「比方說在那裡遇到其他人。那肯定是緊急狀況，因為那人顯然是個瘋子。」

「那邊有沒有細繩？」桃碧說，「口袋裡面有沒有？你很難預料什麼時候會派得上用場，或粗繩也好。」

「細繩。喔，有，有啊！妳這麼一提，我才想到。還有一捆釣魚線，我們都會帶這個，幾個釣魚鉤，還有打火石、袖珍型雙筒望遠鏡和指南針。移熊大隊把所有童子軍基本求生用的東西都給了我們，不過，我沒有拿查克的指南針，因為我自己已經有了一個，沒有人會需要兩個指南針。」

「有沒有巧克力棒？」桃碧說，「供給能量的口糧？」

「有，兩三條那種小小的、很爛的勁力棒，人造堅果和一包咳嗽糖。我拿了這些。還有……」他停頓了一會兒。

「還有什麼？」桃碧說，「繼續說啊。」

「好吧，但我先警告妳，這會很噁心。我拿了一些查克的肉，用隨身攜帶的小刀砍下來，其實有點像是用鋸的。查克有件可折疊的防水夾克，我就把它包在裡面。在北方荒原上實在沒有什麼可以吃的，我們上過移熊大隊的課程，所以都知道。那裡有兔子、地松鼠和蘑菇，但是我沒有時間去找這些東西。反正，光吃兔肉也是會要人命的，他們叫這兔飢症狀，那些東西身上沒什麼脂肪，就像那個叫什麼的飲食法——只吃蛋白質的，你的肌肉會開始溶解，心肌也會變得很薄。」

「你拿了查克的哪一個部分？」桃碧說。她很驚訝自己居然不再容易噁心；她以前可能曾經這樣，那時還有餘裕覺得噁心。

「最肥的地方，」澤伯說，「沒有骨頭的那部分。要是妳或者是任何神智清醒的人也會拿的部分。」

「你心裡會不會過意不去？」桃碧說，「別拍我的屁股。」

「為什麼？」澤伯說，「不會啊，我沒有覺得很糟啊。他也會這麼幹的。或許換成撫摸的動作，像這樣？」

「我太瘦了。」桃碧說。

「沒錯，妳可以再長點肉。如果我找得到，就幫妳弄盒巧克力糖來。把妳養胖。」

「再加上一些花，」桃碧說，「最好來個全套的求偶儀式。我敢打賭，你這輩子從沒幹過那種事。」

「妳會很驚訝，」澤伯說，「我以前也送過花。反正有一點類似。」

「繼續講，」桃碧說，她不願意去想澤伯花束的事情，什麼樣的花束，或是他把花給了誰。「你在那裡，遠處有山，查克的一部分躺在地上，其餘的部分在你的口袋裡。那時候幾點？」

「大概是下午三點，或許是五點，媽的，甚至有可能是八點，那時天應該還亮著，」澤伯說，「我都搞不清楚了，那時候是七月中，我跟妳說過嗎？那裡的太陽在那時候似乎都不會落下，只是稍微往地平線沉一點，露出了很美的紅色光暈。然後，沒過幾小時，它又會升上來。那地方不在北極圈，但由於緯度很高，所以是一片北極凍原：兩百年的老柳樹像橫向生長的蔓藤，野花全都在剎那間綻放開來，因為那裡的夏天只有兩三個星期。這並不表示我那時有注意到什麼野花。」

他覺得自己或許應該把查克藏起來，別讓別人看見。他幫查克穿上褲子，把他塞到飛船的一片翅膀下面。換上他的靴子——反正查克的那雙比較好，而且差不多合他的腳——然後讓一隻腳露在外面，這樣一來，任何人從遠處看，就會以為那是澤伯。他想自己可能死了會比較安全，至少在短期內會如此。

移熊大隊總部一旦發現他們失去聯繫，就一定會派人過來。很可能會是修護人員，若是他們發現已經沒有什麼可以修了，也沒有人坐在那兒發射信號彈並且揮著白手帕，他們就會離開。這就是他們的原則：不要在死人身上浪費燃料，讓大自然回收它們。那些熊可以負責，還有狼、狼獾和渡鴉，諸如此類。

但是來找他的可能不只是移熊大隊的人。因為查克絕對不是和移熊大隊的人一起進行奪取他腦袋的計畫：如果是這樣，他在基地的時候就會毫不猶豫地嘗試，且還會有人幫他。而澤伯早就成了腦葉被切除的空殼子，被丟在某個殭屍小鎮，讓人以為他以前是個採礦或是採油的工人，身上帶著假護照，也沒有指紋。但其實他們不用麻煩了，又有誰會想念他呢？

查克的頭頭必定在別的地方：他們肯定位於電話的發話地。但是那裡離他有多近呢？是諾曼井還是白馬市？任何有飛機跑道的地方。澤伯必須盡快離開飛機墜毀的地點，找個隱蔽的地方，在這片近乎荒蕪的凍原上那可不容易。

但是北極灰熊和灰北極熊都可以辦到，而且牠們還比他大。不過牠們也比較有經驗。

工人宿舍

澤伯開始向前走。飛船墜落在一片朝西傾斜的低緩山坡上，而他就是向著西方走去，他對這整個地區的地理有些粗略概念，真可惜他沒帶著紙本地圖，就是飛行時為了萬一儀器發生故障，而一直攤開擱在大腿上的那種。

在凍原上很難行走，它不但地質鬆軟，而且被水浸得濕漉漉的，到處都有看不見的水坑、很滑的青苔和一堆堆有危險的草叢。有一些老舊的飛機殘骸暴露在泥土外頭——東一根支架，西一片螺旋槳葉，全都是二十世紀時，輕率的飛行員因為遇上大霧，或是忽起的大風而遺留下來的碎片。他看見一朵蘑菇，但沒有去碰它：他對蘑菇懂得不多，但他曉得其中有些能引起幻覺，正是他最需要的，與菇神相遇，綠色和紫色的泰迪熊拍著小翅膀擠向他，露出粉紅色的奸笑。這一天已經夠超現實了。

他的獵熊槍裡裝滿了子彈，防熊噴劑也準備好了，隨時可用。如果你驚嚇到熊，牠就會戒備。除非你可以看到牠們的紅眼球否則防熊噴劑沒啥用，所以，你的時間很短暫——先噴再射。要是遇到灰北極熊，情況就會如此發展，但北極灰熊則會悄悄地跟蹤你，然後從後面撲上來。

他在濕沙上發現一個爪印，左前爪，再過去，又看到一堆新鮮的熊糞，牠們很可能正在監視他，不論他將那包肉包得多好，牠們知道他身上帶著一包血肉，牠們聞得到它的氣味，也能夠聞到他的恐懼。

雖然他穿著查克的好靴，腳卻早就濕透了。靴子沒有他估計的那麼合腳。他想像自己的腳在襪子裡變成了蒼白又起滿了水泡的麵團。為了讓自己不去想它——也不去想那些熊跟死去的查克，什麼都不去想——他開始唱歌，順便弄出一些聲音來警告那些灰北極熊，這樣雙方都不至於受到驚嚇。這是他在所謂的青春期留下來的習慣，也是他在黑暗中吹口哨的那個時期，在任何他被關起來的黑暗中。在無光之處、在黑暗深處，在甚至有光的時候也存在的黑暗裡。

爸爸是個虐待狂，媽媽是個討厭鬼，
閉上眼睛快睡覺。

不行，不能睡覺，雖然他已經累壞了，他必須繼續走，強行軍。

白癡，白癡，白癡，白癡，
我可能是個很糟、很糟、很糟的瘋子。

沿著山坡而下有一道較深綠的樹叢，表示那裡有條小溪。他朝那方向走去，踏過小丘、苔蘚和裸露的碎石地，路上的小石子在冬季深霜期被擠上了表層。那天並沒有特別冷，實際上在太陽下很炎熱，但是他還是突然打了寒顫，像淋濕的小狗一樣顫抖。他用手緊緊抱住加在自己背心上那件查克的背心。

就在他快到小溪的時候——其實算是河流，但水流湍急——他想到要是有竊聽器怎麼辦？如果背心裡面某處縫了個微型發訊機怎麼辦？他們會以為查克活著且正在移動，只是無法理解為何他不接電話，因此他們會派人來接他。

他脫掉了背心，在溪中涉水而行，到水流最強的地方，再把背心壓到水下。裡頭的空氣讓它膨脹起來，沉不下去。他可以在背心口袋裡放一些石頭；不過更好的辦法是讓它順水流去，遠離自己。他望著它像個膨脹的怪水母順流而下，心裡想：說不定這他媽的不大明智，我不夠集中精神。

他捧起冷水往嘴裡送——不要喝太多，不然你待會兒就會飲水過量——不知道自己喝下了一個尿壺的水，會不會帶有海狸熱。但北部這裡肯定沒有海狸。那麼，狼會傳染什麼呢？狂犬病，但這不是透過飲水傳染。在水裡分解的麋鹿糞便——會不會有那種在身體裡吸食又鑽洞的微小寄生蟲？一種吸肝蟲？

你為什麼站在這麼顯眼的水裡大聲嚷嚷？他自問。他命令自己沿著溪谷走。緊靠著樹叢，不要讓人看見。他的腦子在盤算：從查克沒接電話的那一刻開始，他們需要多久會到？你如果將所有的細節都算進去，可能要兩個小時。從不知道發生了什麼事的恐慌開始，以遠距或是其他方式召開的會議，然後傳送訊息，加上浪費的時間、互相推卸責任和隱晦的指責。一大堆蠢事。

這裡齊肩高的柳樹不會受風吹拂；還有野草、灌木叢。蒼蠅、黑蠅和蚊子，聽說有時會把馴鹿逼瘋，你會看到牠們踏著如雪鞋般的蹄子，在青苔沼澤地上漫無目的地奔馳。他噴了一些防蟲液：不能用太多，他需要限制用量。他慢慢地往西走，走向他記得的——他以為自己記得——加諾古道的遺跡。如今那條路上已所剩無幾，但先前飛過那裡時，他記得那條路上應該有幾棟建築物。一間老舊的宿舍，還有一兩間小木屋。

他朝一根古木製造的電線桿走去。旁邊有堆亂成一團的電線，還有馴鹿的骨骸，鹿角被電線纏住了；往前走，有一個油桶，兩個油桶，還有紅色的卡車，看起來近乎完好無損，卻沒有輪胎。很可能是被當地的獵人用四輪驅動載走，那時他們還買得起燃料到這麼遠的地方打獵，這種輪胎對他們來說一定有用，那是一輛在一九四〇年代出產、帶著圓滑的輪廓和流線型車身的卡車，那也是這條道路興建的時期，第二次世界大戰時期，為了避免那些油輪被沿岸的潛水艇轟炸，政府進行一項用油管將石油運到內地的計畫，他們從南方帶了一大群士兵來築路，其中有許多是黑人，從未經歷過零度以下的嚴寒，一連五天的暴風雪，和二十四小時的黑暗；他們一定以為自己來到了地獄。據當地傳說，他們其中三分之一的人都瘋了，他能體會人在這裡會瘋掉，就算沒有暴風雪。

***

一隻腳這時發疼，一定是起水泡了，但是他不能停下來瞧瞧。他一瘸一拐地走在這條殘破不堪的道路上，這裡的樹叢與之前的相比長得又高又密，他邊走邊望著天空，終於走到了工人宿舍，那是一列又長又矮的建築，木頭搭建的，門沒有了，不過屋頂還在。

他迅速躲到陰影裡。然後，等候著。四下多麼寂靜。

他看到一片片廢鐵，許多廢棄的木材和生鏽的鐵絲，一定曾經有過幾張床、被拆解的扶手椅，還有應該是收音機的外殼，它具有那個世代圓潤長條麵包的造型，上面還留著旋鈕。另有湯匙、爐子的遺骸，他聞到瀝青的氣味。陽光從天花板的裂縫射進來，照亮了漂浮在空氣中的灰塵，透露早已不再的蒼涼和褪色的悲哀。

等候比步行還要困難。他身上幾處感到抽痛：雙腳和心臟，他的呼吸很粗重。

這時，他懷疑自己身上是否有竊聽器；查克是否為了以防萬一——趁他不注意的時候，偷偷地將迷你發射器放到他褲子後面的口袋裡？要是這樣，他就完蛋了，他們現在就能夠聽到他呼吸的聲音，甚至聽到他唱歌，他們會精確找到他的位置，並向他發射迷你飛彈，然後就砰，再也無法挽救。

過了——多久？一小時？——他看見一架無人飛行器低飛過來。沒錯，從西北邊過來：是諾曼井。它往飛機失事的現場直接飛過去，繞了兩圈，並傳送影像，在遠程控制它的人做了決定，它射擊下方藏匿著查克屍體的那個破損的機翼，傳出了轟隆轟隆的兩聲，接著便將飛行船剩下來的部分給炸毀。澤伯想像他們的對話：沒有人生還。你確定嗎？不大可能。兩個都死了？肯定沒錯。反正，已確保，我讓這裡成了一片焦土。

他屏住氣，但那架飛行器並沒有追蹤那件漂浮的背心，也沒有理會在加諾古道上這棟破舊的工人宿舍；它只是調頭回去。他們一定想要先趕到那裡，把現場處理一下，並且在移熊大隊的修護人員到達之前趕緊消失。

他們的確來了，跟往常一樣慢吞吞地過來。動作快一點，澤伯想，我餓得很呢。修護人員的飛機在飛機殘骸上空盤旋了一會兒。喔，老天啊，他們一定會這麼說，可憐的傢伙，沒有逃生的機會。然後，他們也走了，往白馬市的方向飛去。

就在天空出現了晚霞，霧氣開始聚集，氣溫下降的時刻，澤伯在一片廢鐵上面生了個小火堆，如此便不會把這裡燒掉。他在屋子裡生火，這樣冒的煙就會在碰到天花板以後散開來，不會產生顯示這裡有人煙的煙柱。他讓自己暖和了一點。接著他煮了東西，吃掉了。

「就這樣？」桃碧說，「那不是有點突兀？」

「什麼？」

「嗯，那樣……我的意思是……」

「妳的意思是那是一塊肉嗎？妳要跟我來素食主義的那一套？」

「不要使壞。」

「妳要我禱告?主啊，感謝讓查克成為這樣的蠢貨，並且讓他以這種無私卻純屬意外的愚蠢的方式給我食物。」

「你在取笑我。」

「那就別跟我來老園丁的那一套。」

「嘿!你自己也是老園丁啊!你以前是亞當一的左右手。你一直是園丁會的棟梁……」

「喲，我那時候才不是什麼鬼棟梁。反正，那完全是另外一回事。」

那當然不是那麼容易。澤伯將它切成了小塊，再用一根生了鏽的鐵串將它們串起來，並且自我教育——這是營養，很重要的營養！你以為你能夠不靠營養離開這裡嗎？儘管如此，他還是有吞嚥的問題。幸好他以前練習過許多次，不去介意放進嘴裡的是什麼東西，最近一次是在移熊大隊的伙食——那其中或許真有一些幼蟲，是很普遍的乾粉狀的蛋白質補充品。

但是他遭遇這種試探要回溯到更早以前，牧師以前有一招懲罰教育，就是嘴巴跟便壺一樣髒的人，必須去吃便壺的內容物。如何不聞、不嘗，也不想：就像放在他媽媽梳妝檯的迷你油桶上的那三個非禮勿視、非禮勿聽和非禮勿言的又瞎、又聾、又啞的三不猴，這三隻手搗孔竅的小猴，是他十分願意效仿的好榜樣。你病了嗎？你下巴上面是什麼？他說，你是一隻狗，吃掉你自己吐出來的穢物。他把我的頭推到……喂，小澤伯，不可以亂編故事。你知道你爸爸不會做那樣子的事情！他很愛你！

把那扇地板門砰地關上，上面再放一個大石頭，這時更重要的是如何保暖，牆角有一張破爛不堪的柏油紙，用處不大，但還堪用。他將它鋪在地上，希望能用它來保暖防濕。乾的襪子會讓他比較舒服；他在那快成餘燼的火堆旁用棍子搭了一個小小的三角架，把濕襪子垂掛在上面，但願它們不會被燒焦，接著，他將幾個石頭放到煤炭堆裡加熱。他將自己冰冷的腳包在羽絨背心裡，打開兩張最先進的保溫急救毯，一張是他的、另一張是查克的，然後自己蜷縮在毯子裡面，並且將熱石頭放在身體的下部。讓腹部保持暖和，是第一點；不讓雙腳凍得掉下來，是想要繼續前行的好準備；要記得，要是沒有手指頭，就沒辦法做一些諸如綁鞋帶這類需要運用小肌肉的事情。

在幽暗的夜裡，工人宿舍外頭有沒有動物的聲音，或是用爪子刮擦的聲音？這個地方沒有門，不論是什麼都可以隨時走進來，狼獾、狼或者是熊。有可能是屋子裡的煙讓牠們不敢接近，他有睡嗎？肯定有。天一下子就亮了。

他一醒來就開始唱歌。

這裡晃晃，那裡蕩蕩，穿著我的內衣在晃蕩，
我的情人她毛髮濃，
而且渾身到處都是屄……

這有一點像那些單身漢聚在一起用沙啞的聲音變態地大聲咆哮。但這真能夠激勵志氣。「閉嘴，」他對自己說，「你想死得那麼愚蠢嗎？」

「有什麼關係，反正沒人在看。」他機敏地反駁。

他的襪子沒有乾，但比較不濕了。他真是個白癡，他應該把穿在查克那已死卻讓人難忘的魚肚腳上的襪子拿走的，他穿上了襪子，將保溫毯摺起來，塞到口袋裡——這該死的東西，你一旦把它們從小套子裡拿出來，就怎麼也放不回去了——再將他那些豬小弟牌小工具和吃剩的食物收起來，然後朝門外謹慎地探望。

四處瀰漫著薄霧。天色猶如肺氣腫的喘咳一樣灰。這也不錯，因為如此一來，飛行的能見度就會變得很低，這就可以讓那些偵察機卻步。但這對澤伯來說並不是很好，因為現在他更不知道要朝哪個方向走。但無疑只能沿著黃磚路走，只不過少了黃磚，終點也沒有翡翠城。

他只有兩個可行的方向：往東北走到諾曼井，這一條年久失修的道路走起來十分艱難，冰河遺留下來的巨石亂七八糟地堆在路上；或是朝西南走到白馬市，經過寒冷又充滿霧氣的山谷。這兩個目的地都十分遙遠，如果讓他打賭的話，他絕對不會將賭注押在自己的身上。但是往白馬市的路到了育空之後就會與真正的道路交接，是那種汽車能在上面行駛的路，那裡比較有搭便車的希望，或者有其他不同的可能。

他在薄霧中出發，走在路面受到侵蝕的碎石路上。這如果是一部電影的話，他就會漸漸褪成白色，然後消失，演員與製作人員的名單蓋過他的身上，順著銀幕一一出現。不過別急，別那麼急，他還活著。「享受當下吧。」他對自己說。

> 我喜愛四處流蕩，沿著蕩婦的屁股，
> 雖然她們讓我瘋狂，我還是喜愛邊走邊唱。
> 幹過來，幹過去，幹過來，幹得啊哈哈哈哈哈……

「你一點都不正經，」他罵自己。「喔，閉嘴。」他又說，「我已經聽過很多次了。」自言自語，可不是積極的做法。講得那麼大聲，還更糟。不過，他還不至於神經錯亂，但是他又怎麼能夠確定呢？

薄霧在早上十一點左右消散了；天空變成了湛藍色；風開始颳了起來。天空中兩隻渡鴉高飛，尾隨在他身後，不時急降下來盯著他看，前前後後地對他說粗話。牠們在等候某種東西來吃他，這樣牠們也可以加入，攫取一點點心；渡鴉不大會在肉體上劃出第一個切口，牠們總是跟隨在其他掠食者後頭獵物。他吃了一根勁力棒，並且走到一條小溪旁，溪上的橋已經被沖走了，這時他必須決定：濕的靴子還是赤裸的跛腳？他把襪子脫了下來，選擇了靴子。那水冷得刺骨。「真是冷得要命。」他說。的確如此。

接下來，他必須選擇再將襪子穿上，讓它們弄濕，或者是可能很不舒服地只穿靴子走，這一定會讓他腳上原有的水泡變得更糟。這雙靴子大概很快就會報廢了。

「妳明白了吧，」他說，「沒完沒了。一整天都是這樣風吹日曬。」

「你走了多遠？」桃碧問。

「這要怎麼算？在那裡，距離是很難計算的。反正不夠遠就是了，」他說，「而且這時候我已經精疲力竭了。」

他整個晚上蜷縮在兩塊大石頭之間，儘管裹著兩張發出窸窸窣窣的鋁箔保溫毯，身旁還有他用枯死的柳樹和溪邊細小的樺樹枝生的火，身體卻還是直打哆嗦。

下一個粉紅色的夕陽來臨時，他已經沒有糧食了。他也不再擔心遇到熊；其實，他這時很渴望能夠遇到一隻熊，一隻他能夠用牙齒緊緊咬住又大又肥的熊。他幻想著小滴小滴的脂肪彷彿下雪般地落下，而且是顆粒狀，不是雪花狀；他想像它們落在他身上，滲入皮膚上的皺褶和縫隙，將他變得胖鼓鼓的。那腦袋裡是百分之百的膽固醇，他需要補充這個養分，他對它如飢似渴。他可以想像自己身體裡的肋骨包著一個洞，一個排列著牙齒的洞，如果他在這脂肪雨中伸出舌頭，空氣都嘗起來像雞湯。

有隻馴鹿在黃昏時出現，牠與澤伯互相望著，牠不但離他太遠，又跑得太快，他沒辦法射中，也追不上牠。這些傢伙在青苔沼澤地上滑行的時候就像裝了滑雪板一樣。

第二天的天氣晴朗且近乎炎熱；遠方的風景猶如海市蜃樓般晃動著。他還餓嗎？很難說。他感到字詞從自己心中浮起，在陽光下蒸發。過一會兒，他就會喪失所有的詞彙，到那時他還會思考嗎？不會也會，會也不會。他將面臨極大的困難，他必須與周圍所經過的一切對抗，而且在他與非他之間，沒有語言的玻璃窗。這個非他滲透了防衛，穿過了身體的表面，侵蝕了他的外形，細根如倒長的頭髮般扎入他的腦袋裡。不久他就會被吞沒，與青苔合為一體，他必須繼續前進，保護他的形體，用自己的振動和在空中留下的波幅來證明自己的存在，頭腦要保持清醒，要保持警覺，警覺什麼？任何衝向他，制止他前進的東西。

在下一個橋被沖走的地方，河邊的矮灌木叢突然出現一隻熊。牠先是忽隱忽現，然後忽然直立起來，牠受到了驚嚇，讓自己成了靶子。牠有沒有咆哮？怒吼？還是散發出腥臭味的氣味？

一定有，但澤伯不記得了。他一定是先用防熊噴劑噴牠的眼睛，然後在近距離射程內向牠開槍，但這沒有被拍照記錄下來。

接著，他發現自己正在屠宰牠，用那把鈍化的刀朝牠剁著。他的手腕上沾滿了牠的血，然後就像是挖到金礦了：不但有肉，還有毛皮。那兩隻渡鴉停在遠處，發出聒噪聲，等候著：讓他先取大塊，牠們再來撿剩下來的殘渣。

「別吃太多。」他跟自己說，邊咀嚼著邊提醒自己空腹時吃得太飽有多危險，尤其是這種既油膩又過度飽和的食物。「小口小口吃。」他的聲音聽起來含糊不清，好像從地底下打電話給自己似的。那吃起來像什麼？誰在乎啊？他將牠的心臟吃了以後，現在會不會開口說熊話呢？

桃碧想像他在第二天或第三天，或是某個時候，在半途中，天知道是往哪裡的半途中，不過他堅信自己最終會到那裡。他有了一雙新鞋：一層層熊毛做裡的皮革，用皮條交叉綁起來，看起來像是穴居人漫畫中時髦的服飾。他另外給自己弄了一塊皮披肩和一頂皮帽，這些還全都可以兼作睡眠裝備，又重又臭。他還帶著一些肉和一大塊脂肪。如果他有時間的話，就會將那塊脂肪煉成油膏，然後塗抹在自己的身上，但現在只能一點一點注入嘴中當成一口裝的燃料。真是燃料，他正在燃燒它；他能夠感覺到它的熱量通過血管。

「再會啦，憂慮。」他唱著。那些渡鴉還跟在他的後面。現在變成四隻：他是渡鴉的吹笛手。「我的窗台上有一隻藍鳥。」他對牠們唱著。他媽媽以前就喜歡聽這些開朗、樂觀的歌曲，還有節奏輕快的讚美詩。

這時，他看到遠處有一個單車族正沿著這條較為平坦的路朝他騎來，一個結實的、被腦內啡沖昏頭的登山車冒險者。他們有時會經過白馬市，在這裡的戶外用品店補充裝備，然後朝高地方向騎去，到加諾古道去驗一驗他們的耐力和膽量，他們會騎到工人宿舍——這是他們通常的路線。然後再騎回來，這時他們會變得更瘦、更結實，也更瘋狂，有的人會說一些他們被外星人綁架的經過，另外一些則說他們看到會講人話的狐狸，還有人會說他們在凍原夜晚聽到了人聲，半人聲，想要迷惑他們。

不對，是兩個單車族，前頭的那個與掉在後頭的差距不少。他猜是小倆口在鬥嘴，他們通常會黏在一起。

登山車，正是有用的東西。還有單車掛包，以及裡面的東西，不論是什麼。

澤伯躲在溪邊的灌木叢裡，等候前頭的那個先騎過去。是個女的，她一頭金髮，在那光亮貼身的單車衣裡擁有一雙不鏽鋼鐵娘子的大腿，在那流線型的安全帽下，她瞇著眼迎著風，那雙細眉在那小巧時髦的護目鏡上方像要殺人般地緊皺著。她騎了過去，顛顛簸簸的，屁股跟隆乳一樣硬。現在那男的過來了，跟她保持著距離，一副悶悶不樂的樣子，嘴角垂到底了，他把她惹火，正忍受著她的鞭笞，他所承受的痛苦倒是澤伯可以分擔的。

「啊！」澤伯大聲嚷著，或諸如此類的聲音。

「啊?」桃碧笑著說。

「妳懂我的意思。」澤伯說。

簡而言之:他披著熊的皮毛,發出低沉的怒吼,從灌木叢裡跳出來,對著那個男人發出了鎖喉的叫聲,然後就是金屬摔地的聲音。不必去揍那個可憐蟲了,反正他已經暈了過去,只要拿單車和那兩個掛包就跑。

他回頭看,那女的已經停了下來,他可以想像她原本緊閉的小嘴懊悔地張得老大,這時,她一定會後悔自己之前對那可憐的傢伙破口大罵。她那雙粗壯的大腿拚命地踩著,回到他身邊跪下來照顧他,將他抱在懷裡輕輕地搖著,為他輕拭擦破了的傷口,而且淚如雨下,那傢伙會醒過來,望著她那雙脫了護目鏡的雙眼,這個傻子,不管以前發生了什麼,這時都會一筆勾銷。然後他們就會用她的手機求援。

他們會怎麼說?他想像得出來。

他下了山坡,拐了個彎,一走出他們的視線,就開始翻著掛包裡的東西。真是挖到金礦了:滿手勁力棒,一種類似乳酪的東西,一件擋風衣,一個帶著燃料罐的迷你爐,一雙乾襪子,一雙備用的厚底靴子——太小了,不過他可以把腳趾端剪開。另外還有一支手機。最棒的是,一張身分證:很多都有用處。他把手機砸了個稀爛,藏在一塊大石頭下,然後離開道路,橫越凍原,單車跟其他東西晃著,嘎吱作響。

幸好他找到了一個被挖開的穹形泥炭丘,毫無疑問曾有隻北極灰熊,怒氣沖沖尋找躲藏的地松鼠。澤伯為自己和單車在濕潤的黑土裡挖了一個藏身之處,並在土塊間留了點空隙。他在潮濕的地裡等了好久,飛船才姍姍而來。它在那兩個單車族的上方停懸著,他們一定正顫抖地抱在一起,在那兒謝天謝地。飛船放下了繩梯，過了一會兒，這對情侶就被拉了上去，然後被那飛得又低又慢的飛船給啪搭啪搭、劈哩啪啦地載走了。他們這下可真有神奇的故事可以講了。

他們真的講了。他一回到白馬市，脫下身上熊皮沉進大池底，換上幸運之神送來的乾淨裝備、招到了一趟便車、相當梳洗過並改變了髮型，駭入單車族身分證上的某些功能，用還記得的幾招試轉了幾筆暗錢，便敏捷地幫自己好好地增資，然後他讀到了單車情侶的故事。

原來大腳怪確實存在，已遷徙到馬更些山脈的荒原。不，那不可能是熊，因為熊不會騎登山車，不論如何，這個東西有七英尺高，眼睛長得幾乎跟人類一樣，臭氣熏天，並有近乎人類智慧的跡象。甚至還有一張照片，是用那女的手機拍攝到的：一個褐色的斑點，被一個紅色的圓圈給圈了起來，顯示這個褐色斑點比照片中許多其他褐色斑點更為重要。

不到一個星期，世界各地相信大腳怪存在的人結成了一支隊伍，跑到發現牠的地方查探，並且在整個地區搜尋牠留下來的腳印、毛髮或是糞便。他們的隊長說，他們很快就會有一些可靠的ＤＮＡ，這樣就可以顯示那些嘲笑他們的人，只是一群迂腐、固執、落伍的否認真理的人。

非常迅速。

澤伯的故事，謝謝你們，晚安

謝謝你們送我這條魚。

謝謝的意思是……謝謝就是說你們為我做了件好事，或者是你們認為的好事，那件好事就是給我一條魚，讓我很高興，但真正讓我高興的原因，是你們希望我高興，這就是謝謝的意思。

不，你們不需要再給我一條魚。我現在已經夠高興了。

你們難道不想聽澤伯的故事嗎？

那你們就得專心聽。

澤伯下了那些山峰積雪的高大山脈，剝了熊皮，披在自己的身上之後，便向那隻熊說謝謝。跟熊的靈魂說謝謝。

因為那隻熊不但沒有吃他，還讓他把自己給吃掉，而且還讓他披上自己的毛皮。

靈魂就是在你身體死了以後沒死的那個部分。死就是……就是魚被抓然後被煮了之後那樣，不，並不是只有魚會死。人也會死。

是的。每一個人。

沒錯，你們也會，以後。現在還不到時候。要等很久以後。

我不知道為什麼，是克雷科將它變成這樣的。

因為……

因為要是萬物都不會死，並且生下越來越多寶寶，世界就會變得過於擁擠，沒有任何生存空間。

不，你死的時候不會放在火上烤，因為你不是一條魚。

不，那隻熊也不是魚。牠是以熊的方式死的，不是魚的方式。所以牠沒有被放在火上烤。

是的，澤伯也許也有向奧麗克絲說謝謝，還有那隻熊。

因為奧麗克絲讓澤伯吃她的孩子，奧麗克絲知道她的一些孩子會吃其他孩子，牠們就是這樣，那些牙齒尖尖的孩子。所以她知道澤伯也可以吃一個她的孩子，因為他非常餓。

我不知道澤伯有沒有對克雷科說謝謝。你們下次看到澤伯，或許可以問他，反正，克雷科並不負責熊，奧麗克絲才負責熊。

澤伯為了保暖披上熊皮。

因為他很冷，因為那裡非常冷，因為那裡四周都是山峰積雪的山。

雪就是冰凍成小塊小塊稱作雪花的水，冰凍是當水變成了如石頭一樣硬。

不，雪花與雪人吉米沒有任何關係，我不知道為什麼他的名字有一個字與雪花相同。

我把手放在額頭上，這樣做是因為我頭痛，頭痛就是你的腦袋裡面疼痛。

謝謝，我相信做呼嚕聲會有幫助，不過要是你們少問一點問題，也會很有幫助的。

沒錯，我想亞曼達一定也頭痛，或是哪裡痛，你們可能應該為她做一些呼嚕聲。

我想澤伯的故事今晚就講到這裡。你們看，月亮升起來了。你們上床的時間到了。

我知道你們沒有床，但是我有一張床，所以我上床的時間到了。晚安。

晚安的意思就是我希望你會睡得安穩，能夠安然過夜，沒有不好的事情發生在你身上。

嗯，比如說……我想不出來會有什麼不好的事發生在你們身上。
晚安。

傷疤

Scars

她盡量低調行事，每天晚上跟克雷科人講完故事以後就一個人偷偷溜出去，到沒有人看見的地方與澤伯相聚。但她騙不了誰，至少騙不過人類。

當然，他們會覺得這很好笑，至少那些年輕的會——閃狐、蓮灰蝶、小柯、小薛和吸蜜蜂鳥，連芮恩大概也會這麼想，甚至亞曼達，熟年人的戀情總會讓他們成為笑柄。對於年輕人來說，苦戀與中年人並不是很搭調的組合，至少會被當作一場喜劇來看。在某個時刻，女人會從甜美和酥軟變得乖戾和凋零，從富饒的大海變成了貧瘠的沙地，他們一定認為桃碧已經到了那個階段，因為她熬草藥，採集蘑菇，為人敷蛆，照料蜜蜂，除疣——都是些老太婆的工作。這些都是適合她的專業。

至於對澤伯，他們則是疑惑不解多過嘲笑心態，從社會生物學的角度來看，他站在雄性制高點應該做的事：撲向那些正值適婚年齡暈陶陶的女子，行使他的權力，讓她們受孕，讓會生孩子的女人為他傳宗接代——她就不行。那麼，他為什麼浪費自己寶貴的精子呢？他們一定搞不懂，為什麼不把精子明智地投資在，比方說閃狐的卵子上，那女孩肯定也這麼想，只要看她的肢體語言就知道了：睫毛眨啊眨的，雙峰堅挺、撩弄髮梢、展示腋窩，她差不多會像克雷科人一樣露出藍屁股了，成群的狒狒。

別這樣，桃碧，她對自己說。爭端就是這樣開始的，在那些被放逐到孤島上、遇到船難或是受到圍攻的人所形成的小圈子裡：妒忌和紛爭，分裂了集體的思維。接著，敵人或是凶手就進來了，像陰影偷偷從我們忘了關好的門縫溜進來，因為我們被自己的黑暗面分了心：醞釀著心底的小仇恨，沉溺於微不足道的不滿，互相謾罵，丟擲碗盤。

被圍攻的群體裡很容易發生這種怨恨：如此毀謗和內鬨。在園丁會，他們會針對這個問題進行深度心靈課程。

自從他倆成為情人之後，桃碧總是夢見澤伯離去。實際上，他真的是在她做夢的時候離去了，因為桃碧那如雜物儲藏室的小房間裡，單人床上根本沒有足夠的空間給兩個人睡，所以，每到半夜澤伯就會像老派英式鄉村別墅喜劇裡的人一樣地偷溜出去，摸黑回到他自己狹窄的小隔間。

但在她夢裡他是真的走了——很遠的地方，沒人知道他去了哪裡——桃碧站在泥草屋的籬笆外頭，順著眼前的那條路望去，那條路已經長滿了葛藤，到處都是倒塌房屋的殘骸和被撞毀的車輛。她聽到一個輕柔微弱的聲音，又像是哭泣。「他不會回來了。」那水色般的聲音說，「他永遠也不會回來了。」

那是女人的聲音：是芮恩、亞曼達，還是桃碧自己？情境甜美而感傷，像一張粉蠟筆畫的卡片——要是在清醒時，她一定會覺得煩，但夢裡面是不存在嘲諷的。她哭得衣服都被眼淚沾濕，淚珠像藍綠色的瓦斯火焰在已經暗下來的場景裡閃爍，難道她在洞穴裡？但接著，有一隻像大貓的動物來安慰她，在她身上蹭著，像風一樣地發著呼嚕聲。

她醒來的時候發現房間裡有個克雷科男孩，他掀開了裹在她身上潮濕被單的一角，正輕柔地撫摸著她的腿。他身上有橘子的味道，還有別的氣味，柑橘空氣清新劑。他們都有這種氣味，但年輕的氣味較濃。

「你在做什麼？」她盡量保持平靜地問。她心想，我的腳趾甲好髒，又髒又凹凸不平。指甲刀：把它寫在搜集物資的單子上，對比孩子手上完好的皮膚，她的皮膚顯得很粗糙，他體內發光嗎？還是因為他的皮膚那麼細緻而反射了光線？

「噢桃碧，妳下面有腿，」男孩說，「跟我們一樣。」

「是的，」她說，「我有。」

「妳有乳房嗎，噢桃碧？」

「有啊，我也有。」她微笑地說。

「妳有兩個嗎？兩個乳房？」

「沒錯。」她說，忍著不附加上「到目前為止」。他以為她有一個、三個，還是六個，像一隻狗一樣？他有接近觀察過一隻狗？

「噢桃碧，妳兩腿之間會有一個嬰兒出來嗎？等妳變成了藍色以後？」

他想知道什麼？像她這種不是克雷科的女人能不能生孩子，還是她有沒有可能生孩子？「如果我還年輕，就可能會有嬰兒出來。」她說，「但現在不行了。」其實她的年齡並不是決定因素。如果她有個不一樣的人生，如果她那時候不需要那筆錢，如果她活在另一個宇宙裡。

「噢桃碧，」克雷科男孩說，「妳生了什麼病？妳受傷了嗎？」他伸出美麗雙臂擁抱她，他奇異的綠眼睛裡泛出了淚水嗎？

「不要緊，」她說，「我現在已經好了。」在園丁會收容她之前，在平民區的時候，她出賣了一些卵子來付房租。她受到感染：未來她再也無法生孩子。她無疑在多年以前就將那份悲痛埋葬起來，無論如何都應該這麼做。整體來看——以為那些用人類角度來思考的情況——都是毫無意義、應該摒除的情緒。

她差一點接著說：「我身體裡面，有幾處傷疤。」但她沒有把話說出口。*噢桃碧，傷疤是什麼？*

他會這麼問，她就必須解釋什麼是傷疤，傷疤就像在你身上寫的文字，它描述過去在你身上發生過的事情，就像你皮膚上一道會流血的傷口。什麼是文字，噢桃碧？文字就是你在一張紙上——或是石頭上——在一個平面上，就像在海邊沙子上做的記號，每一個記號都有聲音，這些聲音連起來就成了一個字，然後這些字連在一起就成了……妳是怎麼做出這些文字的，噢桃碧？你用鍵盤來做，或者，不是如此——以前的人用筆或是鉛筆來做，鉛筆就是……或者，你可以用一根棍子來做。噢桃碧，我不明白，妳用一根棍子在皮膚上做記號，妳將皮膚割開就成了傷疤，然後傷疤就變成了聲音？它會說話，它會告訴我們一些事情？噢桃碧，我們可以聽到傷疤說什麼嗎？教我們怎麼做那些會講話的傷疤！

不，她不能提起有關傷疤的事。不然可能會給克雷科人某種啟發，於是開始切割自己，看看是否可以將聲音釋放出來。

「你叫什麼名字？」她對小男孩說。

「我叫黑鬍。」那孩子嚴肅地說。黑鬍，那惡名昭彰且凶狠歹毒的海盜？這個可愛的孩子？這個長大以後絕對不會有鬍子的孩子，因為克雷科讓他的新物種沒有體毛。許多克雷科人有很奇怪的名字。澤伯說，是克雷科為他們取的名字——那個有著扭曲的幽默感的克雷科。不過，他們為什麼不能有奇怪的名字來配他們的古怪？

「噢黑鬍，很高興認識你。」她說。

「噢桃碧，妳會吃自己的糞便嗎？」黑鬍說，「跟我們一樣？幫助我們消化葉子？」

什麼糞便？可以吃的便便？沒有人跟她提過這個！「噢黑鬍，你該去找你媽媽了。」桃碧說，「她一定在擔心你。」

「不會，噢桃碧。她知道我和妳在一起。她說妳很好又很善良。」他微笑著，顯露他完美的小牙齒：令人陶醉。他們都是那麼的吸引人——好像噴畫修圖的化妝品廣告。「妳跟克雷科一樣好，又如奧麗克絲一般地仁慈。噢桃碧，妳有翅膀嗎？」他伸長了脖子，試著看她背後。或許他之前擁抱她，只是想偷摸看看她背後有沒有長過翅膀的突起。

「沒有。」桃碧說，「沒有翅膀。」

「等我大一點以後，就會跟妳交配，」黑鬍說。他一副自告奮勇的樣子。「即使妳……即使妳只有一點點藍。然後妳就會有一個嬰兒！它會在妳的骨穴裡成長！妳就會很快樂！」

只有一點點藍。這肯定意味著，他察覺到年齡的差距，雖然克雷科人沒有一個用來形容老的詞。「謝謝你，噢黑鬍。」桃碧說，「現在快去吧，我要吃早餐，然後我必須去看看吉米——去看雪人吉米——看看他的病好點沒有。」她坐起身來，將雙腳平踩在地，暗示那個男孩離開。

但他不懂這個暗示，「什麼是早餐，噢桃碧？」她忘了：這些人不是這麼進餐的，他們吃草，像草食動物一樣。

他瞧瞧她的雙筒望遠鏡，用手指戳戳她那疊床單，現在正摸著她那支斜靠在牆角的步槍，這是一般正常的人類孩子可能做的事：無所事事地亂碰，好奇地玩弄東西。「這是妳的早餐嗎？」

「別碰那個，」她有一點嚴厲地說，「那個不是早餐，那是一種特別用來……早餐是我們在早上吃的東西——跟我一樣，多了一層皮膚的人。」

「是魚嗎？」男孩說，「這個早餐？」

「有些時候，」桃碧說，「但是今天的早餐，我要吃一隻動物的一部分。一隻有獸皮的動物。說不定我會吃牠的腿，腿裡面會有很臭的骨頭。你不會想看到那麼臭的骨頭，對不對？」她說。這樣一定可以擺脫他。

「不想。」那孩子遲疑地說。他皺起了鼻子。但是，他似乎很好奇：誰不想從窗簾後面偷窺怪物們令人作嘔的盛宴呢？

「那你就該走了。」桃碧說。

他還是待在這兒不走。「雪人吉米說混沌裡的壞人吃了奧麗克絲的孩子們，」他說，「他們一直殺、一直殺牠們，然後一直吃、一直吃，他們總是在吃孩子。」

「沒錯，他們是，」桃碧說，「不過他們吃的方式不對。」

「那兩個壞人也用錯誤的方法吃嗎？那兩個逃跑的壞人？」

「對啊，」桃碧說，「他們就是。」

「妳怎麼吃牠們呢，噢桃碧？那些孩子們的腿？」他睜著大眼睛盯著她看，彷彿她即將要長出獠牙，朝他撲去。

「正確的方法。」她說，心裡希望他不會問她正確的方式是什麼。

「我之前看到一根很臭的骨頭，在廚房後面。那是早餐嗎？壞人會吃這種骨頭嗎？」黑鬍問。

「沒錯，」桃碧說，「但是他們也做別的壞事，許多很壞的事情，比這個更糟糕的事情，所以我們必須非常小心，不要自己一個人到森林裡去。如果你看到這些壞人，或是任何跟他們一樣的人，一定要立刻來告訴我，或者告訴柯洛齊、蕾貝佳、芮恩，或是象牙啄木鳥，我們任何一個人都可以。」她已經跟所有的克雷科人提過好幾遍，包括大人，但是她不能確定他們有沒有聽懂。他們瞪著她點頭，慢慢地咀嚼，似乎在思考，但他們好像並不害怕。他們缺乏恐懼這件事，令人擔憂。

「但不能告訴雪人吉米或是亞曼達，」男孩說，「我們不能跟他們說，因為他們生病。」他至少懂得這麼多。他停頓了一下，好像在思考。「但是澤伯會把壞人趕走。然後一切都會變得很安全。」

「是的，」桃碧說，「然後一切都會變得很安全。」克雷科人已經建立了一套有關澤伯的堅定信仰，不久後，他就會變成全能，能夠治癒任何疾病；可能會變得很麻煩，因為他當然不是全能的，桃碧心想，甚至不足以幫助我。

但是澤伯的名字讓黑鬍感到安心，他又露出了微笑，舉起一隻手，輕輕地向她揮著，像古代的總統、車隊裡的皇后、一個電影明星，他從哪裡學來的這個手勢？他這時側身向後挪步，出了門扉直到轉彎處，他都一直注視著桃碧。

她心想，我嚇到他了嗎？他回去後會不會開始跟其他人講述噁心的奇聞軼事，就像真的孩子——他就是真的孩子——一樣？

紫羅蘭環保廁所

在主屋外頭，這一天早已開始。其他人一定已經吃過了早餐，但閃狐和象牙啄木鳥還在餐桌旁，兩個人無疑正在進行謎樣的調情，她是為了練習，他卻認真到可悲。

桃碧四下張望尋找澤伯，卻看不到他的身影；或許他正在洗澡。柯洛齊正趕著魔髮羊群出發；吸蜜蜂鳥跟他一起，拿著一支噴槍幫柯洛齊護衛。吉米的吊床在一棵樹下，有克雷科三人組看護著。

蓮灰蝶和芮恩正在幫泥草屋加蓋。瘋狂亞當的成員投票贊成新增一些寢室隔間；他們會建得比較寬敞，比較像真的房屋。屋子的核心結構原本是為了示範古代的建築方法：仿製的古物，就像水泥製的恐龍。以前，生命之樹自然物料交換市集就在這裡進行；桃碧記得那時候跟園丁會的人一起來賣再生肥皂、醋、蜂蜜、蘑菇和在屋頂上種植的蔬菜，那時還有買賣活動，還有人在從事買賣。

她心想，我得去尋找一些蜜蜂，樹上一定有一些存活下來的蜜蜂，找幾個蜂箱來照顧不但可以讓我平靜，也很實用。

泥草屋的加蓋工程必須分階段完成。今天早上芮恩和蓮灰蝶在上面印有米老鼠的塑膠戲水池裡混合泥漿、稻草和沙子。木框已經裝上，層層泥草是一天一天加上去的。每天下午的雷陣雨對乾燥中的泥草是個問題，但幸好找到幾片塑膠布來遮蓋。

亞曼達坐在他們兩個附近，手放在腿上，什麼也不做。許多時間她都是這樣無所事事，桃碧想，也許療癒就是慢，就像慢火烹煮，也許這樣會有更好的結果。不過至少她的體重增加了一點，過去幾天，她一直在努力：拔一兩根雜草，鏟除幾隻蛞蝓或蝸牛。以前在伊甸崖屋頂花園的時候，他們會幫這些草食同好搬家到樓下的街道——包括蛞蝓，他們反覆念經似地說：牠們也有生存權，但總不能在沙拉碗這種不妥的地方生存，因為可能會被嚼死。但是現在牠們數量實在太多——每一株植物好像都在自動繁殖蛞蝓和蝸牛一樣——因此，大夥兒心照不宣地達成共識，現在都把牠們丟進鹽水。

亞曼達似乎有點熱衷這項任務，儘管要看著牠們扭動冒泡，但是泥草屋的加蓋工作對她來說太重了。她曾經是那麼堅強：沒有什麼嚇得倒她，她曾是強悍的鼠民，靠著智慧存活下來，能應付任何事情。她跟芮恩比起來，芮恩是比較弱的那個，膽子也比較小。無論在亞曼達身上發生了什麼事——不管那些痛彈場的傢伙對她做了什麼事——肯定非常極端。

幾個克雷科孩子正在看他們混合泥土。他們肯定會問問題：你為什麼做這個？你在做混沌嗎？那些在頭上有黑圓形的東西是什麼？米老鼠是什麼？可是他們看起來一點也不像老鼠啊！我們看過老鼠，牠們沒有白色大手，等等的問題。在「瘋狂亞當」營地的任何新發現對他們來說都是奇蹟的開端。昨天，柯洛齊在放羊的時候拾到一包菸，那些克雷科人到現在還念念不忘，他點燃一根白色的小棍！他把它放進嘴巴裡！他將煙吸進身體裡！你為什麼要這麼做，噢柯洛齊？煙不是用來呼吸的，煙是用來烤魚的，等等的話。

「你就告訴他們克雷科說的。」桃碧這麼說，於是柯洛齊就這麼做了，克雷科這著棋是萬用的。

幾個克雷科人——幾個女人和幾個比較小的孩子——在泥草屋籬笆外頭一處舊時的兒童遊樂場，不停地咀嚼著覆蓋在鞦韆上的葛藤，葛藤是他們喜歡的植物之一，這顯示出克雷科的先見之明，因為葛藤在短期內是不會用完的。他們差不多把塑膠滑梯的紅色表面全部挖了出來，孩子們撫摸著它，彷彿它是活的生物，要不是他們開始啃食葛藤，誰還記得那下面埋著鞦韆？

桃碧朝紫羅蘭環保廁所那裡走去，不單是因為她想上廁所，也是因為閃狐還沒離開早餐桌之前，她不想過去。她有意識的壓抑著自己不要說出蕩婦這個字：女人不應該把這個字用在另一個女人身上，尤其不能毫無實據。

真的嗎？她內心那個想罵蕩婦的聲音問，妳看過她看澤伯的樣子，那對像捕蠅草的睫毛、眼眸斜射出的秋波，活像個過氣的廉價機器妓女廣告：抗菌纖維、百分之百自動沖洗液體、栩栩如生的呻吟，緊度可調整，以獲得最高滿足感。

她吸了一口氣，回想著園丁會冥想練習。她觀想自己的憤怒像蝸牛觸角一般被擠出皮膚，然後讓怒氣的幼苗快速凋謝消失。她朝閃狐的方向溫柔笑著，心裡想，妳要的只是一場快打，妳奪取他只是為了證明妳辦得到，為了將他釘上妳掛滿獎盃的戰功牆，妳對他毫無所知，無法好好珍惜他，他不屬於妳，妳不曉得我等了多久……

但這並沒有任何價值，沒有人在乎，這世上不存在公平、不講歸屬權，她也無權占有。如果澤伯與閃狐一起倒在床上——即使他是躡手躡腳地過去，或者順勢趁亂上了床——她也沒有資格說一句話。照她看來，他早就腳踏兩條船了，在她帶著深情入睡後離去——不過他們倆或許太像好友了，他們之間的革命情感是否太多了一點？——但私底下卻飢餓如常；於是便鬼鬼祟祟地走到外頭、走入另一道門，飢渴地投入閃狐的懷抱裡。

她一想到這些就受不了，所以她不去想。不要去想，竭盡全力不要去想。

紫羅蘭環保廁所是以前的公園設施：三間男用，三間女用。它們的太陽能電池還在運轉，操作著那些紫外光ＬＥＤ和小型通風扇的馬達。只要這些環保廁所還可以用，「瘋狂亞當」成員就不需要在外頭挖坑當廁所。幸好在附近的大街小巷裡可以搜集到許多衛生紙，在瘟疫那段打劫時期沒有太多人想要搶這項物品。你拿一大捆衛生紙有什麼用？又不能用來灌醉自己。

廁所的牆壁上滿是平民區居民的塗鴉：好幾個世代的人，一層覆蓋過一層。曾經還有一些致力於禮儀規範的人設法將這些塗鴉塗掉，但只需要幾個有自我表達傾向的無政府主義小鬼，就能夠在一小時內破壞一群人花三天清理乾淨的牆面。

親愛的達倫，我是你奴才，你是我的國王

你是我最<3（愛）的人

幹死公司集團

蘿芮思是個自大的婊子

我希望你被十萬隻鬥牛狗幹

在廁所牆上寫字的人應該把他們的屎揉成小球；讀這些詼諧字詞的人，應該把揉成球的屎吃下去

打電話給我／讓你的$花得夠本／讓你沒日沒夜叫不停，然後死在一灘精液裡

別擋我路，混蛋，不然我就用刀子砍你

還有一個膽小，沒寫完的：**試著去愛世界需要……**

吃什麼，到哪裡拉屎，怎麼避難，殺什麼人或是什麼東西：難道這些就是最基本的考量嗎？桃碧心想。我們已經到了這種地步嗎？我們墮落至此，或是回到原本的模樣？

然後呢，妳愛誰？誰又愛妳？誰又不愛妳？這下仔細想想，有誰深深痛恨著你。

眨眼

樹下的吉米還在沉睡著。桃碧查看了他的脈搏，比較平緩；為他換了蛆——他腳上的傷口已經不再潰爛；灌了他一些摻了罌粟的蘑菇藥水。

幾張椅子呈橢圓形圍繞著吊床，彷彿吉米是祭拜儀式中的主要供品：一條龐大的鮭魚，或是一隻被擺在大淺盤上的野豬。三個克雷科人輪流為他做呼嚕聲：兩個男人和一個女人，他們的皮膚分別為金色、黑檀色和乳白色。每幾個小時會有另外三個換班。他們呼嚕的耐力是否有一定的量？是否跟電池一樣需要充電？他們當然需要一些時間吃草和喝水，但是呼嚕這件事本身是否具有電頻呢？

我們永遠都不會知道，桃碧心想，她捏著吉米的鼻子，讓他打開嘴巴：現在沒辦法在他們的腦袋上連線進行科學研究，再也無法這麼做了。對他們來說這是幸運，要是在以前，他們會在「天塘計畫圓頂屋」被敵對的公司團綁架，這些人用針筒注射、電擊、探測以後，還會將他們切開來看他們的組成物。他們運作的動力是什麼，他們怎麼做呼嚕聲，他們如何理解事物，還有，如果有任何東西，會讓他們生病，那是什麼，最後，他們會成為ＤＮＡ樣本存放在冷凍庫裡。

吉米吞下了藥水，嘆了一口氣，他的左手抽搐了一下。「他今天怎麼樣？」桃碧問那三個克雷科人，「他完全沒醒過嗎？」

「沒有，噢桃碧，」那金色皮膚的男人說，「他在旅行。」他有鮮紅色的頭髮和細長的四肢；儘管他有這樣的膚色，看起來還是像童話故事書裡的人物，一個愛爾蘭民間故事。

「但是他現在停下來了，」黑檀色的男人說，「他爬到了樹上。」

「那不是他的樹，」乳白色的女人說，「不是他居住的樹。」

「他在這棵樹上睡著了。」黑檀色的男人說。

「你是說，他在他的睡眠中睡覺？」桃碧說，這似乎有點不對勁：這根本不可能。「在樹上，在他夢裡？」

「是的，噢桃碧。」乳白色的女人說。他們三個都用閃爍的綠眼睛盯著她看，彷彿她正在晃動逗貓繩，他們卻是提不起勁的三隻小貓。

「他可能會睡上很長的一段時間，」金膚色的男人說，「他被困在樹上。如果他不醒來回到這裡，他以後就再也不會醒來。」

「但是他就要復元了！」桃碧說。

「他很怕，」乳白色的女人用平淡的口吻說，「他很怕這個世界上的事物。他怕那些壞人，也怕那些像豬的東西。他不想醒來。」

「妳能跟他說嗎？」桃碧說，「能不能告訴他醒來比較好？」試一試也無妨：說不定他們有某種人類聽不到的溝通方式，能夠聯繫吉米，電波傳送，或是震動，無論他在哪裡。

但是他們現在沒在看她，他們在看芮恩和蓮灰蝶，她們正拖著躲在身後的亞曼達，往他們的方向走來。

她們三個人在三張空椅子上坐了下來，亞曼達有點遲疑。芮恩和蓮灰蝶因為蓋房子被弄得全身泥濘，亞曼達倒是挺乾淨的，她們兩個每天早上都幫她洗澡，為她選乾淨的被單，還幫她編辮子。

「我們想稍微休息一下，」芮恩說，「來看看吉米——雪人吉米現在怎麼樣。」

那乳白色的女人對她們露出大大的笑容，那兩個男人的笑容比較輕微：克雷科男人現在在泥草屋的年輕女子面前會很緊張。自從他們了解到她們不能接受放縱的群交之後，他們就不知自己該做什麼了，他們開始低聲討論，讓那乳白色的女人獨自做呼嚕聲。

她是藍的嗎？一個是藍色，以前那兩個也藍過，我們將自己的藍色和她們的藍色結合，但卻不能讓她們快樂，她們跟我們的女人不一樣，她們不快樂，她們壞掉了。是克雷科創造她們的嗎？他為什麼把她們做成那樣，讓她們不快樂？奧麗克絲會照顧她們。但如果她們不像我們的女人，奧麗克絲會照顧她們嗎？等雪人吉米醒來以後，我們可以問他這些事情。

桃碧心想，那樣我就會想當一隻停在牆壁上的蒼蠅，聽聽看吉米在人前——或是說「半人」前——如何為克雷科的做法辯護。

「吉米——雪人吉米會沒事嗎？」蓮灰蝶問。

「我想會的，」桃碧說，「這要看他的……」她不想說「免疫系統」，因為克雷科人會聽到。什麼是免疫系統？那是一種在你身體裡面的東西，對你有益，並且讓你強壯。我們可以在哪裡找到免疫系統？是克雷科給的嗎？他會給我們免疫系統嗎？等等。「這要看他做的夢。」克雷科人沒有說話：到目前為止，還算順利。「不過我相信他很快就會醒來。」

「他需要吃點東西，」蓮灰蝶說，「他好瘦！他不能什麼都不吃啊。」

「人可以很長一段時間不吃東西，」芮恩說，「他們在園丁會會斷食，你知道嗎？可以持續好幾天，好幾個星期。」她俯下身，伸手將吉米的頭髮往後捋了捋。「真希望可以幫他洗頭，」她說，「他的身體開始發臭了。」

「我覺得他剛剛好像說了什麼。」蓮灰蝶說。

「他只是嘴裡胡亂嘟囔，我們可用海綿擦。」芮恩說，「就像，擦澡。」她屈身向他靠得更近一些，「他看起來有一點乾癟，可憐的吉米，但願他不會死。」

「我一直在幫他補充水分，」桃碧說，「也有餵他蜂蜜。」為什麼自己聽起來像護士長？「我們有幫他清洗，」她辯護道，「每天都會。」

「哦，他的燒已經沒有那麼熱了，」蓮灰蝶說，「他的體溫下降了，妳不覺得嗎？」

芮恩摸了一下吉米的額頭。「我不知道，」她說，「吉米，你能夠聽到我的聲音嗎？」他們都看著：吉米沒有抽動。「我覺得他還是在發燒。亞曼達？妳摸摸看。」桃碧想，她在試著讓她參與，讓她開始對某些東西感興趣，芮恩一直是個好心的孩子。

如果叫蓮的那個變成藍色，我們是否應該跟她交配？不行，我們不能這麼做。你不能唱歌給她們聽，不能摘花給她們，不能對她們搖擺你的陰莖。這些女人會嚇得尖叫，即使我們獻花，她們也不會選擇我們，她們不喜歡搖擺的陰莖。我們不能讓她們快樂，我們不知道她們為什麼會尖叫。但有時候她們被嚇到時不會尖叫，有時候她們……

「我需要躺下來。」亞曼達說。她站起來，她搖搖晃晃地走向泥草屋。

「我真的很擔心她，」芮恩說，「她今天早上吐了，早餐什麼也沒吃。這真是極度的『休耕』狀態。」

「說不定是病毒，」蓮灰蝶說，「她吃了什麼不乾淨的東西。我們真的需要更好的洗碗方式，我不覺得我們的水……」

「你們看，」芮恩說，「他眨了一下眼睛。」

「他在聽妳說話，」乳白色的女人說，「他在聽妳的聲音，現在他在走路。他很快樂，他想跟妳在一起。」

「跟我？」芮恩說，「真的？」

「是的。妳看，他在微笑。」他的臉上的確有微笑，或許只是一絲笑容，桃碧心想。但也許只是因為脹氣，跟嬰兒一樣。

那乳白色的女人揮手趕走停在吉米嘴上的蚊子。「他很快就會清醒過來。」她說。

黑暗中的澤伯

Zeb in the Dark

黑暗中的澤伯

天黑了。桃碧躲開了她跟克雷科人講故事的時間，這些故事讓她疲憊不堪，她不但得戴上那頂荒誕的紅帽子，按照儀式吃那些並沒有每次都煮熟的魚，還得捏造那麼多故事。她不喜歡說謊，這些不是刻意的謊言，但她總得迴避那些黑暗、複雜的真實環節，這有點像一邊烤土司一邊得防止它烤焦。

「我明天會過來，」她告訴他們，「今晚我必須為澤伯做件重要的事情。」

「妳必須做什麼重要事情，噢桃碧？我們想當妳的助手。」至少他們沒有問重要是什麼意思。他們似乎已經歸納出它的意思：介於危險與美味之間。

「謝謝你，」她說，「但這事情只有我自己能做。」

「那是有關那些壞人的事嗎？」小黑鬍問。

「不是，」桃碧說，「我們已經有好多天沒有看見那些壞人了。他們或許已經走遠了。不過我們還是要小心，如果看到他們一定要告訴其他的人。」

柯洛齊私下告訴她，一隻魔髮羊不見了——紅髮被綁成許多辮子的那一隻——但牠也許是在吃草的時候走失了。要不然就是被綿羊獅給銜走了。

桃碧想，也許更糟糕：人為的。

這天很悶熱，就連午後的雷雨也無法消除空中的濕氣，在正常的情況下——但什麼是正常？——

這種天氣會讓極度飽滿的色欲泄得乾涸；就像被蒙在潮濕的床單下。她跟澤伯應該感到軟弱、無力、精疲力盡，他們卻比往常更早躲開其他人，濕滑地纏繞在渴望中，每一個毛孔都帶著貪婪，每一根毛細管都充脹著，如蠑螈在水坑裡翻滾。

這時暮色深沉。一片紫黑籠罩大地，蝙蝠像皮製蝴蝶飛來掠去，夜裡的花朵綻放，空氣中充滿麝香。他們倆坐在廚房外面的菜園裡，享受夜裡的微風，在那裡正好。他們的十指鬆散地交纏著；桃碧依然能夠感覺到一股微弱的電流在他們之間流竄，燦爛的小飛蛾在他們的頭上閃爍著，她心裡想，對牠們來說，我們聞起來究竟像什麼？像蘑菇？被捏碎的花瓣？還是露水？

「你要幫我一下，」桃碧說，「我需要更多的故事，好繼續講給克雷科人聽。他們對你的故事著迷。」

「像什麼？」

「你是他們的英雄。他們想知道你一生的故事。你神奇的誕生，你的超自然事蹟，你最喜愛的食譜。對他們來說，你就像皇家成員一樣。」

「為什麼是我？」澤伯說，「我以為克雷科把那些都拿掉了，他們不應該對這方面感興趣。」

「嗯，他們就是，對你著了迷，你是他們的搖滾巨星。」

「莫名其妙。妳就不能隨便鬼扯嗎？」

「他們像律師一樣交叉質詢，」桃碧說，「我最起碼需要一些基本的資料，故事的素材。」她想要知道澤伯的背景，到底是為了克雷科還是自己？兩者都是。但大都是為了她自己。

「我的事人盡皆知。」澤伯說。

「不要推託。」

澤伯嘆了一口氣。「我很討厭回想那些過去。那是我以前必須過的日子，我不喜歡回顧。反正，誰會在乎呢？」

「我在乎。」桃碧說。她心想，你也在乎。你仍舊在乎。「我在聽。」

「妳真的那麼堅持？」

「我有整個晚上。所以，你生在……」

「好吧，沒錯，」他又嘆了一口氣，「好，但妳必須先了解一件事：我們都有很糟的母親。」

「怎麼個糟法？」她對著那張幾乎看不見的面孔說。那是一面頰骨、一片陰影和一隻閃爍的眼睛。

澤伯出生的故事

我戴上了雪人的紅帽子，也吃了魚，並且聽過了那閃亮的東西。現在我要開始講澤伯出生的故事。

你們不需要唱歌。

澤伯不像雪人，他不是從克雷科那裡來的，他也不是奧麗克絲做的，跟兔子不一樣。他出生的方式跟你們相同，他跟你們一樣，在骨穴裡成長，然後經過骨道出來，就跟你們一樣。

因為在衣服這一層皮膚底下，我們跟你們一樣。幾乎一樣。

不，我們不會變成藍色，但是我們有時候可能聞起來很藍。不過，我們的骨穴是一樣的。

我認為我們現在不需要討論有關藍色陰莖的事情。

我知道它們比較大。謝謝你們指出這一點。

對，我們有乳房。我們女人有。

沒錯，兩個。

是的，在前面。

不，我現在不要給你們看。

因為這不是有關乳房的故事。這是有關澤伯的故事。

很久以前，在混沌的那個時期——在克雷科將它們全都清除以前——澤伯住在他母親的骨穴裡。

奧麗克絲在那裡照顧他，就像她照顧所有住在骨穴裡的生物一樣。然後，他經過骨道來到了這個世界，變成了嬰兒，然後他成長。

他有一個哥哥叫做亞當，但是亞當的母親跟澤伯的母親，不是同一個。

因為亞當很小的時候，他的母親逃跑了，離開他的父親。

逃跑的意思就是她很快地到了另一個地方，不過，她不一定是用跑的，她也可能用走的，或是開……所以，亞當從此以後就再也沒有看過她。

是的，我相信他很難過。

因為她還想要與更多的男性交配，不光是與澤伯的父親，至少，澤伯父親是這麼說的。

沒錯，這麼想是好事，她如果能夠與你們住在一起，就會很快樂，她就能夠跟你們一樣，同時與四名男性的交配。這樣，她就會很快樂！

但澤伯的父親並不這麼認為。

因為他與她做了一件叫做結婚的事情，在結婚這件事裡，一個女人只能有一個男人，一個男人也只能有一個女人，雖然有時候有些人會有比較多的伴侶，但那其實不應該發生。

因為那是在混沌的時期，那是混沌時期的規矩，這就是你們無法理解的原因。

現在已經沒有結婚了，克雷科將它清除掉了，因為他認為結婚是件很愚蠢的事情。

愚蠢的意思就是克雷科不喜歡的東西。有很多東西在克雷科看來都很愚蠢。

是的，美好、仁慈的克雷科。你們要是再唱歌，我就不說故事了，因為這樣我會忘記要說什麼。

謝謝你們。

那麼，亞當的父親又找到另外一個女人跟他結婚，然後澤伯就出生了。這樣，小亞當就不孤獨了，因為他有了一個弟弟。亞當和澤伯會互相幫助。但是澤伯的父親有時候會傷害他們。

我不知道為什麼。他認為痛對孩子們來說是件好事。

不，他不像那兩個傷害亞曼達的壞人那麼壞。但他不是一個仁慈的人。

我不知道為什麼那時候有人不仁慈，那是混沌時期的現象。

澤伯的母親常常睡覺，或是做一些自己想做的事情。她並不是很喜歡小孩。她會對他們說：「你們會害死我。」

很難解釋「害死我」的意思。這表示他們做的事讓她不高興。

不，澤伯沒有殺他的母親，「害死我」只是她說說而已。但她常這麼說。

如果不是真的，她為什麼這麼說？那……那些人就是那樣說話的。那不是真的，也不是不真。而是在兩者之間。那是一種說出你可能有的感受的方式。那是說話的方式。說話的方式的意思就是……

你們說得沒錯。澤伯的母親也不是仁慈的人。有時候她會跟澤伯的父親合力將澤伯鎖在壁櫥裡。鎖就是……壁櫥就是……那是一個很小的房間，裡面黑漆漆的，澤伯不能出來。至少，他們以為他出不來。但澤伯很快就學會怎麼打開上鎖的門。

不，他的母親不會唱歌，不像你們的母親，不像你們的父親，不像你們。

但是澤伯會唱歌。這是他被鎖在壁櫥裡時，會做的事之一，唱歌。

石油教會的壞小子

澤伯的母親，特魯迪，是個好女人，亞當的母親，費妮拉，是個跟誰都可以睡的蕩婦。至少，這是特魯迪和牧師的說法，由於他倆都認為澤伯是那麼沒用，而他們自己又那麼正直，澤伯自然會覺得自己是領養來的，因為他根本不可能是由那麼完美的DNA組成的。

他以前經常幻想自己是費妮拉遺棄的孩子，一文不值的那個女人必定是他真正的母親。她被迫匆忙逃離，無法帶著他一起跑——她將他放在紙箱裡，擱在他們家前的台階上，後來被這個特魯迪收容踐踏，她不但跟他沒有一點關係還隱瞞事實。費妮拉——無論她在哪裡——十分後悔遺棄了他，打算當她有辦法的時候就回來接他。然後他們就可以一起遠走高飛，盡情去做一大堆牧師不允許的事情。比方說，他可以想像他們倆一起坐在公園的長凳上，一邊吃著甘草軟糖一邊快樂地摳著鼻孔。

但那是他小時候的想法。他一旦了解遺傳學之後，就斷定特魯迪一定偷偷摸摸地跟拿扳手的修理工有一腿，這人也是個強盜和小偷。也說不定是個園丁：她以前常雇用一些非法的德州墨佬，留著一頭黑髮，和澤伯一樣。她會少付他們工資，讓他們用手推車運土、挖出灌木，在她的石頭花園裡傾倒更多的石頭。在澤伯看來，這是她在養育和照料方面唯一重視的部分。她總是在外頭，不是手裡拿著除草叉，就是用熱醋滅毀螞蟻窩。

「當然我也可能是從牧師那裡遺傳到犯罪的習性，他的染色體裡確實有這種成分，」澤伯說，「他只是將他惡劣的罪行修飾一下，讓它們看起來高尚，而我則是真材實料。他鬼鬼祟祟又狡詐，我則是大刺刺的。」

「你不要那麼鄙視自己。」桃碧說。

「妳不懂，寶貝，」澤伯說，「我是在自誇。」

牧師擁有他自己的教派。那時候你如果想要賺大錢，而你擁有的是合法咆哮、欺壓人的設施、你能用三寸不爛之舌鞭打他人的羞恥心，但缺乏在灰色地帶容易兜售的技巧，比如衍生性金融商品交易，成立宗教就是唯一的辦法，說人們想聽的話，向人施壓要捐款，經營自己的媒體，運用它們進行自動語音電話和華而不實的網路活動，與政客勾結或是威脅他們，還有逃稅。你不得不承認這傢伙還是有些厲害之處，雖然他跟椒鹽脆餅一樣扭曲，頭上戴著妄想的光環，是個會拍馬屁又仗勢凌人的大混蛋，可是他並不愚蠢。

從他的成就就可以看出來。到了澤伯出生的時候，牧師已經擁有一個超級教會，那教會建在起伏的平原上，裡面全是大片的玻璃、假橡木凳和人造花崗岩。這個石油教會（The Church of PetrOleum）與另一個比較主流的石油浸信會有些關係。它們有一段時間發展得十分蓬勃，那大約是在可開採石油變得稀缺，石油價格暴漲，平民區迫切需求開始時，許多公司集團的高級主管會到教會擔任演講嘉賓。他們會感謝上帝用煙氣和毒素來福佑這個世界，他們舉目仰視，彷彿石油是從天堂降下來似的，看起來虔誠得要命。

「虔誠得要命，」澤伯說，「我一直很喜歡這句話。以我的拙見，虔誠和要命就像一枚硬幣的正反兩面。」

「拙見？」桃碧說，「從什麼時候開始的？」

「從我遇見妳開始，」澤伯說，「只要朝妳那巧奪天工的美臀望一眼，我就知道自己是個粗製濫造的傢伙。再這樣下去，妳會讓我想用舌頭擦地板。饒了我吧，不然我就不敢再講下去了。」

「好啦，我可以接受你的拙見，」桃碧說，「繼續講吧。」

「我可以親妳的鎖骨嗎？」

「待會兒，」桃碧說，「你先講到重點。」她雖然在調情方面是個新手，卻感到樂此不彼。

「妳要我的重點？妳在挑逗我？」

「晚一點。你不能就此打住。」桃碧說。

「好啊，一言為定。」

牧師自己編了一套神學來撈財，他自然會從《聖經》裡找到一些依據。《馬太福音》第十六章第十八節：「你是彼得，我要把我的教會建造在這磐石上。」

「牧師會說：這不需要什麼尖端科學天才就能夠明白，彼得（Peter）在拉丁文是岩石的意思，所以『彼得』真正的含義跟石油有關，也可以說岩石裡萃取出的油。『因此，這一節，親愛的朋友，並不只是在講聖彼得：這是一個預言，對於石油時代的預知，那證明，親愛的朋友，就在你的眼前，因為你們看！對我們來說，如今還有什麼比石油更貴重？』你真的不得不佩服這個臭老頭。」

「他真是這麼講的？」桃碧說。她到底應不應該笑？她無法從澤伯的語調中聽出來。

「可別忘了還有油（Oleum），這可能比彼得的部分還重要。牧師可以針對油喋喋不休地講上幾個小時。『朋友們，我們都知道 Oleum 在拉丁文是油的意思。而且，事實上，油在《聖經》裡是神聖的！我們用什麼塗抹神父、先知和國王呢？油！它代表神聖選擇，神聖的油！我們還需要什麼證據來證明我們的油的神聖，上帝將它埋藏在岩石裡，讓信徒們用來發揚祂的成就？祂在由我們掌控的地球上賜予我們數不盡的採油設備，讓我們分享祂恩賜的油！《聖經》裡不是說你不應該將燈放在油斗底下？還有什麼比油更可靠，能夠把燈點亮？沒錯！石油，朋友們！聖油不能被藏在油斗下——換句話說，留在岩石下——這麼做就是違背上帝的旨意！讓我們一起高歌，讓石油噴湧成日益強大且被賜福的川流！』」

「你是在模仿他嗎？」桃碧說。

「媽的，沒錯。我不費吹灰之力就可以把他那些廢話倒背如流，我已經聽得夠多了。我跟亞當都是。」

「你很擅長。」桃碧說。

「亞當更厲害。在牧師的教會——還有在牧師的餐桌前——我們並不是為了神的寬恕或者是下雨而祈禱，雖然上帝知道我們本來應該為這些做一點祈禱，但我們為石油祈禱，哦，還有天然氣——牧師把這個也列為神贈與祂的子民們的禮物。每次我們做飯前禱告的時候，牧師就會指出是石油為我們帶來了桌上的食物，因為它讓耕地的曳引機運作，不但是那些將那些食物運到商店的卡車的燃料，也是特魯迪，我們虔誠的母親去商店買那些食物所開的那輛車的燃料，還是那煮食物的高溫能量。我們就好像是在吃油、喝油一樣——從某個方面看來，這倒沒錯——所以你們要下跪！

「每次他講到這裡，亞當跟我就會開始在桌子底下互相踢來踢去。目標是把另一個人踢得痛到他叫出聲或是往後縮，但是自己不能露出一點破綻。因為誰要是出一點聲音，就會被揍或是必須喝小便。甚至更糟。不過亞當從來都沒有叫出聲過。我很佩服他這一點。」

「你說的是真的？」桃碧說，「小便？」

「我摸著良心發誓，」澤伯說，「咦，我那顆鐵石做的心在哪裡？」

「我以為你們喜歡彼此，」桃碧說，「你跟亞當。」

「我們是啊。在桌子底下互踢是男生幹的事。」

「你們那時候多大年紀？」

「太大了，」澤伯說，「不過亞當比較大。只比我大兩歲，但是他是園丁們說的老靈魂。他很有智慧，我很愚蠢。以前一直是這樣子。」

亞當是個瘦小的傢伙。雖然他的年齡比較大，澤伯一滿了五歲，就比他強壯得多。亞當向來是有條不紊，他會盤算，會深思熟慮。澤伯總是很衝動，衝動且常常受到憤怒的左右。這讓他老是惹麻煩，但同時也幫他擺脫麻煩。

但是他們兩個結合起來做什麼都十分順利。他們的腦子互相結合：澤伯是個專做壞事的壞胚子，亞當是個好孩子，卻不大會做好事，或者可以說他會用好事來掩飾自己做的壞事。亞當（Adam）和澤布倫（Zebulon）：就像書擋一樣位於英文字母表的兩端，這可愛的A－Z對稱名字是牧師的主意：他喜歡為所有的事物都附上主題。

他們總是拿亞當做榜樣。為什麼澤伯就不能跟他哥哥一樣守規矩呢？坐直了，不要動來動去的，好好地吃東西，你的手不是叉子，不要用你的衣服擦臉，照你爸爸的話去做，要說「是的，先生」和「不是的，先生」，諸如此類的話。特魯迪老是近乎哀求地這麼說。她只希望能夠討個清靜，不想看到澤伯不聽話或生悶氣的後果——鞭痕、瘀青和傷疤。她不是像牧師一樣的虐待狂。但是她完全以自我為中心。她貪圖享受，牧師則是支付這些享受的那源源不斷的現金的供應者。

她跟澤伯講完亞當是多麼好的模範孩子之後，就會繼續補充亞當的乖巧是多麼難得，更值得嘉許，特別當他是……她每次講到這裡，聲音就逐漸變弱，她和牧師兩個通常都盡量不多提亞當的母親費妮拉。你會以為他們會利用她的那些既可恥又墮落的行為來羞辱亞當——嘲笑他遺傳到的基因——但是他們從未如此。他實在是太天真無邪了，至少他很會裝成那樣，他那雙碧藍的大眼睛和那張俊秀且看起來聖潔的臉。

澤伯找到了一些費妮拉的舊照片——在一個隨身碟裡，那隨身碟在他常被關的那座壁櫥裡某個收納箱的最下面。他在壁櫥裡藏了一盞小燈，這樣在黑暗裡就可以看得見。發現這隨身碟之後，他就把它偷走，然後插入牧師的電腦，看看會發生什麼事。這東西還沒壞：裡面差不多有三十張費妮拉的照片，有一些和亞當一起，還有幾張跟牧師一起，他們都沒有露出多少笑容。他們一定是漏了這個隨身碟，因為除了這些照片以外，他們家裡沒有一張費妮拉的照片。她看起來一點都不像個蕩婦；她和亞當一樣長得消瘦、老實並且擁有一雙大眼。

澤伯迷上了她：要是他能夠告訴她這裡發生的事情，她肯定會站在他這邊，她會跟他一樣痛恨整個情況。她一定早就恨透了這裡，她不是逃跑了嗎？不過她一點也不像會逃跑的那種人，她看起來沒有那麼強壯。

他有時候非常嫉妒亞當，因為他曾經有費妮拉當他的母親，而澤伯只有特魯迪。亞當躲避懲罰的那一套更是讓澤伯生氣，於是他就故意在私底下對他惡作劇：在他床上放糞便，洗臉盆裡放死老鼠，更換淋浴裡的冷水和熱水龍頭——他那時候已經懂得怎麼搞水管——或者就給他來個蘋果餡餅床，把他的床單摺短，讓他睡進去時伸不開腿。盡是一些男生幹的頑皮搗蛋的事。牧師的石油股票和那些如泉湧至的信徒捐款讓他獲益不少，因此他們住的房子也很大，特魯迪和牧師的臥房，位於澤伯和亞當的臥房的另一端，所以亞當要是叫出聲，他們也聽不到，但是亞當從來都沒有叫過；他只是從眼裡散發出我原諒你的那種責備的眼神，這比他叫出聲還要令人討厭十倍。

澤伯有時候會用費妮拉來取笑亞當。他說她一定全身都是刺青，連乳房也是；說她吸食古柯鹼成癮；她是跟一個騎機車的跑了，不，是一票騎機車的，而且跟他們全都睡過，一個又一個；還說她在拉斯維加斯的街上向精神錯亂的毒蟲和患有梅毒的皮條客兜售自己。他為什麼要說這些令人噁心、厭惡的話？這個他視為自己分身一般的女人、一個撒著魔法粉的仙女，僅次於大理石女神的人？天曉得？

奇怪的是，亞當從來都不回嘴。他只是用一種怪異的方式微笑著，好像他曉得什麼澤伯不知道的事情。

亞當從來沒有告發過澤伯那些幼稚的惡作劇。甚至在那個時候，他都已經是個諱莫如深的小傢伙。無論如何，大多數的時候。他們倆都會合作無間。在學校——岩石集團私立學校（CapRock Prep），一所石油公司團創辦的私立學校，只收男生——因為他們父親的職位，大夥兒都稱他們為神聖石油教會的臭娃，但一旦澤伯長得夠大之後，沒有人敢公開招惹他們。亞當自己一個人的話就可能成為攻擊的目標，他長得細瘦又單薄，但要是有誰敢朝他的方向舉起一根手指，澤伯就會把他打得半死，他只需要動手兩次。這種事會傳開來。

斯基利齊的雙手

面對特魯迪和牧師的洗腦隊，亞當和澤伯採用聯合躲避行動。除了懲罰以外，他們在躲什麼呢？任何可能引導他們走向正當道路的事情，走向那神聖的石油教會之路，那條牧師和特魯迪不斷敦促他們走的路。

在亞當這方面，他會用那碧藍的雙眼說謊——除了澤伯以外，他幾乎可以讓所有人相信他像顆還未破殼的蛋一樣地天真——澤伯天生像賊一樣鬼鬼祟祟。因為被懲罰而關在壁櫥裡的時間有它的好處，髮夾對他來說也有它們的用處，沒多久他就能夠偷偷地摸遍整間屋子，他們以為他無疑與一堆冬季外套和過時的電子產品關在一起，他卻正躡手躡腳地翻他們的抽屜和察看他們的電子郵件。開鎖成了他的嗜好，他偷偷利用學校的數位化設施，空閒時並在公共圖書館裡鑽研，過不了多久，駭侵就成了他的專業。在他夢想的世界裡，沒有任何他不能解的密碼，沒有一扇門能夠關得住他，他的夢想隨著年齡和經驗逐漸地實現了。

他一開始只會上一些色情網站、侵害版權的迷幻搖滾和另類音樂節目——不用說，這都是教會禁止的，他們提倡穿戴整齊以及公開發誓保持貞操，而且他們的音樂難聽得如上千隻從外太空來的水蛭怪物。所以澤伯就會一邊戴著耳機聽「螢光屍體」、「胰臟癌」或是「躁鬱白化鉤蟲」的歌，一邊上網瀏覽不斷創新並以巧妙的方式顯示的女性身體部位。這其實真的無礙：這些畫面早已錄好了，因此他所做的只是一種時空旅行而已，並沒有造成任何傷害。

後來，他一覺得自己準備好了，就決定加大賭注，真正考驗一下自己的能力。

石油教會擁有完善的高階科技，並且有十多個新穎的網路社群媒體和捐獻網站為他們從早到晚不斷從信徒身上騙取錢財。這些網站的安全防衛應該是萬無一失，任何想要進入帳戶裡偷竊的竊賊必須先通過那兩層相互交錯的編碼。這個系統的確阻止了這類竊賊；但是它無法防範內部的人來幹這種事，例如澤伯剛滿十六歲就完成的壯舉。

牧師的弱點在於他過於相信自己無懈可擊，這讓他十分粗心大意；他不大會記數字和字母的組合，所以就會把密碼寫下來。他把這些密碼藏在那麼明顯的地方，連復活節的兔子都會嘲笑他。袖釦盒子裡？禮拜日穿的鞋子裡的腳尖部分？老派蠢蛋，澤伯嘆了一口氣，他抽出小紙條，記住紙條上潦草的密碼，再把那盒子和鞋子放回原處。

澤伯一拿到進入這個王國的鑰匙，就開始將如川流般湧入的捐款轉移——但不是全部，只有百分之零點零九，也就誤差幅度，他不是白癡——到幾個他自己建立的帳戶裡，並且確定捐款者依然接到教會平常會發出的那種阿諛奉承的感謝詞以及讓人感到內疚的勸言，再加上一兩個衝著上帝聖潔的油的敵人的憎恨口號：「太陽電池板是撒但的成就」，「生態等於變態」，「魔鬼想要你在黑暗中凍死」、「只有連環殺手才相信全球暖化」。

澤伯利用他盜來的一些不完整的資料所拼湊出的身分來藏匿那些錢，為了那些資料，他偷偷駭入一些安全防護不夠完善的目標，比方說3D體驗遊戲網站、「認養一條魚」和類似的為生物哭泣的慈善機構，還有在郊區購物中心裡的有感色情裝置（觸覺回饋給您真實、刺激的肉體觸感！告別虛假的尖叫和呻吟，體驗這個真實的效果！警告：請勿讓您的電子器材受潮，勿將終端設備放入你的口中或其他具有黏膜的部位，可能會導致嚴重的灼傷）。

澤伯在家裡偷偷摸摸翻箱倒櫃的時候，發現牧師也經常上這些有觸覺回饋的手淫網站，這其實一點也不會令人感到訝異，不過他是在家裡頭享樂——他負擔不起在購物中心被發現的代價——並且把回饋終端設備藏在他的高爾夫球桿袋裡。他喜愛的那些網站裡有鞭打、用瓶子戳入身體的一些部位和燒燙乳頭。他也非常偏愛那些重演歷史的砍頭網站，這些網站比較貴，或許是因為他們需要用到道具和戲服——「蘇格蘭女王，瑪麗一世：感觸這性感的紅髮腦噴」；「安妮．博林：皇室的婊子！跟她的兄弟有一腿，也可以跟你來一下，然後你還可以砍她那骯髒的小脖子」；「凱瑟琳．霍華德：用你有力的刀刃一揮，把這個冷若冰霜的狐狸精真的變得冰冷」；「珍．葛雷：讓這個高貴的處女為高傲付出代價，可以讓她免戴眼罩」。這些都讓你的雙手感覺到用斧頭把一個女人斬首的感受（「十分有趣！有歷史意義！富教育性！」）。

多付一點錢，你就可以讓她們一絲不掛地被你斬首，這樣更是刺激。澤伯自己也試了幾次——經澤伯動過手腳，由牧師的帳戶給付——讓牧師也可以稍微了解有穿衣服和沒穿衣服的差別。一個赤裸的女子跪在地上，即將失去她的頭顱——這為什麼會令人著迷？他到底是冷酷無情或是精神變態，還是別的？不，讀過資料的亞當說，精神變態的人大腦裡少了一塊，他們缺乏同理心；對他們來說，尖叫和眼淚只是令人厭煩的聲音，所以他們不會覺得自己做的事情很糟糕或是變態，跟澤伯不一樣。

他想過駭入這些網站，然後將這些程式重新編碼，讓斧頭砍下來的時候，你的感覺不是來自雙手，而是來自你的脖子。你的頭被砍掉是什麼感覺？會不會痛？或者驚駭會讓人感覺不到痛？還是會油然生起一股同理心？但是有太多同理心可能造成危險。你的心跳可能停止。

那些跪在地上赤裸的女人到底是真的還是假的？他猜大概不是真的，因為網上的實境與日常的實境不同，後者那些東西會傷害你的身體。而且在螢幕上殺死活生生的女人是不可能允許的：這當然違法。但是它們的效果是如此驚人，而且逼真得讓你想閃避那噴出來的血。

這些活動對於亞當來說沒有一點吸引力。澤伯告訴他這些，因為他迫切想要與亞當分享他發現的牧師祕密生活。現在這某種程度也成了他自己的祕密生活。

亞當的評論是：「這實在很墮落。」

「沒錯！這就是**重點**！不然你是什麼，同性戀嗎？」澤伯說，亞當卻只是微笑。

牧師一定需要將那無法抑制的變態欲找個發洩的出口：澤伯那時已經太大而且也不好惹，把他當成施暴對象有風險，他可能會反擊，而牧師骨子裡其實是個懦夫，所以那些鞭打、喝小便和監禁的懲罰都已經是過去的事了。這變態的混蛋也不能碰特魯迪，因為——雖然她是那種站在鐵飯碗旁邊卑躬屈膝的人——被套上韁繩、刺穿乳頭或被藤條鞭打甚至吃自己的糞便這些事她絕對不會容忍。資訊就是力量，因此澤伯十分慶幸自己找到這些觸覺回饋的網站，他將牧師上這些網站的次數記錄下來，然後謹慎地將這些聖誕老人的絲絨背包送來的珍貴資訊收妥以備將來使用。不過，在那之前，牧師也可能被自己的陰莖電死——把自己炸得像煮過頭的熱狗——澤伯當然會想從鑰匙孔目睹他的荒唐慘狀。他稍微思考一下如何改裝觸覺回饋終端的電線達到效果，但他不清楚需要多少電壓。一個沒死透只是被嚴重燒焦的牧師，會是很大的麻煩：他一定會弄清楚是誰幹的事。

澤伯這時候已經有了神奇的手指：他能夠像莫札特彈鋼琴一般地編碼，這對他來說輕而易舉，他能夠如跳華爾滋般地跳過防火牆，就像一隻老練的老虎，連一根鬍鬚也不會燒到地跳過火圈。他只須兩三下就能夠溜進石油教會的帳目——兩組帳冊，一個是官方的，另一個是真的——而且他定期入侵，持續了一兩年，那百分之零點零九日益累積起來，澤伯也長得越來越高，身上的毛髮也越長越多，他並在岩石集團私立學校的健身中心鍛鍊。他故意讓自己在學校的成績維持中等，尤其是在資訊科技這一門科目，這樣就不會有人懷疑他有高超的駭侵天分。

澤伯再過六個月就要畢業了，之後呢？他自己有一些想法，但他那對如奴隸主人般的父母也有他們的主張。牧師已經告訴澤伯，透過他的關係，他能夠幫澤伯在北方產油的荒原找到一個別人都渴望的工作，駕駛巨大的機械，搬運含有豐富石油的瀝青砂。這樣可以將澤伯鍛鍊成男人，他說，但男人定義在他們倆之間懸而未決（虐待兒童的人？宗教詐欺者？網上斬女人的劊子手？）。而且這工作收入不錯，然後，等澤伯做了一段時間之後，他可以自己決定想要投入什麼樣的行業。

牧師這麼做有三個意圖：第一，牧師希望澤伯能夠走遠一點，因為他開始怕他，他是真的應該怕。第二，要是運氣好的話，澤伯會得到肺癌，或是第三隻眼睛，或是和犰狳一樣的鱗片：那裡的空氣非常毒，大約能夠讓你在一個星期內突變。

第三，澤伯沒有才華，不像亞當——肩負著繼承那老頭的詐騙教會事業——被送到紡錘頂大學念書，主修石油神學、布道學和石油生物學，照澤伯看來，石油生物學是教你生物學然後要你否定它。這需要一定的智能靈敏度——這是暗示澤伯所缺乏的能力，他比較屬於在船上當奴隸這個水準。

「我覺得這可真是個好主意，」特魯迪說，「你應該感謝你父親這麼費心。不是每個男生都像你們有這樣的父親。」

微笑，澤伯命令自己。「我知道。」他說。希臘文的「微笑」這個字是「雕刻刀」的意思。這是在他還沒在網上斬歷史人頭前搜索到的知識。

亞當不在家裡的時候，澤伯很想念他，他猜想亞當也想念他。他們還有誰可以講述在他們生活的表面之下那些不可思議的層面呢？還有誰會非常滑稽地一字一句模仿神父向聖露西－盧卡斯這位上帝向其揭示聖油的聖者禱告呢？

他們兩個不在一起的時候，會避免使用簡訊、電話或是任何含有電子信號的溝通方式：每個人都知道，網路像得了前列腺癌的患者一樣易漏，而且牧師很可能也在偷窺，他就算不管亞當，也會監看澤伯，但亞當休假回家的時候，他們倆就可以團聚了。澤伯會將一隻兩棲動物放在他的鞋子裡，或是將節肢動物放在他的袖釦盒裡，還是將一兩粒刺果巧妙地黏在他呈倒Y形的緊身短褲裡面來歡迎亞當回家，雖然他們已經過了開這種玩笑的年齡，那只為了懷舊。

接著，他們就會到網球場，假裝打一場球，在球網的兩邊短暫地低聲交談，了解一下彼此的近況。澤伯想知道亞當有沒有跟誰發生關係，但亞當很有技巧的迴避了這個問題，亞當想要知道澤伯從教會撈取並儲存在他的祕密帳戶裡的錢有多少，他們堅守的計畫，就是一旦得到了足夠的錢，就會逃離牧師那被下咒的小集團。

這是亞當畢業之前最後一次假期，澤伯戴著一雙乳膠手套坐在牧師家裡辦公室的電腦前低聲哼著，亞當則站在那兒望著窗外，以防牧師那輛耗油的大亨車或特魯迪的悍馬車開回來。

「你有一雙像斯基利齊的手。」亞當用他那種平淡的口吻對他說。這是讚美或者僅是觀察？

「斯基利齊？」澤伯說，「哇靠，這黑心的老傢伙又在私盜公款了，不過這次可盜得更多了！你看！」

「我真希望你不會出口成髒。」亞當用相當溫和的聲音說。

「去你的，」澤伯興致勃勃地說，「他把這些錢藏在大開曼島的一個銀行戶頭裡。」

「斯基利齊是一個在二十世紀有名的『白帽』保險箱解密高手，」亞當說，他一直對歷史有興趣，不像澤伯。「他從未使用過炸藥，只用他的雙手。是個傳奇人物。」

「我敢打賭這老傢伙正在計畫逃跑，」澤伯說，「他今天在這裡，然後蹦的一下，明天早上就在一處熱帶海灘上啜飲馬丁尼，雇用幾個專舔你股間的小騷包，拋下那些該死的信徒在那脫褲子受凍。」

「不是在大開曼島，他不會把錢藏在那裡，」亞當說，「那裡大都泡在水裡，那些銀行已經遷移到加那利群島，那裡的山比較多。他們只是保留大開曼島的公司名稱。為了維繫傳統，我猜。」
「不知道他會不會把忠實的老特魯迪一起帶去？」澤伯說。亞當對於銀行的知識讓他有點驚訝，不過亞當對於許多東西的知識也讓他訝異。澤伯很難搞懂亞當到底知道些什麼。
「他不會帶特魯迪，」亞當說，「她越來越會花錢，而且也開始懷疑他在搞鬼。」
「你怎麼知道？」
「憑經驗所做的猜測，」亞當說，「她的肢體語言。她趁他吃早餐不注意的時候，瞇著眼看他，不斷跟他嘮叨有關度假的事，一直問他什麼時候才能去。還有，她對室內裝潢的野心正在消退：看看她展示在那的一堆壁紙樣品和油漆色卡，她已經厭倦為了會眾扮演天使般的妻子，她覺得自己幫這個家賺了不少錢，她想要分到更多。」
「跟費妮拉一樣，」澤伯說，「她以前也想分到更多。但至少她早就脫身了。」
「費妮拉並沒有脫身，」亞當用他那平淡的聲音說，「她在石頭花園下面。」
坐在牧師的人體工學辦公椅上的澤伯轉過身來。「她在什麼？」
「他們回來了，」亞當說，「兩人同時，簡直是車隊。關機。」

啞巴與竊賊

「再說一遍。」他們一到不會被竊聽的網球場，澤伯就對亞當說，他們兩個都不怎麼會打網球，但是他們假裝練習，兩個人並排地站在一起，練習將球發過網，但大多數的時候都會發到網子裡。他們的房間裡裝有竊聽器——這是澤伯在很多年前發現的，這之後他就很喜歡對他的桌燈講一些錯誤的消息，然後透過牧師的電腦再聽自己說一遍——但最好還是都不要動竊聽器，讓它們留在原位。

「在石頭花園下面，」亞當說，「費妮拉就在那裡。」

「你確定？」

「我看著他們埋的，」亞當說，「從窗戶看外面，他們沒看到我。」

「這不是很……不是你夢到的嗎？」澤伯說，「你他媽的當時還是胚胎！」亞當瞪了他一眼：他不能接受也無法習慣澤伯滿口的穢言。「我是說，年紀很小，」澤伯修正他的說法，「小孩子都會瞎編故事。」這一次，他嚇壞了：他沒辦法正常思考。

如果亞當說的是真的——他有什麼理由編故事？——這改變了澤伯對自己的整個看法，費妮拉塑造了他為自己編織的過去，也打造出他為自己想像的未來，但突然間費妮拉已經是一堆骸骨：她從一開始就死了。所以，外頭沒有祕密的協助者在等他：從來沒有這樣一個人。有一天他一旦找到了離開這裡的出口標誌，打開那無形的鎖，切斷牧師鐵絲網圍成的雞籠之後，卻無法找到一個理解他的家人。他一直在用受傷的翅膀獨自飛行，除了那個一樣曾受創傷的兄弟他一無所有，但兄弟也可能會對他使虔誠那套，他有天分。那樣澤伯就會在空虛中飄浮，又黑又冷，猶如五顆番茄差評的老太空片中脫軌的太空人。他把球摔向網子。

「我那時候快四歲。」亞當用他說了算的口吻說，這很像牧師的口氣，讓澤伯聽了很不舒服。「我對那時候的事情記得很清楚。」

「你一直都沒跟我說。」澤伯說。他心裡有些不舒服：原來亞當不覺得他能夠信賴。他心裡有點受傷，他們本該是一國的。

「你會說溜嘴，」亞當說，「那樣誰知道他們會做出什麼？」他把球拋起來，然後將它拍過了網。「你說不定也會被埋在石頭花園下面，更別說我了。」

「等一下，」澤伯說，「他們？你是說他媽的特魯迪也參了一腳？」

「我已經跟你說了，」亞當說，「沒有必要罵髒話。」

「對不起，我就是他媽的說溜了嘴，」澤伯說。他可不想讓亞當教他怎麼說話。「特魯迪那個好女人？」

「她一定從中獲得了一些利益，」亞當用他那種我高雅地忽視你的挑釁聲音。「有可能只為了搜集勒索的資本，也可能她想鏟除費妮拉，為自己開闢一條生路。我猜她那時候已經懷了你。石油教會不准許離婚，結婚儀式上的聖油代表了什麼，我們都知道。」

所以現在費妮拉的死變成是澤伯的錯，因為他找到這麼爛的母體投胎。「他們是怎麼做的？」他說，「兩個人一起幹的？他們是不是偷偷地在她茶裡面放砒霜，還是……」他有些慚愧地想，不會是斬首，他們不會幹得那麼離譜。

「我不知道。我那時只有四歲。我只看到他們埋她。」

「所以他們講的那些她是賤貨，丟下她的孩子不管之類的話，那只是……」

「這是那些會友想要相信的話，」亞當說，「而且他們真的相信，他們很喜歡聽壞母親的故事。」

「我們也許應該通知安全衛隊，」澤伯說，「叫他們帶鏟子來。」

「我不想冒這個險，」亞當說，「安全衛隊裡有不少石油浸信會的信徒，教會的董事會裡也有好幾個石油公司的高階人物。基於利益，教會和這些石油公司有許多交集。他們一致認為有鎮壓異議者的必要。所以，那些石油公司會掩護牧師這次沒有危及他們財產，僅只是殺妻的事件，他們知道醜聞會大大的損害他們信用，他們會說我們精神不穩定，把我們兩個關起來，施打很重劑量的藥物，要不然，就像我說的——在石頭花園裡再挖兩個坑。」

「可是我們是他的骨肉！」澤伯說了連他都覺得聽起來很幼稚的話。

「你覺得他會在乎這個？」亞當說，「血不會濃於錢。他會使上帝便利於他的旨意，建議他為了眾生犧牲兒子。記得以撒嗎？他會割斷我們的喉嚨，然後放火把我們燒死，因為這次上帝不會送一隻羊來代替我們。」

在澤伯的記憶中，這是亞當最悲觀的一次。「那，」他說，雖然他們幾乎沒有移動，他已經快喘不過氣來，「你為什麼要現在告訴我這些？」

「因為如果你跟我講的那些順利轉帳的活動是真的話，我們就已經攢夠錢了。」亞當說，「而且教會可能會發現你在幹這事。該走了，趁現在我們還可以走，在他們讓你到瀝青坑去送死前。」他補充道，「你的死亡會被當成意外，當然。」

澤伯深受感動，亞當在為他著想，他總是想得比澤伯遠。

他們等到第二天，牧師這一天要開董事會，特魯迪要去參加女士祈禱團。他倆搭了部太陽能計程車到子彈列車站，一路上用一些假的訊息聊天，故意讓豎耳偷聽他們講話的計程車司機聽。他們其中很多都是私家偵探，有專業的，也有業餘的，他們交談的腳本是亞當要回紡錘頂大學，澤伯送他一程，這並沒有什麼不尋常的地方。

澤伯在車站的網路咖啡廳裡，將牧師藏在大開曼島帳戶裡所有的錢掃個精光，亞當則故作悠閒，一邊掃描四周是否有太過關切的眼光。將牧師的資金妥當轉出之後，澤伯留了幾則訊息給那糟老頭，他利用睡蓮瓣的路徑拖延網路巡警發現他的時間。他先駭入一支男性腋下防臭劑的影音廣告，點擊那光亮無毛的男子的肚臍眼——他以前用過這個映像點的通道——然後跳到居家用品專賣店的網站，選了一把十分符合情況的小鏟子，然後從這裡傳送他的訊息。

第一個訊息寫著：「我們知道誰在石頭下面。不要追蹤我們。」第二個訊息裡含有牧師盜竊石油教會慈善項目基金的明細，再附加上一個警告：「不要離開你的城市，不然這個就會被公開。待在原處，等候指示。」這會讓那個臭老頭認為他們為了要勒索他，很快就會與他聯繫，他會以為這就是他們的動機，於是他就會設下陷阱等候他們。

「這樣就可以了。」亞當說，但澤伯還是忍不住又加了一則訊息：附上一份牧師在有感觸覺網站的帳目明細表。牧師最鍾愛的是珍．葛雷：他斬了她起碼十五次。

「我真想看看，」他們上了火車之後澤伯說，「他打開電子郵件的樣子，更棒的還在後頭，他會發現自己藏在開曼島銀行的錢都不見了。」

「幸災樂禍是一種品格上的缺陷。」亞當說。

「去你的。」澤伯說。

澤伯一路上望著窗外飛掠而過的風景，有許多像他們剛剛逃離的那種封閉的社區、黃豆田、採油的水力壓裂設備、風力發電廠、一堆又一堆巨大的卡車輪胎、碎石，和堆得如金字塔一般的廢棄陶瓷馬桶。如山高的垃圾堆上面有十幾個人在翻翻揀揀；平民區的貧民窟，隨便用廢棄物搭成的簡陋棚屋。孩子們站在棚屋頂上，在一堆堆垃圾和輪胎上面，揮舞著用有顏色的塑膠袋做成的旗子，或是放自製的簡易風箏，或是對澤伯比著中指。不時會有無人攝影機飛過他們上方，功能是掃描往來交通，記錄某某人等的來來往往，要是有人在找你，這些東西就是你最不想見到的：網路八卦能教的就這麼多。

但牧師還沒開始找他們，他現在還在董事會吃午餐，大口吞食那含有實驗室培養肉的開胃菜和養殖的非洲鯽魚。

火車鐵軌，喀答嗨響
媽媽在花園裡，所以別回頭。

澤伯口裡哼著。他希望費妮拉死得突然，沒有受到牧師那令人想吐的怪癖折騰。他身旁的亞當睡著了，比他醒著的時候看起來更蒼白更消瘦，好像完美到煩人的寓言人物雕像：謹慎、誠懇、信念。

澤伯亢奮得無法入睡。他也不由自主地感到緊張不安：他們做了太過火的事，他們搶劫魔王，帶著他的寶藏潛逃，大怒是免不了的，所以澤伯繼續觀察。

誰殺了費妮拉？
一個十分邪惡的人。
擊中了她腦袋。

狠狠地給了她一下。
一切都變得漆黑。
她就這樣命喪黃泉。

有什麼東西在他臉上流了下來，他用袖子去擦拭。他對自己說不要哭哭啼啼。不要讓他得逞。

亞當和澤伯到了舊金山之後就決定分開。「他對此絕不會善罷甘休，」亞當說，「他有很多門路。他會利用石油公司集團的人脈，發出紅色警告，我們倆在一起太顯眼了。」這倒是真的：他們倆真是截然不同。兩個人的膚色一黑一白，一個長得強健，另一個則纖弱；這種異常的對比很容易讓人記住。而且牧師必定是把兩人放在一起講，而不是一個一個講。

澤伯哼給自己聽，馬特與傑夫，啞巴和竊賊。可愛又靈巧。

「不要製造噪音假樂，」亞當說，「這樣會引起別人注意，反正你都走音了。」他說得有一點道理。嗯，有兩點道理。

澤伯在平民區灰色市場一家造假身分用的鐘點便利店裡，為他們兩個製作新的身分——是卡紙材質，禁不起細看，而且有時效性，不過夠他們旅程的下一個階段用。亞當往北走，澤伯朝南走，各自隱沒。

他和亞當商定了一個雲端儲存空間。那是在一個點擊率很高的義大利旅遊網站頁面上，桑德羅·波提切利所畫的《維納斯的誕生》被西風吹得最高的玫瑰上，澤伯原本想選維納斯的左乳頭，但是亞當不願意：太明顯了，他說，而且接下來六個月內兩個人之間任何通訊，也會太明顯，他又說：牧師原本只是懷恨在心，到現在應該還外加驚恐。

澤伯思考了一下懷恨和驚恐可能會帶來什麼後果。如果他自己有兩個他一點也不喜愛、還自以為是的孩子，帶著他醜陋的祕密逃跑，他會怎麼做？那種怒火，那種被背叛的感覺，尤其是他為亞當做了那麼多。還有澤伯，那些體罰還不是為了這傢伙的靈性發展著想？他這時說不定還在用這種正義的廢話來哄騙自己。

他除了會做其他的事以外，還會雇一些「躲剋」（DORCS）：數位化線上快速捕捉專家（digital online rapid capture specialists），他們收費很高，但是聽說很有效率。他們會用演算法在網上搜索和他們的特徵相同的人，所以他們倆必須盡量不碰數位科技：不要上網、不要購買物品、不要社交、不要講俏皮話，也不要上色情網站。

「反正不要當你自己就是了。」這是他們分離前，亞當給他的勸告。

澤伯在舊金山剪了頭髮。他留了小鬍子，在深灰色市場買了一些耍帥的隱形眼鏡，它們不但會改變你眼睛的顏色，還會給你散光和假的虹膜特徵。雖然這樣能夠讓他通過一般的掃描，但他可不想冒險接受比較仔細的檢查，而且他買的「指紋難測」指紋變形膜從任何專業角度來看都是很可笑的。所以，他最好不要再冒險乘坐子彈列車。而且，大多數乘坐子彈列車的旅客依然相信法律的正當性和井然有序的秩序，因此，就像他們耳邊不斷敦促的聲音講的，任何可疑的事情都要舉報。

於是他決定試試高速公路，他搭便車朝南走，一直到聖荷西，他在「卡車大隊」休息站尋找可以搭乘的便車，設法讓自己看起來比較成熟，有些司機暗示他可以幫他們口交作為回報，不過他的個子很高大，他們也強迫不了他。

另一項危險是那些在路邊酒吧裡幫人打快砲的妓女，他當時所有的性經驗，只有透過那些觸覺回饋網站的經驗而已，他還沒做好心理準備進行真正肉體上的性行為。而且，他很小心不要與任何人建立關係，無論是多麼短暫：誰曉得她們其中有多少人以提供情報賺外快？這些拉客的人裡面有的人十分可疑，穿得太好，看起來也不餓。

另外還有疾病。他這時最不需要的就是被困在醫院裡——如果他的身分證能通過檢查——要是他的身分證被識破有假，就可能被醫院裡的保全流氓打個半死，而這是很可能發生的事。他們逼他吐出真實身分之後，就會打電話給牧師，然後牧師就會要他們把他處理掉，要不然就把戴上塑膠手銬的他送回去，接受牧師認為應得的懲罰。我來教教你，要怎麼尊敬我，我有掌管你的權力，上帝痛恨你，你這個道德敗壞的傢伙，給我跪下來懺悔，把桶裡的東西喝掉，你給我趴在地上，把木棍給我，你想要更狠一點，我就會讓你哀嚎，等等的話，都是一些他熟悉的宗教施虐狂嚴重變態的冗長廢話，也是他們以前睡前的消遣活動。

等牧師將澤伯那飽受神經虐待、無法自衛且不停顫抖的身體虐待夠了之後，他的身體最終還是會被埋在石頭花園裡；但在這之前，他會先被燒燙或是被電擊，一直到他吐出追蹤亞當的數位路徑，並且在網上丟給亞當一些誘餌和指示，指示包括：絕對不能公開牧師財務和性方面的惡行，我們亟需會面以便解釋其中的原因。牧師和爪牙們極其樂意施加在他身上的折磨，澤伯很清楚自己承受的極限。

所以他要是得了性病，選擇去醫院的話就是這種下場。但不去醫院也沒有什麼好結果，陰莖化膿、萎縮、潰爛，網路上針對這個方面嚇人的網站會讓人噩夢連連。這就更足以讓他迴避在「卡車大隊」休息站的那些妖豔卻能夠致命的女人，不論她們紅色人造皮革熱褲裡的大腿有多豐滿和結實，那仿蜥蜴皮的矮子樂有多高，身上所刺的龍和骷髏的刺青有多麼醒目，或者她們那如半顆木瓜的隆乳多麼像發酵的麵團般從那黑緞低胸上衣裡暴露出來。不是說他親眼看過發酵麵團，只在影片裡看過而已。這些從前有一天的媽咪系列，說實話，讓他有點想哭。已經死了的費妮拉有沒有發麵烘焙過？特魯迪可絕對沒有這樣做過。

所以當那些紅唇暈染、眼神渙散、臀部鬆軟美女對他說：「嘿，小夥子，要不要到甜甜圈攤子後面打個快砲？」他沒有說，來啦！他也沒有說，等我死後天堂見！他也沒有說，妳他媽的瘋了嗎？他什麼都沒說。

除了疾病的問題以外，他也還不大熟悉平民區裡那些很黑以及更黑的巷道：他不想跟著陌生人迷迷糊糊地進到某條小巷弄或是骯髒旅館、或是可疑黑店的洗手間裡，然後出來時躺在擔架上或是屍袋裡，這還好，比較可能的是，將他扔到空地讓老鼠和禿鷹來處理他。由於以前的公設保安系統現在變得越來越私營化，好好地埋葬一個像他這樣的遊民，或是緝拿——他們喜歡這個詞——那些為了他口袋裡幾個零錢就用刀宰了他的流氓，都沒有什麼賺頭。

他的身高和才剛長出來的小鬍鬚無法掩護他，他是個乳臭未乾的小夥子，很容易被盯上；他們一眼就可以看出來，然後會直直衝向他。平民區和他少年時期的學校操場大不相同，在那裡身材大小很重要。「個子越高大，就會摔得越重。」那時有一群逞強好鬥的小矮子對他這麼說。「嗯，」他回答，「但個子越小，就越常摔倒。」然後他就隨手給他們一下，連拳頭都不用出，他們就倒在地上了。

但是在最黑暗的平民區裡，事先不會有什麼對白，這裡沒有如響尾蛇預警般的譏諷或戲謔，只有迅速地捅一下或劃一刀，甚至是一顆過時非法槍枝發射的子彈。網路上說，痲布頭這一幫特別凶狠，還有香煎雄鮭魚幫和亞洲共融國，另外還有德墨佬毒品戰爭的招數——成堆的頭顱，舊戲院門前吊著缺腿的屍首。他猜測一定有許多德墨佬掌控著往南的「卡車大隊」高速公路，那裡離他們的地盤很近。

雖然他有這些顧慮，或者更確切的說，是如懦夫般的恐懼，他還是明白在短時間內自己最好的藏身之處就是在這地區最糟糕的地方。花太多錢會引起流氓的注意，他對街頭生存的了解足以明白這點。他一到聖荷西就盡量避免引人注意，遠離酒吧，讓自己混入平民區最齷齪的區域、最底層的人群裡面，他們像垃圾堆老鼠，在這裡打轉、亂扒，尋找任何他們能夠撿的東西。

他有一段時間在祕密漢堡負責燒烤那些假肉產品，他一天要工作十個小時，所得低於最低工資，他還得穿公司的T恤和戴看起來很蠢的球帽，但是祕密漢堡不在乎你的身分。而且他們會保護在自己攤位上工作的員工不受到街頭幫派的糾纏，也買通了官方和非官方那些專門打聽消息的人，所以沒有人會找他麻煩。他為那裡的女職員感到難過：她們不但工資比男職工少，還得穿緊身T恤，同時還要設法避開顧客和管理人員的騷擾：公司應該發給她們一種硬塑料的胸罩來保護她們的乳房。

然而，他對她們感到的惋惜並沒有阻止他後來與其中一個叫溫妮特的賣肉姑娘發生肉體關係。她有深褐色的頭髮和肌膚，一雙眼圈發黑，看似飢餓的大眼睛。她除了有迷人的個性以外——他現在必須承認這是一種婉轉的說法，因她的私處真的不怎麼樣，但那部位也讓他神魂顛倒了，他為此道歉，但正值青春期荷爾蒙衝腦的男孩子就是如此，這也是大自然的安排，而且他還以為自己墜入愛河了，那就幹吧——她的小房間是另一個優點。

大多數在祕密漢堡賣肉的姑娘甚至沒法有房間：她們一起擠在擁擠不堪、沒電梯的大樓裡，或是擅自占領那些銀行收回或是破舊的屋子，要不就是另外從妓院賺外快，要養孩子、吸毒的親戚，或俗豔的老鴇。但是溫妮特很謹慎也很簡樸，從來不揮霍，所以能夠負擔得起一點私人空間，她住在一間街頭小店的樓上，那店裡賣的酒喝起來像巨怪撒的尿加上松香水，不過澤伯那時候不大挑剔，他常買一瓶，在上床前灌溫妮特，因為她說這樣會讓她比較放鬆。

「跟那個一樣好嗎？」桃碧問。

「你在說什麼？跟什麼一樣好？」

「跟溫妮特做愛，有沒有跟被斬首的珍．葛雷一樣好。」

「這真是風馬牛不相及，」澤伯說，「沒法比。」

「噢，試試看嘛。」桃碧說。

「好吧。珍．葛雷可以重複使用，但真的人不行。既然妳想知道，她們兩個都是有時候不錯，但有時候也都不怎麼樣。」

雪人的進展
Snowman's Progress

印花床單

從窗戶照進小房間的陽光喚醒了她。外頭傳來小鳥的歌聲，克雷科孩子們的聲音和魔髮羊咩咩的叫聲，無不歡快。

她撐起身子，想記起來今天是什麼日子。藍藻節日？喔，主啊，感謝祢創造藍藻，這種被許多人忽視的最原始的藍綠色藻類，因為好幾億年前——這時光對祢而言只是眨眼之間——因為它們，我們才有了這富有氧氣的大氣層，要是沒有它，我們就無法呼吸，地表上的其他生物也都無法存活，多麼繁盛，又多麼美麗，每當看見它們，就能領會祢的恩寵……

但今天也可能是聖珍．古德日。喔，主啊，感謝祢賜福於聖珍．古德的生命，這位友人對於上帝所創造的森林夥伴們毫無畏懼，她為了跨越物種之間的隔閡，勇敢地面對了許多危險處境和咬人的昆蟲，透過她對我們的近親黑猩猩付出的愛心和努力，我們才得以了解對向性拇指和大腳趾的重要，還有我們深層的……

我們深層的什麼？桃碧苦苦思索接下來的話。她的記憶力開始減退了：她應該將這類東西寫下來。每天寫日記，就像她獨自在泉馨芳療館的時候一樣。她還可以做得更多，為了未來把如今已消失的園丁會生活方式和他們說的話記下來；也為了那些還沒出生的後代，這有點像政治人物在撈票的時候說的話，如果未來還有人存在的話，如果他們識字的話；好好想一想，這可是兩大未知數。而且，即使未來的人還識字，誰會對這個不知名又被取締，最後被解散的環保教派所做的事感興趣呢？

要是她能表現出相信會有未來，便有助於真的創造出未來，園丁們以前常說這類的話。她沒有任何紙張，但是她可以請澤伯下一次出去搜集物資的時候帶一些回來；要是他能夠找到一些沒有受潮，或沒被啃成老鼠窩，或沒被螞蟻吃過的紙張。噢，還有鉛筆，她會加上去，或原子筆，或是蠟筆。到時她就可以開始了。

不過要她專注於思考未來很難，她已經過度陶醉於現在：現在有澤伯，未來或許沒有。她渴望著今晚的到來，能夠跳過才剛開始的一天，一頭栽進夜裡，就像栽進水池裡一樣，一面反映著月亮的池子。她盼望能在流動的月光裡暢泳。

不過，只為夜晚而活是滿危險的事，白天會變得毫無意義，人可能會變得粗心大意，忽視一些細節，或是不知道自己在幹什麼。這幾天她發現自己一手拿著拖鞋站在房間的正中央，搞不清楚自己是怎麼到那裡的；要不然就是站在外面的樹下，看著樹葉被風吹得顫動，然後猛一下清醒過來：快，快，趕快啊。妳必須……但她到底必須做什麼？

但不只是她，也不只有她受到夜生活的影響。她發現其他人也開始懈怠，沒有理由的站在原地，專心傾聽，卻沒有人在講話，然後又抽動一下回到現實，用看得見的努力讓自己維持忙碌：照顧菜園、籬笆、太陽能的設備、泥草屋的加蓋……要變得漫無目的很容易地，克雷科人似乎就是這樣，他們沒有節慶、沒有日曆、沒有期限，沒有長遠的目標。

這種浮動的心情她記得很清楚，那個時候她有好幾個月躲在泉馨芳療館，等待那殺死其他所有的人的瘟疫結束。然後——等到再也沒有人哭泣、懇求或是砰砰敲門，再也沒有人倒在草坪上之後——就只剩下等待。等待還有其他人生存下來的跡象，等待時間恢復意義。

她那時會堅持自己的日常作息：讓自己吃飽喝足，用各種小活動來填滿時間，並寫日記，將那試著闖入她頭腦裡的聲音推回去，當一個人獨處時，那聲音就會入侵，抵抗想一走了之的衝動，晃進森林，開著大門，面對任何迎面而來的事情，或說得更白一點，會了結她生命的事情。一個結局。

那就像進入神思、也像是夢遊，放棄妳自己，放棄吧，與宇宙融成一體，妳就這麼做了吧，好像什麼東西或什麼人在低語，引誘她進入一片黑暗：進來，來這裡，都結束了，那是解脫，會很圓滿，不會太痛的。

她不知道是否有其他人也開始聽到低語聲，沙漠裡的隱士會聽到這些聲音，地牢裡的囚犯也會，但也許現在沒人會聽到聲音：這裡不像泉馨芳療館，並不是隔離囚室；每個人都可以和其他人待在一起。儘管如此，她每天早上還是會特意數人數，確定所有瘋狂亞當成員和以前的園丁們都在：沒有人在夜裡迷失，走進樹葉和枝幹形成的迷宮裡，陷於鳥鳴、風聲和寂靜中。

有人輕敲她門旁的牆壁：「妳在裡面嗎？噢桃碧？」是小黑鬍，他來看看她，確定她沒事。或許在某種程度上，他跟她一樣害怕，不希望她消失。

「是啊，」她說，「我在這裡。你在外面等一下。」她趕緊找一條今天要穿的床單。她要找花紋不像平常那種樸素的幾何圖案：上面要有比較多的花卉圖案，比較感性。盛開的玫瑰，交織的藤蔓。她這是虛榮嗎？不，她是在慶祝全新的生命，她的生命：這就是她的理由。她看起來會不會像是老女人裝嫩那樣荒謬？沒有鏡子很難知道。最重要的是挺起胸，有自信地向前邁步。她將頭髮攏到耳後，將它盤繞成結。好了，沒有一綹彎彎的鬈髮掛在那兒，還是收斂一點好。

「我帶妳去見雪人吉米，」她一準備好，黑鬍就說，「妳就可以幫助他。用那些蛆。」他很自豪學會了這個詞，於是又說了一遍：「那些蛆！」他露出燦爛的笑容。「那些蛆是好的。奧麗克絲創造了牠們。牠們不會傷害我們。」他抬頭看她一眼，審視她的臉，好確定自己說得沒錯，然後又露出笑容。

「然後雪人吉米很快就會好了。」他牽著她的手，拖著她往前走。他知道該怎麼做，他是她的小影子，他正在吸收一切。

桃碧心裡想，我要是有個孩子，他會不會像他這樣？不，他不會像這樣。不要懊悔。

吉米依然熟睡，但他的氣色已經好多了，燒也已經退了。她用湯匙餵他喝了一些蜂蜜水和蘑菇藥水。他的腳痤瘡得很快；再過不久他就不需要用蛆了。

「雪人吉米正在走路，」克雷科人跟她說。他們今天早上有四個人在照顧吉米，三個男人和一個女人。「他走得很快，在他的腦子裡面。他很快就會到這裡。」

「今天？」她問他們。

「今天，也可能明天，」他們說，「很快。」他們對她微笑。「別擔心，噢桃碧，」女人說，「雪人吉米現在很安全。克雷科派他回到我們身邊。」

「還有奧麗克絲，」他們當中最高的男人說。他的名字大概是亞伯拉罕．林肯，她真的應該好好搞清楚他們的名字。「她也派雪人回來。」

「她告訴她的孩子們，不要傷害他。」那女人說。約瑟芬皇后？

「雖然他的尿比較沒力，牠們一開始不了解，他是不能吃的。」

「我們的尿比較有力，我們男人的尿，奧麗克絲的孩子們了解這種尿。」

「有尖牙的孩子們，會吃那些尿沒力的人。」

「那些有獠牙的孩子們，有時候也會吃他們。」

「那些像熊那樣又大又有爪的孩子們。我們沒有看過熊。澤伯吃過一隻，他知道熊是什麼樣子。」

「但是奧麗克絲跟牠們說不能夠這麼做。」

「不能夠吃雪人吉米。」

「克雷科派吉米來照顧我們。奧麗克絲也派他來。」

「沒錯，奧麗克絲也派他來。」其他的克雷科人也同意。他們其中一個人開始唱歌。

女孩的事

今早的餐桌上很熱鬧。

象牙啄木鳥、海牛、塔摩洛水牛和吸蜜蜂鳥已經收拾了餐盤，正在深入討論表徵遺傳學。克雷科人的行為舉止，有多少是遺傳來的，又有多少是受到文化的影響？他們到底有沒有所謂的文化，獨立表現於基因特徵之外？還是他們比較像螞蟻？但是他們唱歌又怎麼解釋呢？這顯然是一種溝通方式，但這是不是一種領域主張？就像鳥類唱歌一樣？還是所謂的藝術？象牙啄木鳥說一定不是後者。克雷科也搞不懂為什麼，也不喜歡這種現象。塔摩洛水牛說，但他們的小組一直沒辦法解決，要是消除這個功能，就會跟沒感情的人一樣，無法發情、且活不長。

他們的交配週期當然跟基因有關，吸蜜蜂鳥說，還有在他們發生雜交行為之前，女性發情時腹部和陰部的色素變化也是，男性也有類似的變化。如果是鹿或是羊的話，這會被稱為發情，象牙啄木鳥說，但是克雷科人的這些現象會不會隨著環境而有所變化？他們在圓頂屋時沒有測試的機會，這很可惜，他們都贊同這一點。他們可以做一些變化，在他們身上進行研究，海牛說。塔摩洛水牛說，但是克雷科很跋扈，又十分固執己見：除非是他自己想到的，他不會聽取任何可能的改良辦法。而且他絕對不會想讓他那優良的實驗，因為某種劣質的基因片段而受到破壞，吸蜜蜂鳥說，因為克雷科人會為他們帶來滾滾的財源。或者，他只是這麼說而已，塔摩洛水牛說。

「當然他從頭到尾都在跟我們胡扯。」吸蜜蜂鳥說。

「沒錯，但他得到實驗結果。」象牙啄木鳥說。
「就為了這樣，」海牛說，「這混蛋。」
「問題不在於他是怎麼做到的，而是為什麼這麼做。」象牙啄木鳥說，仰視著天空，彷彿克雷科真的在天上，並且能夠傳送如雷鳴般的答案。「他為什麼要這麼做？為什麼要在喜福多藥片摻入那些會消滅所有人類的致命性病毒呢？他為什麼要讓人類絕跡呢？」
「說不定他的精神狀況有很大很大的問題。」海牛說。
「為了辯論，也是為他說句公道話，他說不定覺得其他的一切才是混亂，」塔摩洛水牛說，「生物圈被破壞，地球的氣溫飆升。」
「如果克雷科人是他的解決辦法，他得知道要保護他們，遠離我們這種好鬥甚至嗜殺的生物。」象牙啄木鳥說。
「像他那種狂妄自大的混蛋都是這麼想。」海牛說。
「他一定把克雷科人看成原住民，」象牙啄木鳥說，「把**人類**看成貪婪、四處劫掠的征服者。而且，在某些方面……」
「不過，我們出了個貝多芬，」海牛說，「還有，呃，世界上一些主要的宗教，等等。那群人能夠搞出這些東西才怪。」
白莎草站在他們旁邊，目不轉睛盯著他們看，可能根本沒在聽，桃碧心想，如果有誰聽到那種聲音，那可能是她。她是一個美麗的女孩，可能是「瘋狂亞當」成員中最美麗的，她昨天提議組一個早晨的瑜伽和冥想小組，但沒人想參加，她裹著一條有白色大百合花的灰色床單，黑色的秀髮挽成了髻。
亞曼達坐在桌子尾端，依然蒼白又無精打采。蓮灰蝶和芮恩正體貼地照料她，鼓勵她吃一點東西。
蕾貝佳正在喝一杯他們全都同意可以稱為咖啡的東西，她轉向正坐下來的桃碧。

「又是火腿，」她對桃碧說，「還有野葛鬆餅。噢，如果妳想要的話，還有一些可可營養球。」

「可可營養球？」桃碧說，「妳從哪兒弄來的？」全球可可歉收後，可可營養球是為了讓孩子們接納早餐穀片的孤注一擲，據說裡面含有烤焦的黃豆。

「澤伯和黑犀牛他們不知道從什麼地方搜到的，」蕾貝佳說，「還有小薛。不算很新鮮，可別問我有效期限，照我看最好現在就把它吃了。」

「妳這麼認為？」桃碧說。可可營養球放在碗裡，像小小的鵝卵石，表面奇特的褐色東西，像是火星上面的顆粒，她心裡想，以前的人總能吃到，他們覺得理所當然。

「剩下最後一點咖啡，」蕾貝佳說，「算是一種懷舊吧。唉呀，我以前也覺得它很難喝，不過加了魔髮羊奶之後還不錯。至少裡面加了各種維他命和礦物質。紙盒上面寫的。這樣我們就暫時不需要吃泥土。」

「泥土？」桃碧說。

「妳知道，為了微量元素。」蕾貝佳說。桃碧有時候無法知道她是不是在開玩笑。

桃碧還是選擇了火腿和野葛鬆餅。「其他的人呢？」她盡量保持平靜地問。蕾貝佳一個一個的數：柯洛齊已經吃過了，正在把魔髮羊群趕到野外去吃草，白鯨和薛克頓跟他在一起，兩個人共用一支噴槍，負責掩護他，黑犀牛和克郎昨晚站崗，所以現在還在睡。

「閃狐呢？」桃碧問。

「慢吞吞的，」蕾貝佳說，「還在賴床。我昨晚聽到她在草叢裡動得激烈，她跟一位還是兩位男士。」她的微笑彷彿在說，**跟妳一樣**。

還沒有看到澤伯。桃碧盡量不要太明顯地四處偷看，難道他也在賴床？

就在她喝完手裡的那杯苦咖啡時，閃狐加入他們。她今天穿了一件寬鬆的半透明淡色薄紗上衣和短褲，頭上戴了一頂有邊的軟帽，一身的粉綠和粉紅，她梳了兩條辮子，用塑膠的凱蒂貓髮夾夾起來，一副女學生的樣子，桃碧心裡想，要是在以前，她絕對不可能有這種打扮，她以前是傑出基因藝術專家，因此很怕自己被譏笑，有失身分，會穿得很成熟來宣示地位。如今這種地位和身分已不存在，她現在到底要宣示什麼？

別對她那麼刻薄，桃碧對自己說。她終究還是冒過很大的風險：她曾經是「瘋狂亞當」的臥底線人，後來克雷科綁架了她，逼她跟其他被綁架的「瘋狂亞當」成員一起，在天塘圓頂屋裡當穿著白袍的腦力農奴，他們大多數的人都被逮了。

但他沒有抓到澤伯：克雷科無法鎖定他，他將自己的行跡掩蔽得太好了。

「嗨，大家好。」閃狐說，她將手臂向上伸展，挺起了胸脯，讓它們朝向象牙啄木鳥。「喔，我可以立刻倒下再睡！但願你們睡得好。我根本沒法睡！我們得想辦法驅蟲。」

「我們有防蟲噴劑，」蕾貝佳說，「還有一些柑橘味的東西。」

「那種會消散，」閃狐說，「然後牠們又來把你咬醒，然後你就聽到有人講話之類的，就像那種房客不留下真名、牆薄得跟紙板一樣的汽車旅館。」她又向象牙啄木鳥遞了個微笑，完全無視嘴巴緊閉、兩眼死盯著她的海牛。桃碧不知道他到底是對她反感，還是具有強烈的欲望，有些男人是很難分辨的。

「我覺得我們應該來個聲帶宵禁。」閃狐繼續說，她斜著眼看了桃碧一下。那眼神彷彿在說，我聽到了妳的聲音，妳如果一定要縱容自己沉溺於髒兮兮的荒謬中年性欲裡，妳至少應該安靜一點。桃碧感覺自己滿臉通紅。

「親愛的小姐，」象牙啄木鳥說，「我相信我們偶爾激烈的夜間討論並沒有吵醒你。海牛、塔摩洛水牛和我——」

「喔，不是你們，而且那也不是討論的聲音，」閃狐說，「這些是可可營養球嗎？我以前還會宿醉的時候，曾經吐過一整碗這東西。」

亞曼達站了起來，用手摀住嘴，趕緊跑開。芮恩跟在她後面。

「那個女孩有點不對勁，」閃狐說，「她好像只剩下一個空殼還是什麼。她一直這麼傻傻的樣子嗎？」

「妳知道她吃了多少苦頭。」蕾貝佳說，稍稍皺了皺眉頭。

「對，當然，不過她現在應該振作起來，跟大家一樣幹些活。」

桃碧感覺一股怒火上升。閃狐從來不是率先自願幫忙日常雜務的人，她從沒有接近痛彈人的吐痰射程內過，沒被當機器妓女玩弄，沒被當狗綁著，那簡直像是被剖腹一樣，亞曼達比她強十倍。但除此以外，桃碧知道自己很痛恨閃狐，是因為她之前的冷嘲熱諷，更別提她那半透明的薄衫和可愛的短褲，還有她用來當武器的胸脯和小女孩的辮子。她很想說，它們跟妳那些正在浮現的皺紋一點都不配，還有，曬太陽是有代價的。

閃狐又露出了微笑，但不是對桃碧笑：她看都沒看她一眼。她露出了整排牙齒和酒窩。「嘿。」她用比較溫柔的聲音說。桃碧轉身看：是黑犀牛和克郎。

還有澤伯，當然、當然。

「大家早啊，」澤伯沉穩地說，對閃狐並無特別表示，對桃碧也是。夜裡是夜裡，白天是白天。

「有沒有人想要什麼？」他說。「我們要在附近快速搜索一下，一兩個小時，只是檢查看看。我們會經過幾間商店。」他沒說出真正的目的，因為他不需要：他們都知道他是去檢查痛彈人的行跡，這是巡邏。

「小蘇打，」蕾貝佳說，「泡打粉也可以。沒有這些，我真不知道要怎麼辦。你們如果要去一間超級小……」

「妳知不知道小蘇打來自於美國懷俄明州的天然鹼礦？或說曾經來自。」象牙啄木鳥說。

「哦，象牙啄木鳥，」閃狐討好地對他笑著，「有你在，誰還需要維基百科？」象牙啄木鳥半奸詐地笑了一下，他覺得這是讚美。

「酵母，」吸蜜蜂鳥說，「野生酵母，如果你有麵粉，那樣就可以做發酵麵團。」

「大概吧。」蕾貝佳說。

「我也一起去。」閃狐對澤伯說，「我需要一間藥妝店。」

一陣靜默，大家都看著她。

「把清單給我們就好，」黑犀牛說，他的目光在她腿上游移。「我們會幫妳帶。」

「女孩的東西。」她說，「你們不知道怎麼找。」她朝芮恩跟蓮灰蝶的方向看去，她們就站在抽水泵旁邊，幫亞曼達擦澡。「我是在幫我們大家搜集。」

又是一陣靜默，衛生用品，桃碧心想。她說得有道理，儲藏室的存量正在減少。沒人會想睡在破掉的床單或是青苔上，雖然那天遲早會來。「壞主意，」澤伯說，「那兩個人還在外面某處，他們手上有噴槍，又是撐過痛彈場三次的人，他們的神經裡沒剩半點同理心了，妳可不想讓他們抓住妳吧？他們可不會先跟妳禮尚往來，妳看到發生在亞曼達身上的事了，她還能帶著腎臟逃出來已是萬幸。」

「我完全同意，妳離開這個舒適的小小聚居地，實在不是個好計畫。我會去，」象牙啄木鳥殷勤地說，「如果妳願意把購物清單交給我——」

「可是你會跟我在一起啊，」閃狐對澤伯說，「你會保護我。」她垂下眼睫毛，「我會很安全！」

澤伯對蕾貝佳說：「有咖啡嗎？或叫什麼來著，那屎水？」

「沒關係的，我會換衣服，」閃狐繼續說，換上輕快的語氣，「我能跟上，不會拖累你們，我能搞定——你懂的——噴槍，」她稍微拉長了尾音，讓眼神下飄一點，然後又恢復了動人魅力：「嘿，我們可以外帶午餐，找個地方野餐！」

「那快點弄好，」澤伯說，「因為我們一吃完就要出發。」

黑犀牛欲言又止，克郎凝視著天，「我想應該不會下雨。」他說。

蕾貝佳朝桃碧看去，抬了抬眉毛，桃碧盡量維持著平板的表情，閃狐正在覬覦她身邊的人。狐如其名，改不了發騷，她心想。搞定噴槍，確實。

雪人的進展

「噢桃碧，快來看，快來！」是小黑鬍在扯她的床單。

「什麼事？」桃碧說，盡量不讓自己聲音顯得不耐，她想留在這裡，跟澤伯道別，雖然他並不會走很遠，也不會去太久，只是幾個小時，她想在他身上留下個記號，不是嗎？在閃狐的面前，吻一個、或擰一下，**這是我的，閃開**。

並不是那樣做就會有什麼用處，她只會當眾出醜而已。

「噢桃碧，雪人吉米要醒來了，他現在正要醒來。」小黑鬍說，他的聲音同時包含著焦慮跟過動，就像從前的孩子們期待著遊行或煙火會——短暫的奇蹟——時會有的聲音。她不想讓他失望，所以只好讓他牽著走，她回頭看了一眼：澤伯、犀牛跟克郎都坐在桌邊，拿著叉子吃早餐，閃狐忙著出門，褪去那頂笨帽子跟「來看我腿」的短褲，穿上包臀的迷彩服。

桃碧，管好自己，這又不是高中，她這麼告訴自己。但在某些方面，這裡多少像是高中。

吉米的吊床邊擠滿了人，大部分的克雷科人都在那，大人小孩看起來都跟平常一樣興奮，其中有些已經開始唱歌了。

「他回到這了，雪人吉米再一次回到我們身邊！」

「他已經回來了！」

「他會帶來克雷科的教誨！」

桃碧擠到吊床邊，兩個克雷科女人正在扶吉米起身，他的眼睛睜開了，看起來很迷惑。

「跟他問好，噢桃碧，」名叫亞伯拉罕．林肯的高個子說道，其他人都看著，都專注地聽著：「他一直跟克雷科待在一起，他會帶教誨給我們，他會帶來故事。」

「吉米，」她說，「雪人。」她把手放在他的胳膊上，「是我，桃碧，那時我就在營火旁，靠近海灘的地方，記得嗎？跟亞曼達一起，還有那兩個男人。」

吉米抬頭看她，他的眼睛清澈得出人意料，白的很白，瞳孔有點膨脹，他眨眼，卻沒有認出她來。「屁啦。」他說。

「噢桃碧，那個字眼是什麼？」亞伯拉罕．林肯問，「是克雷科的旨意嗎？」

「他累了。」桃碧說，「不，這個字不是。」

「吃屎，」吉米說，「奧麗克絲在哪？她本來在這的，在火裡。」

「你病了很久。」桃碧說。

「我殺了誰嗎？其中一個……我想我是做噩夢了。」

「沒，」她說，「你沒殺人。」

「我想我殺了克雷科，」他說，「他抓住了奧麗克絲，他拿著刀，他砍了……噢天哪，到處都是沾了血的粉紅色蝴蝶，然後我……然後，我對他開槍。」

桃碧提高了警覺，他在講什麼？更重要的是，克雷科人會把這個故事當成什麼？希望什麼也不是，這對他們來說毫無意義，只是胡言亂語，因為克雷科住在天上，不可能會死掉。「是你做噩夢了。」她輕柔地說。

「不，我沒有，這件事不是夢，噢法克。」吉米往後躺下，閉上眼睛。「噢法克。」

「這位法克是誰？」亞伯拉罕．林肯問，「為什麼他對這位法克講話？這裡沒人叫那個名字。」

花了桃碧一點時間才弄清楚，因為吉米說的是「噢法克」而不是直接講「法克」，他們就以為那是一種跟「噢桃碧」一樣的表達方式。要怎麼解釋「噢法克」呢？他們不會相信這個代表交配的詞彙竟然有壞的含義：一種表達噁心的方式、一種侮辱與失敗。就她的理解，這個詞對他們來說是全然的喜樂。

「你們看不見他，」桃碧有點半放棄地說，「只有吉米，雪人吉米才看得見他，他是……」

「法克是克雷科的朋友嗎？」亞伯拉罕．林肯問。

「是的，」桃碧說，「而且是雪人吉米的朋友。」

「這位法克在幫他嗎？」其中一名女人問。

「是的，」桃碧說，「當有事情出錯，雪人吉米就叫他來幫忙。」某方面來看，這也沒錯。

「法克在天上！」小黑鬍勝利地說，「跟克雷科一起！」

「我們想聽法克的故事，」亞伯拉罕．林肯很有禮貌地說，「還有他是怎麼幫助雪人吉米的。」

吉米再度睜眼，半瞇著，現在他正盯著自己蓋的被子，被子的圖案有種「嘿－扭啊扭」的主題，他撫摸著圖案上的貓，還有提琴跟微笑的月亮。「這是什麼？他媽的牛，大腦義大利麵。」他舉起手遮擋光線。

「他希望你們都往後站點。」桃碧說，身體向前傾，希望盡可能把吉米接下來要說的話擋掉一點。

「我搞砸了，是不是？」他說，幸好他用的幾乎是氣音，「奧麗克絲在哪？她原本在這的。」

「你需要睡會。」桃碧說。

「他媽的器官豬差點吃了我。」

「你現在安全了。」桃碧說。從昏迷中醒來的人不少會產生幻覺，但是要怎麼跟克雷科人描述「幻覺」呢？就是當你看見不存在的東西。但如果它不存在，噢桃碧，那妳又怎麼會看見呢？

「誰差點吃掉你？」她耐心地問。

「器官豬，」吉米說，「那些巨大的豬，我想牠們吃了，抱歉，都是義大利麵，我的腦袋裡。那些人都是誰？我沒打中的那些人？」

「你現在什麼都不需要擔心，」桃碧說，「你餓了嗎？」他們都得從少量進餐開始，斷食之後最好這樣，要是有香蕉就好了。

「他媽的克雷科，我讓他搞死我，我他媽的搞砸了，媽的。」

「沒關係，」桃碧說，「你做得很好。」

「他媽的不好，」吉米說，「能給我來杯喝的嗎？」

克雷科人從剛才就一直恭敬地隔了段距離站著，現在都上前來：「我們得呼嚕，噢桃碧，」亞伯拉罕．林肯說道，「能讓他變強壯，他腦子裡有東西纏成一團。」

「你說得對，」桃碧說，「有東西纏成一團了。」

「那是因為做夢的關係，還一直走到這裡，」亞伯拉罕．林肯說，「我們現在開始呼嚕。」

「之後他就會告訴我們克雷科的教誨。」烏檀木色的女人說。

「還有法克的口信。」象牙色的女人接著說。

「我們會對這位法克唱歌。」

「也對奧麗克絲。」

「也對克雷科，善良、仁慈……」

「我會給他些新鮮的水，」桃碧說，「還有蜂蜜。」

「有酒嗎？」吉米說，「搞屁，我感覺跟屎一樣。」

芮恩和蓮灰蝶和亞曼達坐在戶外抽水泵附近的矮牆上。

「吉米怎麼樣？」芮恩說。

「他醒了，」桃碧說，「但神智不大清楚，昏迷那麼久，這是很正常的。」

「他說了什麼？」芮恩說，「他有沒有問起我？」

「你覺得我們可以去看他嗎？」蓮灰蝶問。

「他說他腦袋裡好像有義大利麵。」桃碧說。

「反正本來就是義大利麵路線啊，」蓮灰蝶說，大笑。

「妳本來就認識他？」桃碧說。她覺得吉米跟芮恩以前曾經有過什麼，後來發現吉米跟亞曼達也有，但蓮灰蝶？

「是啊，」芮恩說，「我們弄清楚了，她認識。」

「我在康智公司附設高中，跟他實驗室同組，」蓮灰蝶說，「生物課、基因重組導論，在我跟家人搭子彈列車一路向西之前，那段時候。」

「沃卡拉．普拉斯，他跟我說過，」芮恩說，「他對妳一片癡情！他說妳傷透他的心了，但妳從來沒把他當一回事，對吧？」

「他真是太愛鬼扯。」蓮灰蝶說，她的聲音帶著憐愛，彷彿吉米是個頑皮卻討人喜歡的小孩。

「然後他傷透了我的心，」芮恩說，「然後天曉得他甩了我之後，對亞曼達講了什麼，八成是說我傷透他的心吧。」

「我認為他有承諾障礙，」蓮灰蝶說，「我認識很多這種男人。」

「他以前很喜歡義大利麵。」亞曼達說，打從痛彈人之夜到現在，桃碧從沒聽過她講出這麼多字。

「在高中裡都是魚條。」芮恩說。

「百分之二十真魚肉，記得嗎？」蓮灰蝶說，「天曉得裡面到底是什麼。」她們倆都笑了。

「不過倒不是都那麼難吃。」芮恩說。

「實驗室的組合肉，」蓮灰蝶說，「但我們那時哪知道？嘿，我們都吃了。」

「我倒不介意現在來一點，」芮恩說，「還有小海綿蛋糕。」她嘆口氣，「真是法式復古新復興！」

「感覺好像在吃沙發墊一樣。」蓮灰蝶說。

「我要過去那邊，」亞曼達說完，站起身，拉平床單，把頭髮往後攏。「我們該問候一下，看他需不需要什麼，他也經歷夠多事了。」

終於，桃碧心想，原來的亞曼達要回來了，這才是她在園丁會認識的女孩，那種活力，什麼事都能搞定——以前這叫有骨氣——的女孩一點點回來了。亞曼達從前總是會當第一個發起的人，第一個越線的人，以前連比她高大的男孩都得讓她三分。

「我們也去。」蓮灰蝶說。

「我們要說：Surprise！」芮恩說，其他兩人咯咯笑。

這麼多破碎的心，桃碧心想：芮恩看來已經不再破碎，跟吉米也沒有關係了。「也許你該等等，」她說。如果吉米一睜眼就看到三個舊愛像命運的呼喚一樣向他靠近，對他的心情會造成什麼影響？是不是要來索討他永恆的愛、他的道歉，或是將他的血裝滿一整個貓碗？或者更糟的：這是能把他當成嬰兒來養的機會，扮演保母、用慈愛籠罩他。當然他也許會很喜歡。

但她無須擔心，因為當她們到那邊時，吉米的眼睛是閉上的，在呼嚕聲催眠中，他又回到睡眠狀態。

搜索隊已經開始在街上移動——曾經是街上。澤伯帶隊，然後是黑犀牛，然後閃狐，由克郎殿後壓陣，他們在殘骸內部跟周圍很慢、很小心地移動，他們會排除一切被伏擊的可能，絕不冒險。

桃碧很想跑去跟著他們，像個被丟下的小孩——等等我！等等我！我也要跟你們去！我有一把步槍！但是這根本沒意義。

澤伯根本沒問過她要不要他帶什麼回來，如果他問了，她會說什麼？一面鏡子？一束花？她早該跟他要紙跟鉛筆的，但她卻莫名地難以啟齒。

現在他們都走掉了。

這一天繼續過，太陽往上一升起、越過天空，影子變扁，食物出現後又被吃掉，話語聲不斷傳出，餐桌上的物品被收集起來洗過，哨兵換班，泥草屋的牆往上加高一點，周圍的籬笆新增了一道鐵絲，野草從花園裡拔起，待洗衣物就位。影子又再度拉長，下午的雲聚集起來，吉米被背進屋內，下雨，伴隨著很像樣的雷聲。然後天空變乾淨，鳥兒恢復牠們的競賽，西邊的雲又開始變紅。

澤伯不在。

魔髮羊跟牧養牠們的牧人回來了，柯洛齊跟白鯨跟薛克頓，為營地的人口組合增添了三名充飽荷爾蒙的男性。柯洛齊一直挨在芮恩身邊，薛克頓漸漸靠近亞曼達，吸蜂蜜鳥跟白鯨都在盯著蓮灰蝶瞧：愛情的爾虞我詐在年輕人之間展開，就像他們對待生菜葉上的蝸牛以及肆虐羽衣甘藍的閃綠甲蟲一樣，低語、聳一聳肩、向前走、向後走。

桃碧繼續進行自己的工作，就像在修道院裡那樣穩定持續、盡職盡責地數著時間過去。

澤伯還沒回來。

澤伯會發生什麼事呢？她抗拒想像，或者她試著要抗拒。動物，帶著牙齒與爪子的作用，植物，一棵倒下的樹，礦物、水泥、鐵、碎玻璃，或是人。

假定他突然不見了，一股漩渦浮上：她停止想像。不要在意她的個人損失，想想別人，其他的人類。澤伯擁有珍貴的技能，有別人無法取代的知識。

他們人數那麼少，每個人對彼此都那麼必要，有時這營地的氣氛就像度假，但其實不是，他們逃離了日常生活，這裡就是他們居住的地方。

她告訴克雷科人，今晚不會有故事了，因為澤伯把澤伯的故事放進了她腦袋後，有些情節實在太難懂，所以她得先把順序整理好才能說，他們問如果吃一條魚有沒有幫助，但她說現在不行，然後她就去花園獨自坐著。

妳輸了，她告訴自己。妳失去了澤伯，現在閃狐肯定已經搞定他了，用她的胳臂和雙腿、還有任何有洞的部位，緊緊鉗住他，他已經把桃碧當成一個空紙袋丟掉了，為何不呢？他又沒有給過承諾。

微風靜止，潮熱從地表升起，影子交錯在一起，蚊子哀鳴。月亮在此，不再那樣圓滿，蛾出現的時辰又到了。

沒有燈光逼近，沒有人聲，沒事也沒人。

她整夜看著小隔間中的吉米，聽著他呼吸，燭火讓他被子上的童謠圖案搖曳著，忽大忽小，母牛露齒而笑，小狗在笑，盤裡的菜跟湯匙跑了。

藥妝店情事

桃碧在早上避開了早餐桌邊的眾人，她沒心情聽表觀遺傳學的演講，或是接受好奇的目光，或者關於她如何面對澤伯背叛的猜測。他大可以對閃狐明確說不，但他沒有，意思十分清楚。

她繞道去做飯小屋，自己找了些冷豬肉，跟昨天剩下放在一個倒扣碗中變爛的牛蒡根：蕾貝佳不喜歡扔掉食物。

她坐在桌邊，檢視周遭環境，在她背後有魔髮羊到處磨蹭，等著柯洛齊來放牠們出去，然後沿著步道一路吃草。他來了，穿著他《聖經》式的床單造型，拿著一根長杖。

在鞦韆旁，芮恩和蓮灰蝶正扶著吉米，三人六腳用一種彆扭的合體方式來回走。他的肌肉色澤不大好，但他恢復體力已經夠快了，在那風霜與眼淚之下他還是個年輕人，亞曼達也在一旁，坐在其中一架鞦韆上，幾個克雷科人正在嗑那無所不在的葛藤，一邊觀看，雖然不解，但也不害怕。

從遠處看這幅畫面有如牧歌，雖然也有走調之處：不見或逃跑的魔髮羊還是繼續不見或逃跑，亞曼達依舊毫無反應，盯著地面瞧，而從柯洛齊緊縮的肩膀和他轉身背對芮恩的方式來看，他是在嫉妒吉米能有芮恩殷勤的照顧。桃碧自己也是走調的音符，雖然她在任何人的觀望中都必須保持冷靜，那樣是最好的，從長期的園丁會訓練中她已經學會如何維持平板表情，保持溫和微笑。

可是澤伯到底在哪？他回來了嗎？他找到亞當一了嗎？如果亞當受傷了，他就需要人背，那便可能拖慢行程。在外面那荒廢的城市裡，在她看不見的地方發生了什麼事？如果行動電話還能用就好了，但電訊塔都倒了，就算還有電源，也沒人知道怎麼修好機器。還有一個手調式收音機，但是也壞了。

我們得重新學會狼煙信號了，她想，一是他愛我，二是他不愛我，三是悶燒的怒火。

她一整天都在花園裡工作，因為理論上這樣有助於放鬆，如果她還有蜂巢可以養，她就能與蜜蜂分享每日新聞，以前在老琵拉爾生前，她們會在神的園丁會屋頂花園這樣做，向蜜蜂討教，要求牠們飛出去探索，再回來報告，把牠們當成了網路蜂了。

今日我們榮耀聖真史瓦姆丹，第一個發現蜂王是女王而不是國王，而一個巢內的所有工蜂都是姐妹；而聖左西瑪，東方的蜜蜂保護者，在沙漠裡過著無私的修士生活，我們現在也正在實行這樣的生活；而聖C．R．利班茲則透過他細緻地觀察了解蜜蜂溝通策略。而讓我們感謝造物主創造了蜜蜂本身，感謝蜜蜂和花粉這樣的贈禮，感謝牠們極其珍貴的勞務，讓我們的水果、果實，和開花的蔬菜都得以繁殖，是的，也感謝——如丁尼生所寫，無數蜜蜂的低吟——在我們焦慮的時分給予安慰。

琵拉爾教過她如何在皮膚上揉點蜂王乳，再開始跟蜜蜂的合作，那樣牠們就不會把她當成敵人，牠們會在她的手與臉上走動，牠們的小腳觸感就跟眼睫毛一樣柔和，像一朵飄過的雲那樣輕盈。蜜蜂是傳信者，琵拉爾曾說。牠們在看得見與看不見的世界之間來回傳遞消息，如果你愛的人越過了冥界的門檻，牠們會來告訴你。

今天花園突然來了好幾十隻蜜蜂，在豌豆花四周忙碌飛著，附近肯定有新的野蜂窩，一隻蜜蜂停在她手上，嘗著手上的鹽。澤伯死了嗎？她在心裡問，告訴我吧。但牠什麼訊息也沒留就飛走了。

她真的相信那些？老琵拉爾的民間故事？不，倒不是，或是不全信。很可能琵拉爾自己也不是那麼相信，但那故事能增強信心，死人並沒有完全死去，只是換了一種方式活著，誠然臉色是蒼白了許多，而且地方更暗，但卻還能傳遞訊息，只要你能夠辨識訊息並將之解碼。人們需要這樣的故事，琵拉爾曾經這樣說，因為即使活在黑暗中，有聲音的黑暗還是好過完全沉默的空白。

到了傍晚，雷一打完，搜索隊就回來了。桃碧看見他們在街上走，在廢棄的卡車和太陽能車之間進出閃躲，下沉的太陽在背後閃耀，她在還看不出誰是誰前就開始數側影，是，有四個人，一個都沒少，但，也沒有增加。

正當他們接近泥草屋周邊的籬笆，芮恩與蓮灰蝶跑出去接他們，後面跟著一隊克雷科小孩。亞曼達也在跑，雖然沒有別人快。桃碧用走的。

「太激烈了。」閃狐一邊上來一邊說著，「但至少我們到過藥妝店了。」她滿臉通紅，出了汗，臉髒了，但興高采烈。她把背包放下，打開。「看看我拿到了什麼！」

澤伯和黑犀牛看來快累死了，克郎則好一點。

「發生什麼事？」桃碧問澤伯，她沒有說：「我擔心得快死了。」但他當然知道。

「說來話長，」澤伯說，「我等等告訴妳，我需要洗澡。有麻煩嗎？」

「吉米醒了。」她說，「他還滿虛弱的，很瘦。」

「很好。」澤伯說，「讓我們把他養胖，重新站起來，我們這裡需要幫手。」然後他就離開她身邊，往泥草屋後面走去。

一股怒火在桃碧體內快速蔓延，消失了幾乎兩天，這就是他要說的話？她不是妻子，沒有嘮叨的權利，但她無法停止想像那畫面：澤伯跟閃狐在廢棄藥妝店的貨架之間打滾，在一罐罐的潤絲精跟有三十多種帶勁色調的染色洗髮精之間，他扯下她的迷彩外衣，或是在幾條走道之外，在保險套跟催情潤滑劑旁邊？也許他們倆擠進了收銀台後，或者嬰兒用品區，用光一整盒濕紙巾。諸如此類的事，一定發生了，閃狐臉上才會有那麼飄飄然的表情。

「指甲油，止痛藥，牙刷！妳看，拔毛夾！」現在她在說話了。

「看來妳把那地方掃光了。」蓮灰蝶說。

「剩下的東西不多，」閃狐說，「搶匪去過了，看來他們對藥品很感興趣，奧可喜、喜福多、任何含可待因的東西。」

「不大需要頭髮用品？」蓮灰蝶說。

「不用，女生的東西，他們也不愛。」閃狐說，她開始拿出「量多」、棉條，還有纖巧型的包裝。「我叫男生幫忙帶幾盒，他們也拿到一點啤酒，現在那算小奇蹟了。」

「為什麼那麼久？」桃碧問，閃狐對她笑笑，沒有輕蔑的意味。她現在反而太友善、太沒心眼的樣子，好像觸犯門禁的青少年。

「我們被困住了，」她說，「我們到處翻找、搜集東西，但是到了下午，正當我們要回來的時候，有一群大豬，就是曾經想要突擊我們花園，但被我們射中幾頭的那些。

「起初牠們只是偷偷跟在我們後面，當我們搜完藥妝店出來的時候，就看到牠們正朝我們過來，我們往回跑進藥妝店，但前排的窗戶都被打爛了，沒有可以阻擋牠們的東西。我們想辦法從儲藏室天花板的一處暗門爬到屋頂上，那些豬不會爬牆。」

「牠們看起來餓嗎？」芮恩說。

「怎麼分辨豬餓不餓？」閃狐說。

牠們是雜食動物，桃碧想，牠們什麼都吃。但不管餓不餓，牠們都會殺生。或者為了報復，因為我們一直在吃牠們同類。

「所以然後？」芮恩說。

「我們待在屋頂上一陣子。」閃狐說，「然後豬群從藥妝店出來，發現我們在屋頂上，牠們那時找到一箱洋芋片，拖到外面開派對，一邊持續觀察我們的動靜，牠們在炫耀那些洋芋片，牠們一定知道我們很餓了。澤伯要我們數清楚牠們的數目，以免牠們分組行動，有些假裝引開注意，其他的等著突擊，然後牠們往西邊去了，不是用走的，而是小跑步，好像牠們決定了新的目標，我們看了一下，那邊有東西，有煙。」

三不五時城裡會有東西著火：還接在太陽能板上的電線組；一堆潮濕的有機物正發展成自燃的好條件；一團沉澱的碳混合，受到陽光加熱；所以煙並非前所未聞，桃碧也說。

「這次不一樣，」閃狐說，「比較薄，像是營火。」

「妳怎麼沒對豬開槍？」蓮灰蝶問。

「澤伯說那只會浪費時間，因為牠們數量太多了。而且我們也不想用光噴槍的電池，澤伯說我們應該過去看一下，但那時天要黑了，所以我們就在藥妝店過夜。」

「在屋頂上？」桃碧問。

「在儲藏室。」閃狐說，「我們用那邊的幾個箱子把門擋起來，但什麼也沒發生，只有老鼠，那邊老鼠很多。然後到了早上我們往營火那邊過去，澤伯跟小薛認為那是痛彈場的人。」

「妳看到他們了嗎？」亞曼達問。

「我們看到火的餘燼。」閃狐說，「燒光了，上面都是豬的腳印，還有我們的魔髮羊剩下的部分，那隻有紅色辮子的，就是他們一直在吃的食物。」

「噢不。」蓮灰蝶說。

「是痛彈人還是豬？」亞曼達說。

「都有。」閃狐說，「但我們沒看到那兩個人，澤伯說豬一定把他們追跑了，我們在稍遠的地方找到一隻死掉的小豬，澤伯說是噴槍殺死的。一條後腿被切掉了，他說為了那個我們之後應該再回去，因為牠們的小孩被殺掉了，那些豬不大可能再來找我們了，所以我們應該盡量運用任何流浪豬肉，但我們又聽到幾隻瘋狂壞狗的叫聲，基因重組怪物，我們可能得跟牠們爭肉，外面就是個動物園。」

「如果真是個動物園那就會有柵欄，」蓮灰蝶說，「那隻魔髮羊是被偷的，對嗎？牠又不是自己走出去的，那兩個人一定曾經離我們非常近，而且沒人發現他們。」

「那好嚇人。」芮恩說。

閃狐沒在聽。「看看我還找到什麼，」她說，「驗孕棒，尿尿在上面的那種，我猜我們全都需要吧，或者某幾位會用到。」她笑著，但沒看桃碧。

「不要算我，」芮恩說，「誰要把寶寶生到這種世界？」她揮著手臂：泥草屋、樹木、極簡主義，「沒有自來水？我說啊……」

「不知道妳有沒有得選，」閃狐說，「長遠來說，總之是我們欠人類這個物種的，你不覺得嗎？」

「誰來當爸爸？」蓮灰蝶有點興趣。

「我會說妳自己選，」閃狐說，「往左站開一列，只要選那個舌頭伸得最長的就行。」

「那我猜妳是跟定象牙啄木鳥了。」蓮灰蝶說。

「我說舌頭最長的嗎？」閃狐說，她跟蓮灰蝶一起嘻嘻笑，芮恩跟亞曼達沒笑。

「還是看尿尿棍吧。」芮恩說。

桃碧凝視著黑暗，她該不該去找澤伯？他現在應該已經洗完澡了：泥草屋的淋浴時間從來不長，只有閃狐除外，她會用光所有陽光加溫的水。但澤伯卻不見蹤影。

她在自己的小隔間裡醒著，以防萬一。月光把她雙眼照得銀白，貓頭鷹互相叫喚，愛上對方的羽毛。她什麼也不想要。

除草

整個早上不見澤伯，沒人提起他，她也不問。

午餐是湯，裡面有某種肉——煙燻狗肉？還有葛藤配大蒜，多種不夠熟的莓果，綜合蔬菜沙拉。

「我們得想辦法弄點醋，」蕾貝佳說，「然後我就能做真的醬汁。」

「首先我們得做葡萄酒。」吸蜜蜂鳥說。

「我完全支持。」蕾貝佳說，她把一些芝麻菜種放進沙拉加點辣味進去。她還有製鹽計畫，用蒸餾鍋在海岸邊做。只要等到海岸安全了，她說，等那些痛彈人被法辦之後。

午餐之後就是室內時間，找掩護的時間，此時太陽高掛、炙熱，暴雨雲尚未開始累積，空氣又黏又濕。

桃碧待在自己的小隔間裡，試著午睡，但卻在生悶氣。不可以生悶氣，她告訴自己。不能舔舐傷口，她甚至不大確定到底有沒有傷口，雖然她感覺很受傷。

下午後半，雨停之後，四下無人，只剩下柯洛齊跟海牛在站崗，桃碧跪在花園裡殺蛞蝓，這個行為曾經給她帶來罪惡感。亞當一會說，牠們不也是蛞蝓神創造的嗎？牠們同享呼吸這片空氣的資格，或許牠們在別處會比在我們伊甸崖屋頂花園更舒適。但是現在，殺蛞蝓這件事成為她宣洩的方式，宣洩什麼？這點她不想深究。

更糟的是，她發現自己還搭配故事，死吧，壞蛞蝓！她把每隻蛞蝓彈進一個底下有木屑跟水的錫罐裡，以前他們會用鹽，但現在已經沒多的鹽了，也許用一塊扁平的石頭快速掃蕩對蛞蝓還比較仁慈，木屑一定讓牠們很痛苦，但她現在沒有心情去比較各種蛞蝓處決方式的仁慈度。

她拔起一根雜草。這神聖上帝創造的草，我們命名得多麼草率，雜草只是對那些煩人植物的統稱，所有妨礙我們人類種的植物的草，但想想它們多麼有用，好多都能吃還很美味！

對，這種不行，從外表看是豚草，她把草丟進一堆廢棄物中。

「嘿妳，死亡部隊。」一個聲音說，是澤伯，低頭看著她笑。

桃碧從地上爬起，她的手很髒，不知道該拿它們怎麼辦。他一直睡到現在，還是怎樣？她無法問出口他是否跟閃狐發生了什麼，她問不出口任何事，她不想當潑婦。

「我很高興你安全回來。」她說，而她真的高興，比自己說出口的更高興，但連她自己都覺得聽起來很假。

「我也是，」他說，「旅行拖得比我能撐的長，把我整死了，我睡得像根柴火一樣，我一定是老了。」

這是掩飾什麼嗎？她還可以多疑到何種程度？「我很想你。」她說。你看，不那麼難吧？

他咧嘴笑得更開。「我就想聽這個，」他說，「帶了個東西給妳。」是一面簡便的小圓鏡。

「謝謝。」她說，並努力擠出微笑。這是補償禮物嗎，道歉嗎？丈夫跟辦公室同事出軌之後送太太的玫瑰？但她又不是太太。

「還幫妳找了點紙，幾本學校筆記本，藥妝店還有賣這些，我猜平民區的孩子負擔不起上網的平板電腦，還有幾枝原子筆、鉛筆、彩色筆。」

「你怎麼知道我想要這些？」她說。

「我以前跟讀心術師一起工作過，從前，」他說，「草書是園丁會的技藝對吧？我猜你會想繼續維持舊日習慣，嘿，來抱一個吧？」

「我會把你弄得全身是泥。」她說，放鬆地微笑。

「我有過更髒的時候。」

儘管手指沾滿蛞蝓滑溜溜的黏液，她怎能不張開雙臂擁抱他呢？

太陽正在照耀，蜜蜂出沒在黃色菜瓜花朵之間。「你知道我真的需要什麼嗎？」她對著澤伯充滿菸味的鬍子說，「老花眼鏡，跟一個蜂巢。」

「妳說了就是妳的，」停了一下，「我要妳來看看這個。」

他從袖子裡抽出一隻鞋：一隻涼鞋。手工製，用再生材質製成，輪胎胎面鞋底、單車內胎帶跟銀色膠帶花紋。雖然沾了土，但沒有穿過多少次。「園丁會，」桃碧說，她對那種時尚風格記得十分清楚，或說那種毫無風格。然後她又更正：「或可能是，也不是說別人都不做這些東西，我猜有。」

她腦中已經有了畫面：亞當一和存活下來的園丁們，蹲在他們的亞拉臘洞穴裡——比方說種蘑菇的老地窖——像地洞裡的小精靈一樣，頂著燭光，踏著手工涼鞋行進，在上方城市燃燒崩壞、人類種族幾近滅絕的時候，他們在地下嚼著儲藏的蜂蜜跟黃豆片。她多麼希望這種事不可能是真的。

「你在哪找到的？」她問。

「在小豬被殺的附近，」澤伯說，「我沒給其他人看到。」

「你覺得是亞當，你認為他還活著，而且他故意把這個留給你，或者給誰。」這些不是問句。

「妳也一樣，」澤伯說，「妳也這麼想。」

「不要抱太大希望，」她說，「希望會毀掉你。」

「對，妳說得對，但還是很難不這樣想。」

「如果你是對的，」她說，「難道亞當不會來找你嗎？」

黑光頭燈

Blacklight Headlamp

澤伯與法克的故事

妳不須每晚都講故事，跟我走，妳一個晚上不講沒關係。

我昨晚已經沒講了，我不能讓他們太失望，他們可能會因此離開這裡，回到海灘上，他們太容易被攻擊了。那些痛彈人會……如果發生什麼事我絕對不原諒自己……

好吧，但是講快一點？

我不知道做不做得到，他們問很多問題。

叫他們閃尿去。

他們不會了解的，他們認為尿是好東西，就像「法克」——他們以為法克是某個看不見的存在，克雷科有需要時的幫手，也會幫吉米，因為他們聽到吉米說噢**法克**。

這我同意，法克！看不見的存在！需要時的幫手！正確到爆！

他們想要聽關於他的故事，事實上，是他跟你，你們兩人的男孩冒險故事，你們兩位是目前的明星，他們為了這故事一直糾纏著我。

我也可以去聽嗎？

不行，你會笑。

看到這張嘴沒？跟膠帶沒兩樣！如果我有三秒膠，我可以……嘿我可以把我的嘴黏在你的……

別那麼變態。

人生就是變態，我只是順勢而為。

謝謝你們的魚。

看，我戴上了紅帽子，我還一直聆聽戴在手腕上的這個閃亮東西。

今晚我會告訴你們澤伯跟法克的故事，正是你們要求的。

澤伯離開家，因為他的父親跟母親待他不好，他在混沌中到處晃蕩，他不知道接下來該去哪裡，也不知道他的兄弟亞當在哪裡，亞當是他唯一的朋友與幫手。

是，法克也是他的朋友與幫手，但法克是看不見的。

不，躲在灌木後面黑暗中的不是動物，那是澤伯。他沒在笑，他在咳嗽。

所以，澤伯的兄弟亞當，是他唯一看得見、摸得到的朋友跟幫手。亞當迷路了嗎？他被偷帶到別處了嗎？澤伯不知道，因此他很傷心。

但是法克也在他身邊，給他建議，法克住在空氣中，像鳥一樣飛來飛去，所以他可以這一分鐘陪澤伯，下一分鐘就到克雷科身邊，然後也跟雪人吉米一起，他可以同時身在很多地方。如果你遇到麻煩你叫他——噢法克！他總會及時出現，就在你需要他的當下。而當你一喊他的名字，就會感覺好多了。

是，澤伯真的咳得好厲害，但你們不需要幫他做呼嚕聲了。

是，有法克這樣的朋友兼幫手真是太好了，我希望我也有。

不，法克不是我的幫手，我有另一個幫手，她的名字叫琵拉爾，她已經死了，現在她長成一棵樹的形體，跟蜜蜂住在一起。

是，即使我看不見她，我也會對她說話，但她不是那麼的……她不像法克那麼莽撞，比起打雷，她更像是微風。

我以後再告訴你們琵拉爾的故事。

所以澤伯繼續流浪，越往危險地區的深處去，那裡有很多很多壞人，做著殘忍傷人的事。然後他來到一個地方，那裡專門烹煮、食用奧麗克絲的孩子們，他知道這是錯的，向法克尋求建議，法克說他必須離開那裡，然後他住在某間四處被水圍繞的房子，他還認識了一條蛇，但那裡真的很危險，他說道：噢法克，然後法克便飛過天空來跟澤伯談話，說他會幫助澤伯安全逃離。

今晚的故事講到這裡差不多了，你們都知道後來澤伯安全逃離了，因為他現在就坐在那兒，對吧？他很高興在這裡聽到自己的故事，所以他現在在笑，他已經不咳了。

謝謝你們的晚安，你們祝我睡得安穩、不做噩夢，我很開心。

也祝你們晚安。

是的，晚安。

晚安！

可以了，你們可以停止道晚安了。

謝謝。

漂浮世界

有一天澤伯在祕密漢堡店賣肉員溫妮特身邊醒來，發現她聞起來像烤肉餅跟回鍋油，他自己當然也是，但是那不一樣，因為自己的味道當然不能混為一談，澤伯說，你不會希望自己渴望肉欲的對象有這種味道吧，這是本能，這很基本，他們做過測試的，你可以問這邊任何一個瘋狂亞當出身的生化宅試試。

還有洋蔥，別忘了，還有那從罐子裡擠出來的黏糊紅醬，客人那麼愛吃都是因為裡面下了藥。每當現場過度帶勁，有人開始爭吵，總會有人拿紅醬來到處噴，然後就會跟從頭蓋骨傷口噴灑出來的血跡混在一起，你就再也分不清到底是有人快要流血而死，還是只是被紅醬淹沒了。

那種味道的組合會滲透進入他們的衣服和頭髮，甚至皮膚毛孔都無法倖免，在那工作的兩人都是。就算有水可以淋浴，你也洗不掉那種臭味，跟溫妮特用來擦身體消臭的便宜乳液混在一起也不好聞，那乳膏叫做「大利拉」，有乳液跟古龍水兩種，味道都很重，就像涉水游過整片凋零中的百合花海，或是穿越成隊的石油會裡常見的那種教會型老婦女。那兩種味道——祕密漢堡跟大利拉——在你很餓、或是很飢渴，或兩者都是的時候，還能接受，但其他時候就不怎麼美好了。

那天早上澤伯一醒來，躺在那兒聞著那嚇人的花香，想著，幹，這樣毫無未來可言。

或就算那樣有未來，也會是負成長，因為除了聞起來很可笑以外，溫妮特還開始管東管西，以愛之名想要明白、想要理解真正而全面的他。以比喻來說，她想探索他更深層的內在，她想讓他卸下心防，但如果她刺探太過，如果她一層一層剝開他當初不夠仔細編造的單薄故事，他突然明白過來，發誓下次要詐騙某人一定要做得更好才行。如果她開始揭開內幕，裡面可沒有太多令人信服的東西，如果她繼續往下挖，她可能會猜到他從哪裡來，原來是誰，那不用很久，她會從平民區鼠民口耳相傳的情報網得知消息，為了灰色地帶懸賞的報酬而開始在他身上使詐。

澤伯毫不懷疑一定會有懸賞，甚至還會有他的生物特徵到處流傳，比方說他耳朵的照片，他走路模樣的側影動畫，還有他學生時期的拇指印。就他所知，溫妮特跟幫派沒有聯繫，而幸虧她也太窮買不起電腦或平板，但外面網咖有可以計時上網的便宜東西，如果他惹毛了她，她可能會去做一些身分搜查。

她已經開始會在性愛中暈厥，都是因為他那有如第一次接觸外星人的激動小狗般的腺體性奮，年輕男人對性事沒有什麼品味，完全不挑，他們就像那些嚇壞維多利亞良民的企鵝，任何有洞的東西他們都能上，而溫妮特剛好就是澤伯此案例的受惠者。不是在吹牛，但每晚他們纏綿時，她翻白眼都快要翻到頭頂，有一半時間她看起來就像半死不活，而她發出有如搖滾樂團加擴音的聲音不斷遭到鄰居敲打抗議，包括樓下賣酒的商店跟樓上領著可悲薪水的奴隸當成窩的某種地方。

但她把澤伯的動物激情誤以為是更加深厚的東西，她會想要事後聊天，她會想分享兩人重要的本質，靈魂層面的。她開始會問一些：她的胸部夠不夠大，或者這種檸檬綠適合她嗎，或是為什麼他們不再像一開始那樣每晚來兩次呢？那種你怎麼回答都會倒楣的問題，每晚進行的這些審問越來越可怕，也許，澤伯下了結論，他對溫妮特的感情到頭來並不是真愛。

「不要那樣看我，我那時真的很年輕，還有別忘了，我之前無法融入社會。」澤伯說。

「怎麼看你？」桃碧說，「這裡比羊肚子裡還黑，你又看不見我。」
「我可以感覺到妳冷冰冰的眼神像冰川一樣冰。」
「我只是為她覺得遺憾，就這樣。」桃碧說。
「不，妳才不，要是我繼續跟她在一起，我就不會在這了，是吧？」
「好吧，這也對。我把遺憾收回，但還是……」

他處理得也不完全惡劣，他留給溫妮特一些錢跟一封訴說無盡愛慕的信，下面有註解說因為一樁黑幕交易，他的生命受到威脅，他沒說是哪種，但他光是想到可能危及她，心情就無法承受。
「你用了那個詞？」桃碧說，「危及？」
「她喜歡羅曼史，」澤伯說，「騎士什麼的。她有一些舊的平裝書，她租來之後就擺在屋裡，越來越破。」
「然後你也不想扮演騎士？」
「不當她的。」澤伯說，「妳的。」他親吻她的指尖，「任何時刻，清晨舉劍。」
「我才不相信，」桃碧說，「你剛剛才告訴我你怎麼騙人的！」
「至少我還不厭其煩地編謊話，為了妳，」澤伯說，「說謊比赤裸的真相還要麻煩，把它想成是求愛的表示吧，我老得很快，身上都是皺紋與傷痕，我又不像我們的克雷科人朋友那樣有巨大的藍弟弟，我只能運用智商，看還剩多少。」

澤伯沿著卡車大道的路線，飛快地朝南移動，來到聖塔莫尼卡的遺址上歇息，上升的海平面已吞沒海岸，那些曾經高於市場價格的飯店跟公寓都半泡在水中。有幾條街變成運河，鄰近的加州威尼斯市現在終於向正版威尼斯看齊，這整區現在都叫做「漂浮世界」，實際上它大部分時間都真的在漂浮，特別是當滿月帶進春潮時。

原先的屋主沒有一個還住在那，無法獲得保險賠償——這是海水侵蝕還是上帝的旨意？——他們都往山上避難去。各種偷占、借住的人都搬進來，雖然基本設施都停了，下水道和水管都老舊不堪，電力從很久以前就斷了。

但這一區也獲得一些瀟灑不羈的聲望，有些從豪宅區或地勢高處划平底船下來的中年人，十分願意冒險來到漂浮世界感受一下這奇特的波西米亞激情，乘坐用太陽能發電、引擎噗噗響的小船，周遊在被水淹沒的街道之間。他們來的目的是賭博、非法藥品跟女人，也為了各種嘉年華式的現場實況，看大樓變得搖搖欲墜，水漲過頭時，或者一場爆裂的風雨消滅了更多海岸線、更多房地產之後，買賣也得換新地點。

在漂浮世界什麼都有，且都有利潤，因為沒有人需要付房租或繳稅。早晚都在進行的骰子遊戲，周邊有一群睡眼惺忪的玩家輪番上陣，線上遊戲滿足不了他們，他們渴望滿足自己那種需要被危機觸動的神經。另外，他們也想擺脫監視重獲自由，他們相信網路就跟卡車大隊住的汽車旅館一樣，充滿了偷窺孔，他們可不想在任何一處留下自己的虛擬ＤＮＡ。

還有一間少女屋，裡面真的女孩跟機器妓女都有，視你想要多少預先設計好的互動而定，不過你也不一定能區分出差別。有一群街頭特技員會在火把照耀的高空表演吊鋼索，他們的繩索懸吊在淹水的街道上，有時候他們會摔跤，摔壞某些部位，比如說脖子。那些可能的傷害跟死亡具有強烈的吸引力，尤其是線上世界的一切都能預先編排、事後梳理，而就連那些號稱「實境」的網站也開始在觀眾心中浮現對真實性的質疑，粗糙而未經修飾的真實世界反而具有神祕誘惑。

在那些嘉年華表演中有一名魔術師，年約五十，帶著哀傷眼神，身上過長的西裝肯定是從某間二手衣店偷來的，他的職業賺不了多少利潤。他得在一間前白金級飯店生霉迅速的夾層樓上做克難舞台，他在那耍卡片、銅板跟手巾的把戲，把女人鋸成兩半或變不見，或者讀心。自從電視與網路普及之後這種樂趣就消失了，因為在數位場域這樣的把戲缺乏實際形體，觀眾無法信任：你怎麼知道他沒用特效呢？但當漂浮世界魔術師將一把針放進嘴裡，你看得見那些是真的針，而它們開始吐出縫線時，你能摸到縫線；當他將一疊撲克牌往空中丟去，黑桃A停留在天花板上，你看著這些在你眼前即時發生。

星期五跟星期六，夾層總是擠滿了來看漂浮世界魔術師的人，他自稱手之史雷，典故來自二十世紀研究密室藝術的歷史學家艾倫．史雷，雖然觀眾裡知道這人的少之又少。

澤伯知道，因為他就在手之史雷那邊找到工作，他扮演的是肌肉男助理洛薩，裹著土色豹紋的假皮外衣，舉著小箱子展示，上下顛倒證明裡面沒東西，或著他得把一位美麗的女助理放進箱子裡被鋸成兩半。不過他有時也會扮演觀眾，為了讀心術環節搜集情報，或做出驚訝表現好分散觀眾注意。他在日間會被派去漂浮世界之外買東西，去那些小超市跟人都會在白天醒著的地方。

「我從手之老史雷那邊學到很多。」澤伯說。

「怎麼把女人鋸成兩半？」

「那也是，雖然誰都可以把女人鋸成兩半。訣竅是做的時候怎麼讓她們保持微笑。」

「我猜會用到鏡子，」桃碧說，「還有煙。」

「我發誓要保密的。老史雷教過我最棒的是如何誤導，讓它們看起來像別的東西，跟你實際做的事情不相關，這樣你能逃過很多事情。史雷把他美麗的助理們都叫做誤導小姐，這是他給她們的通稱。」

「是不是他無法分辨每個人？」

「可能是，他對她們沒有那種興趣，但她們得把亮片穿得好看，也沒那麼多亮片啦。那個時候的誤導小姐是卡翠娜．吳，來自帕洛阿爾托的亞裔混血，有著一雙貓眼。我把她想成卡翠娜．嗚嗚，試著去接近她——祕密漢堡店的賣肉女溫妮特已經為我打開了一個充滿可能性的新世界，我那時毫無顧忌，但誤導小姐嗚嗚好像一點感覺也沒有。每個週末我都把她抱在手中，塞進箱子、櫃子裡讓她被鋸成兩半，或者消失，或是把她平放在桌上讓她懸空飄起。我會突然捏她一下，然後來一個我當時認為能融化骨髓的浪漫眼神，但她會一邊笑著一邊嘶聲警告我：**馬上給我停止**。」

「你很會嘶聲。也許她被鋸成兩半之後體液流光了。」

「不，某個高空鋼索藝人負責那些，在週間她不幫手之史雷工作，這男的會教她空中飛人舞，他們兩個一起練一齣高空鋼索秀，為了那個她有幾件戲服：一件鳥裝，一件蛇皮的。蛇皮的那場她也有一條真蛇，某條被動過腦葉手術的蟒蛇，牠的名字叫三月，因為，依照嗚嗚小姐的說法，三月是希望的月分，而她的蟒蛇總是滿懷希望。

「她看起來很喜歡蛇，某幾幕她會把牠繞在脖子周圍，讓牠在自己身上扭動。我跟三月交情變得不錯，我以前常抓老鼠給牠，我還以為死老鼠能領我通往嗚嗚小姐的心，但沒機會。」

「這個女人與蛇是什麼情況？」桃碧說，「或者女人與鳥，那種事情。」

「我們喜歡把妳們想成動物，」澤伯說，「在那些裝飾底下。」

「你是說很笨？還是次等？」

「稍微放過我一點吧。我是說，狂野不羈，往好的方向失控。一個有鱗片有羽毛的女人有很強的吸引力。她很有型，像個女神，充滿危險，又極端。」

「好吧，我們把不同的事情分開，所以然後呢？」

「然後就是有天卡翠娜．嗚嗚跟高空鋼索男一起跑了，而蟒蛇三月，也跟他們走了。那時我很困擾，主要不是因為蛇，而是嗚嗚小姐，害我像邱比特爛掉的靶一樣，我坦承我當時很沮喪。」

「我無法想像你沮喪。」桃碧說。

「我真的有。超級難搞，當時。根本沒人注意我，所以我難搞到我自己。街頭傳言說卡翠娜跟那空中飛人男去東岸發財了，幾年之後我發現他們用了那蛇與鳥的主題，開了一間上流男士的聚會所叫『鱗尾』，一開始很小，然後變成連鎖店，那是在公司接收性交易業務之前。」

「像是伊甸崖屋頂花園附近天坑裡的『鱗片』嗎？成人娛樂？」

「妳猜對了，園丁會的孩子曾經去那裡找葡萄酒來做醋。那是同一家連鎖企業，總之，在重要時刻救了我小命，不過我以後再跟妳講。」

「是關於你跟那蛇女的故事嗎？你終於得分了？我真是等不及要聽了，蟒蛇也參與了嗎？」

「放輕鬆，我想要照著時間順序來講，而且，喂，不是每件事都跟我的性生活有關。」

桃碧想說到目前為止大部分就是，但她忍住了，要求聽全部的故事又要反對，這樣不公平，她很清楚這點。「好吧，熄火。」她說。

「在卡翠娜．嗚嗚從漂浮世界消失之後，老史雷到外地去找新的誤導小姐，也包括找個更引人入勝、具有美感，又沒有慢慢沉入水中的表演場地，我無所適從，也許那樣是最好的——睜大眼睛、豎起耳朵尋找下一個最佳目標——我注意到周邊混的幾個男人有點太過努力融入這流氓文化，你能看出來其中一個人不大適應他新留的油膩馬尾、亂糟糟的鬍子、刺眼的鼻環，他皺鼻子皺得太凶了，還有他的褲子穿錯了，他們有注意沒穿新褲子，但那些裂痕、破洞跟塗鴉太藝術了，或者只是我這樣判斷。所以我立刻搭上第一台讓我搭便車的卡車大隊車輛。

「這一次我一直去到了墨西哥。我猜無論牧師的觸手能伸多長，也不大可能伸到這麼遠。」

駭客君

在墨西哥，有太多妄想病發的毒販以為澤伯也是妄想病發的毒販，覺得自己跟他會有利益衝突，澤伯遇到太多次這種狀況：紋著神祕刺青或是把頭髮剃成鬱金香圖案的男子迎面給他來頓痛擊，加上幾下揮舞著沒刺中他的刀械，讓他處境的危險更加明確。他照著地圖沿路而下，一路用零錢打發，他用現金支付雜費，他可不想在網上留下線索，就算他用的名字是約翰然後變成羅伯特然後又變成迪亞茲。

他在科蘇梅爾計畫過海到加勒比群島上，然後再轉至哥倫比亞共和國，但儘管他與陌生人在酒吧暢飲的技藝被磨練得更加精進，且從各種教訓中安然度過，波哥大卻沒什麼好機會給他，此外他也太顯眼了。

里約則是另一個故事。他在那邊的綽號是駭客君，那是在有迷你無人機轟炸跟電網破壞事件以前的事，後來他們就把真正厲害的幹員——有辦法活下來的那種——送到柬埔寨的叢林裡重新設置新據點。但里約當時正處於全盛期，被視為網路界的大西部，聚集了來自全世界年輕氣盛、惡形惡狀的網路惡棍，那裡還充滿商機：企業監控其他企業、政客設計陷害其他政客，還有軍事利益相關的——這種工資最高，但他們會對未來員工進行相當全面的背景調查，澤伯並不想。但整體來說，里約是賣方市場：快速錄用，不問問題，無論你長相如何，只要夠怪很快就能融入人群。

他當時跟鍵盤已經有點生疏，因為他花太多時間在賣肉，或是幫忙手之史雷，或是跟誤導小姐調情，或是跟蟒蛇摔角，不過他很快就恢復實力，然後馬上開始找工作，他一週之內就找到適合自己的職位。

他第一個雇主是「玩骨」，專攻駭入電子選票機的配備，在本世紀第一個十年過得很順遂，有利潤，一旦控制了機器，只要真實的選票比數很接近平手，你就能把任何想支持的候選人推上去，但後來犯了眾怒，惹出一些糾紛，那時的人還認為民主的表象值得維護，所以就到處裝上防火牆，要操弄選票可就變得複雜多了。

這工作也很無聊，有點像鉤針打毛衣，一直重複鉤著頗基本的花邊，主要是為了給別人看，而不是真正的防禦工作，每次想打起精神反而容易睡著，所以當他得到駭客鋸公司的工作機會時，他接受了，後來證實有點太倉促。雖然當時他沒醉，但總是少不了伏特加，外加很多拍肩鼓勵，很多同胞愛的大笑跟讚美，那個團隊由三個風流倜儻的男子組成：一個手很大，一個錢很多，另一個大概是白手套，話不多。

駭客鋸位於里約市外沼澤中一艘遊樂船上，表面上是葷素不拘的性愛商場，在那表象底下，你可以在這找到各種東西，從雞湯到堅果，帶骨的不帶骨的，還有特惠叫賣。他在那殺戮星球上熬過了緊張的頭四週，幫一撮窮酸的俄羅斯金絲貓走私犯料理事情，他們覺得自己經手的人體商品會哀哀叫又會流血，還要吃飯等等太麻煩了，所以想找一種不用消耗那麼多面紙的方式來回本。他們叫澤伯駭進線上小鋼珠撲克遊戲作弊，另一個程式奴說：那種壓力會有點大，駭客任務的老大如果覺得你花太多時間在剝掉那些數位刺繡花，你就會被他們變成發光磷蝦。

又或者你正在把軟體摸熟的過程中，用得不對沒關係，只要商品的損害度夠就可以了，畢竟造成損害就是客戶付錢的關鍵。給駭客員工的薪水袋裡會包含幾張自由時間券，還有幾個免費的賭資籌碼、吃喝的餐券，但是情感上的依賴是絕對禁止的。

駭客鋸在性愛商場那邊的業務用俗氣已經不足以形容，尤其是孩子們，他們在限定時段把貧民區的孩子調出來、修整一番，然後像餵魚一樣地快速餵食他們。那部分對澤伯來說，太像牧師養小孩的舉止了，但他必須不去管那個表演，因為他對那熱烈同胞愛的誠意正在急速下降。他簽約之後只做了一個月，他就找到辦法偷了一艘快船開溜，他只須跟俄羅斯守衛來幾口伏特加，然後把他撂倒之後偷他證件，再把他推到船外。那是他第一次殺人，那個俄羅斯守衛真是太不幸了，他是個一點也不天真的子彈頭，他應該更加小心，不該相信澤伯這小鬼頭——雖然不小，但想到他幫駭客鋸工作，肯定邪門。

他帶了幾行駭客鋸的程式碼一起走，外帶幾組密碼，這些以後都很好用，他還帶了其中一個女孩一起，他甜言蜜語地說服她成為自己的誤導小姐，他用自己的禮券包了她一個小時，為了利用她來過酒精中毒的警衛那關，她穿上碎棉布料的睡衣，看起來夠誘人又夠鬼祟了——妳去哪兒？——讓那個椰子腦轉過頭去。

澤伯大可以把她丟在船上，但他於心不忍，那些同志們會發現是她當餌幫的忙，他們不會在乎她是故意還是被利用，他們只會把她搗成洋芋泥。她會待在這艘船上，只因為她被從鐵桶都會生鏽的密西根家鄉，用虛假的誘惑跟三流的阿諛奉承給騙來，他們會說她有才華，告訴她這工作是跳舞。

他不敢駕著快船停入一般碼頭，那些同志可能已經注意到兩人失蹤——包括警衛的話，三人——且開始暗中找人。他在其中一間海岸飯店停泊，先把女孩藏在裝飾用噴泉後面，等到他用警衛的證件訂好房，能夠進入走廊之後，他便找到主控密碼，進入配備齊全的臥室裡偷幾件衣服給她，也給自己一件襯衫，有點太小，不過可以把袖子捲起來。他用肥皂在浴室鏡子留下潦草的誤導小姐警語：**我等下回來。報仇**。十之八九住在這種地方的傢伙都至少有一個充滿怨恨的暴徒仇家，因此他們會火速離開這間飯店，不會抱怨他們遺失衣物。或汽車鑰匙，或者汽車。

等到他們逃得夠遠，他找了一間網咖，好讓他可以蜻蜓點水進入他每次偷藏百分之零點零九的私房錢的藏匿處，把錢集中到另一個帳號，再支付給自己，最後再抹去自己的腳印，然後他又借了一台剛剛好沒人在用的車，大家真是太不小心了。

到目前為止都好，但還有那個女孩，她名字叫明塔，好像有機口香糖的名字，新鮮、環保，在逃亡的途中她表現得很堅強，沒有抓狂，一直沉默著，當然最有可能她只是被嚇壞了，因為她沒有堅持很久，她的耗損是從內而外發生的，到底是心理的還是生理的，他無法分辨。

她在人前都還好好的，在街上或店裡，她可以短時間表現正常，但當他們回到室內——在不論哪個房間裡，甚或是在車上呈之字形往西北方行駛——她就把時間花在她的兩項專長上：無助地哭，還有無神地凝視。電視無法轉移她的注意力，性愛也不行。她不想讓澤伯碰，這可以理解，不過她出於感激，願意依照澤伯喜歡的方式為他服務，算是某種酬金。

「所以你就占了她的便宜？」桃碧說時維持著輕盈的聲音。她怎能嫉妒那樣一艘破船，一個幽靈？

「沒有，事實上，」澤伯說，「那根本毫無樂趣，還不如去商場雇個機器妓女幫你手淫呢，對我來說，跟她說她什麼也不用做，還比較有趣。在那之後她確實讓我抱了她一下，我以為那樣能安撫她，不過她卻開始發抖。」

明塔開始聽見聲音——鬼祟的腳步聲、沉重的呼吸聲、金屬碰撞聲，而且每次她離開所住的髒旅館房間她就嚇得半死，澤伯負擔得起比較好的住宿，但是留在平民區深處，躲在陰影中會比較好。

可憐的明塔終究在聖地牙哥跳下陽台死了。那時他不在房間裡，他出去幫她買咖啡，但他看見人群聚集，又聽見警笛，那表示他得快點離開躲避調查，要是有調查，那他的特徵描述就會被列為頭號謀殺嫌犯，假設高層下令繼續追的話，不過最近他們越來越少追了。總之，他們要追什麼？明塔沒有身分證，他也沒留下自己任何東西，他很注意每次離開房間都把所有東西帶著，但誰知道那裡面有沒有監視錄影？雖然平民區的黑暗角落不大可能有，但世事難料。

他一路往上去到西雅圖，他偷偷看了一眼「維納斯的誕生」上的西風處，那是他跟亞當共享的網路空間，有一條給他的留言：「確認你還在身體裡。」亞當有時會照搬牧師的演講句型，讓人不寒而慄。

「誰的身體裡？」澤伯刊登了回覆。

那是他的笑話老梗：他曾經嘲笑過牧師在喪禮上那番「已不在身體裡」的虔誠致詞，他編了這個笑話這樣亞當就知道真的是他，不是什麼假扮的誘餌。事實上，亞當很可能是故意植入那個體內的句型，因為他知道澤伯無法抗拒這梗，要是假扮的澤伯就會回一句直截了當的答案，亞當在彎路上總是會領先幾回拐彎。

他的下一步是要去白馬鎮，他在里約的酒吧裡聽過移熊大隊，想說這應該是個適合躲藏的點，因為沒人想到他會去那裡。要找他算帳的駭客鋸不會想到，他們只會去找其他熱門的駭客地點，例如果阿。牧師也想不到：澤伯從來沒有展現過一點點熱愛野外的跡象。

「所以，」澤伯說，「這就是我如何淪落到馬更些山脈荒原穿著熊皮，跳到越野自行車手身上，被誤認為大腳野人的經過。」

「可以理解。」桃碧說，「就算沒有熊皮可能也是一樣。」

「妳在挖苦我？」

「這是讚美。」

「那我要想一下，總之，我對結局並不感到傷心。」

又快轉，來到白馬鎮，他在那裡洗淨身體、穿好衣服、神智清楚──假設真有這回事。他迴避移熊大隊總部跟他們經常喝酒的巢穴，因為那些人以為他已經死了，他才不會那麼犧牲，做一個不存在的人好處太多了。所以他在一間汽車旅館的房間裡待上很長一段時間，吃著假花生、買外帶披薩、看付費電視──別問看了什麼──想著下一步該怎麼做，離開白馬鎮後去哪裡？怎麼出去？他的復活要藉由誰來轉生？

他也同時在想，是誰派查克用針刺他的？幾個會想讓他過得不爽的單位裡，誰會找像查克這樣一個無能、單身的草帽鄉巴佬來給他下毒針？

他活在兩種狀態中：他實際的迷彩裝模式，一個佩戴假名的變色龍，以及，他之前的偽裝，在四翼飛行船墜機中被燒成焦炭。別人可能會覺得可憐，但對某些人來說卻很方便，對他自己也很方便。

但他不希望亞當以為自己已經死了，移熊大隊的劇碼演完後有好長一段時間毫無聯繫，他得在那種消息傳過去前聯絡亞當。

他穿上全部的衣服，包括飛行頭盔、蓬鬆的假鵝毛羽絨外套、太陽眼鏡，閃電造訪了當地唯二的網咖之一：一個叫做「小獸角落」的整潔場所，提供大量的有機黃豆飲料以及沒烤熟的巨大發糕，他兩種都點了，他的原則之一就是吃喝當地食材。然後他用現金訂了半小時上網，透過西風網路空間傳了一則訊息給亞當。「某豬頭想要滅我，大家都以為我他×的死了。」

他十分鐘後收到回覆：「中止褻瀆會改善你的消化系統。繼續死掉，可能會有工作機會，盡快去到新紐約地區，到了跟我聯絡。」

「好，弄工作檢查證給我？」他回信。

「Y，我會等。」亞當回，他人在哪？沒有線索，他一定已經到了他覺得安全的地方，或者夠安全，澤伯放心了，如果失去亞當，就會像失去一隻胳膊一條腿，外加頭頂那一塊。

他回到汽車旅館的房間，思索到達新紐約會需要的後勤裝備。身為一個死人，用他暫時拼貼做成的證件，他有可能搭得上子彈列車，不過要先搭「卡車大隊」的便車到夠遠的地方，例如，卡加利。

但主要的謎團還是令人困擾，到底誰派查克來除掉他？他試著縮小範圍，首先，誰能查出來他在哪？查到他在移熊大隊？在那時他的名字叫魔倫，在那之前叫賴瑞，更早以前叫凱爾。他看起來不是很像凱爾，但有時反其道而行比較好，而且他之前已經用過六個名字了。

他在深灰色市場買了比較好的證件，那些人沒有理由要出賣他，他們要做生意，得維持客戶身分隱密，而且反正他們也無法為他查明買主身分，對他們來說，他只是另一個沒用的傢伙，在躲債，或躲貪得無厭的老婆、公司舞弊、智財竊案，或者搶了一間超商，或是在躲一整隊穿著反串服飾到處撬鎖的瘋狂殺人犯，他們都不在乎，他們會做初步詢問，假裝有原則跟道德標準——不服務戀童者——然後他就會丟給他們一些回鍋的陳年屁話，雙方都知道那是放屁。但是交換這種拍拍是禮貌，就像他們會說「幫得上忙很高興」之類的，意思是「把現金拿出來」。

所以任何網路偵探想把他從層層假殼中挖出來，意味著得耗費很可觀的資源，他花了夠多資源來清除自己的足跡，他們要找他得先知道具體位置才行，不管是誰，那個人必須非常勤奮。

他差不多排除了玩骨的可能性，因為他有什麼關於他們的東西好洩漏？駭入投票機是一項公開的祕密，而且就算所謂的媒體提出了不滿，也沒人真的願意回到紙本體系。而且擁有那些機器的公司，選擇的贏家勝利之後，都會給他們的地下公關回扣，所以要是有誰批評得太凶，都會被抹黑成心理扭曲的相聲演員，志在毀掉大家的興致，包括有些人的生活根本沒有樂趣可言，但是日後可能會突然產生的興致，那遠在天邊的興致。

所以他對玩骨不造成威脅，因為就算他想組織起那些發霉的民間烏合之眾，任何會聽他話的人都會被說成腦袋長了末期疱疹。如果他夠瘋，他可能會試著雙向駭入機器，寫一個虛擬的參議員之類的，只是為了展示這有多容易。

「但你還不夠瘋。」桃碧說。

「我可能會為了好玩去做，如果那時有空的話。那就只會是某個短命的惡作劇，像我這樣坐在鍵盤前的憤怒天才，以前會用這種方式對系統提出警告，結果只是無效的抗議。」

「所以不是玩骨，那，」桃碧說，「一定就是駭客鋸？」

「他們有理由討回公道，」澤伯說，「我買通了他們的警衛、打劫他們的船、英雄救美帶走他們一名遇難的閨女，但更糟的是，我讓他們看起來很菜。我能理解他們會想安排一場讓我就地正法的戲，把我用鐵鍊吊在橋下，或是外加少條腿又全身放血，把我風乾展示，但是如果要利用這項公關資源他們得先承認我對他們做過的事情，所以他們還是會丟臉。

「總之，我覺得他們不會追我到移熊大隊這麼遠，白馬鎮太北了，距離里約非常遠，他們根本不會想到，最多是覺得這裡全部都是雪跟雪屋。但更重要的，我不覺得像查克屁股這麼翹的人會幫那些人工作，我根本無法想像他們坐在同一間酒吧裡，駭客鋸那種人跟你合作前需要跟你把酒言歡，而查克根本搞不定，他的服裝完全不對，駭客鋸裡沒有人會想要雇用查克這種穿著書蟲款長褲的人。」

他越想到查克這個人——他乾淨到噁心的查克式查克風——他就越覺得那是關鍵：那虛情假意的友善，那露出白牙的親切假笑……那一定是石油教會，但牧師與那些爪牙，就算是請來的專業打手，都不可能穿過澤伯設下的謎團與曲折路徑找到他，他媽的完全沒可能。

然後他發現自己正倒著順序看這件事，牧師跟整個教會，還有那些虔誠的跟風教徒，例如「知名水果」與他們的政治夥伴，他們都是死硬派的環保怪咖，他們的廣告上會有金髮的小女孩，旁邊則是某種特別醜怪的瀕危動物，比方說蘇利南蟾蜍跟大白鯊，標語寫著：這隻？或是那隻？暗示著為了讓蘇利南大蟾蜍能生存，金髮的小女孩正承受割喉危機。

延伸閱讀，任何喜歡聞雛菊花香的人，或者種花來聞的人，或吃不含汞的魚肉的人，或拒絕生下因為飲用污水產生畸形的三眼嬰兒的人，都是被惡魔附身、黑暗使者、撒但信徒，一心一意要來破壞美國生活與神聖上帝之油，而這兩者其實是同一件事。而移態大隊，儘管有破綻百出的邏輯跟非常不可靠的辦事體系，卻位於可能發現更多石油的地理位置上，或者油管可能經過的地帶，也就是常見的故障、漏油、掩飾惡行會發生的地帶。

所以自然牧師跟他的圈子會想要混入移態大隊，而大隊對於入會成員也不大挑，查克肯定是石油教會虔誠的信徒，被派到那裡去監視那些皮毛控，然後回報消息讓他們編造惡魔的形象，他應該不是特地在找澤伯，但他偶然發現之後就認出他來，他一定跟牧師很親近，會有家庭照片分享時刻，**那個不知感激的兒子，不像你……你要是我的兒子多好**。嘆氣，悵然微笑，放在肩上的手，青筋，然後拍拍。

其他的就自然發生了：查克密探報告，來自牧師的指示，帶著昏迷藥針，在四翼機上的失敗行動，燃燒的殘骸。這讓澤伯再度憤怒起來。

他再一次把所有衣服穿上，出征，並送出了另一批訊息，這一次他用鎮上另一間網咖「拇指快板」，比較破敗，位於小商場裡面，就在一間觸覺反饋的遠距性愛商店「真實觸感」旁邊：真實觸感、真正划算！保證安全！刺激四射，零微生物！但他成功抵抗了鄉愁，與「真實觸感」擦身而過，在「拇指」裡登入。

首先他送出一則訊息給石油教會的排名長老之一，附上牧師的侵占公款數據，告知他在加那利群島的開曼群島銀行帳號裡根本沒有錢——其實是有——而是以股票的形式放在鐵盒子裡，埋在特魯迪的石頭花園裡。他建議長老不只需要六個帶鏟子的男人，還得帶一隊持電擊槍的警備隨從，因為牧師有槍，可能很危險。他在訊息後署名「阿格斯」——希臘神話中的百眼巨人，那就是他自己，在維納斯的誕生那網站上也有這個巨人的照片，從美學角度來說，有一百隻眼睛並不會讓你變帥，有個女神擁有一百個乳頭，就是另一個「多不一定好」的表述。

現在毀掉了——但願成功——牧師美好的今晚，他把牧師開曼群島的祕密帳號清空，他在旅途中不時會注意一下帳號的動靜，確定牧師有依照指示不去動那些錢。好，錢都還在，他把所有的錢都轉到他幫亞當設定的帳號，用的名字是瑞克．巴特比，他也為這人創造了很有說服力的身分：瑞克是紐西蘭基督教會的殯葬業者。他給亞當留言說他會從維納斯右邊的乳頭那邊找到一組帳號、密碼跟一個大驚喜，光是想到他終於逼亞當用滑鼠去點乳頭，他就很爽。

他也覺得要傳一則訊息給移熊大隊才對，讓他們知道自己被查克滲透了，告訴他們也許該對來歷不明、虛情假意的馬屁精多做點背景調查，特別是穿的新衣上面有太多口袋的人，也許該提醒他們，事實上，不是每個人都像他們一樣覺得自己皮毛控的行為很可愛，他最後署名「大腳怪」，在他按下送出鍵的同時就後悔了，暗示有點太多。

然後他回到自己破爛的汽車旅館，坐在吧檯邊，那邊有台平板電視，等待著「牧師總動員」的結果。可以想見，全國晚間新聞都在報導找到費妮拉的骨頭跟碎衣服的事，牧師在那裡，摀住臉被帶走，還有特魯迪，跟奶昔一樣甜地眨巴著雙眼，說她什麼也不知道，想到這麼多年跟一名無情的殺手同住一屋實在太可怕了。

很聰明，給特魯迪加分，沒有任何證據能指出她跟案件的關係，在那之前她必定已經知道牧師偷藏現金，因為長老們會先去質問她侵占資金的事，而她會猜到他正在計畫甩掉她，跑到海外某個藏身處，在那裡他可以盡情玩弄未成年孩童，看是要曬乾、撫摸，還是剝皮，視他當時心情如何。因為她當然知道，她多年來當然會知道這人有多變態，但她寧願裝不知道。

他又穿上層層冬裝，健行到了「小獸角落」，在那他又寄了一封訊息給亞當，簡短的，只有關於逮捕的新聞連結，亞當一定會很高興，現在牧師的傳道事業終止了，或至少是大幅度縮短了，他們兩個都可以活得輕鬆一點。

但他得馬上離開白馬鎮，那些執法人員或者差不多職位的，應該會想要追蹤他寄給石油教會長老的訊息，而如果他們成功了，他們就會在白馬鎮盤查，這地方不大。他們不會鎖定澤伯，但是任何追查都是不好的，而他們不用太久就會找到他的位置，也許已經找到了，他開始覺得不妙。

所以他沒有回到汽車旅館，反而大步跑到最近的高速公路，有卡車大隊休息站的地方，跳上一台運輸車。一到卡加利，他想辦法貼上了一班密閉的子彈列車，經過幾次換乘，在他開始對自己說「我是不是做了一件超蠢的事」之前，他到了新紐約。

「超蠢的事？」桃碧說。

「把牧師交出去又拿光他所有的錢並不是聰明之舉，」澤伯說，「他一定早就猜到我不是真的死了，你知道他們怎麼說復仇這件事——是一道必須冷著吃的菜——意思是你不能在憤怒的時候復仇，因為這樣會搞砸。」

「但你沒有，」桃碧說，「沒搞砸。」

「差點搞砸，但我很走運，」澤伯說，「妳看，月亮出來了，有些人會說這很浪漫。」

說得沒錯，就在那兒，從東邊的樹頂上升起，幾乎盈滿，幾近紅色。

月亮為什麼總能帶來驚喜呢？桃碧心想。就算我們都知道月亮會升起，每次看見，還是忍不住停下來，噓。

黑光頭燈

新紐約位於澤西海岸，或說那時候的海岸線上。已經沒什麼人住在老紐約了，雖然那已經正式被列為禁區。所以也自然是不可租賃的地區，但某些常客還是願意冒險到那些泡在水裡、瓦解中的廢棄大樓裡試試運氣，澤伯可不想，他腳上又沒長蹼，也不想送死，而新紐約雖然不是天堂，但卻有比較多人住在那裡——也就代表了更多保護色跟掩護，有群眾可以融入。

一到達，他就躲進一間濫竽充數、到處都是假貨的網咖，送了一封到達訊息給亞當——**A計畫耶，B計畫呢？**——在亞當慢慢回覆時他讓腳休息一下，無論他媽的在哪，忙什麼他媽的事情。他最新的一封簡潔通信只說了**一會見**。

澤伯已經滾進一間叫做星爆克的豪華公寓大樓，這裡昔日是附有泳池、私人包廂的高級住宅——名字大概來自煙火，但現在只是燒焦的星際碎片而已，星爆克幾年前碰上了中年危機，曾經昂貴的鐵製捲門變成狗狗的小便中心，長滿霉斑、一直漏水的樓房已被分隔成小單位出租，在這裡形成珊瑚礁生態系，有毒販，有癮君子，有趁火打劫的，有酒鬼跟妓女，有連夜消失的傳銷詐騙犯，有夜行搶匪，有賭紅眼的玩家跟拐房租的人，一個依附著一個的寄生蟲。

在這段期間，星爆克的屋主就無視必需的修繕，坐等下一輪房價又起。起初付不起高房租的藝術家會搬來，活在尿味、醋味、怨恨以及自己可以改變世界的妄想中，然後 Startup 設計師跟影像設計公司會跟進，希望能從這髒感的酷中磨出光澤，在那之後來的就是兜售謎樣基因的店頭、時尚皮條客、假藝廊，以及不去吃就落伍的餐廳開幕：會有一些乾冰與實驗肉跟假肉的分子混搭，搭配大膽使用瀕危物種的小裝飾：歐椋鳥的舌頭香腸最近很熱門……的那種地方。星爆克的屋主們極可能是幾個能透過超大公司搞錢、操弄房地產市場的人，當歐椋鳥舌頭香腸的時代來臨，他們就會敲掉所有腐爛中的出租房，立起一堆限時搶購的高價住宅。

但星爆克距離那美好時機還很遠，所以澤伯在這還很安全，只要他管好自己，維持步履蹣跚，這樣別人看到他就會認為他只是那些腦殘的大麻上癮者之一。他離所有人、所有事都遠遠的，因為他不希望必須再去攻擊另一個查克型的刺探者。

他從新聞中知道，雖然牧師正在等候審判，但他已被保釋出獄，發表了他是無辜的聲明：他也是受害者，某反宗教、反石油的左派陰謀分子綁架了他聖女般的第一任妻子費妮拉後殺害，然後又散布惡意謠言，說她逃家轉而陷入不道德的生活方式，自從牧師聽信了這謠言，他就一直活在痛苦折磨中，這恬不知恥的歹徒還把費妮拉埋進牧師家的院子，為的就是要將牧師污名化，讓石油教會的名譽受到損害。

保釋後的牧師會住在自己的房子裡，也就能夠接觸到石油教會的人脈網——那些**真真正正**的信徒，毫無疑問會因為他舞弊的罪名而迴避——那些比較憤世嫉俗的人，為了錢加入教會的人。而他充滿冷酷、惡意的復仇情緒也將滿溢破表，因為他會深深懷疑到底是誰通風報信，去告訴別人費妮拉可悲的骨頭在他的石頭花園裡變成肥料。

在這之間，特魯迪把握住機會販售她唏噓不已的半生，接受了大量的訪談，講她如何被牧師蒙蔽，自己嫁給他的時候如何深信他是一名悲痛的鰥夫，終生奉獻於眾生福祉，她當時多麼希望能成為他宗教工作上的夥伴，當費妮拉的兒子——小亞當——的母親。難怪那位年輕人消失無蹤，他是那麼敏感，就跟她自己一樣痛恨眾人的目光，他突然發現牧師的真面目竟是殺人犯一定震驚不已！自從真相大白之後，她就一直為費妮拉的靈魂祈禱，並祈求她的原諒，即使在當時她完全不知道發生了什麼，因為她就跟其他每個人一樣，相信費妮拉是跟某個沒用的德墨佬或是別人跑走，她對於自己判斷錯得如此離譜感到羞愧。

而現在她自己教會裡的成員——那些她當成兄弟姐妹的人——拒絕跟她說話，甚至指控她始終都是牧師的血腥偷盜行動的一分子，只有她的信念能帶她渡過這一場試煉與考驗，現在她只期盼能看一眼心愛的兒子——失蹤的小澤伯——他迷失了通往正道的路，這也難怪，有那樣的父親，但她會為他祈禱，無論他在哪兒。

這位心愛的失蹤兒子想要繼續失蹤，雖然他有很強的欲望要駭入網上那些特魯迪哭哭啼啼的影片然後仿造一支有鬼魅神靈配音的影片來譴責她。他繼承了一脈優良的基因：一個精神異常的詐騙藝人父親，一個自私、說謊、著迷於不義之財的母親。他只能在內心期盼，在她的自戀與貪婪之外，她私下還是個惡劣的騙徒，她能給牧師一個痛快的了斷，然後跟藏在花園工具棚裡的陌生人遠走高飛。如果是這樣，那大概是他真正的父親無名氏——一位四處為家的工人，草地藝術機，天生就注定要搞上他上流社會客戶家裡那些戴著戒指手鐲的太太們——澤伯從他那遺傳到了更加可疑的才華：哄騙女孩，偷偷摸入真實或虛擬門窗的訣竅，謹慎是男子氣概比較好的部分，但不能永遠拿來當成隱形斗篷使用。

也許那就是牧師那麼討厭澤伯的原因，他知道特魯迪夾帶一顆杜鵑鳥蛋進家門，但因為他們一起挖了土，所以他不能報復她，他要不就只能殺了她，要不就忍受她，以及她那些淫蕩的舉止。如果澤伯當初有想到偷拿一些牧師的ＤＮＡ，幾根頭髮或幾片腳趾甲，就可以去做檢驗，從此就能心安，或者不會，但至少他能搞清楚父母是誰，是這邊或者不是。

亞當倒是沒問題，他毫無疑問很像牧師，雖然經過費妮拉的貢獻修飾很多，那可憐的女孩八成是很虔誠的類型，刷洗乾淨的手，不搽指甲油，向後挽的髮型，沒有鑲邊的白色內褲，整天想要做好事、幫助人。容易下手的對象。他的笨拙肯定也說服了她成為他偉大志業路上的賢內助，當然他一定告訴過她，要服務於他的使命，必須放掉一己的歡樂與享樂。澤伯猜他一定沒有耐心等女人達到高潮，用任何普通標準來看，他們兩個之間的性愛一定都很糟。

這是澤伯在他潮濕的星爆克巢穴裡看日間節目，或是聽著上鎖的單薄門外吼叫尖叫聲，一邊在滿是疙瘩的髒床墊上搖擺時，歸納出的心得，動物本性、藥物引發的狂暴、恨、恐懼、瘋狂。尖叫有分等級，那種戛然而止的尖叫就是你應該擔心的。

終於亞當來信了，見面的地址、時間，以及該穿什麼的指示。不穿紅色、橘色，可以的話一件素面褐色的T恤，不穿綠色，那顏色具有政治意義，跟對環保怪咖的世仇有關。

地址是莫名其妙的「快樂杯」，在新艾斯多利亞，距離海邊那些半泡水的危樓群不會太近，澤伯擠進快樂杯裡其中一張很娘的小桌，坐在一張讓他想起幼稚園的小椅子上——他那時就已經不適合那種椅子了——他吸著快樂杯卡布基諾，一邊用半根勁力棒增強自己的體力，一邊想著亞當這下到底要投什麼樣的球過來。他安排好了工作要給澤伯，不然他不會要求見面——但是是怎樣的工作？撿蟲員？小狗工場的守夜員？不管亞當都去過哪裡，他到底培養了什麼樣的人脈基礎？

亞當還暗示他會用個中介人來當會面使者，澤伯很擔心安全問題，他們兩個從來除了彼此就不相信任何人。是的，亞當是很謹慎。他很有方法，但依賴方法也可能把你賣了，最可靠的偽裝就是難以預料的模式。

他擠在椅子上觀看進來的客人，希望能認出使者，是不是那個金髮穿著吊帶衫跟亮片三角頭飾的雌雄同體？他希望不是。這個豐滿、嚼著口香糖、穿著奶油色短褲、厚底鞋、復古馬術腰帶的女人？

她看起來很空虛，雖然空虛也是一種防笨的偽裝，至少對女孩來說是這樣。是不是這個看起來溫和、有點宅的男孩？他是那種某天可能會端起機關槍掃射一整間禮堂長痘痘的同班同學的型。不，也不是他。

突然，驚喜來了：亞當本人來了。他本尊在對面的椅子上出現時，澤伯怔住了，那張椅子一會前還是空著的，外在質變，可以說。

亞當本人看起來像張護照頭像，一張褪成光與影的照片，看起來就像他死而復生，像人家說的他眼球會發光，他的T恤是米色，他的棒球帽上沒有標語，他幫自己買了一杯快樂摩卡，讓場面看起來像是兩個怪叔叔做書呆工作累了休息一下，或是在這裡討論什麼 Startup 的計畫，最終注定要像溺水小飛船一樣爆炸。快樂摩卡跟亞當好不搭，澤伯很好奇，想看他是不是真的會喝一點，那麼不純的東西。

「不要大聲說話。」這是亞當說的第一句話，回到澤伯的人生還不到兩秒，他就開始下達命令了。

「我正想要他媽的大叫呢。」澤伯說，他等著教訓——不可講褻瀆話語，但亞當卻沒有上鉤，澤伯盯著他看：有些東西不一樣了，他的眼睛跟以前一樣又圓又藍，但他的頭髮顏色更淺了，會不會開始變白？他也新留了鬍子，也很白。「也很高興見到你。」他加了一句。

亞當笑了，一閃而過的微笑。「你要去康智公司西岸分部，在舊金山附近，」他說，「做資料輸入員，我都安排好了，當你走時，把腳邊那個購物袋撿起來，你需要的所有東西都在裡面，你得把這些掃描檔跟指紋都塞進身分證件裡，我已經放了地址，然後你要清掃舊的身分，所有網上的足跡都要消除，但你應該不需要我提醒。」

「你都去了哪兒？」澤伯說。

亞當用他那令人抓狂的聖人表情微笑著，融不掉奶油，從來沒融過。「這是機密，」他說，「牽涉到別人的性命。」這種話就是會讓澤伯想在他床上放隻蟾蜍。

「對，被打手了。好吧，那這個西岸康智是什麼？我去那邊該做什麼？」

「那是一個園區，」亞當說，「研究與創新，藥品、醫學用的，強化維他命補給品，基因轉殖組合物跟強化物，特別是荷爾蒙混合跟模擬物，那是一間很強大的公司，有很多腦袋頂尖的人在那。」

「你怎麼把我弄進去的？」澤伯問。

「我有些新認識的熟人，」亞當說，繼續他那沒完沒了的「我比你懂得多」微笑。「他們會照顧你，你會很安全。」他越過澤伯肩膀看過去，又看到他的手錶，或是假裝在看他的手錶，澤伯辨識得出來高明的誤導手法：亞當在掃視室內，檢查有沒有黑影。

「廢話少說，」澤伯說，「你是要我幫你做某件事。」

亞當收起笑容：「你會是一頂黑光頭燈，」他說，「當你到達那裡，登入網路的時候要更加小心，哦，還有新的網路空間，跟新的進入路徑。不要再去那個西風網站了，它可能已經被收服了。」

「黑光頭燈是什麼？」澤伯問，但亞當已經站起身來，拉平他的米色T，往門邊走去。那杯快樂摩卡他一口也沒喝，於是澤伯幫他喝掉，一杯沒動過的快樂摩卡可能會引起平民不屑的關注，這裡只有皮條客才有錢浪費。

澤伯悠哉地回到星爆克，一路上他的後腦勺都感覺刺刺的，他很確定有人在監看自己，但沒人來搶他，一回到房裡他就馬上在最近買的一支隨手丟的手機上查詢「黑光頭燈」。「黑光」是本世紀初的新穎商品，他讀到，它能讓你在黑暗中看得見，或是看見某些東西，眼球、牙齒、白色床單、黑得發亮髮膠、霧。至於「頭燈」，就是字面上的意思，腳踏車店會賣，還有露營用品店，現在沒人會去露營了，除了住在廢棄大樓裡的人。

大感謝，亞當，澤伯心想，還真是他媽的清楚的指示。

他打開亞當給的購物袋，有他全新的外表，整齊清潔地幫他處理好了，現在他要做的就只是搭卡車大隊去舊金山，然後鑽進這張新皮裡。

遊戲：腸道寄生蟲

亞當準備得很充分，裡面有一張「看完燒掉」的待辦事項，以及一個塞滿現金的信封，澤伯要請灰色市場業者幫他偽造證件會需要打點費，也有卡，這樣澤伯就能去買些亞當覺得合適的衣服穿，他還給了說明：休閒風阿宅裝扮，褐色燈芯絨褲、中性T跟格子襯衫——褐色跟灰色——還有一副什麼也放大不了的圓框眼鏡。至於鞋子，他推薦的訓練鞋上有太多交叉鬆緊帶，澤伯看起來會像馬克．摩里斯團裡的同志舞者，或是從羅賓漢扮裝大會逃出來的難民。帽子，一頂來自二〇一〇年的蒸氣龐克禮帽：這些又回鍋了。亞當怎麼都知道？他從來也沒展現過對教會法衣的興趣，不過毫無興趣本身也是一種興趣，他一定有注意到別人穿什麼，這樣他就知道該不穿什麼。

指派給澤伯的名字是塞特，這是亞當的小笑話：塞特在《聖經》中的意思是「指派」，他倆都知道，那些《聖經》中各個主要名字與由來，早就像用螺絲起子一樣鑽進了頭骨裡。塞特是亞當與夏娃的第三個兒子，代替被謀害的亞伯擔任副手，不過亞伯並沒有死透，因為他的血還穿出地表哭喊著。所以在亞當善意的指派下，「塞特」代替的是出了遠門並被宣告死亡的澤伯，真幽默。

亞當要求澤伯／塞特在進入康智之前測試一下新的聊天室，然後每週登入一次，當作他還在地球上行走的信號。所以第二天他在繞路去找灰色市場業者把指紋跟瞳孔掃描存進他的假證件裡時，隨機選了一間網咖，順著亞當為了留下的點水痕跡尋找（指示上說**背起來**、**然後銷毀**，真是把澤伯當成一個他媽智障）。

主路徑是叫做「大滅絕」的生物宅挑戰賽，由瘋狂亞當監控，上面說著：**亞當為活著的動物命名，瘋狂亞當則替死亡的動物命名。你想玩嗎？**澤伯輸入亞當給他的代碼——靈熊——還有密碼，**鞋帶**，然後他就進入了遊戲。看來裡面有很多動物、植物、礦物，用你對手提供的艱澀提示，你得猜對很多種已絕跡的甲蟲、魚類、植物、石龍子等等的名稱，不存在事物的大點名，簡直是催眠保證，就連公司安全衛隊也會被這個哄睡，加上他們肯定大部分題目都答不出來，因為澤伯——憑良心講——自己也不會，儘管他跟移熊大隊待得夠久，也習慣他們那種無名氏自我感覺良好的習慣：你沒聽過大海牛嗎？真的？弱弱地、自足地傻笑。

在大滅絕裡待上五分鐘，任何有點自尊心的公司人員都會尖叫著往外跑，去找酒精飲料，一個無聊癌末期的遊戲幾乎就是跟空洞眼神一樣有用的偽裝，加上他們也不會想到會有東西就這樣藏在一個門戶洞開、直截了當是環保魔人的地方，他們只會去搜索建築內景廣告跟網站，那種讓你坐在辦公室椅上就能射擊珍稀動物的網站。亞當滿分，澤伯想。

會不會這個遊戲就是亞當自己設計的？一個嵌入自己名字當作監視器的遊戲？但他從來就對動物不大感興趣，不像這樣。不過又想想，他從來對於牧師就《創世記》的解讀抱著適度的鄙視，那很可能最後一轉就成為殲滅的念頭。大滅絕是不是亞當反牧師的對抗行動呢？他是不是某種程度跟環保魔人一起混了？也許他抽了太多傷腦致幻的東西產生突變，跟植物仙子成為同路人。雖然感覺不可能：澤伯才是會冒險嘗試化學物品的人，亞當不會。但亞當確實混進了某個圈子，因為光靠他自己是不可能做出這樣的東西。

澤伯繼續沿路往前，他選擇YES表示準備好了，便重新導向。**歡迎，靈熊，你想要玩普通版遊戲，還是要當宗師？**要選第二個，亞當在指示裡說的，所以澤伯點下去。

很好，找到你的遊戲間，瘋狂亞當會在那裡與你見面。

通往遊戲間的路既複雜又曲折，從一個座標到下一個座標呈之字形走，沿著到處都有的無害像素，大部分是廣告，有些則是排名：**十大最嚇人的復活節兔子照片、史上十大最嚇人電影、十大最嚇人的海怪**。澤伯跟著一隻瘋癲、有大鋼牙、膝蓋上還掛著一個嚇呆的嬰兒的紫色絲絨兔，找到一個入口站，從那邊通往一張《夜行活屍》原版劇照上的墓石，最後終於找到一隻古生物空棘魚的眼睛，聊天室就在那裡。

歡迎來到瘋狂亞當的遊戲間，靈熊，有給你的訊息。

澤伯點選**傳送訊息**。

哈囉，訊息說。**你看，行得通。這裡是聊天室下星期的座標，亞。**

極簡主義衰鬼，澤伯想，他是什麼也不會告訴我的。

他買了建議的衣著，大部分是，除了圓框眼鏡跟鞋子實在太超過了。他把褲子、襯衫弄舊：弄點食物上去、磨損一點、洗過幾回，然後他把自己之前穿的衣服分別丟進幾處垃圾集中箱，然後盡可能地把自己的生物痕跡從星爆克房間裡清除乾淨。

付完星爆克的錢——可以避免的話，沒必要引人追尾——他長途跋涉越過大陸來到舊金山，然後他依照指示到西岸康智報到，呈上他偽造的文件，讓某個臉很腫的人對他說「嗨，老兄，很高興你來了，這裡是個大家庭」的一分鐘歡迎詞。

沒人反對他，他的到來被接受了，順溜得跟肥油一樣。

在西岸康智，他被派到住宅大廈裡的單身公寓，這些設施沒什麼不好：入口處周圍有景觀，屋頂有游泳池，水管與電路都正常運作，只有室內裝潢有點太斯巴達。房間裡有張大雙人床，樂觀的信號，表示在康智西岸，單身漢無須禁欲，看起來是。

辦公用的摩天大樓有自助餐，他拿著發給他的卡去刷，會記錄他吃過什麼，每個人都有分配好的點數，可以用在換菜單上任何東西。食物都是真的食物，不是他在移熊大隊吃的那種假麵糊，飲料裡含有酒精，那真是飲料裡最可遇不可求的東西了。

智康公司裡的女人很活躍，她們有真的工作要做，沒時間閒聊，而且——他猜的——完全無法容忍沒水準的搭訕台詞，所以他根本不打算試；雖然他發誓在個人關係上要小心，為了避免可能會產生的種種問題，但他也不是石頭做的。已經有幾個年輕女子注意到他的名牌——名牌在康智是一種時尚表現——其中一個女孩問他是不是新來的，因為她以前沒見過他，不過當然她自己也滿新的。

她的肩膀是不是輕輕扭動了，輕眨幾下的眼皮是不是洩漏了祕密？**瑪嬌莉**，他讀了名牌，眼神沒有停留太久，名牌就掛在那不怎麼突出的胸部前，顯然在康智的牆內，乳房填充物並不常見，瑪嬌莉有著扁平的鼻子、褐色眼睛、順從的表情就像垂耳狗，如果在平常他就會繼續進攻，但他只是說了希望以後常見到妳，這種希望不是他向來希望的前幾名——他前幾名的希望就是不要被抓——不過排名也不是最後。

塞特的職位描述是一名負責例行事項的基層ＩＴ人員，這種人多得很。整天輸入數據，用很適合拿來打鼾但還堪用的軟體來記錄且比較那些康智的瘋狂學者們搞出來的假情報跟一堆堆數據。光榮的數位祕書，那就是他擔任的角色。工作內容沒什麼困難，他用單手的兩根指頭，就能以遠低於安排的時間做完那些工作。康智的專案經理並不大監督，他們只要他維持輸入的水準就好，其他時間他可以暢行無阻地在康智的數據銀行裡翻找。他做了幾個ＩＴ安全測試，檢查是否有外來的海盜想要駭入，如果真的有，知道一下也是有用的。

一開始他沒發現任何警示跡象，但有次他深潛入網時，發現了某個疑似被鎖碼的隧道，他蠕動幾下鑽了過去，發現自己已經在康智那一圈點著營火的防火牆外，然後他又一路點水跳地進入大滅絕的聊天室裡。有一封訊息正在等他：**需要的時候才用，不要留太久，擦掉所有指紋，亞**。他很快登出，清除自己的足跡，他得搭另一個入口站，因為無論是誰建了那個隧道，他應該會發現有別人經過了。

他決定塞特應該要當一個沉迷遊戲的男子，這樣要是有人起疑，他登入大滅絕也不會太過唐突，一方面有這種業務需求，但另一方面他也想測試遊戲，看看要在上班時間摸魚而不被抓有多容易——工作人員不應該這樣浪費時間，至少不能太多——還有要作弊也很容易，他想靠這個維持靈敏。

有些娛樂遊戲很標準——武器、炸藥，等等——但其他很多是西岸康智員工貼出去的，生物宅跟其他阿宅一樣宅，所以他們自己寫遊戲是很自然的。「拱肩」是其中比較好的，它讓你去除生物體中多餘、沒有實際功能的部分，然後把基因連結到選擇性繁殖，快轉到未來去看演化機器會製造出什麼。貓的頭頂長了公雞的下巴垂肉、蜥蜴帶著熱吻式的大大紅唇、男人有著巨大無比的左眼——不管女性選什麼都好，你還可以像真實人生中那樣操控她們對男性的壞品味。然後你扮演捕食者，開始掠奪，超級性感的拱肩會不會阻礙獵食，或是拖累逃亡？如果妳的男人不夠性感，他就無性可得，妳就會絕種，如果他太過性感，他會被吃掉，妳還是會滅種。性與晚餐之間，一種微妙的平衡，你也可以用小錢買到小包裝的隨機生物變異。

「天氣怪獸」也不差：這個遊戲會把極端天氣丟到主角——一個體弱的頭像，男或女——頭上，然後試你能讓他撐多久。贏得點數的話，你就能幫主角買工具：穿了能跑得更快、跳得更高的靴子；防閃電的衣服；水災或海嘯時用的浮板；森林火災時用來遮蓋口鼻的濕手帕；雪崩後被厚厚積雪困住時要吃的勁力棒，一把鏟子，幾根火柴，一把弓。如果你的主角活過一場大型的泥石流——必死事件——你就能得到一整組工具和額外的一千點，留到下一場遊戲用。

澤伯最常玩的叫做「腸道寄生蟲」——污穢又讓人吃不下飯的噁心玩意，生物宅卻覺得很棒。那寄生蟲是真的很醜，嘴巴四周的鉤子長了倒刺，沒有眼睛，你盡快發射毒藥丸，或是派出奈米機器人跟微蛋白大軍摧毀它，不然它就會在你身體裡產下幾千顆蛋、或是爬滿你整個腦內之後從淚腺鑽出來，或是自體分裂成可再生的部位，把你體內變成融化潰爛中的肉餅。這是真的蟲，還是生物宅編出來的？或者更糟，它是基因重組製造生物武器專案的一部分？沒辦法分辨。

玩太多腸道寄生蟲，噩夢等著你，保證。這是該遊戲的開場白。

本來勸告就沒人會聽，澤伯還真的玩了太多，而且他真的開始做噩夢。

但這並沒有阻止他從這遊戲開一條捷徑，把其中一張恐怖大嘴改成出入路徑，他把自己的密碼放在三重指紋碼鎖住的硬碟裡以保安全，然後把它放在自己上司桌子抽屜底部，滿是橡皮筋、擦過鼻涕的紙跟散落的喉糖，誰也不會去翻那裡。

骨穴

Bone Cave

草書

桃碧正在寫日記。她沒什麼力氣寫，但澤伯都費那麼大勁找材料給她了，如果不用他會發現的，她現在寫在一本藥房賣得很便宜的學生筆記本上，封面有黃澄澄的太陽，幾朵粉紅色雛菊，一個男孩、一個女孩，那種以前小孩會畫的簡易構圖。那是還有人類小孩的時候——多久以前了？——自從瘟疫肆虐之後，感覺已經過了幾個世紀，其實只不過是半年前。

男孩穿著藍色短褲、藍色棒球帽、紅色襯衫；女孩綁著馬尾、A字裙是紅色的，還有藍色上衣；兩人都有帶著黑色髒點的眼睛，上揚的紅唇，他們笑得很適合殺人。

很適合死。他們是存在紙上的孩子，但總之他們看來是死了，跟真的孩子一樣死了，她無法直視那筆記本封面太久，太痛心了。

最好專注於手邊的事務，不要深思，不要感傷。一天一天來。

聖鮑勃獵人與彩虹戰士的盛宴，桃碧寫著，時間上來說可能不大精確——她可能有一兩天的誤差，但只能這樣了，不然她能怎麼查？已經沒有記錄正確月分日期的中央機構了，不過蕾貝佳可能知道，每到節日喜慶總會出現特殊料理，也許她全都背下來了，也許她一直在記錄。

月相：盈凸月。天氣：無異常。特別事項：豬群集體激動。澤伯巡視發現有痛彈人的蹤跡：小豬被射死、部分屠宰。發現一隻輪胎胎面製的涼鞋，可能是亞當的線索，沒有亞當一與園丁們的確切蹤跡。

她又想了一下，加上：吉米醒了、情況改善中，克雷科人持續表示友善。

「噢桃碧，妳在做什麼？」小黑鬍來了，她都沒聽見腳步聲。「那些一條條的是什麼？」

「過來這裡，」她說，「我不會咬你，你看，我在**寫字**，這些線條就是字。我做給你看。」

她做了些基本動作。這是紙，用樹做的。

樹會痛嗎？不會，因為樹在造紙之前就已經死了——撒個小謊，但不要緊——還有這是筆，有黑色的液體在裡面，叫做墨水，但你不一定要用筆才能寫字。也對，她想，這些原子筆很快就會用乾。

你可以用很多東西來寫字，你可以用接骨木莓汁來做墨汁，你可以用鳥的羽毛做筆，可以用樹枝寫在濕的沙子上。這所有的東西都能拿來寫字。

「現在，」她說，「你得把字畫出來，每個字都有聲音，把字放在一起就會變成詞，然後詞就會照你寫的留在紙上，其他人看到紙就能聽見字詞。」

小黑鬍看著她，眼神閃過一絲迷惑與不信。「噢桃碧，但是紙不會講話，」他說，「我看到妳放在上面的記號，但它們沒說話。」

「你得幫它們出聲，」她說，「你要**讀**它，**閱讀**就是你把這些記號變回聲音的方法，你看，我寫你的名字。」

她小心地從筆記本後面撕下一頁，在上面寫：**小黑鬍**。然後她一個個字念出來。「看到了？」她說，「這就是你，你的名字。」她把筆放在他手裡，彎曲他的手指，抓著他拿筆的手寫字：**小**。「你的名字第一個字，」她說，「小蜜蜂的小，讀音一樣。」她為什麼要告訴他這些？他學了這些有什麼用？

「那不是我，」小黑鬍憂愁地說，「也不是小蜜蜂，不過就是幾個記號。」

「把這張紙拿去給芮恩，」桃碧微笑地說，「叫她讀出來，然後回來告訴我她喊了你的名字沒有。」

小黑鬍盯著她看，他不相信她講的，但總之他把紙帶去，小心翼翼地拿著紙好像上面沾滿了毒藥。「妳會留在這嗎？」他說，「等我回來。」

「會的。」她說，「我就待這兒。」他像往常那樣後退到門邊，眼神一直留在她的身上，直到他彎過轉角。

她回到日記上，除了開頭單純地敘事流水帳，還有什麼好寫？怎樣的故事——怎樣的歷史會有用處？為了不知道是否會存活的人們，為了不知是否見得到的未來？

澤伯與熊，她寫道。澤伯與瘋狂亞當，澤伯與克雷科，這些故事都可以寫，但是為了什麼？為了誰？難道只為了自己可以占有澤伯？

澤伯與桃碧，她寫，但當然這只是一個註腳。

不要太快下結論，她告訴自己。他來到花園，帶著禮物，關於閃狐的事情，妳可能過度解讀了。就算不是，又怎樣？就享用當下有的吧，不要關上大門，要感恩。

小黑鬍又鑽進房間，他帶著那張紙，像拿著一面燒燙的盾牌，他臉上散發光芒。

「噢桃碧，真的，」他說，「這紙會說我的名字，它告訴芮恩我的名字！」

「就是，」她說，「那就是寫字。」

小黑鬍點頭，現在他開始思量可能的用途。「我能留著這個嗎？」他說。

「當然。」她說。

「再給我看一次，用那個黑色的東西。」

等會——等下雨，等雨停——她把他帶到沙箱，他手拿樹枝，跟那張紙，他的名字在沙上，另一個孩子在旁邊看，他們全部都在唱歌。

我到底做了什麼？她想，我打開了什麼樣的蟲罐？他們速度太快，那些孩子很快就能學會，並且教會其他人。

下一步是什麼？規矩、教條、法律？克雷科的遺囑？很快他們發現那些必須遵守的規範，但已經無人記得如何解讀那些古老文字？我是不是毀了他們？

野蜂窩

早餐吃葛菜跟各種混合的糧草、培根，還有一種奇怪的硬麵包，裡面含有不知名的種子，以及蒸的牛蒡。用幾種樹根烤出來的咖啡：有大理花、菊苣根還有其他，帶有灰塵的後味。

糖快要用光了，蜂蜜也沒了，但還有魔髮羊奶，另一隻母羊——藍頭髮的那隻——剛生下一對雙胞胎：一金一褐。他們開過吃羊肉爐的玩笑，但沒人真的想落得那樣：不知為何，要殺掉有人類頭髮的動物來吃就是很難，特別是當那人類頭髮那麼逼真，就跟以前的洗髮精廣告上一樣充滿光澤跟可塑性。每次某隻魔髮羊抖一抖身體，就像在看電視廣告上的人甩著美髮背對畫面：閃亮的髮質，誘人的波紋與弧度。桃碧記得，任何一分鐘都會聽到某種產品廣告詞：每天頭髮都不聽話？我快被我的頭髮逼瘋了，但是後來……我就死了。

不要那麼灰暗，桃碧，只是頭髮而已，又不是世界末日。

他們喝著咖啡討論別的食物選項。蛋白質不夠多元，他們都同意這點，蕾貝佳說她超想要幾隻活雞，這樣他們就能養雞生蛋來用了，但是那種雞要去哪找？海灘外海濱上，那些無人居住的高層樓頂——那裡一定有，海鳥都會飛到那裡築巢——但這段充滿險阻的旅程誰去？穿越範圍越來越大的遺跡公園，冒著痛彈人可能停泊在那的危險？更別提那兩群巨大又凶殘的豬。而且更別想要走大樓裡的樓梯上塔頂了，那些樓梯現在必定都搖搖欲墜。

緊接著是一場辯論，一邊指出克雷科人一直隨便自由來去，唱著他們的複音歌曲，他們會回岸邊自己的老窩——一團亂七八糟的水泥塊——他們在外圍尿尿好讓動物遠離，他們相信這樣器官豬、狗狼還有小山貓就不會進去。他們會叉魚送給桃碧，因為她代替了雪人吉米的儀式功能，會說故事給他們聽。克雷科人在森林裡行走時，動物們不會騷擾他們，至少到目前都沒有。至於痛彈人，他們上次的行跡出現在最近被殺的那隻小豬屍體附近，可以判斷他們應該已經離得很遠了。

另一方反對說，克雷科人顯然除了尿尿以外還有別的方式抵擋野生動物，保護行進安全，也許是歌聲？如果是，那不用說，對普通人類根本沒用，因為我們的聲帶不一樣，不是有機玻璃或者某種電子鋼琴的材質做的。至於痛彈人，他們很容易就繞回來了，可能就在某個覆滿葛藤的角落埋伏著等著出擊。隨時都不能掉以輕心，安全第一，我們不能為了一兩個海鷗蛋而再失去一兩名同伴，反正那些蛋很可能很腥、味道像魚雜。

蛋就是蛋，蛋幫支持者說，何不派幾個人類跟克雷科人一起去？那樣人類就能得到克雷科人的保護，不受野生動物攻擊，而幾個手握噴槍的瘋狂亞當成員，也能保護克雷科人不受痛彈人傷害。把噴槍給克雷科人完全不行，因為你根本沒辦法教會他們射擊跟殺害他人，他們就是不會，因為他們不是人類。

話別說太早：那都還沒證實呢，象牙啄木鳥說。「如果他們可以跟我們交配繁殖，那就能證實我們是同物種，如果不行，那就不是。」他前傾身子往自己杯裡倒咖啡。「還要嗎？」他問蕾貝佳。

「只說對一半。」海牛說，「馬跟驢子會產出一隻騾子，但牠無法生殖。直到下一世代之前我們都無法證實。」

「我現在有的只夠用到明天，」蕾貝佳說，「我們需要多挖些蒲公英，附近長的都用完了。」

「那會是很有意思的實驗，」象牙啄木鳥說，「但當然我們會需要女士的配合。」他偏過頭去殷勤地看著閃狐，閃狐今天穿著一件有迷人印花的床單，上面有一束束粉紅色跟藍色的花朵，用粉紅與藍色的蝴蝶結繫著。

「你看到他們的老二了嗎？」閃狐說，「是不是好過頭了？如果我要把誰的老二放進嘴裡，我會想知道哪邊是頭。」象牙啄木鳥別過頭去，看上去很震驚，默默地生著氣。某些人的笑話，是另一些人的哭點，閃狐喜歡在人前——特別是男人面前——口出穢言，以表現自己不只是身體漂亮，這是桃碧的猜測，閃狐兩邊都想要。

澤伯坐在桌子的另一頭，他晚到了，還沒加入辯論，他看來是因為硬麵而覺噁心。閃狐以眼神向他致意：他是閃狐表現的對象嗎？他沒在注意，但他不會，對嗎？這就是那些戀愛顧問在部落格上講的，關於辦公室戀情：要分辨誰跟誰偷偷在一起，只要看誰故意不理對方就好。

「那些男人不需要配合，」柯洛齊說道，「他們只要有B——對不起，桃碧，只要穿裙子的都上。」

「裙子！」閃狐說著又大笑起來，展示她的白牙。「你都活在哪個時代了？你有看過我們誰穿裙子了嗎？包床單不算裙子。」她肩膀前後扭著，像在走伸展台。「你喜歡我的裙子嗎？它一路穿到我的胳肢窩下！」

「饒了他吧，他還未成年。」海牛說，柯洛齊做了個怪臉：生氣？尷尬？芮恩就坐在他旁邊，他靦腆地對她露齒一笑，把自己的手放在她胳膊上，她對他皺眉，像個配偶。

「他們最好玩了，未成年的，」閃狐說，「活潑，全身充滿腦內啡，他們的核酸序列令人羨慕得要死——還有好幾英里長的端粒可用。」芮恩盯著她看，板著臉。

「他又不是未成年。」她說。閃狐微笑。

桌子四周的男人都看見了嗎？桃碧心想，這場無聲的泥巴摔角進行中。不，大概沒有吧，他們又接收不到黃體素的波長上。

「他們只有在對的環境下才會那樣。」海牛說，「群交場合，女人必須要處於發情期。」

「對他們族內的女人來說可以，」白鯨說，「她們有清楚的荷爾蒙信號，視覺跟嗅覺信號，但我們的女人對他們來說隨時都在發情期。」

「也許是真的，」海牛獰笑著說，「她們只是不承認而已。」

「重點是：兩個不同物種。」白鯨說。

「女人又不是狗，」白莎草說，「我覺得這種對話很無禮，我想你們不該再那樣說我們了。」她的聲音很平靜，但她的背脊跟槍桿一樣。

「這只不過是客觀的科學討論而已。」吸蜂蜜鳥說。

「嘿，」蕾貝佳說，「我只不過是說，如果有蛋的話會很棒。」

早晨工作時間，太陽還不大燙，亮粉紅色的葛藤蛾垂在陰影中，成群藍色與洋紅的蝴蝶在空中拍翅飛舞，金色的蜜蜂聚集在莓果花上。

桃碧照例進行花園工作，除草跟殺蛞蝓，她的步槍靠放在籬笆內側，無論在何處，她喜歡把槍放在拿得到的地方，因為世事難料。她周圍的植物都在生長，雜草跟作物都是，她甚至可以聽到植物們努力推土往上長的聲音，它們的根鬚嗅著尋找養分，或是跟鄰居的根鬚聚集，它們的葉子發散出一朵朵化學氣體的雲。

種子之神聖范達娜希瓦，今早她在筆記本上寫著。聖尼古拉．瓦維洛夫先烈，她加上一句上帝之園丁會的傳統祈禱文：願我們滿心感謝聖范達娜與聖瓦維洛夫英勇地保存古老種子，聖瓦維洛夫撿拾種子並一路保存它們度過列寧格勒圍城，在暴君史達林腳下犧牲；聖范達娜，孜孜不倦地對抗生物竊盜，將生命奉獻給活體植物世界的多樣性與美麗，請賜給我們純粹如你的精神，強悍如你的決心。

回憶一閃而過，桃碧看見自己，在她還是園丁會的夏娃六的時候，她與老琵拉爾，在進入豆列之間，幫蛞蝓跟蝸牛移居的例行公事之前，會一起念這段禱告詞。這些日子裡，有時思鄉之情突然降臨，因為毫無預警，她就會像遇到瘋狗浪般被打倒。如果她以前有相機，有一本相簿，她現在就能一張一張回顧，但園丁們不信任相機，或者任何紙本紀錄，所以她剩下的只有語言。

現在已經沒有當園丁會成員的理由：上帝創造大自然，而敵人已經不存在，動物與鳥——沒有在人類主宰星球期間絕種的那些——正毫無抑制地茁壯生長，更別提植物了。

植物不用這麼多也夠我們用了，她一邊剪斷已經猖狂爬上籬笆的葛藤，一邊想，這東西隨處都能長，永遠不累，十二小時就能長一呎高，它就像綠色的海嘯一樣吞噬所有擋在它面前的東西。魔髮羊嚼食能讓它稍微緩和一點，而克雷科人也會啃它，蕾貝佳把它當成菠菜來煮，但總量卻還是幾乎沒減少。

她聽到某些男人計畫要用那個釀酒，但她不知該高興還是難過，她無法想像那種味道，泡過草坪泥巴的灰皮諾葡萄酒？有著堆肥味的綠皮諾葡萄酒？但除此之外，他們這個小團體真的能承受一點點酒精的縱容嗎？酒讓知覺度下降，而他們現在不堪一擊，他們這小小的領土防禦不足，一個酒醉的哨兵就能導致敵人入侵，然後就是大屠殺。

「幫妳找到蜂群了。」澤伯的聲音，他從身後走來，她沒看見，竟然這麼不警覺。

她轉身微笑，這是真心的微笑嗎？不完全是，因為她還沒弄清楚閃狐的事，閃狐跟澤伯，他們到底有沒有？如果他很自然地接受邀請，這麼一說——如果他毫不考慮就做了——那她何必多想？「蜂群？」她說，「真的？在哪？」

「跟我去森林裡。」他說，像童話故事裡的狼那樣咧嘴笑著，對她伸出一隻前爪，她當然接受，而且原諒他做過的所有事，暫且這樣，雖然也有可能根本沒有什麼好原諒的事。

他們朝著樹林邊走，遠離泥草屋空地，現在感覺很像空地了，雖然瘋狂亞當成員們並沒有真的清掉什麼，但現在隨著植物往內移，他們開始努力清除，也許那也算數。

在樹底下涼快多了，但也更加不祥：樹葉跟枝幹形成的綠色網格阻擋了視線，那邊有條步道，兩條折彎的枝枒當作路標，表示澤伯之前來過。

「你確定這安全嗎？」桃碧說道，她想也沒想就放低了聲量。在空地中你得注意看，掠食動物的身影先出現，然後才是聲音，但在樹叢中你得注意聽，因為你會先聽到牠們來，然後才會看見。

「我剛才來過這裡，我檢查過了。」澤伯說，在桃碧看來有點自信太過了。

有一群蜂，一個跟西瓜一樣大的野蜂窩，掛在一棵小無花果樹較低的枝幹上。它輕柔地嗡嗡叫，蜂窩的表面有一圈圈波紋，就像微風中的金色毛皮。

「謝謝你。」桃碧說，她得回到泥草屋聚居地內，找個容器把蜂窩心挖下來好抓住女王蜂，這樣其他蜜蜂都會跟過來。她甚至不需要噴煙熏走蜜蜂，牠們在保護蜂窩的時候不會螫人，她會先向牠們解釋自己沒有惡意，希望牠們能當自己與死人之間的使者。琵拉爾，她在園丁會的養蜂老師告訴過她，要說服一窩野蜂跟你回家，這樣的講詞很有必要。

「我可能得去找個袋子什麼的，」她說，「牠們已經在找新窩的地點了，牠們很快就會飛走。」

「你要我當保母看著牠們？」澤伯問。

「沒關係，」她說，她希望他一起回去泥草屋，她不想自己一個人走過森林。「但你可以不要聽我說什麼嗎？先轉過去看別的地方？」

「你要小便嗎？」澤伯說，「不用管我。」

「你知道我要幹麼，你也曾經是園丁會的。」她說，「我要跟蜜蜂講話。」這是園丁會的習慣之一，外人看來一定覺得奇怪，現在對她來說仍然有點怪，因為她一直都有點無法融入。

「當然，」澤伯說，「嘿，妳就做吧。」他轉過身去，盯著森林深處看。

桃碧感到自己臉紅了，但她把床單拉起來罩住頭，這很要緊，老琵拉爾說，不然蜜蜂會覺得不受尊重，而且對那些嗡嗡叫的毛球講話要輕聲細語。「噢蜜蜂，」她說，「代我向你們的女王問好，我願成為她的朋友，為她準備一個安全的家，也為了你們——她的女兒，以及每日向你們傳達新的消息，願你們將消息從活人的土地，傳達到遠居在陰影之地的魂魄，現在請告訴我，你們是否接受我的邀請。」

她等候。嗡嗡叫變大聲，然後幾隻偵察蜂飛下來停在她的臉上，牠們探查她的皮膚，她的鼻孔，她的眼角，感覺好像幾十隻小手指撫摸著她。如果牠們螫人，那答案就是否定的，如果牠們沒有螫她，那答案就是願意。她深吸一口氣，讓自己冷靜，牠們不喜歡恐懼感。這些偵察蜂起飛離開她，螺旋飛回到窩裡，融入那移動中的金色毛皮，桃碧吐氣。

「你現在可以看過來了。」她對澤伯說。

有劈啪的聲響，有揮打的聲音：有東西正穿過矮樹叢朝他們靠近，桃碧感到雙手失血，哦完了，她想，豬，狗狼？我們沒有帶噴槍，我的來福槍還在花園裡，她四處尋找可以丟的石頭，澤伯已經撿起一根樹枝。

聖迪安、聖法蘭西斯、聖法塔．辛恩．拉瑟：借我你們的力量與智慧，告訴那些動物，請牠們轉身離去，向上帝索討牠們要的肉。

但不是，那不是動物。有說話聲：是人。園丁會沒有抵抗人類的禱告詞。痛彈人——他們知道我們在這，我們該怎麼辦？逃跑？不，他們靠得太近了，盡可能遠離火線，可以的話。

澤伯已經站到她的面前，用一隻手讓她往後退，他停下來，然後大笑。

從樹叢裡跑出來的是閃狐，正在拉平她穿的粉紅與藍花床單，她身後是柯洛齊，也在整理衣服，不過他的床單是低調的黑灰條紋。

「嗨，桃碧，嗨，澤伯。」他過度輕鬆地說。

「來散步嗎？」閃狐說。

「找蜜蜂。」澤伯說，他看來並無不悅，所以也許是我猜錯了，桃碧想：他對她沒有占有欲，她跟柯洛齊在草叢裡滾床單他也不在意。

但說到柯洛齊，他不是應該追芮恩的嗎？還是桃碧這也搞錯了？

「找蜜蜂？真的？嘿，怎樣都行。」閃狐大笑地說，「我們，我們在摸蘑菇，我們摸呀摸的，跪下來用手到處摸，到處都找過了，但一朵蘑菇也沒找到，是不是，柯洛齊？」

柯洛齊搖搖頭，看著地上，一副像他沒穿褲子被逮到的神情，但他其實也沒穿褲子，只穿了床單。

「掰了，」閃狐說，「祝找得開心。」她往回走向泥草屋，柯洛齊像被拴住似地跟過去，

「來吧，女王蜂。」澤伯對桃碧說，「去拿妳要的材料，我陪妳走回家。」

理想狀態中，桃碧自己會有一個蘭斯卓司式蜂箱，表面鋪好紗布漿、裝上可移除的框架，為了可能找到野蜂窩的微小機會，她早就該預先準備，但因為缺乏遠見，她毫無準備。除了一個妥當的蜂

箱，她還有什麼東西可以用來討好蜜蜂？任何有出入口讓蜜蜂可以進出自如的暗盒，夠乾、夠涼快、夠溫暖的，就可以。

蕾貝佳給她一個洗乾淨的保麗龍冷藏盒，澤伯在側面接近上方處開一個進出的洞，外加幾個通氣孔，桃碧跟澤伯把盒子架在花園的角落，用石頭給予支撐以及更多屏障，然後放上幾片防火膠板，用小石頭把板子在冷藏盒底部架高。這樣只能勉強算是一個蜂巢，但目前這樣夠了，也許能撐很久，危險的是如果蜜蜂在這裡建設發達起來，她要再移動就容易驚動牠們。

桃碧用枕頭套做成捕蟲袋，然後一路走回到森林裡抓蜜蜂，她用一枝長棍快速地削下，蜂窩的中心滾落袋中，最密集的部分就是女王的磁力中心，就像心臟之於身體，外面是看不見她的。

他們扛著枕頭套回到花園，嗡嗡聲響亮，一群蜜蜂拖曳在他們身後，桃碧把蜂球放進冷藏盒中，等所有散落的蜜蜂都爬出枕頭套，然後又多等了一會，等蜜蜂逛完新家。

每次養蜂時，桃碧的腎上腺素就會飆高，這樣可能出錯：因為若有一天她身上味道不對，可能會被一團憤怒的蜜蜂圍螫。有時候她覺得自己可以像洗泡泡浴那樣洗蜜蜂浴，但那只是養蜂的愉悅妄想症，就像高山症或深海暈眩，故意去嘗試是愚蠢的行為。

當蜂巢穩定下來，她把冷藏盒蓋子闔上，在上面擺幾個石頭，很快地蜜蜂開始從頂部的出入口飛進飛出，在園子裡的花間搜尋花粉。

「謝謝你。」她對澤伯說，而澤伯說：「隨時奉陪。」像個交通導護，不大像個愛人，但現在是白天，她提醒自己：他在白天時總是有點過動。他大步跑過泥草屋的轉角消失了蹤影，任務已達成。

她把頭包起來。「也許你們在這裡比較開心，噢蜜蜂。」她對著保麗龍冷藏盒說，「身為你們新任的夏娃六，我保證盡可能每天都來看你們，傳達新事物。」

「噢桃碧，我們可以再寫字嗎？在紙上做記號？」小黑鬍出現在她的影子中，他從外面爬上花園籬笆吊在上面，下巴放在胳膊上。他在那看了多久了？

「可以，」她說，「也許明天，如果你能早點來。」

「那個盒子是什麼？石頭是幹什麼的？妳在做什麼呢，噢桃碧？」

「我在幫蜜蜂找一個家。」桃碧說。

「牠們會住進這個盒子裡嗎？妳為什麼希望牠們住進來？」

因為我想要偷牠們的蜂蜜，桃碧心想。「因為牠們在這裡比較安全。」她說。

「妳是不是在跟蜜蜂說話，噢桃碧？我聽見妳說話，或是妳跟雪人吉米一樣是在對克雷科講話？」

「我在跟蜜蜂講話，」桃碧說道，小黑鬍的表情亮了起來，微笑著。

「我不知道妳會這個，」他說，「妳跟奧麗克絲的孩子們說話？跟我們一樣？但妳不會唱歌！」

「你們會對動物唱歌？」桃碧說，「牠們喜歡音樂？」

這個問題似乎讓他更加迷惑。「音樂？」他問，「什麼是音樂？」但下一分鐘他就跳下籬笆跑去找其他小孩了。

帶著蜜蜂的氣味離開蜂群，可能會招來不討喜的昆蟲夥伴：已經有幾隻綠蒼蠅想住到她身上，還有幾隻黃蜂被引來。桃碧到水泵邊洗手，正當她刷手時，芮恩、蓮灰蝶一起來找她。

「我們得跟妳談談，」芮恩說，「是關於亞曼達，我們真的很擔心。」

「盡量讓她有事做，」桃碧說，「我十分確定她很快就會恢復正常的，她之前受過驚嚇，這種事需要時間，記得妳當初被痛彈人攻擊之後是怎麼恢復的嗎？我會給她點蘑菇藥水，讓她長點力氣。」

「不，不是這樣的，」芮恩說，「她懷孕了。」

桃碧用掛在水泵旁邊的毛巾擦乾手，她慢慢地擦，好讓自己有時間思考。「妳確定嗎？」她說。

「她尿在驗孕棒上，」蓮灰蝶說，「結果是陽性，那東西上浮出一張笑臉！」

「一張粉紅色的笑臉！這驗孕棒太壞了，太糟了。」芮恩說。她開始哭，「她不能生這個孩子，看他們對她做了什麼，不能生痛彈人的孩子！」

「她像個殭屍一樣走來走去，」蓮灰蝶說，「她好沮喪，她就是非常、非常低落。」

「我去跟她談談。」桃碧說。

可憐的亞曼達，誰能想到她會要生殺人犯的孩子呢？生強暴她、虐待她的犯人的孩子？雖然以父親人選來說，也有別種可能性，桃碧記得在聖朱利安之夜的一片混亂中的花朵、歌唱，營火映照下熱情交纏的克雷科四肢，有沒有那種可能？有的，除非他們是完全不同的物種。如果是這樣，難道不危險嗎？克雷科兒童的生理發展時鐘跟人不同，他們成長得快多了，如果寶寶長得太大、太快，根本無法出生呢？

這附近根本沒有醫院，甚至連個醫生都沒有，以設施來說，就跟在山洞裡分娩沒兩樣。

「她在鞦韆那邊。」蓮灰蝶說。

亞曼達正坐在其中一架兒童鞦韆上，輕巧地前後擺動，她跟那鞦韆不大搭，鞦韆低得靠近地面，她的膝蓋彎曲得很尷尬，眼淚在她臉上慢慢滑落。

三個克雷科女人圍著她站，摸她的額頭、頭髮、肩膀，她們都在呼嚕，象牙色、黑檀色、金色。

「亞曼達，」桃碧說，「不要緊的，大家都會幫妳。」

「我要是死了多好。」亞曼達說。芮恩眼淚決堤，跪在地上抱住亞曼達的腰。

「不要這樣說！」她說，「我們都走到這一步了！妳不能放棄！」

「我要這東西出去，」亞曼達說，「有沒有什麼毒藥給我喝，妳的蘑菇什麼的？」至少她還有點元氣，桃碧心想，而且真的有，有用過那樣的植物，她記得琵拉爾提過很多種種子跟樹根：野胡蘿蔔、報春花，但她不清楚用量，這種實驗太危險了，而且如果是克雷科人寶寶，那這些也都不會有用，根據瘋狂亞當成員的說法，他們的生化系統不同。

象牙色的克雷科女人停止呼嚕。「這個女人已經不藍了，」她說，「她的骨穴已經不是空空的，這是好事。」

「她為什麼傷心，噢桃碧？」金色的女人說，「我們骨穴滿滿的時候總是很開心的。」

骨穴。那是他們的叫法，某方面來說很美，也很明確，但現在桃碧眼前能想像的只有滿是腐蝕骨頭的山洞，亞曼達一定也是這種感覺：生中帶死。桃碧要怎麼改寫這個故事讓它變好？沒什麼能做的，只能把所有刀跟繩子收好，持續陪伴。

「桃碧，」芮恩說，「能不能……」

「請試一試。」亞曼達說。

「不，」桃碧說，「我沒有這方面的知識。」在園丁會都是助產士瑪露絲卡負責婦產科，桃碧只管疾病跟外傷，但是蛆蟲、敷泥跟水蛭在這裡派不上用場。「也許沒有妳想的那麼糟，」她繼續說，「孩子的父親也可能不是痛彈人，記得那天晚上在營火邊，聖朱利安之夜，他們不是跳到……產生一些文化上的誤會嗎？也可能是一個克雷科寶寶。」

「太棒了，」芮恩說，「多好的選項！一邊是超級罪犯，另一邊是基因組合成的怪咖獸，反正，她不是唯一一個陷入文化誤解的人，隨便你怎麼稱呼，但就我所知，我也有那麼一個科學怪娃在我身體裡了，我只是不敢在驗孕棒上尿尿而已。」

桃碧努力想要說些什麼——輕快又舒緩的話語，基因不是絕對的，自然與養育對抗，正義能戰勝邪惡？有些後天變因必須考慮，而也許痛彈人是非常、非常糟的教養造成的？或者這樣：克雷科人也許比我們想的更接近人類？但這些聽起來都不是很有說服力，連她自己都懷疑。

「噢桃碧，不要傷心，」一個孩子的聲音說。是小黑鬍在身旁用手肘戳她，他牽起她的手拍拍：「奧麗克絲會幫忙的，寶寶會從骨穴裡出來，然後亞曼達就會開心。每次寶寶跑出來時，每一個人都很開心。」

「起來一下，妳躺在我手臂上了，」澤伯說，「怎麼了？」

「我擔心亞曼達，」桃碧說，雖然沒錯，但不完整。「看起來她是懷孕了，她不是太高興。」

「歡呼三聲，」澤伯說，「率先降生到這個美麗新世界的先行者。」

「有沒有人說過你有時真是鐵石心腸？」

「從沒，」澤伯說，「我的心很脆弱的。但父親應該八成是痛彈人，從發生的事情來判斷，那還真是三倍倒楣，我們就得把它當小貓淹死。」

「不大可能，」桃碧說，「那些克雷科女人超愛寶寶，你要是做了殘忍傷害寶寶的事情，她們會暴怒的。」

「女人很奇怪，」澤伯說，「我要是有那樣的媽也不錯：保護、擁抱之類的。」

「那也可能是個混種，半克雷科人。」桃碧說，「考慮在聖朱利安之夜發生的集體事件，但如果是，那寶寶可能害死她。他們的胚胎成長速度不同，從那些女人帶在身邊的孩子看來，他們出生時頭比較大，所以很可能卡住，我甚至完全不懂怎麼剖腹，這些都先不提，如果血型不對該怎麼辦？」

「象牙啄木鳥跟其他人知道嗎？基因血型之類的？」

「我還沒問他們。」桃碧說。

「好吧，那把這件事放到危機清單上，一起懷孕案。召開團體會議，但如果瘋狂亞當的成員也不知道會怎樣，我猜只能看著辦了？」

「不管怎樣都只能看著辦，」桃碧說，「不能墮胎，這裡沒人有那樣的技術，擅自嘗試會太危險。有幾種草藥可用，但如果你不知道怎麼用可能會中毒。其他沒什麼可做的，除非團體會議上有人提出絕妙好計。不過在那之前，我需要一點諮詢。」

「找誰？這裡的超腦狂人沒一個是醫生。」

「你不可以笑我，不然我就不說。」

「咬舌頭、釘嘴巴了，來吧。」

「好，聽起來有點瘋：找琵拉爾，你知道，她已經死了。」

一陣沉默。「妳要怎麼做這些事呢？」

「我想我可以去拜訪她一次，你知道，就是我們……」

「去她的廟裡？像拜聖人？」

「大概像那樣，進行一次強度冥想，記不記得我們把她埋在公園裡？就在她的樹葬之日，我們穿得像公園工人一樣，挖了一個洞，在……」

「對，我記得地方，妳穿著我幫妳偷來的綠色公園連身衣。你在她上面種了一株接骨木。」

「是，我就是想去那兒。我知道，荒域的人會說你有點瘋了吧。」

「首先是跟蜜蜂說話，現在妳要跟死人說話了？就算是園丁會也沒人做到這種程度。」

「還是有的，你用隱喻的方式去想，這就像是與我內在的琵拉爾對話，亞當一就會這樣解釋，他會完全支持這件事。」

又是一陣沉默。「好吧，妳自己一個人搞不定。」

「我知道。」現在換她沉默了。

一聲嘆息。「好吧寶貝，都聽你的了，我自願參加。我會叫犀牛跟小薛一起，我們會罩著妳，一把噴槍，外加妳的來福槍，妳覺得會花多長時間？」

「我會做短版的強度冥想，我不想耗太多時間。」

「妳會聽到聲音嗎？我想知道。」

「我完全不知道會聽到什麼，」桃碧誠實地說，「很有可能什麼都沒有，但我還是得做。」

「這就是我喜歡妳的地方，妳什麼都準備好了。」衣物沙沙聲、移動聲，又是一陣沉默。「還有什麼事情掛心的嗎？」

「沒了。」桃碧撒了謊。「沒事了。」

「妳現在會搪塞了？」澤伯說，「我沒差。」

「搪塞，這個字筆畫真多。」桃碧說。

「我猜猜看，妳覺得我該跟妳說在野外購物之旅中跟那個誰發生了什麼？那個小狐狸小姐，我摸了她還是她摸了我，有沒有召開性愛大會。」

桃碧想想，她是想聽到自己害怕的壞消息、還是聽到好消息卻不相信呢？她是不是長出了觸手跟吸盤，變成一個死纏爛打的軟體動物？「跟我說些更有趣的事吧。」她說。

澤伯大笑。「說得好。」他說。

目前平手，這樣的目的只是讓他明白，以及讓她收手不再追究，他熱愛加密。就算她在黑暗中看不見，她還是能感到他在笑。

第二天早上，太陽剛升起他們就出發，禿鷹在更高更高的樹頂伸展黑色的翅膀，讓露水蒸發，牠們在等待熱氣幫助牠們升空盤旋。烏鴉在傳遞謠言，一次一個粗糙的音節。小型鳥十分忙碌，正要開始啾鳴雀躍，粉紅雲朵細絲在東邊地平線上漂浮，底端發亮如金。某些日子裡天空看起來像古畫裡的天堂：該有幾個天使飄來飄去，他們的白袍張羅得像古代的仕女，粉紅的腳趾謹慎地踩尖，翅膀為空氣動力學上之不可思議。只是，現在只有海鷗。

他們正沿著舊的步道行走，穿過那還認得出模樣的遺跡公園。藤蔓席捲過那通往某方的小小礫石步道上，但野餐桌跟水泥烤肉台還沒被完全消滅，如果那邊有鬼魂在，必定是孩子的鬼魂，笑著。

每個大鼓形的垃圾桶都傾倒了，蓋子被撬斷，那不可能是人類幹的，某種生物做的好事，不會是狸鼬，垃圾桶都做過防狸鼬處理了，野餐桌附近的土地泥濘不堪，又有印子——有什麼在這裡踐踏、翻滾過。

柏油鋪的主路寬度夠讓遺跡公園專用車行駛，澤伯跟桃碧曾經開過那輛車，把琵拉爾運到樹葬地點。那裡現在已經有野草探出頭來，它們能發揮驚人的力量，不消幾年就能讓一棟大樓像堅果一樣碎掉，十年就能把它變成殘骸，然後大地把碎片吞噬，所有事物都在消化，也被消化。園丁會把這件事當成歌頌的理由，但桃碧從來就沒有覺得很肯定。

犀牛拿著噴槍走在前面，薛克頓殿後，澤伯走在中間桃碧的旁邊，就近照看她。他拿著來福槍以保安全，因為她已經先喝下短程強度冥想的混合劑。幸好在舊園丁會養菇架上還有一些裸蓋菇類，還有她從泉馨芳療館帶出來，保存多年的各種蘑菇。把乾蘑菇泡開，跟各種地面種子混合，再加上一滴滴毒蠅傘，只要一滴，她並不想要全神出竅，只要最低程度的轉換就好，像在隔開可見世界與其他東西之間的玻璃上劃過一道皺褶，藥效已經開始發揮作用，搖晃、轉移。

「嘿，你在這幹麼？」一個聲音說，是薛克頓的聲音，從陰暗的隧道中傳到她耳中，她轉身，是小黑鬍。

「我想跟桃碧一起。」他說。

「噢法克。」薛克頓說。小黑鬍很開心，「也想跟法克一起。」他說。

「沒關係，」桃碧說，「讓他來。」

「反正妳也阻止不了他。」澤伯說，「他有點少根筋，當然我也可以叫他法克滾個法克邊去。」

「拜託，」桃碧說，「不要再攪亂他了。」

「妳要去哪裡？噢桃碧？」小黑鬍說。

桃碧拉起他的手。「去看個朋友，」她說，「但是你看不見這個朋友。」小黑鬍沒問什麼，只是點頭。

澤伯往前看，往左看，往右看。他唱著歌，這是桃碧認識他以來就有的習慣，通常這表示他很緊張。

現在我們陷入屎裡

那可是糟糕透頂

這是我們不順的原因

因為我們不知道法克的……

「但是雪人吉米認識他，」小黑鬍說，「還有克雷科，他也認識。」他熱切歡迎桃碧還有澤伯的認同，非常高興。

「你是對的，夥伴。」澤伯說，「他們很熟的，兩個都是。」

桃碧感到強度冥想的配方已經全部發揮作用，澤伯背後有陽光，彷彿他頂了圈光暈，她想那應該是髮尾的分岔吧，她想他真的該修頭髮了，她得找把剪刀來，然而那又突然變成從他髮梢綻放出來熱力四射的電能量，閃耀著冷光。當然，她記得那是冷光，但現在它像瓦斯火焰那樣藍得發熱。黑犀牛踩出腳印陰森地逼近，巨大的地獸，蕁麻從路的兩旁長成拱門，葉子上刺人的毛在光照下呈現透明，四周充滿了聲音、噪音，幾乎就像人聲：低吟跟點擊、拍打，低語的音節。

那裡還有接骨木樹叢，他們好久以前在琵拉爾墳上種下的樹，現在已經大很多了，白色的花海像瀑布一樣流瀉，空氣中充滿了甜味，四周充滿了動感：蜜蜂、土蜂、蝴蝶，大大小小。

「你待在這裡，跟澤伯一起。」桃碧跟小黑鬍說，她放開他的手，往前站，跪在接骨木樹前。她盯著花叢，想著琵拉爾，她衰老的臉，褐色的雙手，溫和的微笑，一切曾經那麼真實，現在都已入土。

我知道妳在這裡，在妳新的身體裡。我需要妳的幫忙。

沒有回音，但有空間，正在等待。

亞曼達，她會死嗎？這個孩子會害死她嗎？我該怎麼做？

什麼也沒有。桃碧覺得自己被拋棄了。但說真的，她期待什麼？世上沒有魔法，也沒有天使，那些都只是小孩的把戲。

但她還是無法忍住不問。給我一個訊息，一個信號，如果妳是我，會怎麼做？

「小心，」澤伯的聲音說，「不要動，慢慢轉頭，往左看。」

桃碧轉頭，在小徑另一頭，咫尺距離外，有一隻巨大的豬，一隻母豬帶著一窩小豬：五隻小豬，排成一列。母豬發出輕微的咆哮，小豬則發出高頻的尖銳笛音，牠們的耳朵是多麼粉紅、多麼閃亮，牠們的蹄子晶瑩剔透，多麼……

「我來掩護妳。」澤伯說，他慢慢地舉起步槍。

「不要開槍。」桃碧說，自己的聲音聽起來好遙遠，她感到自己嘴大而麻痺，她的心跳變慢。

母豬停下來，左右看看：完美的目標。牠的眼睛直視桃碧，五隻小豬聚集到牠的陰影中，就在乳頭下方，還是維持著列隊，就像背心的釦子一樣。她的嘴角試著上揚微笑，但只做到一半，露出些許牙齒微光，小黑鬍往前走，他在太陽下發著金光，綠眼如火焰搖曳，向外伸出雙手。

「快回來這裡。」澤伯說。

「等等。」桃碧說，如此龐大的力量，一顆子彈是阻止不了母豬的，一發噴槍射擊連個凹洞都打不上，牠能像台坦克一樣把他們都壓扁，生命、生命、生命、生命、生命，滿溢吧，就是這一分、這一秒、微秒、千年、一宙。

母豬沒有移動，頭依然抬高，耳朵往前翻，好大的耳朵，像海芋。牠沒有戒備的跡象，小豬在原地不動，牠們的眼睛像紅紫色的莓果，接骨木莓眼。

現在又有聲音了，是從哪裡來的？就像風吹過樹幹、像鷹飛翔時的聲音、像隻冰做成的鳴禽，不，像是……快想啊桃碧，我太「僵化」了。

是小黑鬍，他那單薄的男孩歌聲，他的克雷科歌聲，非人也。

下一刻母豬跟小豬就消失了，小黑鬍轉身對桃碧微笑。「她來過了。」他說，那是什麼意思？

「啥鬼，」薛克頓說，「豬肋排沒了。」

所以，桃碧心想，回家吧，洗個澡，清醒一下。你都看到了。

載體

Vector

克雷科誕生的故事

「還有點耳鳴，妳呢？」澤伯說，他們一起走向樹林，吉米的吊床之前懸掛的地方，現在克雷科人在那等著。傍晚薄暮的層次比往常更深沉、更厚重，飛蛾的身體比平常更亮，晚間的花香更濃，短期的強度冥想配方有這種功效，澤伯的手摸起來像粗粒天鵝絨，像貓舌，暖而柔軟、細緻又粗糙。這東西有時候得花上半天才會退。

「我的偽宗教奇幻旅程，用耳鳴來描述可能不大恰當吧。」桃碧說。

「是因為那個嗎？」

「有可能，小黑鬍現在正在跟人說琵拉爾披著豬皮現身了。」

「不是開玩笑！她還吃素呢。她是怎麼進去的？」

「他說她像你穿熊皮那樣穿上豬皮，只是她沒有把豬殺死吃掉。」

「多浪費！」

「而且她還對我說話，小黑鬍說他有聽見她講話。」

「妳也這麼想嗎？」

「不盡然，」桃碧說，「你知道園丁會的方式，透過化學物質讓大腦活動的波長接近宇宙，我內心的琵拉爾以外在形式現身，讓我跟她溝通。以正常理解來說，宇宙裡是沒有巧合的，而只是因為人家說可以用神經藥劑『造成』感官印象，並不代表那就是幻覺。門以鑰匙開啟，但那是不是說明了開門時你看見的東西其實並不在那裡？」
「亞當一真的在妳身上下了什麼，是不是？他可以那樣天花亂墜好幾個小時。」
「我跟得上他理性思考的過程，所以我猜這方面他影響了我，是。但說到信仰，我就不確定了，雖然他會說，信仰不過就是摒棄負面事物的意願嗎？」
「最好是，我從不知道他自己是否真的相信那些話，或者是否願意為那些事赴湯蹈火，他那個狡猾的小子。」
「他說如果你依照某種信仰行事，那就跟有信仰是一樣的。」
「我希望我找得到他，」澤伯說，「就算他已經死了，我也想知道發生了什麼事，無論如何。」
「以前他們管這個叫了結，」桃碧說，「在某些文化裡，如果沒有妥善的葬儀，靈魂就不能得到釋放。」
「可笑的老梗，人類，」澤伯說，「不是嗎？總之，我們到了，開始吧，說故事的女士。」
「我不知道行不行，今晚不行，我還有點暈。」
「試一試吧，至少出現一下，妳總不想引起暴動吧。」

謝謝你們的魚。

我現在先不吃，因為首先我有很重要的事要告訴你們。

昨天我透過那閃亮的東西聽了克雷科的話。

請不要唱歌。

克雷科說，最好把魚煮久一點，煮到整條都熱透了，而且在你們煮之前不要讓牠曬太陽，也不要放隔夜，克雷科說這樣處理魚是最好的，這也是雪人吉米向來喜歡的煮法。還有奧麗克絲也說，如果她的魚孩子們到了必須被吃的時刻，她也希望採用最好的方式，也就是煮到熟透。

是的，雪人吉米現在好多了，雖然現在他還在裡面睡，在他自己的房裡。他的腳已經沒那麼痛了，你們幫他做了那麼多呼嚕聲很有幫助，他還不能快跑，但每天他都會練習走路，而芮恩跟蓮灰蝶會幫他。

亞曼達沒辦法幫他，因為她太傷心了。

我們現在不用討論她為什麼傷心。

今晚我不說故事了，因為這條魚，沒有用正確的方式煮過，而且我覺得有點……我覺得很累了，因為這樣，要我戴著雪人吉米的紅帽子說故事會比較困難。

我知道你們很失望，但我明天會說另一個故事。

你們想聽什麼故事？

關於澤伯？還有克雷科？

一個他們兩個都有的故事，好，我想應該有這麼一個故事，也許。

克雷科究竟有沒有出生過？有，我想他有的，你們覺得呢？

這個嘛，我不確定，但他一定得出生在某處，因為他長得就像——像人，從前的時候。那時澤伯認識他，所以會有一個他們兩個都在的故事，琵拉爾也會在故事裡。

小黑鬍？你有關於克雷科的事情要講嗎？

他不是真的從骨洞裡出來的，他只是鑽進某個人的皮裡面？他把皮像衣服一樣穿起來？但裡面卻不一樣？他又圓又硬，跟那發亮的東西一樣？我懂了。

謝謝你，小黑鬍，你能不能戴上吉米雪人——我是說雪人吉米的紅帽子，跟我們說說這個故事？

不，那帽子不會傷到你的，它不會把你變成別的東西，不會，你不會長出另一層皮，不會像我們這樣長出衣服來，你可以留著自己的皮。

沒關係，你不用戴上紅帽子，拜託別哭。

「好吧，今天算是完敗，」桃碧說，「我根本不知道他們會怕那麼一頂舊的紅色棒球帽。」

「我以前很怕紅襪隊，」澤伯說，「即使是小時候，我內心深處還是一個賭徒。」

「那好像是他們的聖物，那頂紅帽是個禁忌。他們可以帶著它到處去，但是不能戴起來。」

「天哪！你能怪他們嗎？那東西很髒！我打賭上面有蝨子。」

「我現在講的是人類學上的討論。」

「我最近有沒有說過妳屁股很棒？」

「不要混淆。」桃碧說。

「**混淆**是可悲地打手槍的另一種說法？」

「不是，」桃碧說，「只不過是……」只不過什麼？只不過她不敢相信他是真心的。

「好，我是在稱讚妳，記得稱讚是什麼吧？男人給女人的東西，是一種求愛的行為——這就是人類學了。所以就把它當成一束讚美吧，說定了？」

「好，說定了。」桃碧說。

「我們重新來，我很久以前就注意到妳那很棒的屁股了，從我們安葬琵拉爾的那天起，當妳脫下那些寬鬆的園丁會制服、換上公園連身褲時，害我全身充滿渴望，真的，但妳那時根本遙不可及。」

「我不會，我那時……」

「有，妳那時算是遙遠，完全是屬於上帝之園丁會純潔小姐，那時我是這樣覺得，亞當一忠實的祭壇女孩，老實說，當時我懷疑他是不是跟你有一腿，那時我很嫉妒。」

「絕對沒有……」桃碧說，「他從來沒有，從來……」

「我相信妳，其他幾萬人不會，總之，那時我跟盧賽恩搞在一起。」

「你就放棄了？辣妹萬磁王先生？」

一聲嘆息。「我是被辣妹吸引，不自覺地。那時我很年輕，是荷爾蒙，跟著長毛的蛋蛋一起來的，大自然的奇蹟。但並不是所有的辣妹都會被我吸引，」他停頓，「總之，只要我是真心交往，對任何跟我在一起的人，我都很忠誠。我一直是一夫一妻制的擁護者，可以說。」

桃碧相信嗎？她不確定。

「但是後來盧賽恩離開了園丁會。」她說。

「然後妳變成夏娃六，對蜜蜂說話，規劃心靈旅程，那時妳就像母儀天下，我覺得你會一掌打飛我，通訊中斷。」他提到她在瘋狂亞當聊天室的代號，「那就是妳。」

「而你是靈熊，」桃碧說，「不容易找到，但如果你剛好碰到一隻，祝你好運。在那些熊絕跡以前，故事都是這樣說的。」她鼻子一酸，這也是冥想配方的作用，它能瓦解堡壘高牆。

「嘿，怎麼了？我說錯什麼了嗎？」

「沒，」桃碧說，「我只是多愁善感。」

那麼多年來你是我的生命線，她想講出來，但是沒講。

年輕的克雷科

「現在我得生點東西出來。」桃碧說，「一個有克雷科，有你的故事。克雷科年輕時確實認識琵拉爾，我已經想好了。但你的事我要說什麼呢？」

「就照實說，那部分是真的沒錯，」澤伯說，「我早在園丁會成立之前就認識他了，但他那時還不是克雷科，差遠了，他只是一個沒救的小鬼，名字是葛林。」

澤伯一進入康智西岸，他就找出模因，開始盡可能快速地仿造，展現對的模因是讓你融入群體、通往生存的黃磚路，因為這樣一來巨大的牧師怪獸眼線進入巨大公司網路找他時——這隨時都可能發生——就不會注意到他的存在，保護色，這是那時他最需要的。

康智西岸當時官方支持的願景，是致力於追求真理以及人類更好生活的快樂大家庭，太沉溺於增加價值以討好投資人被認為是品味不佳的觀點，但另一方面，員工有股票選擇權。他們期待所有員工都孜孜不倦、樂觀向上，勤勉達成他們被指派的目標以及——跟在真正的家庭裡一樣——不要多問，不要太追根究柢。

也跟在真正的家庭中一樣，有些地方不能去。有些是概念性的，有些則是完全實際面，康智園區外的平民區就是其中一例，除非你持有通行證跟指定防護裝備。IP周圍的防火牆已經變得很厚，在某些案例中，除非你有內部管道，否則無法穿透。所以如果你無法駭入系統，你就直接抓住消息的源頭。各種公司的超腦分子被綁架走私到國外——也有人說被抓進敵對的公司園區內，然後被榨乾心智，為了那些他們認為藏在腦袋裡的黃金跟珠寶。

這件事在康智西岸裡面引起了高度重視——表示公司上鎖的門內有些頗重要的事情正在進行——且已經加好屏障。高層生物宅們都戴著警鈴傳呼機，到哪裡都要記錄，雖然這些儀器有時會被駭客入侵，用來鎖定、追蹤佩戴者的位置，走廊跟會議室的牆上到處都貼著海報，提醒無所不在的危機不可輕忽。**遵守安全規範，保住人頭與內容物！**或者：**你的記憶就是我們的IP，我們為你保護它！**

或者：**大腦有如草原，用心培養就能提高價值**。在最後一張海報上有人用簽字筆寫著：**更用心栽培，吃更多屎！**因此澤伯心想，至少在那些笑臉背後還藏有一些不滿。

作為快樂一家親的精神之一部分，康智西岸每星期四在園區的中央小公園舉辦一次烤肉會，亞當告訴過澤伯不要錯過這些事物，因為這是偷聽的重要場合，對那些看不見的力量，這是釐清蛛絲馬跡的好機會，那些穿得最隨便的可能就是掌權者，亞當也叫澤伯要發展幾種興趣愛好，尤其是棋牌遊戲，但他沒說為什麼。

所以澤伯一到康智西岸的第一個星期四就參加了烤肉會，他各種東西都吃了一點：好好吃冰淇淋給小朋友、豬肋排給肉食者、黃豆男孩產品跟假肉堡給素食主義者，從不流血烤羊K好夥伴給那些想不殺害動物就能吃肉的人——那些肉塊是在實驗室裡從細胞培養出來的（「沒有動物受到傷害」），他發現只要配夠多的啤酒，其實沒那麼難吃，但他想要控制飲酒，因為他需要維持警覺，所以他繼續吃肋排，不需要喝茫就能欣賞的美味。

在人群的邊緣，有幾場很宅的運動比賽進行中，陽光下的槌球與地擲球，涼篷下打乒乓跟桌上足球、六歲以下的玩丟圈圈，大一點的孩子在玩捉迷藏的各種變體，至於那些認真的超智慧潛在亞斯伯格症超腦孩童，有一排傘狀電腦讓他們在上面做各種強迫行為——當然是在康智牆內進行——這樣他們能互相挑戰，又不需要眼神接觸。

澤伯調查了一下遊戲：3D韋科、腸道寄生蟲、天氣挑戰、血與玫瑰，還有蠻踏，這個他沒試過。

瑪嬌莉過來了，帶著她那垂耳狗般的眼睛，筆直走向他，她老早做出乞憐的微笑，下巴上一道番茄醬強調了這點。是時候臥倒找掩護了，她臉上有女人索賠的那種表情，她會在男人睡著時搜他的口袋看有沒有敵人，而且很有可能會偷看他的電郵。這樣可能有點被害妄想，但最好還是不要冒險。

「要不要跟我來一輪？」他對最靠近的年輕超腦說，那是一個穿著深色T恤的瘦男孩，身旁紙盤上擺著一堆咬過的豬排，還有一杯咖啡。從何時開始這個年紀的人可以喝咖啡了？他的父母呢？那男孩抬頭用大而呆滯的綠眼睛瞧著他，也許帶著一絲嘲諷。烤肉會上連孩子們也都戴著名牌，好像是：**葛林**。澤伯讀著。

「當然，」葛林說，「傳統西洋棋？」

「跟什麼比傳統？」澤伯問。

「3D的。」葛林無所謂地說，如果澤伯連這都不知，那他不會是個高手，顯而易見。

所以那是澤伯第一次見到克雷科。

「但就像我說的，他那時還不是克雷科，」澤伯說，「他只是一個小孩，還沒碰到太多壞事，雖然『太多』與否通常只是觀感問題。」

「真的？」桃碧說，「那麼久以前？」

「我會騙妳嗎？」澤伯說。

桃碧想想，「這方面不會。」她說。

澤伯慷慨又大方地讓葛林玩白棋，而葛林狠狠擊垮了他，澤伯力抗、雖敗猶榮。之後他們玩了一輪3D韋科，澤伯打敗了葛林，而葛林馬上就要求再玩一次。這一次則是平手，葛林看澤伯的眼神稍微多了點尊重，問他是從哪來的。

於是澤伯扯了幾個謊，但都是很有意思的謊話：他把誤導小姐跟漂浮世界放進故事，從移熊大隊拿了幾隻熊來用，不過他把名字和地點改掉，也絲毫不提死掉的查克。葛林從沒有出過園區，至少在他記憶中是這樣，所以這些故事在他耳中必定有點神話色彩。

無論如何，每到週四烤肉會，或是午餐時間，葛林開始經常出現在澤伯附近，並不是把他當成英雄崇拜，不全然是，也不是說葛林希望澤伯當他的爸爸，澤伯決定自己比較適合扮演兄長，在康智西岸並沒有很多同年的孩子可以跟葛林一起玩，或說沒人像他那麼聰明。倒不是說葛林覺得澤伯的聰明才智能趕得上他，但是在可接受範圍內。不過有一點頤指氣使的氣氛在，葛林是戴王冠的王子，而澤伯則是偏向黯淡的朝臣。

葛林那時到底幾歲？八歲、九歲或十歲？澤伯不大會分辨，因為他並不是很想記得自己八歲、九歲或十歲時過的生活，那時候他太多時間活在黑暗中，各種意義上的黑暗，他需要的只有遺忘，而他一直很努力遺忘，不過當他看見那個年紀的男孩，他的第一個反應還是：快逃！快點逃走！然後第二個反應則是：長大，長得又高又大！如果你能長得高大，那麼想要欺壓你的人就會住手，或者會消停，雖然這套在鯨魚身上不成立，還有老虎，還有大象。

在葛林年少的生命中一定有過「他們」，或者有個「它」，纏繞著他的東西，他有那種表情，那種澤伯一不注意就會在鏡中看見的表情：提防而不信任的表情，好像一不注意，樹叢裡、停車場或是家具就會裂開一個大口，跳出埋伏的敵人或是無底的陷阱。雖然葛林身上沒有疤痕、沒有瘀青，也沒有進食困難，至少沒有澤伯看得見的，那到底是什麼纏繞著他？也許不是很確定的物體，比較像是缺少什麼，一處真空。

又過了幾個星期四，經過密切觀察，澤伯的結論是葛林的父母都沒有花太多時間在他身上，彼此也不常陪伴，從肢體語言來判斷，他們早就已經過了互相激怒或偶爾不和的階段，已經深陷強烈痛恨中。當他們在公開場合相見時，他們用冰冷眼神跟單字交流，然後快步離去。在他們關上的窗簾之後有一鍋私底下正在沸騰的憤怒：那個冒著泡的大鍋已經搶走他們所有的注意力，而葛林則被貶為一行備註，不然就是一張棒球卡。也許這孩子被澤伯吸引，跟他們喜歡恐龍的原因一樣：當你的感情被世界遺棄，超出你控制的範圍，擁有一隻巨大、長滿鱗片的怪獸做朋友是很療癒的。

葛林的母親是食物管理員，追蹤補給品跟規劃餐單；葛林的爸爸是中階的研究員——研究罕見微生物、易變病毒、奇怪抗原、跟不規則過敏生物載體的變體的專家，伊波拉跟馬堡兩種病毒都屬於他的專業領域，現在他正在研究一種由蝨子子咬傷引起對紅肉過敏的罕見反應。是由蝨子唾液的蛋白質引起的，葛林說。

「所以，」澤伯說，「一隻蝨子滴口水在你身上，然後你從此吃牛排就會爆疹子或是窒息而死嗎？」

「光明面。」葛林說，他那時正經歷某種階段，他會先說「光明面」，然後再加上幾條令人毛骨悚然的旁白，「光明面是，如果他們能對全人口散布這種唾液——把那蝨子的唾液植入比方說常用的阿司匹靈裡面，然後每個人都會對紅肉過敏，紅肉會造成巨量的碳足跡，導致森林耗損，因為要種牛吃的牧草就要砍樹，然後……」

「這跟我想的光明面不一樣，」澤伯說，「我的抗辯：我們是漁獵採集者，我們演化的結果是要吃肉。」

「然後發展出對唾液產生致命的過敏。」葛林說。

「只有那些注定要被淘汰的基因才會有，」澤伯說，「所以才說它罕見。」

葛林賊賊地笑了，他不常這樣。「一分。」他說。

某個星期四活動上，澤伯跟葛林一起玩電動遊戲時，葛林的母親，羅達，有時會飄過來看一下，有點太過接近地靠近澤伯的肩膀，有時甚至都碰到了她的——什麼？她事業線的尖端？感覺很像，那小塊的形狀，絕對不是手指。她的呼吸聞起來像啤酒，吹拂過他耳朵邊的細毛。不過她從來不去觸摸葛林，事實上，根本沒人摸過葛林，他不知怎麼辦到的：他默默地在四周豎起了一圈禁飛區。

「你們男生，」羅達說，「你們該出去多跑跑，玩一下槌球。」葛林不承認這類母性干預，澤伯也不理：葛林的母親雖然還不算凋零，但對他來說也已經過了繁殖的保鮮日期了，當然如果他跟她一起被困在救生艇上的話就……但這沒發生，所以他無視於乳頭推擠跟對耳朵吹氣這些信號，專注在「血與玫瑰」的血上面：滅絕整個古迦太基人口，在土地上撒滿鹽，將比利時剛果奴役化，把埃及所有新生兒長子殺害。

不過為何只殺長子？虛擬遊戲血與玫瑰指揮暴行方式有：把嬰兒丟到空中用劍刺穿，其他的丟進熔爐裡，還有一些腦袋在石牆上敲得開花。「我用一千個嬰兒跟你換凡爾賽宮跟林肯紀念堂。」他對葛林說。

「不可能，」葛林說，「除非你把他們丟到廣島。」

「那太過分了，你讓這些嬰兒死得那麼痛苦嗎？」

「他們又不是真的嬰兒，這是遊戲，所以他們死亡，印加帝國得以延續，還有那些很酷的黃金藝術品。」

「那你跟寶寶們吻別吧，」澤伯說，「沒心肝的小夥子，是你吧？嘩啦，沒了，還有，我要兌現我的通配鬼牌點數，去炸飛林肯紀念堂。」

「誰在乎？」葛林說，「我還有凡爾賽宮，外加印加，總之，還有那麼多嬰兒，他們的碳足跡太多了。」

「你們真可怕。」羅達說，一邊抓癢。澤伯能聽見身後有指甲的聲音，聽起來像貓在地毯上磨爪，他好奇她在抓自己身體的哪個部分，然後又努力不去想這件事，葛林的麻煩已經夠多了，他不需要自己唯一可靠的朋友跟不可靠的母親變成四腳獸。

他後來意識到，澤伯給了年輕的葛林很多寫程式的課外教學，也就是說——實際上也學了駭客技巧。這個孩子是天生好手，他也終於改觀，知道澤伯會一些他不會的事情，而他進步神速。能遇上這樣的才能，怎能不想將它打造磨光、將通往王國的鑰匙交給他——芝麻開門、各種後門，還有捷徑？太誘人了。於是澤伯就照辦了。看著那孩子快速吸收多麼樂趣無窮，誰會預先想到後果是那樣？通常後果都是因為好玩而導致的。

為了回報澤伯教他寫程式跟當駭客，葛林分享了幾個祕密，例如，他在母親房間床頭的檯燈裝了一個隱藏式竊聽耳機，因此澤伯知道羅達跟一個中高層管理人員皮特有染，通常約在午餐前。

「我爸不知道，」葛林說，他考慮了一下，用他神祕的綠色眼睛凝視著澤伯，「你覺得我該告訴他嗎？」

「也許你不該聽那些鬼的。」澤伯說。

葛林冷酷地看了他一眼，「為何不？」

「因為那些是大人的事情。」澤伯說，連他都覺得自己死板。

「你就會聽，你像我這麼大的時候就會。」葛林說，澤伯無法反駁，當年的他，有如此機會跟科技在手，不用一毫秒考慮就會熱切、得意洋洋、毫不考慮地照做的。

話說回來，也許對自己的父母他不會這樣做，就算到現在，只要他想到牧師發出喘吁吁的聲音，在特魯迪身體上下動——她的身體抹了香精乳液跟潤滑劑必定很滑，很像一個塞太滿的粉紅緞面枕頭——他就覺得想吐了。

格魯攻擊

「現在講到我遇見琵拉爾的部分。」澤伯說。

「琵拉爾在康智西岸究竟是為什麼？」桃碧說。「住在園區裡，為公司工作？」

但她知道答案，很多園丁會的人都是從公司園區來的，還有很多瘋狂亞當成員也是。受過生物科學訓練的人除此之外還有哪裡可以工作？如果你想找份研究工作，你就得幫公司工作，因為那裡才有錢，但你漸漸就會專注於他們感興趣的題目，而不是你自己感興趣的，而他們感興趣的一定是有賺頭的商業應用。

澤伯第一次遇見琵拉爾是在星期四的烤肉會，他之前沒在那看過她，有些比較資深的人不會參加每週的肋排節慶，那是給可能想要扯淡、搭訕或是交換八卦內幕的年輕人去的，而琵拉爾已經過了那個階段，澤伯之後發現，那個時候她算是非常上層的資深人員。

但那個星期四她卻在，澤伯一看之下只見一個瘦小、黑灰頭髮的年長女性在旁邊跟葛林下棋，真是個詭異的組合——一個幾乎是老太婆，一個傲慢的小鬼——而他總是被詭異組合吸引。

他閒晃著繞過去，越過葛林的肩膀，看了一會兒比賽，努力不多管閒事，兩邊都沒有顯著的優勢，老太太下得相對較快，但不驚慌，葛林會考慮再三，她在出題給他。「皇后到H5。」終於澤伯開口，葛林這次是黑棋。澤伯不知他這樣是為了虛張聲勢，還是等下他會換到白色。

「不同意。」葛林頭也不抬地移動騎士前去阻擋一棋可能的將軍——澤伯現在才看到。那年長女人對澤伯笑笑，眼角皺紋聚集在褐色皮膚上，像森林裡的土地婆般的微笑，意思從我喜歡你到給我當心點都有可能。

「你的朋友是誰？」她問葛林。

葛林對澤伯皺眉，這表示他對比賽沒信心。「這是塞特，」他說，「這是琵拉爾，該妳了。」

「妳好。」澤伯說，點點頭。

「很榮幸。」琵拉爾說，「救得好。」她對葛林說。

「等等再來找你。」澤伯對葛林說，他到處晃晃，吃了點從不流血烤羊K好夥伴——他開始喜歡那種味道了，雖然質地還是很人工——再加點好好吃甜筒，偽覆盆子口味。

他舔著甜筒，往下看著空地，將所有看得見的女人排名，這是一種無害的消遣，計分從一到十，十分的沒有（馬上來！），有幾個八分的（稍有保留），一堆五分的（沒有別人的話就她），有些絕對只有三分（該是妳付錢給我），一位很不幸的兩分（付我很多錢！）——然後他感到有人觸碰他的手臂。

「不要驚慌，塞特。」一個低語說著，他往下看，是瘦小、胡桃臉蛋的琵拉爾，她在對他調情嗎？肯定不是，但如果是這就會是個微妙時刻，禮儀上來說，如何客氣地說不？

「你的鞋帶鬆了。」她說。

澤伯盯著她瞧，他的鞋子沒有鞋帶，是無帶釦的。

「歡迎來到瘋狂亞當，澤伯。」她笑著說。

澤伯把一大塊好好吃甜筒給咳出來。「幹！」他說，但他還有意識知道得小聲地說。亞當跟他那白癡的鞋帶密碼，誰會記得？

「沒關係，」琵拉爾說，「我認識你哥哥，是我幫忙把你帶進來的。做出無聊狀，假裝我們在小聊。」她再度微笑，「下星期四的烤肉會再見，我們應該安排下一次棋。」然後她又翩然沉著地往槌球賽那邊去，她的姿態絕佳，澤伯覺得她應該熱愛瑜伽，那種姿態讓澤伯覺得自己很邋遢。

他太想馬上上網、繞進大滅絕瘋狂亞當聊天室裡，問亞當這女人的事情，但他知道這樣做不明智，在網上說得越少越好，就算你以為自己的空間很安全，但網路本來就一直是這樣的東西——一張網子，上面都是洞，讓你掉進陷阱最好；而儘管他們聲稱持續加進多少無法滲透的演算法跟密碼跟指紋掃描，都還是一樣。

但他們又能期待什麼？有他這樣的程式奴隸來掌管安全鑰匙，這東西當然注定要露餡。薪水太低，所以偷竊、偷聽、告密，跟賣高價情報的誘因很大，不過罰也改得越來越極端了，算是某種抗衡的力量。線上小偷變得越來越專業，就像他在里約工作的地方一樣，很少人當駭客是為了好玩，或是為了做抗議行動的註冊網頁了。在傳說中的黃金時代，中年男子會戴著復古的匿名者組織面具，感懷網路上那布滿蜘蛛網、三不管的幽微角落。

現在註冊參加抗議還有什麼好處呢？公司正在準備設立自己的私人情報單位、開始管制槍砲，不到一個月就通過新的武器法來假裝保衛大眾安全。老派的集會遊行政治已死，你可以回去找些個體標的，比如說專用地下手法的牧師，但任何形式的公開行動，只要有群眾、有標語在揮舞，接著就有砸毀店面等事情，你的膝蓋也會被射穿。漸漸地，每個人都懂了。

他把好好吃甜筒吃完，閃躲掉獅子鼻瑪嬌莉，她先前邀他一起打槌球，在他說自己玩木球很笨拙時，好像很受傷的樣子，他迂迴地返回，葛林還在原地坐著，盯著棋盤看，他已經把棋又擺好了，正在跟自己對戰。「誰贏了？」澤伯問。

「我差點就贏了。」葛林說，「她趁我防備不及時，對我發動格魯攻擊。」

「她在這裡究竟是做什麼的？」澤伯問，「她是不是負責什麼單位？」

葛林咧嘴笑了，很高興自己知道澤伯不知道的事情。「蘑菇、真菌、黴菌。要不要跟我下？」

「明天，」澤伯說，「吃太多了，害我腦子變慢。」

葛林抬頭奸笑，「廢柴。」他說。

「可能只是懶。你怎麼認識她的？」澤伯說。

葛林看著他有點太久，有點過度認真：綠色的貓眼。「我已經說了，她跟我爸一起工作，他在她的團隊裡。總之，她是西洋棋社的，我從五歲起就一直跟她玩，她不算太笨。」

這已經是他讚美他人的極限了。

到了下一個星期四烤肉會，葛林沒有出現，他已經好幾天沒蹤影了，他沒在自助餐廳打轉，也沒找澤伯到電腦上教他幾招新的駭客技巧，他突然隱形了。

他生病了嗎？他逃家了嗎？這是澤伯能想到唯二的可能，他排除了逃家這點，這孩子還太小，不會這樣做，而且沒有通行證要離開康智西岸太困難了，雖然以葛林最近發現的羅賓漢式編碼技巧，他應該可以偽造一張。

另一種可能：這小聰明鬼一直著迷在數位世界的界線之外偽裝，闖入某神聖不可侵犯的公司資料庫之類的，然後自己他媽的就拿來用了，因為他也不可能打進中國灰色市場那種陰險的買賣，或者更糟的是，碰到阿爾巴尼亞人——現在正是輝煌時期——然後他被抓了，現在正在某個簡報室裡被抽腦漿呢。碰上那種事的人逃出來時全身會只剩一條一年沒洗的抹布蒙住眼睛。他們會對小孩做這種事嗎？他們會。

他真心希望不是這個原因。如果是，他會覺得很自責，因為那就表示他是個壞老師。「第一條規定，」他會強調，「不要被抓到。」但有時說比做起來容易，他是不是在程式建構上有點懶散了？他是不是教給孩子已經過期的捷徑？他是不是錯過了幾個改道的標誌，幾個嗅覺記號，沒有發現在那個他以為完全自創的叢林盜獵路線上，其實除了他跟葛林之外還有別人？

雖然澤伯十分擔憂，但他不想這麼快就去問老師，甚或葛林那馬馬虎虎又不注意他的父母，他需要保持低調，不能引起注意。澤伯又掃視了一遍烤肉的人潮，還是沒有葛林，但琵拉爾在另一邊的樹下。她坐在一盤棋前，看起來正在研究。他邁開閒晃的步伐，往那邊走去，希望自己看起來夠隨意。

「要不要下一盤？」他說。

琵拉爾往上看，「當然。」她微笑地說，澤伯坐下。

「我們丟銅板決定誰白色。」琵拉爾說。

「我想玩黑色。」澤伯說。

「我也是這樣聽說，」琵拉爾說，「那很好。」

她用標準的皇后前士兵開場，澤伯決定選擇后翼印度防禦。

「葛林在哪？」他問。

「事情看來不大好，」她回答，「專心下棋。葛林的爸爸死了，葛林自然很傷心，公司安全衛隊的長官告訴他父親是自殺的。」

「真的假的！」澤伯說，「什麼時候的事？」

「兩天前。」琵拉爾說，移動他后翼的騎士，澤伯移動主教拴住它，現在她得想辦法在中間發展了。

「不過，問題不是何時，而是如何。他是被從天橋上推下去的。」

「被他太太？」澤伯問，想到羅達的胸部推擠自己背部，還有藏在她床頭燈上的竊聽器，他的問題是開玩笑的——他真該為自己感到慚愧。

有時候那種話會從嘴巴裡自動跳出來，就像爆米花。但這也是個嚴肅問題：葛林的爸爸可能發現了羅達在午餐間隙做的事，他們可能去散步討論一下，去到康智牆外比較隱密的地方，然後決定走過天橋去看看車水馬龍，他們之後可能陷入爭執，說不定葛林的媽把他爸倒豎著推過欄杆，他根本無法自我防衛的動作，無法……

琵拉爾正看著他，很可能是在等他回過神來。

「好，我把話收回。」他說，「不是她。」

「他發現了他們在康智內部做的某件事，」琵拉爾說，「他覺得自己做的事不只不合職業規範，對公眾健康也有危害，根本是不道德。他威脅要把這項知識公開，或者，好吧，也許不是公開，因為媒體可能根本不會登這條。但如果他跑到敵對的公司去，尤其是國外的，他們就會把這項訊息用在對公司不利的方面。」

「他是妳研究團隊的一員，不是嗎？」澤伯說，他試著理解她說的話，因而對正在下的棋逐漸失去控制。

「附屬的，」琵拉爾說著，把其中一個士兵部署下去，「他對你傾吐祕密，而現在我對你傾吐。」

「為何？」澤伯說。

「我被轉調了，」琵拉爾說，「調去康智總部，在東岸，或者我希望是去那裡，雖然那邊比這裡還糟，他們會覺得我缺乏熱情，或者懷疑我的忠誠。你很快就得離開這裡，我一被轉派之後就無法保證你的安全，用你的騎士吃我的主教。」

「那樣走不好，」澤伯說，「會變成開道給……」

「拿走就是，」她冷靜地說，「然後把它抓在手裡，我還有另一只，我會在盒子裡換過，沒人會知道有一只主教不見了。」

澤伯把主教抓在手心，用他在漂浮世界的日子裡，從手之史雷那學來的技巧，巧妙地把主教塞進袖子裡。

「我要拿這個做什麼？」他說，琵拉爾一走，他就被孤立了。

「送到那邊去，」她說，「我會幫你偽造單日通行證加上一套掩護故事，他們會想知道你在平民區裡做什麼生意。一旦你出了康智西岸園區，會有另一個身分在等你，把主教帶著，外面有一間性愛連鎖商店叫『鱗尾』，你可以在網上查到，去最近的一間分店，密碼是『油膩』，他們會讓你進去。你要把主教留在那兒，那是個容器，他們會知道怎麼打開。」

「送去給誰？」澤伯說，「而且裡面有什麼？他們是誰？」

「Vectors。」琵拉爾說。

「哪一種的？」澤伯說，「是說數學的向量嗎？」

「就說是生物學的好了，生物的載體，而這些載體裝在別的載體內，看起來很像維他命丸，有白的、紅的跟黑的，這些藥丸又位於別的載體內，也就是主教，再由另一個載體——你——送達。」

「藥丸裡面是什麼東西？」澤伯問，「大腦糖果？程式晶片？」

「肯定不是，最好別問。」琵拉爾說，「但無論你做什麼，千萬別吃任何一種，如果你覺得被跟蹤了，把主教沖到下水道。」

「葛林怎麼辦？」澤伯說。

「將軍。」琵拉爾說著，推倒他的國王。她站起身，微笑著。「葛林會走出來的，」她說，「他不知道他們殺死了自己的父親，還不知道，或者不是直接知道，但他很聰明。」

「妳是說他會自己猜到。」

「希望不要太快，」琵拉爾說，「他還不到接受這種壞事的年紀，他可能沒辦法假裝無知，不像你。」

「我有些無知不是裝的，」澤伯說，「比方說，現在，我要去哪裡換身分？還有我怎麼拿到通行證？」

「到瘋狂亞當聊天室，有一整組套裝在等你，然後把你現在用的路徑弄亂，把足跡留在這些電腦上的後果你可擔不起。」

「這些新安排會用到新的鬍子嗎？」澤伯說著，想讓場面變輕鬆，「新的身分有需要穿到傻瓜褲嗎？」

琵拉爾微笑道：「剛才我的傳呼器一直是關上的，」她說，「只有在烤肉的日子，人身處在可見的全景下時才可以這樣做，現在我得把它重新打開了，不要說出你不想被偷聽的話。旅途順利。」

鱗尾夜總會

澤伯從抽屜裡找出藏著的隨身碟，把那些像藤壺黏在上面的喉糖拿掉，在自己的電腦上打開腸道寄生蟲，然後滑過那隻噩夢般的瞎眼蟲貪得無厭的食道，然後一路蜻蜓點水地跳進瘋狂亞當的聊天室。當然那邊已經有一份教戰方案在等他，雖然完全不知道是誰留給他的。他把包裹打開，快速吸收內容，然後急速返回，一路撣掉自己的足跡。然後他把隨身碟放在腳下，或更精確地說，把它跟其中一根床腳對調了，然後在床上跳了幾下，再把碎片分別沖下幾個不同的馬桶，它們不是那麼容易沖掉，是金屬又是塑膠，但要是你把它跟……一起。

「可以了，」桃碧說，「我知道你說的是什麼。」

「澤伯的新名字是海克特，被當作載體（Vector）的海克特（Hector），他看得出來，某人的幽默感真的很惡劣，但他不覺得某人是琵拉爾，她不是那種幽默的類型。

但是當然他一到康智西岸的牆外，遠離監視錄影機時，他就得馬上啟用海克特的身分。在那之前他還是塞特，一個不起眼的程式奴，被鐵鍊鎖在資料輸入的廚房船上，穿著阿宅的衣服跟褐色的燈芯絨褲。如果可以，他賭自己下次改身分能有較好的褲子穿。聽說在平民區有幫他準備好的衣服藏在垃圾箱裡，他希望在自己到達之前，衣服不要被遊民或瘋子或被開除的中階主管摸走。

掩護塞特身分的故事是他要出勤到一間叫做「泉馨芳療館」的美容情緒強化公司在當地的一間分

店，這間店是康智可疑的附屬機構之一。健康與美容，這對誘人的雙胞胎在中央合體，唱著永恆的海妖之歌，很多人都會為了兩個理由之一付錢做個鼻子。

康智公司的產品——維他命補給品、專櫃止痛藥、高價疾病特效藥、勃起困難療法等等，標籤上有科學描述跟拉丁文名字。另一方面，泉馨，則是深掘自然奧祕，從崇拜月亮的巫教徒，跟來自滿是蟲蟲攻擊的雨林禁區深處的薩滿教徒。但澤伯理解這兩者有重疊的利益：如果你生病了，疾病害你變醜，吃產自康智的藥；如果你很醜，醜讓你受傷、讓你覺得噁心，就用泉馨的東西。

澤伯穿上一件剛洗好的褐色褲子，準備出任務。他重新整理臉孔讓這塞特人格的邊線更加清楚一點，在浴室鏡子裡對它眨眼。「你死期到了。」他對它說。要跟塞特分別他並不感遺憾，這是亞當硬塞在他身上的人格，這是亞當那「我比你懂」的大哥指揮狂行為。他很渴望見到亞當本人，只為了要狠狠罵他一頓。「你知道你害我穿什麼樣的褲子嗎？」他可能會這樣說。

塞特該走了，他往大門的方向大步走去，通行證拿在手上出大門，對自己哼著歌：

嗨、呵，嗨喝
對，我去做鳥工作，
這邊戳戳，那邊戳戳，
嗨呵、嗨喝、嗨呵、嗨喝！

現在得記起塞特的掩護故事，這位低階的程式水電工，他被派去調查泉馨的網站，然後找出干擾的原因。有人——也許是個過動的青少年駭客，就像他年輕時那樣——把線上的圖片都給改了，所以當你點擊任何一張情緒加強、氣色改善產品時，一團褐色跟橘色的昆蟲動畫就會光速啃食那些產品，然後爆炸，腳抽動著噴出黃色煙霧。雖然很蠢，但是很生動。

康智西岸自然不想讓任何人從系統內修理那個東西：那種東西雖然看來很遲鈍，但也許是個陷阱，原始設計者可能正在期待那樣的干預動作，好讓他們能撞進那面防火牆盜取珍貴的ＩＰ，所以有人就得親自到泉馨去：某個不重要的──既然幫派把持的平民區充滿毒害──消耗品。那就是塞特，雖然至少他們給了他一台康智的車，還有一名司機，但看起來沒人會冒險去把被榨腦的塞特救出來，他不是圈內人。還是危險。

泉馨並不想找出是誰派的駭客，或者原因：那樣就太花錢了，他們只要把防火牆修好，編好的故事是說，他們自己的人不會做這件事，對澤伯來說，這有點講不通。但是泉馨是個廉價單位──那是在它設立公園裡的ＳＰＡ變得很奢華之前──所以裡面的人不是一流的團隊，連二流、三流──就是那些被有錢公司搞壞的高智商人才──大概也沒有。他們很顯然是六流團隊，才會這麼失敗。

但他們這下可有得等了，澤伯想，因為一小時之內他就會變成海克特，塞特將不復存在。

主教棋在他身上，在他鬆垮的燈芯絨褲口袋裡，他還把手也放口袋裡以防萬一，如果有人在看他，他們大概會覺得他可能進行某種自殘行為，他裝出一種很拘謹的模樣，以免車上有盜錄裝置，很可能會有，那麼被當混蛋總比被當成偷運違禁品的叛徒被轟出去好。

泉馨位在平民區一個灰色市場邊緣某處不入流的物業裡，所以在這街景中不難遇到翻倒的祕密漢堡攤擋道，伴以全面啟動的紅醬大戰，外加一台可樂娜在旁邊鬼叫按喇叭，另有從天而降的肉餅安全衛隊。澤伯的司機靠在喇叭上，雖然他知道搖下車窗大叫也沒用。

但在你能出招之前，車子就被十幾人的亞洲共榮圈給搶了，其中一個人必定有輸入過康智車輛密碼的數位開鎖器，因為他們的車按鈕一下跳起，大概一秒後共榮圈就把魂飛魄散大呼求救的司機拖出車外，把他鞋子跟衣服像剝玉蜀黍一樣剝掉，這些平民幫派又快又專業，你得把東西乖乖交出，他們會拿走鑰匙、倒車、一閃消失去賣車，是整台賣還是拆開來賣，要看哪樣價錢高。

這是屬於澤伯的時刻，應該是事先付錢請來的：亞洲共融圈很骯髒，但他們也很廉價，很樂意接小案子。首先檢查司機的視線是不是全部蓋住了，肯定是，因為他整個頭都被紅醬給覆蓋了——澤伯從後門跳下，像青蛙跳躍一樣衝進最接近的巷弄後轉一個彎，又轉一個彎，轉第三個彎，找到他當作集合點的指定垃圾箱。

褐色的燈芯絨褲丟進去，終於擺脫了，然後一些夠舊的牛仔褲跑出來，還有相襯的配件，黑色假皮夾克，黑色T上面寫著：**器官捐贈，免費試用**。反射太陽眼鏡、棒球帽上面有大小剛好的紅色骷髏在前面，夾式金牙蓋、假小鬍子，以及嶄新的假笑，海克特這位載體已經準備好出遊，他好好地把主教棋放在手中安全帶出，現在把它放進皮夾克內側的拉鍊袋中。

他出發，很聰明但看來不疾不徐：裝成失業者最好，還有看上去說不上來地不正經也最好。

他要前往的鱗尾夜總會在平民區的更深處，如果他穿著阿宅服裝去到那裡，他可能得要開始保護包括頭蓋骨、鼻子、蛋蛋等領土範圍，但現在他引起的頂多是幾道瞇著眼睛的打量目光。槓上值得嗎？不，判斷是不。所以他持續遊蕩。

到了，頭頂上的霓虹燈寫著：**成人娛樂**，副標寫著：**給眼光獨到的男士**。照片上的爬蟲美眉們身上是緊身的綠色鱗片，大部分都有很驚人的乳房填充物，有幾個採取的姿勢暗示她們沒有脊椎，一個能把腿圈在自己脖子四周的女人必定能提供新穎的服務，但具體是什麼還不清楚。還有蟒蛇「三月」，纏繞在一名火辣的眼鏡蛇女郎身上，女人則掛在高吊鞦韆上搖擺，與卡翠娜．嗚嗚，那位來自漂浮世界、經常被鋸成兩半的可愛馴蛇女郎，非常相像。

她沒有老多少歲，所以她技巧還是很熟練，跟以前一樣。

那是白天，沒有太多入店的客人，他提醒自己那個人家給他的可笑密碼：**油膩**。這個詞要怎麼用在有邏輯的句子裡？「你今天看起來太油膩？」那可能會害他被打巴掌或被揍一拳，要看他對誰說。

「好油膩的天氣」、「把那油膩的音樂關掉」、「不要再那麼他媽的油膩」，沒一句聽起來對的。他說。

他按電鈴，那門看起來跟銀行金庫一樣厚，含有很多金屬成分，一隻眼睛從貓眼窺看著他，門鎖打開，大門開啟，有個跟他塊頭一樣大的警衛，只是是名黑人。剃平頭、黑色西裝、墨鏡。「什麼？」他說。

「我聽說你們這有幾個油膩的女孩，」澤伯說，「會幫你上奶油的。」

那男人從墨鏡後方看著他：「再說一遍？」他說，於是澤伯照辦。「油膩的女孩。」那個男人說，把這句話在自己嘴裡反覆咀嚼，好像那是甜甜圈一樣。「上奶油。」他從嘴角吐出話來。「很好，對，進來。」他關上門前檢視了一番街道，更多道鎖聲響起。「你要見的是**她**。」他說。

走過鋪了紫色地毯的走廊到底，走上樓梯，歡樂工廠休息時間的氣味聞起來真感傷，那種布偶商店的氣味說著不當的猥褻風俗、說著寂寞、說著你要付錢才會被愛。

那男人對自己的耳機說了點什麼，耳機一定很小，因為澤伯根本沒看見，也許是放在牙齒裡，現在有人用這種，雖然如果你牙被打掉然後又吞下去的話，你就只好跟自己的屁股講話了。裡面有一扇門標著：頭辦公室，也是身體的，旁邊閃亮 Logo 上綠色的蛇在眨眼，寫著格言：我們筋骨很軟。

「走。」那個大男人又說了一次——他詞彙不是很多——然後澤伯進門。

房間裡有點像辦公室，裝了很多螢幕，一些填充過量的昂貴家具正在抗議喘不過氣，還有一個小酒吧。澤伯的眼睛渴望地看著酒吧，也許會有啤酒，這所有追趕跑跳跟作戲，讓他口很渴了——但現在不是時候。

有兩人在房間裡，都深陷在椅子上，一位是卡翠娜．嗚嗚，她沒穿蛇裝，只穿著一件寬大的汗衫，上面寫著「三號賤人」，緊身黑牛仔褲，還有一雙能摔斷舞者長腿的細跟高跟鞋。她對澤伯微笑，那種她總能一邊嘶嘶叫一邊擺出來的舞台笑容。「好久了。」她說。

「沒那麼久。」澤伯說，「看來妳還是那樣容易抱起，不容易放下。」

她笑笑，澤伯得承認自己一直渴望能奔向她長滿鱗片的內衣底下——那少年情懷還沒消退——但他現在無法集中精神在這個目標上，因為房間裡的另一個人是亞當。他穿著一件呆呆的束腰長袍，看來就像是被腦性麻痺的拾荒者拼湊起來要上台演一齣關於痲瘋病人的戲。

「幹，」澤伯說，「你從哪找來那件妖精睡衣的？」最好不要表現驚訝，那樣會讓亞當占了上風，現在他可不配占上風。

「我看到你穿了很有品味的T恤，」亞當說，「很適合你，好格言，我的弟弟。」

「這地方有被竊聽嗎？」澤伯說。再說一聲好弟弟的挖苦話他就要開扁了。不，他不會，他從來就沒辦法打這個人，不會真打：亞當太縹緲了。

「當然，」卡翠娜．嗚嗚說，「但我們全給關掉了，這是本店的好意。」

「那我就相信妳嗎？」

「她確實都關掉了，」亞當說，「想想看，她的事業可不會想讓我們留下足跡，她是在幫我們一個大忙，謝謝妳。」他對卡翠娜說。「我們不會很久。」她像白鷺一樣走出房間，顛搖搖地轉身回眸一笑，這次不是嘶嘶叫的笑法了。有十足證據顯示她喜歡亞當，儘管有那件長袍。「等一下有東西吃，如果你想吃。」她說，「在女孩們的餐廳裡。我得去換衣服，表演時間快到了。」

亞當等她關上門。「你做到了，」他說，「很好。」

「不，謝謝你才對，」澤伯說，「那些褐色的書呆褲子很可能害我被私刑打死。」知道亞當活著，他其實很高興，但他不打算直接承認。「我穿上那些他媽的衣服看起來就像個他媽的蠢蛋。」他繼續疊加更多髒話進去。

亞當忽略那些。「你拿到了嗎？」他說。

「我當你是在問這個他媽的棋子。」澤伯說，把東西交過去，亞當轉了一下，頂部就掉下來。他把主教倒過來，倒出六顆藥丸：紅、白、黑各兩顆。亞當看一看藥丸，然後把它們放回主教，把頂部接回去。

「謝謝你，」他說，「我們得找個安全的地方放這個。」

「那是什麼？」澤伯說。

「完全邪惡。」亞當說，「假如琵拉爾是對的。但這是高價的完全邪惡。還是機密，所以葛林的爸爸為此而死。」

「它們什麼用處？」澤伯說，「超級性能力藥丸還是怎樣？」

「比那還聰明，」亞當說，「他們用維他命補給品跟專櫃止痛藥來當疾病的載體——他們持有治療藥品的疾病。不管白色裡面裝的是什麼，就是真的散播病原。隨機散布，所以沒人會懷疑某處是發病點，他們無論如何都賺錢：從維他命、藥物，最後當疾病成形之後他們再從醫院賺錢，現在就是這樣，因為所有治病的藥也都裝載了東西。把受害者的錢一點點吸進公司口袋的好方法。」

「所以說的是那些白色的，那紅色跟黑色的呢？」

「我們不知道，」亞當說，「它們在實驗階段，可能是別種疾病，可能是快速配方，我們甚至不知道如何進行安全的研究。」

澤伯聽完：「這是大事，」他說，「我在想他們用了多少超腦才能做出來。」

「是康智內部中央指派的小組。」亞當說。

「從上面來的指令。葛林的父親是被他們利用的。他以為自己做的是癌症療法的載體，當他發現這東西的本質跟全部真相，他無法繼續下去，把這些偷交給琵拉爾，然後……」

「可惡，」澤伯說，「他們也把她殺了？」

「不，」亞當說，「他們甚至不知道她知情，至少我們希望是這樣。她正要被轉去康智中央總部，在東岸。」

「我可以喝罐啤酒嗎？」澤伯說，他沒等人回答就喝了。

「所以你現在有這東西，」他吞下第一口解熱啤酒之後，說道，「然後呢？你要把這些東西賣到灰色市場去？外國公司會花很多錢來買。」

「不，」亞當說，「我們不能那樣做，那會完全違背我們的原則，我們現在，在這個世界上做的一切，就是學習什麼事情不該做。如果可以，我們會警告他人不要吃維他命補給品，但如果我們想要把這些消息公諸於世，沒人會相信我們，我們只會被當成妄想症患者，然後我們會很不幸地死於意外，媒體都由公司控制，你知道的，而所有獨立規定都徒有獨立的虛名而已。所以我們把這些藥丸藏好，直到有辦法安全地檢驗它們。」

「我們是誰？」澤伯問。

「如果你不知道，就不會洩密。」亞當說，「對大家都比較安全，對你也是。」

澤伯與蛇女的故事

「這全部的事情，我要怎麼跟他們講？」桃碧說，「鱗尾夜總會女孩，穿得像蛇？」

「你可以跳過不講。」

「我可不覺得，必須包括這些，看起來很妥當，一個女人同時又是一條蛇，跟冥想那部分很搭，還有發生在那隻動物——那隻母豬——身上的無論是什麼，她真的好像能跟我溝通，還有小黑鬍。」

「你認為那東西有人類的部分？豬女？你當真喝太多人工果汁了。」他咯咯笑了。

「不，不完全是，但……」

「妳喝的藥裡面放太多烏羽玉片還是其他什麼東西了吧。」

「也許，沒錯，你是對的。」

故事在桃碧腦中進行，她似乎沒有思考故事情節，也沒有指引發展方向，她無法控制故事，只能傾聽。幾個植物分子能對你大腦產生的影響與效力真驚人。

這是澤伯與蛇女的故事，蛇女一開始沒有出現在故事裡，她們稍後才來，重要的情節總在故事後半才出現，但開頭也很重要，中間也很重要。

但我已經說過開頭了，現在講到中間。澤伯就在澤伯的故事中間，他在自己的故事中間。

這個故事裡沒有我，還沒到有我的部分。但我等待很久以後的未來。我在等澤伯跟我的故事相遇，桃碧的故事，就是我現在所在的這個故事裡，跟你們一起。

琵拉爾，住在接骨木樹叢裡，透過蜂蜜跟我講話的她，曾經擁有老婦人的形體，她給了澤伯很重要的東西，叫他好好保管——一個很小的東西，像種子。如果你吃了那個種子就會生病，但有些混沌中出來的壞人告訴大家吃了這些種子會讓你快樂，只有琵拉爾、澤伯還有少數幾個人知道真相。

為什麼壞人要那樣做？為了錢。錢是看不見的，就像法克。他們以為錢是他們的幫手，認為錢是比法克更好的幫手，但他們錯了，錢不是幫手，錢在你需要它的時候會離你而去，但是法克卻很忠心。

於是澤伯把種子帶走，穿過大門離去，如果壞人們知道他拿著種子，就會來追他，把種子搶回去，還會做很多傷害他的事。他是很趕時間，不過他看起來不會匆忙，然後他說「噢法克」，法克就穿越天空、非常快速地飛到他身邊，每次澤伯叫他時，他都是這麼快。他教澤伯如何找到蛇女的房子，而蛇女把門打開，讓他進去。

蛇女就是……你們看過蛇，也看過女人，蛇女兩者皆是。她們跟幾個鳥女以及花女住在一起。然後她們把澤伯藏在一個巨大的……真的很巨大的……蚌殼裡，又或者她們把他藏進了一個真的很大的……龐大的……花裡面，一朵很鮮豔的花，上面有燈。

是的，一朵亮燈的花，沒人會想到去花裡面找澤伯。

而澤伯的兄弟，亞當，也在花裡面，多好啊。他們見到對方很高興，因為亞當是澤伯的幫手，而澤伯是亞當的幫手。

＊＊＊

蛇女有時候會咬人，但她們沒咬澤伯。她們喜歡他，為他調製特別的飲料，叫做香檳雞尾酒，她們還為他跳了一場特別的舞，是一支很彎曲的舞，因為，畢竟，她們都是蛇。

她們人很好，因為奧麗克絲把她們造得那麼好，她們是她的孩子，因為她們有一部分是蛇，所以她們跟克雷科一點關係也沒有，或者不深。

蛇女讓澤伯睡在一張大床上，一張閃亮的綠床，她們說法克也可以睡那裡，因為空間很夠。然後澤伯說，謝謝妳們，因為蛇女對他很好，他也謝謝那位看不見的幫手，她們讓他感覺好多了。

不，她們沒有對他做呼嚕聲，蛇是不呼嚕的，但她們……她們會纏，是的，那就是她們的任務，纏繞東西，還有收縮，她們也會，蛇的肌肉能做到非常好的收縮。

澤伯那時真的好累好累，所以他一下就睡著了，於是蛇女跟鳥女跟花女照顧他，確保他睡覺時不會有壞事降臨，她們說如果壞人來了，她們會保護他，把他藏好。

壞人真的來了，但那是下一段故事了。

現在我也真的很累很累了，我要去睡了。

晚安。

等到下個故事的時間到時，她就會這麼說。

豬仔

Piglet

導師

造訪接骨木叢下的琵拉爾後第二天，桃碧還能感受到強度冥想藥物的作用，世界看來比它原來的模樣明亮一些，顏色的質感跟形狀稍顯透明。她穿上一件平靜中性色彩的床單——淺藍，沒有圖案——到水泵處快速洗了一把臉，動身往早餐桌走去。

其他人好像都吃完走了，白莎草與蓮灰蝶在清理碗盤。

「應該還有剩下的。」蓮灰蝶說。

「有什麼？」桃碧問。

「火腿與碎葛藤。」白莎草說。

桃碧整晚都在做夢：豬仔的夢。無辜的豬仔、可愛的豬仔，比她實際所見過的還要圓滾滾，還要乾淨，沒那麼野蠻。小豬仔在天上飛，粉紅色身體與蜻蜓般的白色薄翼翅膀、豬仔用外語講話，豬仔甚至還唱歌。壁紙上的豬仔，重複再重複，與藤蔓交纏，牠們全部都很快樂，沒有哪個死掉。

在那場她曾經參與、現在已全部消失的文明裡，他們熱愛描寫具有人類特徵的動物，可以抱的、毛茸茸的、蠟筆畫的熊熊、捕捉你的情人節愛心、可愛的小獅子、跳著舞的可愛企鵝。比這些更早以前：粉紅色、閃亮的、漫畫風的豬，身上有著投幣孔：那時在古董店裡還看得到。

在一整晚豬仔華爾滋之後，她沒辦法吃火腿，也因為昨天的事情：母豬傳遞給她的訊息還在她腦中，雖然她無法言喻，就像一股流動，一道洋流，一陣電流，一種亞音速的長波，一團大腦化學物質的混搭。或者，就像園丁會的斐洛說過的：誰需要電視？他大概守夜跟強度冥想用得太多了。

「我想那個先不要，」桃碧說，「重新加熱不大好，我先來點咖啡。」

「妳還好嗎？」白莎草問。

「我很好。」桃碧說，她小心翼翼地沿著步道走進廚房區，避免踩上那些波瀾陣陣或是融化中的小石頭，然後看見蕾貝佳正在喝代咖啡，小黑鬍跟她一塊兒，大字形地坐在地上寫字。他用的是桃碧的鉛筆，也順手拿了桃碧的筆記本。但說是「順手拿」也沒意義，因為克雷科人看來並沒有個人財產的觀念。

「妳沒醒來，」他說，沒有責備意味，「妳走得很遠，在夜裡。」

「妳看過這個嗎？」蕾貝佳說，「這孩子真不得了。」

「你在寫什麼？」桃碧說。

「我在寫大家的名字，噢桃碧。」小黑鬍說，看來也正是如此。**桃碧、澤伯、克雷科、蕾貝佳、奧麗克絲、雪人吉米。**

「他在搜集名字，」雷貝佳說，「名字，之後是什麼？」她對小黑鬍說。

「接下來我會寫亞曼達，」小黑鬍莊重地說，「還有芮恩，她們才會跟我說話。」他從地上爬起來跑開，抓著桃碧的筆記本跟鉛筆。我要怎麼把那些東西拿回來？她心想。

「親愛的，妳看來累垮了。」蕾貝佳問她，「睡不好嗎？」

「我做過頭了，」桃碧說，「強度冥想的劑量，多放了幾朵蘑菇。」

「那有毒啊，」蕾貝佳說，「大量喝水，我來煮點三葉草鳳梨茶給妳。」

「昨天我見到一隻巨大的豬，」桃碧說，「一隻母豬，帶著小豬。」

「越多越開心，」蕾貝佳說，「如果我們手邊有噴槍就好，我培根快用完了。」

「不，等等，」桃碧說，「牠——她用很奇怪的眼神看我，我感覺得到，她知道我在泉馨芳療館殺了她丈夫。」

「嗚喔，妳真的用了很多蘑菇耶，」蕾貝佳說，「我曾經跟我的胸罩對話過。所以她很生氣嗎？對於她的……對不起，我就是沒法講出丈夫兩個字，那是隻豬啊，老天！」

「她不是很開心，」桃碧說，「但比起生氣，較偏向悲傷，我認為。」

「牠們比一般的豬要聰明，甚至不需要冥想催劑，」蕾貝佳說，「這點可以肯定。順帶一提，吉米早上來吃飯了，他不需要病人托盤了，他表現很好，但他希望妳再去檢查一下他的腳。」

吉米現在有自己的小隔間，是新的，在他們最後落成的泥草屋加蓋區，泥草牆聞起來還有點濕，一點泥濘，但是這裡有一扇大窗，比舊屋的窗子大，有一道紗窗跟一幅有鮮活印花的窗簾，畫著魚的卡通，魚有彎曲的大嘴、雌魚眼上有長睫毛，雄魚都在彈吉他，另外有一隻章魚坐在羚羊群上。以桃碧目前的狀態並不是很適合觀賞這種圖案。

「這些都是哪來的？」她問坐在床邊的吉米，吉米把腳擱在地上，雙腿還是又細又廢，他得努力再練點肌肉才行。「窗簾？」

「誰知道？」吉米說，「芮恩、沃卡拉——我是說，蓮灰蝶，她們覺得我需要一點令人開心的室內裝飾，這裡好像幼稚園。」他還蓋著那條嘿－扭－啊－扭的被子。

「你要我幫你看腳嗎？」她說。

「對，會癢，快把我搞瘋了。但願沒有蛆蟲留在裡面。」

「如果有的話，牠們早就鑽洞出來了。」桃碧說。

「萬分感謝。」吉米說，他腳上的疤還紅紅的，但已經結痂。桃碧檢查了一下：不熱，沒有發炎。

「這很正常，」她說，「都會癢的，我會幫你找點東西來擦。」她心想，做點敷料，用鳳仙花、馬尾草、紅色苜蓿。馬尾草應該是最容易找到的。

「聽說妳看到一隻器官豬，」吉米說，「牠還跟你講話。」

「誰跟你說的？」桃碧問。

「克雷科人，還會有誰？」吉米說，「他們是我的收音機，那個孩子小黑鬍好像告訴他們全部了，他覺得妳不應該殺死那隻公豬，但他們原諒妳，因為好像奧麗克絲說你應該那樣做。你知道那些豬有人類的前額大腦皮質嗎？事實。我早該知道，我跟牠們一起長大的。」

「克雷科人怎麼知道的？」桃碧小心地問，「怎知道我射殺那隻公豬的事？」

「那隻豬女孩告訴小黑鬍的，不要那樣看我，我只是傳話而已。依照芮恩的說法，我一直都有幻覺，所以嘿，我可能不是判斷現實情況最好的人選。」他給了她一個歪斜的賊笑。

「我可以坐下嗎？」她說。

「自己來，千萬個可以，」吉米說，「他媽的克雷科人只要心血來潮就進來晃，想要知道更多克雷科的鬼事蹟，他們相信我是他媽的導師，說他會透過我的手錶跟我講話，當然這是我自己他媽的錯，因為我自己編出這樣的謊話。」

「那你跟他們說了什麼？」桃碧說，「關於克雷科的事？」

「我叫他們去問妳。」吉米說。

「我？」桃碧說。

「現在妳是專家了，我得睡個午覺。」

「不，真的，他們總是說你……他們說你認識克雷科，直接認識，在他還在地面行走的時候。」

「那樣就算是中了頭獎嗎？」吉米酸溜溜地笑道。

「給你某種權威，」桃碧說，「在他們眼中。」

「那就像在一堆……屎中間具有權威，我太殘了，連個聰明鬼水準的比喻都想不出來，蚌殼、牡蠣、渡渡鳥，我說的是，因為，我很累了。我當導師的水都用光了，老實告訴妳，他們之前把我耗光了，我再也不要想到克雷科了，永遠，也不要再聽到任何屎和稀泥克雷科多好多仁慈多麼全能的垃圾了，或是他如何在蛋裡面創造他們，然後為了他們，甜蜜蜜地，把地表上其他成員都消滅了。還有奧麗克絲負責動物，以貓頭鷹的形體到處飛來飛去，而就算妳看不見她也在那，隨時聽得見他們的聲音。」

「就我所知，」桃碧說，「這些跟你告訴他們的內容一致，對他們來說就跟傳福音一樣。」

「我知道那是他媽的我講的！」吉米說，「他們想知道基本的東西，像是他們從哪裡來，而那些腐爛的死人之前是幹麼的，我總得告訴他們些什麼才行。」

「所以你編了一個好故事。」桃碧說。

「啊，屁，我根本沒法告訴他們事實，所以是的、是的，我本來可以做得比這更聰明，是的，我不是超腦，是的，克雷科一定認為我的智商跟茄子差不多，因為他把我當成小木笛來吹，所以我一聽到他們卑躬屈膝地崇拜他們的克雷科、每次他的蠢名字出現就唱起他媽的讚美詩，我就想吐。」

「但這是我們現在有的故事，」桃碧說，「所以我們只能用它了，當然，並不是說我已經掌握所有微妙的點。」

「隨便，」吉米說，「現在是妳的事了，只要繼續做妳在做的事就好，妳可以加東西進去，努力生，他們會接受的。我聽說他們最近變成澤伯的粉絲，就繼續走那條故事線，站得住腳。只要不讓他們發現全部都是虛假偽造的就行。」

「你還真會操縱人，」桃碧說，「全部都推給我。」

「對，我不否認，」吉米說，「我道歉，雖然根據他們說的，妳真的很擅長，但選擇權在妳，妳總是可以叫他們滾開。」

「你明白我們正受到攻擊吧，用白話來講的話。」桃碧說。

「痛彈人，對，芮恩告訴我了。」他更加清醒地說。

「所以不能讓這些人太常自己出外遊蕩，他們很可能會被殺掉。」

吉米想了一會：「所以呢？」

「你得幫我，」桃碧說，「我們要把故事接起來，我一直都在黑暗中摸索。」

「克雷科這個題目飛不到任何地方。」吉米沮喪地說，「歡迎來到我的漩渦雲裡，他切斷她的喉嚨，你知道嗎？善良、仁慈的克雷科，她是那麼美麗，她是……就是想分享這——但我開槍射了那混帳。」

「誰的喉嚨？」桃碧問，「你射的是誰？」但吉米的臉已經埋進手裡，他的肩膀正在顫抖。

豬仔

桃碧不知該怎麼辦，假設她有辦法給，充滿母愛的擁抱是否恰當？還是那樣會侵犯吉米的私人領域？要不像護士那樣活潑地幫他提振精神，或者弱弱地躡腳離場？

在她決定之前，小黑鬍跑進房裡，異常地興奮：「他們來了！他們來了！」他幾乎是大喊，克雷科人極少這樣，就算小孩也不會大喊。

「誰來了？」她問，「是壞人嗎？」現在她想著自己的來福槍放哪去了？這是冥想的缺點：你會忘記怎麼正確地武裝起來。

「他們！來！來，」他說，拉扯著她的手，又拉她穿的床單。「豬一們，很多很多！」

吉米抬頭：「器官豬，噢法克。」他說。

小黑鬍很高興，「對的！謝謝你叫他來，雪人吉米！我們會需要他幫忙，」他說，「豬一們中間有一個死掉的。」

「死掉的什麼？」桃碧問他，但他已經跑出去了。

瘋狂亞當成員已經丟下手邊各種工作，移動到泥草屋圍牆後面，其中一些拿著弓、耙子跟鐵鍬自衛。

柯洛齊本來應該帶著魔髮羊群出發去吃草，現在也在趕回來的路上，海牛跟著他，拿著噴槍。

「牠們從西邊來。」柯洛齊說，魔髮羊圍在他身邊。

「牠們很……很奇怪，牠們大步走著，好像豬遊行。」

克雷科人在鞦韆旁集合，他們看起來一點也不害怕，他們同時低聲講話，然後男人們開始往西邊移動，就像要與正在過來的東西半路會合。幾個女人跟著他們去：瑪麗．安東尼、索傑納．特魯思，還有另外兩個，其他人留下來陪孩子，他們聚集站著不發一語，儘管沒人命令他們。

「叫他們回來！」吉米來到瘋狂亞當們身邊，「那些東西會把他們撕爛！」

「你沒法叫他們做任何事。」閃狐說，她拿著花園裡的一把乾草叉，好像有點彆扭。

「犀牛，」澤伯拿著另一把噴槍，說：「不要開槍紅了眼，」並對海牛說：「你可能會傷到克雷科人，在豬還沒對我們發動攻擊前，不要開槍。」

「這樣好詭異，」芮恩膽寒地說，她現在站在吉米身邊，抓住他的手臂，「亞曼達在哪？」

「睡覺。」蓮灰蝶說，她現在站在吉米的另一側。

「不只是詭異，」吉米說，「器官豬，牠們很狡詐，有很多戰術，有一次圍攻我，幾乎就成功了。」

「桃碧，我們需要妳的步槍，」澤伯說，「如果牠們分成兩組，妳就繞到後面去，如果牠們一開始就把我們引開，就可以輕易地從圍牆下面挖洞過來，然後會從兩面發動攻擊。」

桃碧趕緊跑到自己的小隔間去，拿著自己的老格魯迪爾菲爾德步槍，大器官豬群已經進入到泥草屋圍牆前的空地中。

牠們大約有五十隻左右，指的是五十隻成豬，幾隻母豬帶著小崽或豬仔，在媽媽身邊急促奔跑，在豬群的中央，有兩隻並行的公豬，背上躺著某種東西，看起來是一堆花，花與樹葉。

什麼？桃碧想，這是和平請願嗎？豬的婚禮？神壇？

最大隻的豬擔任前導，牠們看來很緊張，豬吻上的濕舌左右擺動，嗅聞味道。牠們的顏色是帶有灰色光澤的粉紅，圓滾滾的流線輪廓，好像龐大的噩夢蛞蝓，是有獠牙的蛞蝓，至少公的都有。只要一發突來的攻勢，那些致命彎刀給你往上一劃，你就跟條魚一樣被開腸破肚了。而且很快牠們會離克雷科人近到連一發直中的噴槍射擊也止不住牠們的行動。

豬群中每隻豬都在低聲咆哮，如果牠們是人，桃碧想，你會說那是一群人集體咕噥，肯定是在交換情報，但天曉得是什麼情報呢？是不是在說：「我們怕嗎？」或者：「討厭他們嗎？」又或者只是簡單的：「好吃嗎？」

犀牛跟海牛在圍牆內占好位置，他們把噴槍放低，桃碧也被告知最好把步槍藏好，她把槍拿在身邊，用床單的一角包著它。不需要提醒牠們自己殺過公豬的功績，但牠們可能不需要提醒。

「老天，」吉米站在桃碧背後說，「妳看看牠們，一定在計畫什麼。」

小黑鬍離開其他克雷科兒童，緊貼著桃碧不走，「不要怕，噢桃碧，」他說，「妳怕嗎？」

「是的，我很怕，」她說，雖然沒有像吉米那麼怕，她自己的註解是，因為她有槍而他沒有。「牠們攻擊我們的花園好幾次了，」她說，「而且我們也殺掉了牠們幾隻同伴，是為了自保。」她很不安地想到那些事件後產生的烤豬肉、培根跟豬排。「還有我把牠們放到湯裡，」她說，「牠們都變成了臭骨頭，很多很多的臭骨頭。」

「是的，一根臭骨頭，」小黑鬍很認真地說，「很多很多的臭骨頭，我在廚房附近看過。」

「所以牠們不是朋友，」桃碧說，「你跟把你做成臭骨頭的人不能當朋友的。」

小黑鬍想了一下，然後他抬頭看她，溫和地笑。「不要怕，噢桃碧，」他說，「牠們是奧麗克絲的孩子，也是克雷科的孩子，都是。牠們說了今天不會傷害你們，妳很快就知道。」對於這點桃碧實在不信，但總之她還是回以微笑。

先行的克雷科代表團已經與器官豬群合流，正朝他們走回來，其餘的克雷科人在器官豬行進時，安靜地在鞦韆旁等候。

現在拿破崙．波拿巴與其他六名男人往前站出：尿尿遊行，看來是。沒錯，他們正站成一排尿。小心地瞄準，充滿敬意地尿，但終究是尿。結束後他們每個人都往回站一步，三隻好奇的豬仔蹦跳著往前，嗅著地面，然後乾嚎著回去找媽媽。

「就是，」小黑鬍說，「看吧？安全的。」

克雷科人圍著他們尿出來的界線形成一個半圓，開始唱歌，器官豬群分成兩團，那一對公豬慢慢往前走，然後各自往一邊滾去，牠們背上背著的花就被掃到地上，牠們再度站穩後，用豬蹄跟豬吻把一部分花掃掉。

那是一隻死豬仔，很小的一隻，從喉嚨被切開，前腳被用繩子綁在一起，血還是紅的，從脖子上的開口流出來，沒有其他的傷口。

現在整群豬都圍著那半圓的——什麼？棺木？靈柩台？——散開站好，花與樹葉，這是一場喪禮。桃碧記得自己在泉馨芳療館殺死的公豬——想起她去從屍體上搜集蛆蟲的情景，有蕨葉包裹、樹葉散布其上。大象也會這樣做，當牠們的摯愛死去。

「什麼鬼，」吉米說，「希望那隻小豬排不是我們滅的。」

「應該不是。」桃碧說，如果是她肯定會聽說，有的話定會有些烹飪方面的閒談。

背著小豬的兩隻往前走到尿線邊，亞伯拉罕．林肯跟索傑納．特魯思站在另一邊，他們跪著，所以與器官豬同高，面對面，克雷科人停止唱歌，沉默，然後克雷科人再度開始唱歌。

「發生什麼事？」桃碧說。

「牠們在講話，噢桃碧，」小黑鬍說，「牠們來求助，牠們想要阻止那些人，那些殺牠們豬寶寶的人，」他深吸一口氣，「兩隻豬寶寶——一隻有尖尖的棍子，一隻是刀。豬一們希望那些殺豬的人死掉。」

「牠們求助的對象是……」她不能說克雷科人，他們不這麼叫自己，「是你們嗎？」

如果求助的目的是殺人，克雷科人怎麼能幫忙？她很懷疑。根據瘋狂亞當成員的說法，克雷科人天性就是非暴力，他們不爭執，無法爭執，完全沒有能力，這是他們的天性。

「不，噢桃碧，」小黑鬍說，「牠們想要妳幫忙。」

「我？」桃碧問。

「你們全部，所有站在圍牆後的人，有著兩層皮膚的人。牠們希望你們用你們的棍子幫忙，牠們知道你們會殺人，先戳洞，然後血流出來。牠們希望妳在那三個壞人身上戳洞，要有血。」他看來有點不舒服，這對他不大容易。桃碧想抱他，但那有點太高高在上了，他只是選擇盡自己的天職而已。

「你說三個人？」桃碧問，「不是只有兩個嗎？」

「豬一們說有三個，」小黑鬍說，「牠們聞到三個。」

「那可不大好，」澤伯說，「牠們找到一個新兵。」他跟黑犀牛交換一個陰沉的眼神。

「贏面不同了。」犀牛說。

「牠們想讓血流出來，」小黑鬍說，「三個人都要有洞，跟血。」

「我們，」桃碧說，「牠們要我們來做。」

「是的，」小黑鬍說，「有兩層皮膚的。」

「那牠們為什麼不跟我們說？」桃碧說，「為什麼牠們跟你們說？」

哦，她想，當然了，我們太笨了，不了解牠們的語言，所以一定得要有翻譯。

「對牠們來說，跟我們講比較容易，」小黑鬍講得很簡單，「作為回報，如果妳幫忙殺了那三個壞人，牠們永遠不會再來偷吃你們的菜園，也不會吃你們。」他很認真地加上一句，「就算你們死了，牠們也不會吃你們，而牠們要求你們再也不要在牠們身上戳洞，不要有血，不要把牠們煮成臭骨頭湯，不要把牠們吊起來燻炸然後吃掉，再也不要。」

「跟牠們說成交。」澤伯說。

「加上蜜蜂跟蜂蜜，」桃碧說，「牠們也要算在內。」

「拜託，噢桃碧，**成交**是什麼？」小黑鬍說。

「成交就是，我們接受牠們的條件而幫助牠們。」桃碧說，「我們有共同的願望。」

「然後牠們會很高興，」小黑鬍說，「牠們明天想去捕獵壞人，或者是後天，妳得帶上棍子，才能戳洞。」

看來已經有了結論，一直站在那，耳朵前豎、舉著豬吻好像用嗅覺理解文字的器官豬轉身離去，往西回到牠們來的地方。牠們把被花包裹的小豬留在地上。

「等等，」桃碧對小黑鬍說，「牠們忘記了……」她幾乎要說出孩子，「牠們忘記帶走小的了。」

「小豬是給你們的，噢桃碧，」小黑鬍說，「這是禮物，牠已經死了，牠們也已經哀傷過了。」

「但我們已經承諾不再吃牠們了。」桃碧說。

「不為吃而殺牠們，不行。但這隻你不用殺牠了，所以這是准許的。牠們說你們可以吃也可以不吃，你們的選擇，不然牠們自己會吃掉。」

令人費解的葬儀，桃碧想，你用花朵鋪滿摯愛的身體，你哀悼，然後你把屍體吃掉。百無禁忌地資源回收，就連亞當與園丁會也沒做到那種程度。

交涉

克雷科人已分散離開，前往鞦韆旁，他們在那嚼食著葛藤，低聲交談。死去的豬仔躺在地上，蒼蠅開始停在牠的身上，瘋狂亞當們圈著牠思量考慮，就像正在進行屍檢。

「所以你認為是那些混蛋宰的？」薛克頓問。

「也許是，」海牛說，「但牠又沒被吊在樹上，通常都會這樣做，讓血流乾。」

「那些豬告訴我們的藍色朋友說，屍體就躺在路上。」柯洛齊說，「無遮蔽視野。」

「你認為這是給我們的訊息嗎？」吸蜜蜂鳥說。

「有點像是挑戰書，」薛克頓說，「等於他們在叫我們出去。」

「也許那就是繩子的用途，上次牠們身上有繩子。」芮恩說。

「沒，」柯洛齊說，「他們在小豬身上用那個幹麼？」

「可能像是下一個就是你。或者看我能靠多近，他們是撐過三次痛彈場活下來的人，別忘了，那是痛彈風格：嚇死你。」薛克頓說。

「對，」犀牛說，「他們現在是真的想要我們的東西，一定是電池組快用完了，絕望邊緣。」

「他們會晚上偷跑進來，」薛克頓說，「我們需要雙倍站哨。」

「最好檢查一下圍牆，」犀牛說，「都還很克難。」

「他們可能還有工具，」澤伯說，「從五金店買來的，刀、鐵絲剪之類的東西。」他往外走到泥草屋的轉角，犀牛跟著他。

「也許不是痛彈人殺的，也許是不明人士。」象牙啄木鳥說。

「也許是克雷科人，」吉米說，「嘿我開玩笑的，我知道他們絕對不會。」

「不要說絕對，」象牙啄木鳥說，「他們腦袋的可塑性比克雷科想要的強多了，他們在建設期已經做了幾件預料之外的事情。」

「也許是我們其中之一，」閃狐說，「想要香腸的人。」

圈內浮起一陣不自在、充滿罪惡感的笑聲，然後靜默。

「所以，然後呢？」象牙啄木鳥問。

「接下來就是，我們煮牠還是不煮？」蕾貝佳說，「乳豬？」

「哦我沒辦法，」芮恩說，「這等於是吃嬰兒一樣。」亞曼達開始哭。

「親愛的女士，到底怎麼了？」象牙啄木鳥說。

「對不起，」芮恩說，「我不該說嬰兒的。」

「好吧，亮底牌，」蕾貝佳說，「舉手吧，這裡有誰不知道亞曼達懷孕？」

「好像我是唯一對產科一無所知的人，」象牙啄木鳥說，「也許這麼私密的女性題材不適合我這老年人耳朵。」

「或是你沒在聽。」閃狐說。

「好，所以聽清楚了，」蕾貝佳說，「我用過去園丁會的說法，我現在把圓圈打開……芮恩，妳想這樣做嗎？」

芮恩吸一口氣：「我也懷孕了，」她說，開始哽咽，「我在驗孕棒上尿尿，它變成粉紅色，上面還有微笑的臉……哦天哪。」蓮灰蝶拍拍她，柯洛齊朝她靠近，又停住。

「也算我一個，三位才有一體，」閃狐說，「算我一個，麵包烤好了、生米煮成熟飯。」至少她還滿高興的，桃碧心想，但是是誰的麵包？

另一陣沉默。「我不認為這有任何意義，」象牙啄木鳥帶著強烈的不認同感，「關於這些……即將到來的子孫後代的未來。」

「沒有就沒有，」閃狐說，「至少我不是這樣，我一直在進行基因演化實驗，製造最適應的後代，把我想成培養皿吧。」

「我認為那樣很不負責任。」象牙啄木鳥說。

「我不覺得這跟你們誰有任何關係。」閃狐說。

「嘿！」蕾貝佳說，「講事情本身就好。」

「亞曼達的，可能是一個克雷科人，」桃碧說，「因為那個晚上發生的事，她……我們把她救回來時，從……那是最好的可能，那也可能發生在芮恩身上。」

「反正，不是痛彈人的，」芮恩說，「我的，我知道不是。」

「妳怎麼知道？」柯洛齊說。

「我不想講血淋淋的細節，」芮恩說，「因為你會覺得我分享太多了，這是女生的事情，我們會數日子，就是這樣。」

「我絕對可以排除痛彈人的可能性，」閃狐說，「我的話，還可以再排除其他幾個男人。」那些男人都沒去看其他人，柯洛齊努力不要賊笑。

「克雷科人也是嗎？」桃碧問，盡量使聲音正常，她的清單上有誰？柯洛齊肯定有，但還有誰？會有很多人嗎？也許到頭來澤伯也在其中，如果是，很快就會有一個嬰兒版澤伯，到時她自己會怎麼做？假裝沒注意？手織嬰兒服？一邊育兒一邊生悶氣？前兩個選項會比較好，但她不知道自己做不做得到。

「我確實跟大藍們有過一兩段插曲，」閃狐說，「得趁沒人注意的時候，所以並不是很多機會，因為這裡每個人都好八卦。很有活力，我確實很想把它當成一種固定習慣，前戲不多，不過粉紅色的笑臉不說謊，胎兒很快就會長大，問題是，什麼的胎兒？」

「我想我們很快就會知道。」薛克頓說。

澤伯跟黑犀牛檢查完圍牆回來。「這個地方算不上什麼碉堡，」澤伯說，「問題是，如果我們把武器帶出去，留在泥草屋裡的人就毫無防衛能力。」

「也許這就是他們想要的，」犀牛說，「把我們引出去，然後從後面偷襲，先拿下女人。」

「我們可不只是包袱，」閃狐說，「我們可以還擊！你們可以留下幾把噴槍給我們。」

「那樣祝妳好運哦。」犀牛說。

「我們出去找那些人時，必須把全部的人都帶離這裡，」柯洛齊說，「我們不能留下任何一個，把魔髮羊也帶走，如果我們都待在一起，他們就比較不容易偷襲。」

「但也更容易一舉擊潰我們，」澤伯說，「我們大家一起能跑多快？」

「我不跑，」蕾貝佳說，「而且我得指出一個重點，就是有三個懷孕的女人在此。」

「三個？」澤伯說。

「芮恩跟閃狐。」蕾貝佳說。

「什麼時候的事？」

「她們剛才告訴大家的，你們去檢查圍牆的時候。」蕾貝佳說。

「她們連夜被妖精搞大了肚子。」吉米說。

「不好笑，吉米。」蓮灰蝶說。

「重點是，她們不該跑步。」蕾貝佳說。

「所以，我們無法派上用場？我們不能出去跟豬豬大軍並肩作戰？」薛克頓說，「牠們得獨力對抗？」

「牠們沒辦法，」吉米說，「牠們是致命武器，但牠們無法爬樓梯，如果豬群追著痛彈人去到城裡，他們只需要爬上一層樓往下射擊，器官豬群就會被擊潰。」

「柯洛齊是對的，我們應該全體搬家，」桃碧說，「搬去更安全的地方，門可以上鎖的。」

「像是哪裡？」蕾貝佳說。

「我們可以回去泉馨芳療館，」桃碧說，「我在那裡躲過好幾個月，那裡還剩下一點基本食物。」而且也許有一些種子，她想，我可以搜集種子來種，還能搜集子彈，她留了一些在那兒。

「那裡有真的床，」芮恩說，「還有毛巾。」

「還有實心的門。」桃碧說。

「是個計畫，」澤伯說，「投票？」

沒人投反對票。

「現在我們得準備了。」克郎說。

「首先我們把豬仔埋了，」桃碧說，「基於現在的情境，這樣做才是正確的。」

於是他們照辦。

撤退

他們花了一整天時間整頓，有很多東西得帶走：基本的烹飪工具、替換的日間床單外衣、封箱膠帶、繩子、手電筒、頭燈：大部分的電池都還有電。噴槍，當然了，還有桃碧的步槍，以及任何尖銳的工具，因為你不會希望刀叉這些東西落入敵人手中。

「東西帶少點，」澤伯說，「如果順利，我們幾天後就能回來。」

「也可能這個地方已經被火燒光。」犀牛說。

「所以真正需要的東西就帶著。」克郎說。

桃碧很擔心她的蜂箱，牠們會沒事嗎？會受到攻擊嗎？她在這沒看過熊，器官豬已經同意不動蜜蜂，她至少該相信這點。狗狼愛吃蜂蜜嗎？不，牠們是肉食動物，浣鼬，也許會，但牠們不是憤怒蜂群的對手。

她一如每天早上一樣虔信地蓋住頭，對蜜蜂說話：「蜜蜂，你們好，我為你們及蜂王帶來新消息，明天起我必須短時間遠行，所以有幾天我將無法照顧你們，我們自己住的蜂巢受到威脅，有危險降臨，我們必須去攻擊那些造成威脅的原因，如果是你們也會這麼做的。請堅定不移，搜集夠多的花粉，在需要時奮力保護蜂巢，將這個信息傳達給琵拉爾，請代我們請求，求她堅強的靈魂給予我們幫助。」

蜜蜂從保麗龍冷藏箱的洞口飛進飛出，牠們看來很喜歡這裡的花園，其中幾隻飛過來調查她，牠們檢查了她穿的花床單，覺得不夠，又移到她的臉上，對了，牠們認識她，牠們觸摸她的嘴唇，搜集她的文字，飛走時帶回她的信息，消失在黑暗中，穿過一層薄膜，那層膜區分這個世界與看不見的地下世界，琵拉爾就在那，平靜地微笑著，在一道看不見燈的發光走廊上往前走。

現在，桃碧，她告訴自己，會說話的豬，跟妳通話的死人，還有存在於保麗龍冷藏箱裡的地下世界，妳沒嗑藥，妳甚至沒生病，妳真的沒藉口了。

克雷科人興趣盎然地看著大家準備出發，他們的小孩待在廚房周邊，用他們巨大的綠眼睛盯著蕾貝佳看，保持距離，不跟她的煙燻豬肋肉和風乾狗狼肉乾靠得太近。

克雷科人看來無法完全理解，為什麼瘋狂亞當們要搬家，但他們很清楚地表明了，他們也要一起去。

「我們要幫雪人吉米。」他們說，「我們要幫澤伯。」「我們要幫柯洛齊，他是我們的朋友，我們得幫助他尿好一點。」「我們要幫桃碧，她會說故事給我們聽。」「克雷科要我們也過去，」等等的話，他們自己不擁有任何財物，所以也沒有行李好拿，但他們想帶點其他東西。「我要帶這個，這是一個壺。」「我要帶這個，這是一台發條式收音機，但它是幹麼的？」「我要帶這個尖尖的，這是一把刀。」「這是一捲廁紙，我會帶著它。」

「我們來背雪人吉米。」一隊三人組宣布，但吉米說他自己可以走。

小黑鬍大步走進桃碧的隔間。「我來帶寫字，」他很慎重地說，「還有筆，這些我來帶，到那邊給我們用。」

他將桃碧的日記視為他們兩人共同的所有物，那倒沒關係，桃碧說，因為她可以配合他的寫作進度，雖然有時很難從他手中把日記拿回來寫自己的，而且還得經常提醒他不要把日記丟在外面淋雨。

到目前為止，他都專心練習自己的名字，但他也很愛寫**謝謝**跟**晚安**，**喀雷科**，**晚哀再欠**、**花**、**澤伯**、**桃碧**、**奧麗克絲**、**些些你**，這些是基本的。也許有一天她能理解出他的腦袋究竟怎麼運作的，當然也不是說自己已經有了任何光輝燦爛的啟發就是了。

隔天日出之際，他們從這個生命樹小公園裡的泥草屋社區啟程，就像走出埃及，離開文明的旅途。兩隻器官豬到場擔任導護，其他豬會在泉馨芳療館跟他們會合，小黑鬍說，他拿了桃碧的望遠鏡，他已經自行學會怎麼使用了，每隔一段時間他就會走到旁邊，拿起望遠鏡，對焦。「烏鴉，」他宣布，「禿鷹。」克雷科女人輕輕地笑，「噢小黑鬍，你不需要眼睛管子也能知道那些事啊。」她們這樣說，他也會笑起來。

犀牛跟克郎在前端跟器官豬一起走，接著是柯洛齊與一群魔髮羊，有幾隻背上綁了包袱，牠們之前從沒背過東西，不過牠們好像不介意。牠們身上長的人髮有鬈的有直的，加上背上隆起的包裹，看起來就像長了腿的前衛藝術帽。

薛克頓留守在隊伍中段，陪著芮恩、亞曼達、閃狐，她們懷孕的事實吸引了克雷科女人將她們團團圍住，克雷科人發出低聲軟語的聲響，她們微笑、大笑、輕拍、撫摸，閃狐很明顯地對此感到不耐，但亞曼達在微笑。

其他的瘋狂亞當成員跟在後面，再來是克雷科男人，澤伯殿後。

桃碧走在克雷科女人附近，舉著步槍待命。她跟芮恩一起走這條路去找亞曼達的時候，感覺已經是好久以前，芮恩一定也記得那些時光：她放慢速度，走在桃碧身邊，手勾著桃碧沒拿槍的那個臂彎。「那時謝謝妳，」她說，「讓我留在泉馨芳療館，還有蛆蟲，要不是妳我早就死了，妳救了我的命。」

而妳也救了我的命，桃碧想。如果芮恩沒撐過來，她自己該怎麼辦？等了再等，自己一人鎖在泉馨芳療館裡，直到神經錯亂，或者老死風乾。

***

他們沿著通往遺跡公園的路往西北方走，琵拉爾住的接骨木樹叢在那，被蝴蝶、蜜蜂層層包圍，其中一隻魔髮羊經過的時候咬了一大口樹葉。

現在他們來到東邊的大門——粉紅色、德墨式復古風，高大的護欄圍繞著泉馨芳療館的土地。「之前我們來，」芮恩說，「那個男人就在裡面，痛彈人，最壞的那個。」

「是的。」桃碧說，那是布朗可，她的老敵人，他那時已經有了壞疽，但不影響他想殺人的決心。

「妳把他給殺了，對嗎？」芮恩說，她那時應該就已經明白了。

「我們這麼說吧，我把他送進另一種存在的階段。」桃碧說，那是園丁會的說法。「他那時已經快死了，但是更加痛苦。總之，我遵照了『都市殘殺的限制』。」規則第一條：限制殘殺的第一步就是先確保自己人不要濺血。

她確實給布朗可下了點鵝膏菌跟罌粟：毫無痛苦地離世，比他應得的報應好得多了，然後她把他拖到有白石頭包圍的裝飾庭園裡，作為送給野生動物的禮物。

鵝膏菌的劑量會不會過強，害到吃了他屍體的動物？但願不要，她希望禿鷹們都過得好。

精煉過的沉重鐵門敞開著，桃碧離開的時候綁上了門，但繩子已經被咬散了，兩隻器官豬率先跑進門內，從走道到門房都嗅遍了，再一路聞進園內，牠們再度出來，跑向小黑鬍，眼對眼地對他平緩地咕噥著。

「牠們說那三個男人來過這裡，但現在已經走了。」他說。

「牠們確定？」桃碧問，「在那之前也有一個男人在這，很壞的人，牠們指的不是那個人？」

「哦不，」小黑鬍說，「牠們知道那個，他已經死了，死在花上，一開始牠們想吃掉他，但他體內有壞蘑菇，所以牠們沒吃。」

桃碧看了一下裝飾花床，之前上面有牽牛花排的字「歡迎來到泉馨」，現在只剩密集繁盛的雜草一片。在雜草之間的，是一隻靴子嗎？她一點也不想進一步探究。

她把布朗可的刀留在那兒了，跟屍體一起。那把刀很好，很鋒利，但瘋狂亞當們有他們自己的刀，她只希望痛彈人不要將那把刀給拿走了，但當然，他們自己也有自己的刀。

現在他們都安全走上泉馨的土地。他們堅持走主路，儘管另有一條森林小道——桃碧跟芮恩之前走過那條，以維持陰涼——他們曾經在那個地方看到奧茲——被痛彈人屠殺後摘去腎臟，懸吊在樹上。

他應該還在那裡，桃碧說，她們該去找他，把他放下來，妥善地安葬他。他的兄弟薛克頓與柯洛齊會同意這樣做，一回真正的分解過程，在他身上種下專屬的樹，將他重置在涼爽祥和的樹根之間，靜靜地被大地分解，但現在不是時候。

有狗叫，從樹林傳出來，他們都停下來傾聽。「如果那些東西過來搖尾巴，我們就得開槍。」吉米說，「狗狼，牠們很壞心。」

「要節省彈藥，」犀牛說，「除非我們能找到更多。」

「牠們現在不會攻擊，」克郎說，「太多人了，還有兩隻器官豬。」

「我們應該已經把牠們大多數都殺光了。」薛克頓說。

他們行經一台燒光了的吉普車，然後是一台化成灰的太陽能車，接著是被砸爛的粉紅廂型車，上面有粉紅色的泉馨標誌：親吻的紅唇、眨眼睛。

「別看裡面，」澤伯說，他自己已經看了，「不好看。」

現在芳療館大樓就在前方，全粉紅，兀自佇立，還沒被燒掉。器官豬主力軍在外圍兜圈，可能是在解決有機廚房花園裡的菜，曾經用來提供節食客戶的沙拉盤配菜，桃碧記得在洪水後，她會獨自在那花園裡耗上好幾個小時，希望能種出夠多能吃的植物，讓自己活下去，現在那裡只有被翻爛的泥土而已。

至少她走時沒鎖門。

陰影、黴斑，以前的她，失去了身體，在沒有鏡子的大廳之間遊蕩，她那時會把毛巾掛在玻璃上，好遮住自己的倒影。

「進來吧，」她對大家說，「當自己家一樣。」

泉馨堡要塞

克雷科人走進泉馨芳療館內，他們謹慎地走過長廊，彎腰觸摸那光滑明亮的地板，他們拿掉桃碧掛在鏡子上的粉紅色毛巾，盯著另一邊的人們看，又朝鏡子後面找，然後他們理解到鏡子裡的人就是自己，便開始摸摸頭髮、微笑，好讓鏡子裡的人也跟著笑，他們坐上房間裡的床，小心翼翼地，然後又從床上站起來。在健身房裡，孩子們在跳床上蹦跳著咯咯笑，他們聞著浴室裡的粉紅色肥皂香味，粉紅色的肥皂還剩下很多。

「這裡是那個蛋嗎？」他們問，年輕的那些問的，他們對某個類似的地方有著微弱的記憶，那邊也有高牆跟光滑的地板。「我們被造出來的那個蛋？」「不，那個蛋不一樣。」「那個蛋很遠，比這裡遠多了。」「那個蛋裡面有克雷科，那個蛋裡有奧麗克絲，他們都不在這裡。」「我們可以去那個蛋裡嗎？」「我們現在不想去找那個蛋，天黑了。」「那個蛋裡面也有粉紅色的東西嗎？那種聞起來有花香的東西可以吃？」「那不是植物，那是一塊肥皂，我們不吃肥皂的。」諸如此類。

至少他們不唱歌了，過來的路上他們也沒唱多少，他們一直觀看、聆聽，他們好像知道周圍有危險。

幸運的是，屋頂沒有漏水，對此桃碧很高興，這表示雖然床墊有點陳年臭味，但還是能睡，她身為實際上的女主人，負責分配房間，她幫自己挑了一間情侶房，芳療館裡面有三間這樣的，有時候夫妻或相同身分的伴侶會很不尋常地一起入住，一起做臉、排毒、整修或拋光，但這種服務當時並不大受歡迎，異性戀夫妻不喜歡這樣，通常女人會想要私下進行這些調整，之後她們就像從飄香的繭中跳出的美麗蝴蝶似地出現，用她們銷魂的美貌震驚眾人。桃碧以前經營過這個地方，所以她知道。她也知道這些女人的失落感，當她們撒下大筆鈔票，但她們的外表卻沒有太多起色。

她把自己的東西儲存在衣櫥裡，就那麼幾樣，她老舊的望遠鏡，在泥草屋那邊她不常用，因為沒有視野，現在這就變得很關鍵了。她的步槍跟彈藥，她之前把一部分子彈留在芳療館，現在可以補貨了，一旦沒有子彈，步槍就一點用也沒有，除非她學會怎麼做火藥。

她把牙刷放在房內的浴室裡，她不用從泥草屋帶來，芳療館裡有很多牙刷，都是粉紅色，儲藏室有一整架泉馨牌客用迷你牙膏，兩種口味：**櫻花有機**口味——可生物分解配方，含有抗牙斑微生物體；還有**黑暗中的吻**——彩色增亮配方。

第二種口味號稱可以讓整口牙在黑暗中發光，桃碧從來沒試過，不過有些女人信誓旦旦要用。她猜想，澤伯要是遇上一張在黑暗中發光的嘴巴會有什麼反應，總之今晚不是找出那個答案的夜晚，她今晚要在屋頂上站崗，一張發光的嘴巴剛好給了狙擊手絕佳的目標。

她用類似修女懺悔的心情，在自己曾經當床睡的按摩床周圍上下，撿回自己往日的日記，就是這些了，寫在泉馨預約登記本上，有著親吻紅唇與眨眼的標誌，她記錄了園丁會的日子、節慶與節日，還有月亮的變化，每日發生的事情，如果有。寫作讓她維持神智正常，然後，當時候到了，真人開始湧入，她就把日記拋棄在那，現在這只是來自過去的耳語罷了。

是不是這就是寫作的功用？如果你的鬼魂會說話，這些就是她想說的？如果是，她為何要教小黑鬍呢？克雷科人不寫作的話，肯定會更快樂。

她把日記塞回梳妝檯的抽屜，她想找時間重讀，現在沒有那種時間了。

馬桶裡都還有水，外加很多死蒼蠅。她按沖水，屋頂的蓄水塔肯定還是能用的，這真是上天保佑，還有大量的粉紅色捲筒衛生紙，紙面有押花的花瓣。早期有些泉馨的熱帶花草相關的衛生紙實驗結果出了問題，有些預料外的過敏產生。

不過，她得貼一張「把水煮開」的警語，有些人看到水龍頭竟然出水了，可能會興奮過頭。

她洗過臉，換上一件從掃除間拿來的乾淨的粉紅色連身服之後，又回去找其他人，在主休息室討論正熱烈：夜晚如何安置魔髮羊？寬廣的泉馨草坪上，草已經都長到大腿高了，所以在白天吃草不是問題，但到了晚上牠們得有遮蔽，得有人看管，外面有很多綿羊獅。柯洛齊極力推薦將牠們養在健身房裡，他已經跟魔髮羊產生感情，所以很擔心。海牛指出那邊的地板很滑，牠們可能會滑倒摔斷腿，更別提羊屎的後勁了。桃碧建議放到廚房花園，那邊有圍籬，大部分都還完好——器官豬進去的時候挖了洞，但那可以很快修好，然後加上頂樓的哨兵看著羊群，羊叫若聽來不尋常就要回報。

可是克雷科人睡哪裡呢？他們不喜歡睡在屋裡，他們想睡在草地上，那邊也有很多樹葉可以給他們吃，但是痛彈人就在外面，而且可能正想殺人，這是絕對行不通的。

「睡屋頂上，」桃碧說，「如果他們想吃零食，那邊有些盆栽。」所以就這樣決定。

***

午後的雷陣雨來了又走，雨一停，器官豬就跑去泡在泳池裡，池裡已經長出許多藻類跟水草，且已經住著一族很活躍的青蛙，這些都阻擋不了豬。牠們已經找出快速出入泳池的方法，把池邊一堆家具推出淺水的一邊，幾張躺椅成為某種斜坡，讓牠們可以維持腳步。小豬們很開心地潑水尖叫，比較老的母豬跟公豬簡短地沾了一下水，然後就靠在池邊顧著小豬與豬仔，讓牠們盡情玩鬧。桃碧懷疑豬會不會曬傷。

晚餐多少有點隨興，雖然擺設很隆重，在主餐室裡進行，圓桌上鋪了粉紅桌巾。牧草大隊才迅速掃過一遍草地，所以晚餐沙拉的野菜分量充足。蕾貝佳找到一小瓶未拆封的橄欖油，做了一道經典法式醬，蒸的馬齒莧、半熟的牛蒡根、狗狼肉乾、魔髮羊奶。廚房罐子裡還有剩下的糖，所以每一個人都得到一茶匙當作甜點。桃碧已經不習慣吃糖了，那豐厚的甜味像刀鋒劃過她的腦袋。

「我有新消息要告訴妳，」在收拾的時候，蕾貝佳對她說，「妳的同伴抓了一隻青蛙給妳，他們要我煮了牠。」

「一隻青蛙？」桃碧說。

「對，他們抓不到魚。」

「喔什麼鬼。」桃碧說，克雷科人又會來要求她的故事之夜，希望他們忘記帶雪人紅帽來，運氣好的話。

現在已經是令人沉醉的夜晚，太陽下沉，蟋蟀發出顫音、鳥群回巢棲息、兩棲類在泳池裡嘓嘓叫，或者像橡皮筋似地來回彈射。桃碧到處找在站哨時可以包裹身體的東西，屋頂可能會冷。

正當她把自己包進一條粉紅色的床罩裡，小黑鬍鑽進她的房間，她從鏡裡看見了，他一邊微笑一邊對自己招手，跳了一小段舞，結束之後，他過來傳達訊息：「豬一們說那三個壞人就在外面。」

「外面哪裡？」桃碧說，她的心跳加速。

「在花的另一邊，樹的後面，牠們聞得到。」

「牠們不應該靠得太近，」桃碧說，「壞人們可能手裡有噴槍，就是會戳洞的棍子，會流血。」

「豬一們知道。」小黑鬍說。

桃碧爬樓梯上屋頂，把望遠鏡掛在脖子上，步槍在肩上膛。有幾個克雷科人已經在那裡，滿心期待地等。澤伯也在那裡，靠在護欄上。

「妳真粉紅，」他說，「這顏色很適合妳，輪廓也很好，米其林輪胎人嗎？」

「你是在惡搞嗎？」

「不是故意的，」他說，「烏鴉改不了鬼叫。」而烏鴉正在森林的邊緣上方叫著：嘎！嘎！嘎！桃碧拎起望遠鏡，什麼也看不見。

「可能是隻貓頭鷹。」

「可能是。」澤伯說。

「器官豬一直說有三個男人，不是兩個。」

「如果牠們說錯，我會很驚訝。」澤伯說。

「你覺得可能是亞當嗎？」桃碧說。

「記得妳說過關於希望的事情嗎？」澤伯說，「妳說希望可能帶來壞事，所以我盡量避免。」

有一樣輕巧的東西在樹幹之間一閃而過，那是一張臉嗎？又不見了。

「最糟的，」桃碧說，「就是等待。」

小黑鬍扯了一下她的床罩，「噢桃碧，」他說，「快來！上次妳說要講的故事，現在該講給我們聽了，我們把紅帽子帶來了。」

開往凍才的列車

The Train to Cryojeenyus

兩顆蛋的故事以及思考

謝謝你們，你們記得帶來那頂紅帽，我很高興。

還有魚，這其實並不算是魚，比較接近青蛙，但你們是在水裡抓到的，而我們又離大海很遠，所以我想克雷科一定能諒解，知道要你們一路去到海裡抓魚是太遠了。

謝謝你們把牠煮熟，謝謝你們請蕾貝佳煮，克雷科告訴我不用吃掉全部，一點點就夠了。

這樣。

是的，這青蛙……這條魚裡面有骨頭，一根臭骨頭，所以我把它吐掉，但現在我們不需要講臭骨頭的事。

明天是很重要的一天，明天，我們有兩層皮膚的人，全部要一起完成克雷科當初的工作——清理混沌的工作，這份工作以前叫做大重組，產生的結果是大空虛。

但克雷科負責的工作就是那些了，其他的部分則是創造你們，他用海灘上的珊瑚做你們的骨頭，跟骨頭一樣白，一點也不臭，他用芒果做你們的肉，又甜又軟，他在一個巨大的蛋裡面做這些事，他的幫手也在裡面，雪人吉米當時就是他的朋友——也在蛋裡面。

奧麗克絲也在那兒，有時她的形體是一名有著你們這樣綠色眼睛的女人，有時她則變成一隻貓頭鷹，然後她在那巨大的蛋裡，產下兩個小貓頭鷹蛋，其中一個小蛋裡面充滿了動物、鳥，還有魚類——都是她的孩子，是的，還有蜜蜂。還有蝴蝶也是，還有螞蟻，是的，還有甲蟲——很多很多甲蟲。還有蛇，還有青蛙，還有蛆蟲，還有浣鼬，還有小山貓，還有魔髮羊，還有器官豬。

謝謝你們，但我想應該不用全部都列出來。

因為那樣我們會在這耗一整晚。

那我們就說奧麗克絲有很多很多孩子，每個都具有獨特的美麗。

是的，她人真好，一個一個地創造每一個孩子，就在她產下的小貓頭鷹蛋內，可能除了蚊子不算。她產下的另一個蛋則裝滿了文字，那個蛋是第一個產下的，比動物的蛋還要早，你們就把那些文字都吃下肚，因為你們餓了，這就是為什麼你們現在肚子裡有文字。克雷科以為你們把文字都吃光了，沒有剩下可以給動物的文字了，這就是為何牠們不會說話，但他搞錯了，克雷科並不是什麼都對。

當他不注意時，有些文字從蛋裡掉到地上，有些掉到水裡，有些被風吹到空中，沒有人看見，只有動物跟鳥跟魚看見了，把它們吃下肚，文字各有不同，所以有時對人類來說，要了解動物很困難，牠們把文字嚼得太碎了。

至於器官豬——豬一們——吃掉的文字比別的東西多得多，你知道牠們有多愛吃，所以豬一們善於思考。

然後奧麗克絲又做了一件新東西，叫做唱歌。她給了你們，因為她熱愛鳥類，希望你們也能像那樣唱歌，但克雷科並不希望你們唱歌，他很擔心，怕你們像鳥一樣唱歌就會忘記如何像人那樣說話，然後你們會記不得他是誰，不了解他的事業——他為了創造你們而下的功夫。

而奧麗克絲說，你就硬吞吧，因為如果這些人不會唱歌，他們就……什麼也不是，跟石頭一樣。

硬吞的意思是……我們改天再談這件事。

我現在要說這個故事的另一個部分，關於克雷科為何決定要創造大空虛。

克雷科思考過很長一段時間，他想了又想，這些想法的全貌他沒有告訴任何人，雖然他把一部分告訴雪人吉米、一部分告訴澤伯、一部分告訴琵拉爾，還有一部分告訴奧麗克絲。

這就是他心裡想的事：

在混沌中人們無法學習，他們無法理解自己對海洋、天空、植物以及動物做的事情，他們無法理解自己正在殘害這一切，而殘害這一切也會毀滅自己。有那麼那麼多的人，每個人都負責一小部分的殺戮，有意無意地。而當你叫他們停手，他們聽不見。

所以只剩一件事情可做，就是趁著地球還存在的時候，還有樹、有花、有鳥、有魚的時候，把人們全除清除，否則到了這些一點不剩的時候，所有的人也會死亡，如果一點都沒有剩下，那麼一切就都不存在了，連一個人都不會有。

但你該不該給那些人重來的機會呢？他自問。不，他回答，因為他們早就有過機會了，他們曾經有過好多次機會，現在時候到了。

所以克雷科做了一些很好吃的小種子，吃了種子人們起先非常愉悅，但是後來他們就會生病，會瓦解成碎片死去。他把那種種子散播在地球的各個角落。

因為奧麗克絲可以像貓頭鷹那樣飛，她也幫忙散播了種子，鳥女跟蛇女跟花女也幫了忙，不過她們並不了解死亡的部分，只知曉愉悅的那一半，因為克雷科並沒有把全部的想法都告訴她們。

然後大重組就開始了，奧麗克絲跟克雷科離開蛋，飛上天空，而雪人吉米留在地上，為了照看你們，讓壞事遠離，為了幫助你們，告訴你們關於克雷科的故事，還有關於奧麗克絲的故事。

你們可以等下再唱歌。

這就是兩顆蛋的故事。

現在我們全部必須去睡了，因為我明天必須很早就起來，我們之中有些人要去找那三個壞人，澤伯會去，還有犀牛與海牛，以及柯洛齊，還有薛克頓，還有雪人吉米。是的，豬一們也會去，很多很多豬，小的不會去，牠們的媽媽也不會。

但你們都要待在這跟蕾貝佳一起，還有亞曼達跟芮恩、閃狐跟蓮灰蝶。你們要把大門關緊，除了你們已經認識的人以外，說什麼都不要讓別人進來。

不要害怕。

是的，我也會出去找壞人，小黑鬍也會去，幫我們跟豬一們對話。

是的，我們會回來，我希望我們會回來。

希望就是你非常想要某件東西，但你不知道那件事會不會真的發生。

現在我要說晚安。

晚安。

「這裡是我當初等你的地方，」桃碧說，「無水之洪來臨時，我在這屋頂上，我一直覺得你隨時會從樹林裡漫步出現。」

克雷科人圍繞著他們，安詳地睡著，他們是多麼信任他人，桃碧心想，他們從不知道什麼是真正的恐懼，也許他們永遠不會懂。

「所以妳不認為我死了？」澤伯說。

「我那時只能期望你了，」桃碧說，「我心想，如果有人知道怎麼活過那些災難，那個人就是你，不過，有時候我會告訴自己你死了，我管那叫做『現實主義』，但其他時間我都在等。」

「值得嗎？」澤伯問，黑暗中的隱形賊笑。

「你缺乏自信？竟然還需要問？」

「是，我還滿缺乏的，」澤伯說，「以前曾以為我是上帝恩賜的禮物，但男人的自信會耗損。自從我在園丁會第一次認識妳，我就知道妳比我聰明，又懂蘑菇又懂藥水，全部都懂。」

「但你那時比較詭計多端。」桃碧說。

「那倒是，雖然我有時會整到我自己。好，那我到哪了？」

「你那時跟蛇女住在一起，」桃碧說，「在鱗尾夜總會，不對任何人表露心事，兩眼雪亮、手放口袋，絕對守密。」

「對。」

他們讓澤伯當守衛，那是很好的偽裝：他得剃頭，穿西裝，戴墨鏡，還有植入嘴裡的那顆金牙，翻領上還有一枚品味很好的琺瑯別針，是蛇吞尾的形狀，亞當說過這是代表重生的古老標誌，當然也可能只是哄騙澤伯的。

他把自己那平民區底層守衛臉上的雜草依照本日模糊面孔守則重整一番，用一把很窄的刮鬍刀，原本是用來在薄髮上刻十字的，有一種毛茸茸鬆餅的感覺。也是在那個時候他接受了耳朵整形，亞當建議的，因為耳朵經常用作身分識別，所以亞當說如果澤伯把自己的耳朵也改了，假設有人在找他，他們也無法拿往昔的耳朵片來對照了。實際上的醫美手工是來自卡翠娜·嗚嗚小姐的美意，她曾得以待在幾位一流的人肉雕刻師身邊，澤伯想要的是耳朵頂端更尖、耳垂更垂的耳朵。

「現在不要看，」他說，「我那之後又做了幾次，但很長一段時間就像精靈佛陀。」

「我記得的你就是這樣。」桃碧說。

澤伯的工作是站在酒吧區四周，並不大方微笑，但也不主動威脅，只要偶爾從朦朧中浮現即可。他的夥伴是一名壯碩的黑人，當時名叫傑伯達，不過當他加入瘋狂亞當之後，就變成黑犀牛了，澤伯跟傑伯這兩個名字是當時澤伯連結兩人的方法。

雖然當時在鱗尾他不叫澤伯，也不是海克特載體，他有了另一個名字，叫做煙霧。就像所謂的森林服務處裡會有的吉祥物煙霧熊，那名字很適合他，「只有你能避免野火」是當時的標語，而那也是他分內的事：預防野火。

當客戶們中出現急躁言行的徵兆，比如怒視或繃著的臉，口語上的不悅、在那花瓣形的羽毛或鱗片材質布料上無預警的推擠拉扯，或者像黑猩猩一樣搖著啤酒罐打開之後換來一串泡沫噴泉，然後接著是丟棄罐頭、打爛瓶子跟揮拳——這時澤伯跟傑伯就會介入。他們會從消極地靠近轉為主動的外力干預，目標是順暢地、乾淨地把惹事者弄走而不演變成全武行，所以行動必須快速果斷，雖然你當然盡可能不想惹毛客戶，被打趴的客戶通常不會當回頭客。

還有很多——越來越多——客戶來自公司大餅上層，那種人特別喜歡到平民區體驗貧窮，但是會確保沒有任何生命威脅，刺激程度會算得剛剛好，讓你能感到一點點叛逆，一點點酷，一點點助性的功能。麟尾夜總會開始建立起名聲，成為一個乾淨又隱密，能讓你盡情變臉、盡情放肆的地方，你大可以帶你期待業務合作的夥伴過去，那邊提供一道複雜的賄賂手法，你不用擔心曝光。

雖然輕巧的手法是衝突排解的重要本質，但最好的方式還是將一隻友善的手臂搭在該混蛋的肩膀上，同時在他耳邊低聲說：「先生，有給您的特別禮遇，本店特選，經理交代的。」因為免費好康而興奮過頭的人，基於他已經吃喝掉的金錢，無疑早已處於奈米腦死的狀態，這人會舌頭外垂一碼地被遛過幾條走道、轉過幾個轉角，他會被迎入一間用羽毛裝飾、有綠色緞布床罩的大房間，外加在暗處的監視錄影，他在那裡會被幾個蛇女很有愛地脫去衣服，那種女人知道各種訣竅，能把保險統計報告演成火辣的色情片，澤伯跟傑伯會在視線範圍內保持一段距離，好維持秩序。

然後會送上一杯調色過度的雞尾酒，可能是橘色或紫色或藍色，看點的是什麼，上面會有一顆綠櫻桃，插著一條綠色的塑膠蛇，會由一朵蘭花，或一朵梔子花，或一隻紅鶴，或一隻趾高氣昂的螢光藍石龍子親手送上，全身金屬片跟小顆的ＬＥＤ燈，鱗片或花瓣或者羽毛到處反光閃爍，加上碩大的乳房跟舔著嘴唇的微笑。嘰咕癢，這幻覺會這樣叫，或者同樣效果的其他說法。喝噗噗！哪個血氣方剛的人類能說不？在這陰謀之下流過一層神祕液體，緊追著的是自我風格一家之主男性的美夢，在雇用的臨時工身上留下最低限度的痕跡與傷害。

這個被選中的人會在十小時後醒來，完全以為自己經歷的是真實的。他是可能做到那些事的，澤伯說，而所有植入腦中的經驗都是真實的，不是嗎？即使不是以所謂的實境3D模式。

這種做法對公司高層類型人士通常有用，跟平民區那兩面三刀的風俗比起來，他們都很天真也很相信他人，澤伯在漂浮世界時就知道這種人：晚上外出尋找刺激，錯把某些東西當體驗，而且太過熱心。他們在公司園區跟其他有護衛的環境裡過著受到保護的生活，比方說法院、議會大樓、宗教機構，而牆外任何東西都很容易引他們上鉤，他們接受邀請喝一杯色素果汁的輕易程度會讓你感動，多麼容易就被騙上床，或者，事實上，是綠色緞布床罩，他們睡得多麼安穩，醒來時多麼雀躍。

但另一種客戶也在鱗尾崛起：比較難以取悅的一種，難以從自身憤怒中分心出來，仇恨滿溢、怒火中燒、滿心殺戮跟破碎玻璃的那種人。這些就是很難對付的例子，總是拉起滿點警報。

「我說的是痛彈人，你一定已經猜到了。」澤伯說，「痛彈場那時才剛開始。」

那時痛彈運動場還完全違法，就像鬥雞跟殺害瀕危物種吃掉一樣。但，跟他們一樣，痛彈繼續存在，還不斷擴張，避開了公眾視線。他們總會預留觀眾席給軍隊高層，他們喜歡看決鬥，喜歡看死亡激勵的技巧、騙術、殘酷以及人吃人的暴力：那是公司生活的血肉版。很多金錢在痛彈場以高額賭注的形式被多次易手，於是公司用間接方式支付痛彈場的基礎建設以及痛彈運動員的維修費；如果被抓，那些提供地點跟服務的人會直接付錢，有時候在搶地盤的戰爭中連命都要賠上。

這些配置很適合公司安全衛隊——當時還是青少年版——因為這提供了大量恐嚇勒索的素材，公司安全衛隊可以藉此抓緊控制那些還被認為是社會棟梁的人。

如果你已經被關進普通監獄，那你可以選擇上痛彈場：對戰你的獄友，殺光他們，得大獎：例如無罪出獄而且被內定去當平民灰色市場的執法者，福利滿滿。當然，你一旦進入痛彈場，那麼勝利的對面就是死亡，這就是它的樂趣所在，那些贏的人都是靠詭計做到的，靠著讓敵人踩錯的能力，還有過人的謀害天分，把眼睛挖出來吃掉是最受歡迎的派對餘興。簡言之，你必須準備好要拿刀切開你最好的朋友。

一旦你從痛彈場內定的工作畢業，痛彈場的老兵在平民區深處有很高的名聲，地位也很高，就像羅馬的神鬼戰士。公司員工的妻子們會付錢要跟他們發生性關係，公司裡的丈夫會邀請他們到家裡晚餐，從朋友震驚的表情以及痛彈人一掌打爛香檳瓶的動作中得到快感，當然安全執法者會全程陪同，以免有什麼真的一發不可收拾的事情，這種場合上稍微有一點暴亂是可以接受的，但是破壞到失控可不行。

受到他們在灰色地帶的名人身分驅使，痛彈人老兵渾身都充滿了「我是贏家」的荷爾蒙，認為他們可以對付任何人，任何可以挑撥像煙霧熊澤伯這種高大、硬漢路線的守衛的機會，他們都會滿心歡迎。傑伯警告過他，對痛彈人絕不可以掉以輕心，他們會一拳打進你的腎臟，用任何手邊的東西敲碎你的頭骨，掐緊你的頸子直到你眼睛從眼窩掉出來。

如何辨識他們？臉上的疤，空白的表情：他們有些人已經失去人類的鏡像神經元了，在同理心組件上也有很大一塊黑洞，如果你把一名受苦的孩童放在一正常人的面前，他會難過，但這些人卻會冷笑。傑伯說你辨識這些跡象必須快速，因為你得知道自己面對的是不是一名瘋子。不然他們在你能說出「扭斷脖子」之前，就已經把女藝人給撕爛了，這代價太高，能在觀眾上空一呎高處吊著、優美地脫衣跳舞的空中飛人可不便宜，又或者一份蟒蛇的近窒息強化高潮裡，一個痛彈老兵會覺得把蟒蛇的頭咬下來是展示猩猩大王所向無敵的方式，而就算能阻止他咬斷，你也很難幫一隻受傷的蟒蛇找替身。

鱗尾一直不斷更新痛彈人的身分清單，加上臉部照片跟耳朵照片更加完整，這是卡翠娜．嗚嗚透過一些隱蔽的後門管道，用只有上帝知道卡片換來的，她一定認識經營痛彈場那邊的某人——想要她能給，或能壓制的東西的某人——利益跟反利益是平民區深處最受敬重的貨幣。

「先發制人，不擇手段，是我們處理痛彈渾球的守則。」澤伯說，「在他們開始坐不住時，有時我們在他們飲料裡下藥，但有時也會把他們永遠移除，因為不這樣他們會回來報復，不過我們處理他們屍體得非常小心，因為他們可能有同夥。」

「你對屍體做了什麼？」桃碧說。

「我們就說平民區深處對濃縮的蛋白質包裝永遠都有需求，用來作為娛樂、求取利潤，或者寵物食品。但那時還是早期，在公司安全衛隊決定把痛彈場合法化並搬上電視前，那時沒有那麼多失控的痛彈人，所以丟棄屍體不是經常發生，都比較即興一點。」

「你講起來好像休閒時間的娛樂。」桃碧說，「不管他們做了什麼，那些還是人類的生命啊。」

「是，是，我知道，打我手心吧，我們好壞。但你要不是殺過好幾個人是進不了痛彈場的。」

「重點是整個過程就是這樣，我們這些酒吧守衛——我跟傑伯——對飲料裡有什麼特別感興趣，有時候我們甚至自己會調。」

踢尾酒

在這期間，那藏在白色主教棋內的六顆藥丸一直妥善保存藏起，等候進一步指示，唯一知道它們在哪的是澤伯自己、卡翠娜．嗚嗚，還有亞當。

藏東西的位置很狡猾，就在誰都能看見的地方，這是澤伯跟老手之史雷學來的手法：最明顯的地方最看不見。就在吧檯後面的玻璃架上擺著一排裸女形狀的新奇軟木塞開瓶器、胡桃鉗，以及鹽與胡椒罐，她們身體部位的配置別出心裁，雙腿張開，就會看見開瓶器；雙腿張開，核果送入，腿就會闔上，把核果壓碎；雙腿張開，頭部就自動扭動，鹽或胡椒就會撒下，笑聲滿點。

白色主教被塞進這些鐵娘子其中之一的鹽罐裡，是一位有著發亮鱗片的綠色女郎，她的頭是轉向旁邊，鹽還是從她的大腿間出來，但酒吧被告知這一個特別容易壞——沒有男人會希望搞到一半他們的鹹濕玩具的頭掉下來——所以他們要用鹽時都會拿別的，用鹽的情形不常見，只有某些人喜歡在啤酒或下酒零食上撒鹽。

澤伯一直看著那個體內放了主教的綠鱗女孩，他覺得這是自己欠琵拉爾的，他還是對這個藏匿點有點不安，如果有人趁他不在拿走那個東西去亂搞，然後發現裡面有藥丸怎麼辦？如果他們以為那些彩色的小圓球是大腦糖果，吃掉一兩顆想試藥效怎麼辦？澤伯不知道那些藥會對人體產生什麼效果，這讓他十分緊張。

話說回來，亞當倒是意外地冷靜，認為除非鹽全部用光了否則不會有人往裡面看的。「但我不知道為何會說出『意外地』，」澤伯說，「他一直都是個冷靜的小子。」

「他那時也住那兒？」桃碧問，「住在鱗尾？」她無法想像，亞當一在那個到處是異豔舞者跟不尋常時尚物件的地方整天在幹麼呢？當她認識他時——當他變成亞當一時——他已經非常反對女性虛榮，反對女性衣物上有色彩、虛華的裝飾，或是露出乳溝跟腿，但在鱗尾他是沒法實行園丁會宗教，或者說服那邊的員工奉行簡單生活。那些女人不做昂貴的指甲不行，她們可不會被要求在土裡挖掘鑽洞，移開蛞蝓跟蝸牛，就算在鱗尾有能作為菜園的地方，夜裡的女人，白天不除草。

「不，他沒住在鱗尾，」澤伯說，「或者不是真的住，他來來去去，有點像是他的庇護所。」

「你知道他不在那的時候都去做什麼了嗎？」桃碧問。

「研究東西，」澤伯說，「追蹤正在發生的事件、觀察風雨雲層、把未受污染的品種納入羽翼、進行改造，他那時已經有了遠大的目光——或者有別的叫法——說神透過一記雷電把訊息打入他頭骨頂層，把我鍾愛的物種交給讓我欣喜的人，之類的，妳知道那些屁話，我個人從沒收到那種訊息過，但是看來亞當有過。

「那時他已經準備好前往組織上帝之園丁會，他甚至還在平民區貧民窟買了一處平面屋頂的樓房，用他駭入牧師帳號偷來的錢做了伊甸崖花園，琵拉爾不斷從康智園區內部派送新兵給他，她那時已經準備好要搬來伊甸崖了，不過，那時我還不知道。」

「琵拉爾，」桃碧說，「但她不可能就是夏娃一吧！她老太多了！」桃碧對於夏娃一總是很狐疑：亞當是亞當一，但從來沒人提過夏娃。

「不，不是她。」澤伯說。

亞當當時追蹤的事件之一是他們共同的父親——牧師——的現況，原來那些令人興奮的旋風都快消失了：從牧師盜用石油教會款項的行為，以及他第一任妻子不幸遭遇的真相大白——費妮拉的屍體被埋在石頭花園裡——加上他第二任妻子特魯迪那全見版家醜外揚的回憶錄出版，整個事件快被澆熄了。

有過一次審判，有，但證據不足以確定犯罪，至少陪審團這樣裁決。特魯迪帶著她回憶錄賺得的錢，去了加勒比海島嶼——人家說跟一個做專業草坪維護的德州墨佬一起——度假，在一回狂野的月光裸泳之後，她被發現在海面浮沉，退浪就是這麼危險的東西啊，當地警察說，她肯定是被浪捲走，頭部撞上了石頭，她的同伴，不管是誰，已經消失了，那可以理解，因為他肯定要受責備了，還有謠言說他可能是某人雇來的人。於是，特魯迪便無法在公審上作證，沒有了她的證詞，還剩下什麼證據？在土地放了那麼久的費妮拉的骨骸？任何人都可能在那裡埋骨：匿名的外來移民，經常性地帶著鐵鏟在比較富裕的地區遊蕩，隨時準備好對著信賴他人、熱愛園藝的無辜女士頭上來個致命一擊，往她們嘴裡塞上園藝手套，不顧她們被摀住的嘴不斷尖叫，用她們來為盆栽補充養分，之後讓母雞帶小雞在上面棲息，別忘了棉毛水蘇、絨毛捲耳這些抗旱的多肉植物，這種女性持家在造景方面的職業傷害十分廣為人知。

牧師盜用公款的金額大到無法否認，所以他走一條誠意與真話路線：面對大眾承認自己受到誘惑，他無法抗拒誘惑罪大惡極，但是藉由自我認罪的苦果、在深刻的羞恥感中他得到了解救。他淚流滿面、卑躬屈膝地尋求神與人的原諒，尤其是石油教會的成員。正解，他被寬恕了、洗淨污點、準備再出發，面對一個如此懇切懺悔的人，哪個人類同胞能不寬恕他呢？

「他被放出來了，」亞當說，「無罪開釋、恢復原職，他的石油公司同夥把他弄出來了。」

「一群，」澤伯說，「龜兒子。」

「他會想把我們抓起來，現在他能拿到錢，可以這樣做了。」亞當說，「他的石油公司朋友會給他錢，所以提高警覺。」

「對，」澤伯說，「世界需要更多井。」這是他跟亞當以前經常開的玩笑，亞當以前都會笑，至少會微微笑，但那次他笑不出來。

某一個晚上，澤伯戴著他的煙霧熊墨鏡、穿著黑西裝、配戴蛇領飾，在鱗尾酒吧四周溜達，他臉上有著非笑非怒的表情，聽著嘴裡有假金牙的男人聊天，突然從前門那幾個男人之一的口中聽到一件事，讓他立直了背脊。

那次不是痛彈人警告，相反地，「金字塔頂端，四個人，要過來。」那個聲音說。

「三個石油公司的，一個石油教會的，那個新聞報過的傳教士。」

澤伯感到腎上腺素在血管中狂飆，那一定是牧師，那個虐童、殺妻的變態虐待狂會不會認出他來？他檢查所有可見範圍可藏武器的點，以免他隨時需要用到，如果有人大喊「抓住那個男的」，或是任何類似的情境劇上演，他會馬上拋出幾個玻璃盛酒器，然後沒命地跑，他的肌肉緊繃到都痛了。

他們來了，個個歡欣鼓舞，從他們的戲謔話語、笑聲以及有節制地互相拍肩——更像是試探地輕拍——那是公司高層之間能容許的假兄弟情誼肢體語言中的主要動作，他們正要去喝香檳，吃小點，還有任何能搭配香檳的服務，小費會很豐厚，前提是他們都「能舉」。如果你不能炫耀財富，不能用大筆消費寵幸幫助你自我擴張的人，那有錢還有什麼用？

這些公司的高階男有件事情很酷，就是他們行經受雇於鱗尾的保安苦力們也視若無睹——幹麼跟樹籬打招呼呢？這個，根據澤伯表示，大約從羅馬皇帝時代就開啟了這項風尚，所以澤伯很幸運，牧師根本連瞟一眼都沒有。就算有，在那茂密毛髮和墨鏡下的臉孔、剃光的頭、尖耳朵等各種特徵，牧師就算願意看也認不出來。不過他根本懶得看，澤伯倒是看著他，他越看，越喜歡這個視野。

鏡球一直一直打轉，燈光像頭皮屑一樣灑在客戶與藝人身上，放的是復古探戈的罐頭音樂，五個衣服上鑲滿閃亮鱗片的空中飛人吊著扭曲身體，胸部朝向地面，身體扭成字母C，把一條腿放到頭上，她們的微笑在黑光中發亮。

澤伯後退站到玻璃櫥櫃邊，抓起放了主教的綠女郎放在手掌中，然後把她塞進衣袖。「我去尿尿，」他對搭檔傑伯說：「幫我掩護。」

一到達廁所，他就把主教扭開，倒出三顆藥丸：一顆白，一顆紅，一顆黑。他把手上的鹽舔掉，把藥丸放進胸前口袋，然後他回到自己的崗位，把鱗片女一聲不響地放回櫃上原來的位置，沒人會注意到她曾短暫失蹤。

牧師的四人行時間拖得很長，他們在慶祝，澤伯猜，最可能就是慶祝牧師回到他們認為正常的生活中。滑溜溜的可愛女孩拚命勸酒，同時他們正上方的空中舞者們做出軟骨功曲體跟無脊椎纏繞，她們各種技巧都秀一點，但絕不會讓你中全彩：鱗尾的女孩比較高貴，你要偷窺全景得多付錢。有誠意的肉欲需要講禮儀，那些充滿特技的罪惡字謎並不是牧師的菜，因為根本沒人在受苦，但他假裝喜歡的演技頗佳，他的微笑像打過肉毒桿菌，也像神經受傷的後果。

卡翠娜．嗚嗚來到吧檯邊，今晚她穿成一朵蘭花，香甜的桃色、有著薰衣草香氣。她的蟒蛇三月纏繞在她脖子四周，掛在她裸露的一邊肩膀上。

「他們幫那位同伴訂了本店特選，」她對酒保說，「伊甸園的滋味。」

「多加龍舌蘭？」吧檯後的人問。

「全部加。」卡翠娜說，「我會跟女孩們講。」

本店特選包括一間羽毛裝飾的私人包廂，裡面有綠色緞布床罩跟三位蟒蛇般的鱗女，她們就像能滿足你任何奇想的訂餐服務，而伊甸園的滋味則是「踢尾酒」，能攪和大腦神經，保證達到最強效果的極樂。客戶一旦喝下去，人就到了另一個世界自己遊覽了，澤伯試過鱗尾供應的幾款東西，但他可絕對不會想試伊甸滋味的踢尾酒，他害怕可能的視覺效果。現在它就在那，放在吧檯上，深橘紅色，稍微發著泡，上面插著一根纏著塑膠蛇的攪拌棒，綴著一顆野櫻桃，那條蛇又綠又閃亮，有大眼睛跟微笑的紅唇。

澤伯早該抗拒自己內心的邪惡衝動，他毫無困難地承認了自己做了輕率的事，但人生只有一次，他告訴自己，而牧師可能已經活得夠了。澤伯考慮著要把哪一顆藥丸放進飲料裡——白色、紅色，還是黑色。幹麼那麼小氣？他告誡自己，何不全放？

「乾杯啦，好樣的。」「慢走不送！」「上給他們看啊！」「幹掉他們！」這樣的場合中竟然還能聽見如此老土的說法？看起來是，牧師一直被拍肩、一直被報以軟性世故的哄堂大笑，然後被三條小蛇輕柔地領到他的飲料邊，他們四個人都在咯咯笑，現在回想起來那場面還真詭異。

澤伯一心想從吧檯脫身，藏身進監視錄影間，有幾隻鱗女會在那邊監視私人羽毛包廂，以防任何麻煩。他不知道那些藥丸會怎樣，會讓人得重病嗎？如果是，如何發生？也許藥效是長期的，也許那些小寶貝一天、一週、一個月後之後才會發揮藥效，但如果有任何快速的效果，他很確定自己會想看看。

但是那樣走掉會讓自己馬上被認出來是兇手，所以他忍耐地等著，雖然全身緊繃、耳朵豎起，他無聲地在心裡哼著「洋基瘋三」：

我的爹他愛揍小孩
比嘿咻更愛
我希望他每個毛孔都流血
然後丟掉他所有的餅乾

在反覆哼唱太多次之後，他聽到一些口角，另一堆人在門口對守門的人說話。

在這段感覺很長實際不長的時間裡，卡翠娜・嗚嗚走過通往私人包廂的門扉，她努力讓自己看起來很輕鬆，但高跟鞋的敲擊聲卻很急。

「我需要你到後台來。」她小聲對他說。

「我在守吧檯。」他說著，假裝不想去。

「我會把摩帝斯從前面叫來，他會負責這裡，現在過來！」

「女孩們沒事嗎？」他故意拖延，如果牧師發生了什麼，他想要讓那件事延長。

「是，但她們嚇壞了，緊急事件！」

「男人抓狂了嗎？」他說，他們有時候會，伊甸的滋味有時很難預料。

「比那還糟，」她說，「叫傑伯也來。」

覆盆子慕斯

羽毛包廂內像被龍捲風掃過一樣：襪子東一隻、西一隻，四處不明物體的沾黏，被拖出來的羽毛到處都是，角落隆起的物體應該是牧師，綠色的緞布床罩蓋在上面，從下面流出來一掌幅的紅色泡沫，看起來像條重病的舌頭。

「發生什麼事？」澤伯裝無辜地問，要戴著墨鏡裝無辜很難——他對著鏡子試過——所以他把墨鏡摘掉。

「我叫女孩們去洗澡，」卡翠娜．嗚嗚說，「她們很不高興！上一分鐘還在……」

「剝蝦殼，」澤伯說，這是員工對脫衣服的說法，特別用來指脫掉內褲。就像所有事物一樣，鱗女們說，這也是一種藝術、或說工藝，緩慢地脫衣服、延長又充滿感覺的拉下拉鍊。暫停一下，假裝他是一盒蠟燭，舔舐美味。「舔舐美味。」澤伯說出聲來，他在發抖，發生在牧師身上的藥效比他想像嚴重許多，他並不真的想殺他。

「是的，總之，幸好她們還沒做到那裡，因為他，就這樣融化了，從視訊間的顯示器上看來是這樣。她們從沒見過這種事，覆盆子慕斯，她們是這樣說的。」

「屁，」傑伯把床罩一角掀起來之後說，「我們需要一台吸水器，這裡就像一潭很噁心的游泳池，他用了啥？」

「女孩們說他突然開始口吐白沫，」卡翠娜說，「還有大叫，當然。一開始是這樣，然後開始把羽毛都扯出來——那些都壞了，得送去銷毀，多浪費。然後突然就完全沒有叫聲，成為流水汩汩聲，我好擔心！」她還真是善體人意，應該說害怕比較接近。

「他整個崩壞了，一定是他吃過的某個東西。」澤伯說，他想做出開玩笑的樣子，或者想被認為是開玩笑。

卡翠娜沒有笑。「哦，我不認為，」她說，「但你是對的，應該是食物被下了東西，但不是他在這吃的東西，不可能！一定是新的細菌，看起來是某種噬菌體，只是太快了！如果這會傳染怎麼辦？」

「我們能怎麼感染？」傑伯說，「我們的女孩都是乾淨的。」

「從門把上？」澤伯說，又是一個很爛的笑話，閉嘴吧笨瓜，他告訴自己。

「幸好我們的女孩都戴了生物薄膜體套。」卡翠娜說。

「那些都要燒掉了，但是那些東西——出來的東西——不管是什麼，都沒人碰到就是。」

澤伯的牙齒收到一通來電，是亞當。什麼時候開始他有牙齒廣播權限了？澤伯想。

「我知道發生了一件意外。」亞當說，他的聲音空洞而遙遠。

「在我的頭裡有你的聲音真是他媽的太驚悚了，」澤伯說，「你的聲音好像火星人。」

「無疑是，」亞當說，「但這不是你現在最大的問題，我被告知那個死掉的人是我們共同的父親。」

「你被告知的是正確的，」澤伯說，「但是誰告訴你的？」

他得走到房間一角，讓這對話保持半私密，所以他人不會起疑，聽一個人從自己的牙齒講話真是太煩人了。卡翠娜在房間另一角打她的內部行動電話給鱗片清潔大隊，大隊原本就要回來的，以前有年長男子在本店特選中發生類似事件——踢尾酒對那些體能與功能都逐漸減弱的人來說，有時威力太大，但是沒有這種程度的事，通常都是中風或心臟病發，這是史無前例的口吐白沫。

「卡翠娜打給我，自然是，」亞當說，「她會保持聯繫。」

「她知道那是我們的……」

「不完全，她知道任何公司的預約都與我有關——特別是石油公司——所以她收到四人預約的時候就通知我了，也告訴我其中三人為第四人安排了特殊驚喜當作禮物，然後她把在門口自動生成的頭像照片寄給我，所以當然我一下就認出他來，那時我已經到現場了，所以我到前門去，以免有人需要我，我現在在吧檯區，就在玻璃櫥櫃旁，有奇妙開瓶器跟鹽罐陳列的地方。」

「噢，」澤伯說，「好。」他很笨拙地加了一句。

「你用了哪一顆？」

「哪一顆什麼？」澤伯問。

「不要裝無辜，」亞當說，「我會數數，六減三等於三，是白色、紅色，還是黑色？」

「全部。」澤伯說。對方靜默了。

「太糟了。」亞當說，「那讓辨識每顆作用的工作更難了，我會比較喜歡控制得更好的方針。」

「你就罵我是個他媽的蠢笨渾球，」澤伯說，「做了這麼他媽的愚笨混蛋的事情？也許不用這麼多個字，大概吧。」

「你是有點衝動，」亞當說，「但原本有可能更糟，在這件事裡，你很幸運，他沒認出你來。」

「等等，」澤伯說，「你知道他要進來，卻沒有警告我？」

「我相信你會視情況需要而應對，」亞當說，「而我也沒有看錯人。」

澤伯怒火中燒，這個狡猾的龜兒子，他被自己的哥哥陷害了，吃屎！但他同時也相信澤伯面對任何可能降臨的暴動都有辦法應對，所以除了憤怒之外，他也因為得到肯定倍感欣慰。謝謝並不是最適合的話，所以他改口：「你他媽的聰明混蛋！」

「很後悔，」亞當說，「我真的後悔，但請容我指出，這件事的結果就是，此人被永久開除了。」

現在，這很重要，叫他們盡可能收集最多的殘骸，放到凍才冰籃裡——卡翠娜手邊都會備有幾個給跟凍才有合約關係的客戶用。全身模式會比只有頭部更好，很多不再年輕的鱗尾客戶會先安排好這些，協定的內容是當他們發生——用凍才的話來說是『生命中止的情況』時——當你說到這些生命被中止的人時，所有凍才的員工都會避免使用『死』這個字，而既然你也快要假扮他們其中一員，請千萬避免。當此類『生命中止事件』發生，客戶立刻會被快速放進冰籃冷凍，送至凍才園區等候未來重回動態，等到凍才園區研發出方法之後。」

「就是等豬會飛的時候，」澤伯說，「但願卡翠娜有一個夠巨大的製冰盒。」

「如果需要用水桶，」亞當說，「我們必須把他——把那流質送到琵拉爾的解密小組去，在東岸。」

「琵拉爾的什麼？」

「解密小組，我們的朋友。」亞當說，「他們白天在生物科技公司裡上班：器官企業、康智中央、回春真精，甚至是凍才園區，但他們晚上就來幫我們，解密小組是一個藏身在毛蟲裡面的生化小組。」

「我們什麼時候開始怕毛蟲了？」澤伯說，「你是把腦子浸在那個白癡瘋狂亞當大滅絕——幫死甲蟲取名字的遊戲網站裡太久了吧？」亞當制止了他。

「解密小組會找出那些藥丸裡放了什麼，是否還在作用，我們只能希望它不會由空氣傳染，我們覺得應該不會，否則那個房間裡的人應該都受到感染了。看起來它的作用極快，所以有的話應該早有症狀了。基於目前事實，我們相信應該只有接觸傳染，不要碰到任何——殘渣。」

對，也不要伸手指戳黏液再往自己屁眼裡捅，澤伯心想。「我又不是他媽的白癡。」他喊出聲來。

「好好謹守這個誓言，我知道你可以。」亞當說，「我們在密封的子彈列車上見，帶著冰籃。」

「我們要去哪裡？」澤伯說，「你也一起去？」但亞當已經消失，或說掛電話，或說登出，看他在牙齒的另一邊到底是怎麼弄的。

一組穿戴著塑膠薄膜跟面罩的清潔團隊出現，用吸水器將牧師吸到表面光滑的桶子裡，然後用漏斗倒進可密封冷凍的金屬燒瓶裡，澤伯動身把煙霧熊變得乾淨甜美，他把黑色外衣脫下，宣告火化，然後洗了一輪抗微生物細菌強化淋浴——跟鱗女用的是同樣的產品——把臉洗淨、胳肢窩刷乾淨、用棉花棒清理他尖尖的耳朵。

我要把那牧師從我頭上洗掉，
因為他不但死了，還死紅了，
它是一灘紅紅的醬，也是好事，
因為爹啊我完事了，你也完了，
噗噗踢度噗滴度噗滴度噗滴度！

他做了幾個跳步，小扭一下腰，他喜歡在洗澡時唱歌，特別是有威脅接近時。又一條河，他一邊唱一邊穿上乾淨的黑色西裝。一條充滿無聊的河！又一顆白齒，白齒不夠給你用牙線。

然後他回到工作崗位，在卡翠娜．嗚嗚身後站哨——她現在穿得像個水果籃，一邊的胸部是蘋果形狀，上面繡著一組很誘人的咬痕，當她與蟒蛇三月一起向三位石油公司高層報告那個哀傷的消息時，她們先送上一輪免費招待的冰凍代基理調酒，還有一道拼盤：迷你魚條、豆莢牌仿真扇貝——不傷害貝柱，這是標籤上寫的，澤伯在廚房晃蕩時看到的——還有美食家的假日肉汁奶酪薯條，外加一盤油炸的無網蝦肉——是在實驗室裡新組的產品。

「你們的朋友很不幸地，遭遇了生命中止的事件。」她告訴那幾個石油公司高層說，「全面極樂時對人體系統來說太過沉重，不過你們知道的，他生前——抱歉——全身，而不只是頭部……所以一切都好。對於你們暫時的損失，我很遺憾。」

「我不知道這件事，」其中一名高層說，「合約的事，我以為會戴一個凍才手環之類，我沒看他戴過。」

「有些男士並不希望過度宣傳生命中止的可能性，」卡翠娜流暢地說，「他們選擇了刺青，在上面有做一層隱藏，且位於很隱密的位置。當然，在我們這個企業裡，那樣的刺青我們一定會發現的，但是一般的商業合作夥伴則不一定了。」另一件她令人敬佩的就是她真是一名頂尖的說謊高手，澤伯一邊想一邊努力不要往下看她蘋果的前端。他就不可能說出這麼好的謊。

「有道理。」權力最大的高層說。

「無論如何，我們及時發現了這件事，」卡翠娜說，「並且，如你所知，我們立刻採取了行動以免錯失效期，很幸運的是我們跟凍才簽有一份快速通關高級白金級協議，所以他們的專業人員會隨時待命，你們的朋友已經被裝進冰鑑，很快就會在前往東岸——中央凍才園區機構的路上。」

「我們不能看他？」第二名高層問。

「冰鑑一旦密封抽過真空——現在已經處理好——打開來就會損害它的效用，」卡翠娜微笑地說，「我可以提供一張凍才核准的證書，你要再來一杯代基理凍飲嗎？」

「可惡，」第三個高層說，「那我們要怎麼跟他那幫瘋子教會的人講？在玩具店被放倒可說不通啊。」

「我同意，」卡翠娜說著，表情稍微變得冷淡，她覺得鱗尾可不只是個玩具店，鱗尾是一套完全美學體驗，網站廣告是這樣說的。「但鱗尾對這種事一向善於保密，這也就是為什麼像你們這樣懂得分辨的男士會把我們當作第一選擇，這裡讓你們物超所值，更好的是，我們的服務包括提供一套說法。」

「有什麼好主意嗎？」第二名高層問，他已經吃光所有無網蝦肉，現在開始吃扇貝，死亡會讓某些人覺得餓。

「在平民區深處跟弱勢兒童一起工作時，感染上病毒性肺炎，這是我第一個建議。」卡翠娜說，「很多人會走這個選項，但我們有受過訓練的公關人員會幫你們。」

「謝謝妳，女士，」第三名高層說，用他細小又有點泛紅的眼睛看著她，「妳幫我們很多。」

「我的榮幸。」卡翠娜說，優美地微笑著，向前傾身跟每個人握手，讓他們親吻自己的指尖，一邊展示足夠分量的上圍地產，但不能太多。

「任何時候，我們等你們來。」

「了不起的女孩，」澤伯說，「她只用一隻指頭就能管理任何一間大公司了，絕無問題。」

桃碧又發現自己的心被多刺觸鬚般的嫉妒感纏繞包圍，「所以你有沒有過？」

「有沒有什麼，寶貝？」

「有沒有進入過鱗片內衣裡。」

「這是我終生遺憾之一，」澤伯說，「但是沒有，我甚至沒有努力過，雙手維持放在口袋裡，十指緊握，下巴也一樣緊箍著，要控制自己費了很大勁，但這就是赤裸裸的事實，我連摸一把都沒有過，連擠下眼都沒。」

「因為？」

「第一，她是我的老闆，我當時在鱗尾工作，跟女老闆一起在地上滾並不是明智的舉動，會讓她們感到困惑。」

「哦拜託，」桃碧說，「你也太二十世紀了吧！」

「對啦，對啦，我是性別歧視主義沙豬等等，但我說得很實際，過量的荷爾蒙會搞壞效率，我目睹過現場——女老闆面對彈頭小子竟然面露羞怯，不敢下達命令，因為那個男孩剛才讓她激情衝腦洗去了所有理智的功能，唉得像個發情的浣鼬又叫得像快死的兔子。這會改變權力結構，帶我走、帶我走、幫我寫講稿、幫我倒咖啡、你被開除了。就是這樣。」他停頓，「還有……」

「還有什麼？」她還期待會聽到關於卡翠娜．嗚嗚一些討厭的事蹟，姑且承認，這個女人她從沒見過，而且百分之九十九點九九九應該已經死了，但嫉妒感卻四處包圍，也許她是個內八字，也許有口臭，或是沒救的音樂品味，就算是一顆痘痘也能讓她好過一些。

「還有，」澤伯說，「亞當很愛她。這毫無疑問，我絕對不會去碰他池塘裡的魚，他曾經是——他是我兄弟，我的家人，凡事都有限度。」

「你開玩笑嗎？」桃碧說，「亞當一？戀愛？跟卡崔娜．嗚嗚？」

「她就是夏娃一。」

開往凍才的列車

「太難以置信了，」桃碧說，「你怎麼知道的？」

澤伯沒說話，會不會是痛苦的回憶？有可能：大部分關於過往的故事都蘊含著痛苦，因為現在與過去已被硬生生地撕裂，無可挽回。

但確實，這不是人類歷史的首例。有多少人還活在這個世界？被拋下，其餘的全部消失，全被掃光了。死屍蒸發得像緩慢的煙霧，他們曾經摯愛、妥善經營的家園崩壞湮滅，如被拋棄的蟻丘，他們的回歸成鈣質，夜間的掠食者獵取他們散亂的肉體，轉化成為此刻的蚱蜢與老鼠。

月亮出來了，幾乎滿月。貓頭鷹的幸運，兔子的厄運，兔子通常選擇在危機四伏的月光下撒歡縱性，牠們被費洛蒙沖昏了頭，現在那邊就有幾隻，在草地上下跳，身上反映著慘綠的光。以前有些人相信月亮上有一隻巨大的兔子，他們可以清晰分辨出牠的耳朵，有些人覺得那是一張大笑臉，還有人認為是一個提著籃子的老婦，克雷科人會怎麼認定？當他們觸碰到天文學時，會是一百年後，或是十年，或是一年？也許會，也許不會。

但此刻月亮是轉盈還是轉虧？她的月相感已經沒有以前在園丁會時那麼敏銳了，以前她多少次在月圓之時守夜？時不時心裡想著，為什麼有亞當一，卻沒有夏娃一，為什麼都沒人提起？現在她就要找出原因。

「想像一下，」澤伯說，「亞當跟我一起在密閉的子彈列車裡待了三天，在我們把牧師的帳號清空各奔東西之後，我只見過他兩次，一次在快樂杯小館，一次在鱗尾的密室裡，沒有時間深究，所以我自然會問他東西。」

澤伯必須犧牲他的鬆餅臉，儘管周圍的短鬚直角經常需要精細地修整，但他到那時已經稍微喜歡上那個型了。他用刮鬍刀整個剃掉，只留下一道山羊鬍，他長出了一些頭髮——剛在那間公司開始做時貼過一些沒啥說服力的羊魔髮，顏色是閃亮的皮條客油性褐。

幸好他可以用頂傻氣的帽子蓋掉過多的偽造感，那是他凍才職位服裝的一部分，以前應該叫做「禮儀師助理」，不過在凍才園區他們改用「暫時休止照顧員」這個頭銜。那頂帽子是改良的纏頭巾，參考了魔術師跟精靈造型。顏色偏紅，前額有一個火焰圖案。

「永恆的生命之火，對嗎？」澤伯說，「當他們給我看那頂三流魔術秀的頭巾時，我說：『你們他媽的是開玩笑吧！我不要戴一顆煮熟的番茄在頭上！』然後我發現了它的美。這個，跟其他搭配的服飾——一套紫色像睡衣的東西，或是個空手道的概念，前面橫過一個燙印的凍才標誌，誰都會認為我是個高大笨拙的傻蛋，除了這個以外找不到其他工作，帶著冰籃搭火車——能更可悲嗎？老手之史雷說過：『如果你去到一個沒人想得到你會在的地方，那你就隱形了。』」

亞當也穿了一樣的制服，而他看起來甚至比澤伯還呆，所以他也寬心了，反正，誰會看見他們？他們被鎖在特殊的凍才車廂裡，那個冰籃被插在獨立的發電機上，以確保內部一直維持零下溫度。凍才一直以其超安全措施為傲：基因竊案，還有其他較大的身體部位的偷竊，都是那些深愛一己碳組成的人士害怕的事情，在那些人的圈子裡，愛因斯坦的大腦被偷一案還沒被遺忘。

於是每位冰籃照看者，都會有一位武裝警衛跟著一起旅行，拿著獵槍站在門邊。在正牌的凍才任務中，這人會是堅強不息的公司安全衛隊派來的成員，而且手上會拿著噴槍。但既然關於本件的所有一切都是假貨，那人也變成由名叫莫帝斯的鱗尾經理扮演，他演得很像，強悍、明亮如黑色甲蟲的眼神，笑容毫無偏私有如落石。

不過，他的武器不是真的，解密小組可以偽造衣服，但他們無法複製那種三重防衛等級的移動科技，所以那把噴槍只是一支騙人用的塑膠保麗龍噴漆後的仿製品，到頭來，除了有人湊近到可以一拳打倒的距離內看，也無關痛癢。

但誰會想這麼做？對任何其他人來說，這不過是一場例行的運棺。或者說，一次生命中止事件的出航，從生命的岸頭出發又回到生命的岸頭的一趟來回票。說得多好，但凍才加入了這種逃避現實的廢言，他們必須這樣，考慮到他們從事的生意：支撐他們業務的兩大支柱分別為「好騙」與「無根據的希望」。

「這真是我人生中最奇怪的旅行，」澤伯說，「穿得像阿拉丁，跟我哥一起坐在上鎖的火車包廂裡，他頭上還戴著半個壓爛的南瓜，在我們倆之間的冰籃裡，我們父親的遺體是一碗高湯。雖然我們確實把骨頭跟牙齒也放進去了，那些並沒有融化，在鱗尾有這樣關於骨質的討論——你在平民區深處賣人骨會有好價錢，在那裡手工雕刻的人體產品首飾很流行：叫做『骨Bling』。但是頭腦冷靜的亞當、卡翠娜，以及——我必須要說——謙虛的妳的我，駁回了那些狂熱分子的建議，因為就算我們煮過，細菌還是可能殘留，到頭來，我們根本不知道那是什麼。」

踢踢籃、塔塔籃，綠色的黃色的冰冰籃，澤伯唱著。

亞當拿出一本小記事本用鉛筆寫下：小心你說的話，我們很有可能被竊聽了。

他用手掩護著給澤伯看了之後，就把字給擦掉，然後寫：還有拜託不要唱歌，非常煩人。

澤伯跟他要那本小記事本，他稍微猶豫了一下，交給澤伯，澤伯寫著：FU+PO。

然後在下面寫著：去你的、滾遠點。然後是：你到底有沒有砲可打？

亞當讀著、紅了臉，看見他臉紅是新鮮事：澤伯從沒看過這種事。亞當是那麼蒼白，你幾乎可以看見他的毛細孔，他寫：沒你的事。

澤伯寫：哈哈，是不是卡，你付錢了嗎？因為他已經懷疑亞當的心意很久了。

亞當寫：我拒絕用這種方式討論那位女士。她為我們努力的目標奉獻良多。

澤伯應該要寫：什麼努力？這樣他就能知道更多事情，但是他卻只寫了：哈哈進洞一球算我得分，可以這麼說吧：D！！至少你不是Gay啊！:D:D

亞當寫：你比下流還下流。

澤伯寫：那就是我！別介意，我尊重真愛。他畫了一顆愛心，跟一朵花，他幾乎要加上一句：就算她開的是一間緊身褲吹喇叭百貨店，但他覺得最好不要，因為亞當快要生氣了，他可能忘記自己是誰而人生第一次出手痛揍澤伯，然後一場看似不可能的扭打就會發生在他們液化的家長遺骨上方，那樣對澤伯不會有好結果，因為他沒辦法放手痛揍亞當，真的不行，所以他便只好任由那蒼白的小香腸痛扁自己。

亞當看來平靜許多，也許是因為那顆愛心跟花，但還是有點氣，他把所有寫過的記事本紙張都揉掉，撕成碎片，丟進桶裡，澤伯假設桶裡的垃圾會被沖下鐵軌。就算有些好管閒事的間諜分子想辦法聚集，把它們湊在一起，但也找不出任何可關注的重點，只是一堆低卡洛里的色情對話，很像冰籃照看者在付錢客戶的監聽之下會用來殺時間的事情。

剩下的旅程安靜地度過，亞當的雙臂在胸前交疊，帶著一抹不悅但假裝聖潔的表情，澤伯看著美洲大陸在窗外壓縮掠過，閉著嘴低聲哼歌。

在東岸這邊，凍才園區專屬的拖車被琵拉爾攔下，她扮演那生命暫時中止的僵硬（相對而言）客戶的憂心親戚，另外還有三位澤伯推測是來自解密小組的成員。

「有兩個你認識，」澤伯說，「克郎跟海牛。第三個是個女孩，我們後來在克雷科掃蕩瘋狂亞當的時候失去了她。為了設計克雷科人，克雷科四處召集腦奴來為他的天塘計畫效力，她想逃走，我只能猜她從天橋上跳下，成為車胎上一道刻痕，但那時什麼都還沒發生。」

琵拉爾在手帕上撒了幾滴鱷魚眼淚，以免附近有什麼小無人機或間諜設備，然後她謹慎地監督了冰鑑裝上一輛長形車的過程，凍才不把那些叫做「靈車」，它們叫做「生而復生接駁車（L2Ls）」，它們都是煮熟番茄的顏色，有著那個得意的永恆生命之火標籤在門上，不容許任何黑暗事物破壞節慶氣氛。

所以在L2Ls裡面有坐在冰鑑裡的牧師，前往一座極度森嚴的生物取樣單位——不在凍才園區內，它們沒有那種設備，而是中央康智。琵拉爾也上車，還有澤伯。莫帝斯會把衣服換掉，前往當地的鱗尾分店，他們正需要一位更強硬的經理。

亞當要把衣服換回他越來越奇怪的街頭服飾，一溜煙跑掉去做那個亞當原本在平民區深處一直在做的事情，他把從女孩形狀鹽罐中挖出來的白色主教交給琵拉爾，解密小組會仔細研究這些藥丸的內容物，他們認為終於得到了需要的設備，可以不用受到感染的威脅。

澤伯被安排要換上另一重身分，琵拉爾已經幫他準備好了，他要被派去康智中央內部。

「幫我個忙，」一旦琵拉爾確認這台L2Ls裡沒有間諜軟體之後，澤伯對她說，「幫我測一下DNA，我跟牧師，這個冰鑑裡的人。」他一直擺脫不了牧師不是他生父的童年奇想，而現在是找到答案的最後機會。

琵拉爾說當然沒有問題，他交出一根有自己樣本的棉棒，臨時放在一張薄紙上，而她很小心地放進一個小塑膠信封內，裡面還有一隻看起來像是乾掉的精靈耳朵，外表又皺又黃。

「那是什麼？」他問她，他想說的是：「那是什麼鬼東西？」但他與琵拉爾的距離太近不宜口出粗話。「外星小妖精嗎？」

「這是一朵雞油蕈，」她說，「蘑菇的一種，可以吃的品種，不要跟仿雞油蕈搞混了。」

「所以我會驗出來有真菌的ＤＮＡ嗎？」

琵拉爾大笑，「沒有這種可能的。」她說。

「好，」澤伯說，「告訴亞當。」

只有一個問題。當晚漂流到那個還可接受的斯巴達式康智宿舍時，他想了又想，唯一的問題是如果琵拉爾做了ＤＮＡ比對而牧師不是他爸爸，那亞當也就不是他哥哥了。亞當跟他就完全沒有關係了，沒有血緣關係。

因此：

費妮拉＋牧師＝亞當。

特魯迪＋不明捐精人＝澤伯。

＝沒有共同的ＤＮＡ。

如果這就是真相，他真的想知道嗎？

澤伯在康智中央的新職稱是第一層級的抗菌員，他拿到兩件慘綠色的連身服，上面有康智標誌，胸前還有個螢光橘的大字母D，他拿到一枚髮網，確保自己的毛囊皮屑會留在更好的地方，不會掉落在桌面上，還有一枚濾鼻器，讓他看起來像隻卡通豬，不透水、不透奈米生物體的防護手套跟鞋子無限量供應，還有，最重要的是，他拿到一張通行卡。

不過只通往那些官僚辦公室，不通實驗室，實驗室在另外一棟樓裡，但世事難料，誰知道一個手指敏捷的羅賓漢能挖出什麼軍情呢，如果，他拿到地下解密員塞給他的幾行通行碼，找到一台防備不周的電腦，在深夜裡，所有好市民都安然睡在別人的床上——康智的配偶部門作業漏洞還頗多的。

從前從前，澤伯這樣的抗菌員職位叫做「保潔員」，更早以前叫做「清潔工」，再更早之前，「女傭」，但現在已經是二十一世紀了，所以他們得置入一點奈米生物意識到職稱裡，要配得上這樣的頭銜，澤伯理應要通過嚴格的安全檢查，因為敵對公司——可能是來自異國風土的公司——難道不會想安插一個臥底的鍵盤海盜進來，作為他們的備用資源，叫他盡可能地搜刮情報？

為了要符合殺菌員的資格，澤伯也得完成一套訓練課程，精實地塞滿了哪裡可能滋養細菌，如何不引起注意地處理它們的各種囉嗦的最新當代課題，當然，不用說他根本沒上課，但琵拉爾在他開工前已經教給他濃縮版的內容了。

據說細菌總是聚集在常見的馬桶座、地板、水槽，還有門把上，但當然也存在於電梯按鈕、電話聽筒、跟電腦鍵盤上，所以這些他都得用抗微生物巾擦過，然後用死光掃過，外加清洗走廊的地板等等，也得去那些比較豪華的辦公室協助地毯吸塵，每日打掃的機器人若漏了什麼，他就要撿起來。做這事總是來回跑，移到牆邊插座幫機器重新充電，然後再忙碌地出發，一路發出嗶嗶聲以免有人被絆倒，感覺就像清理沙灘時身邊帶著一隻大螃蟹，如果樓面上只有他一個人，他就會把機器人一腳踢到牆角，只是想看看他們要多久才能恢復。

除了新衣服，他還有了新名字，叫做何瑞修。

「何瑞修？」桃碧說。

「爆笑就免了，」澤伯說，「這是某人的主意，認為一個從牆下混入美國的半合法德州墨裔家族，應該會給兒子起這種名字，希望他對世界能有好的影響。他們覺得我看起來還滿像德州墨佬的，或者包含那種DNA的混血，結果我是有的，不過是在那很久之後才發現的。」

「哦，」桃碧說，「琵拉爾做了DNA比對了。」

「說對了，」澤伯說，「雖然花了我一點時間才發現，因為她不能被人看到跟我一起，因為，她怎麼可能認識我呢？總之我們得出去很遠才能會面，我們排班時間不同，所以在我交給她我的細胞樣本時，定下了一個撤退暗碼。

「在那之前我搭著凍才火車往那邊去的路上時，她正在幫我準備新的殺菌員身分，安插入系統裡，她那時已經知道我會清理她工作的實驗室外面，走廊底的女廁，我做的是夜班，那個時段全部殺菌員都是男性，因為他們可不想因為男女混合工作而發生什麼咿咿啊啊的事情，所以我必須在夜裡清理整層樓，從左邊數起第二間：那是我得關注的隔間。」

「她在馬桶水箱裡留了字條？」

「沒有那麼明顯的，馬桶水箱都有定期檢查，只有業餘人士才會把重要的東西藏在那裡。那些廁所裡面有四方形的垃圾桶，用來放妳們用到的那些東西，不應該丟進馬桶沖的東西，但不會是字條，太容易洩漏情報了。」

「所以，信號？」桃碧想著是哪一種呢？一是開心，二是傷心？但一個兩個什麼呢？

「對，適合那個場所，又不是那麼尋常的東西，她決定用核。」

「核，什麼意思？核？」桃碧試著具象核的概念，核心、核子？「比如說，桃子的核？」她猜。

「正確，可能是午餐吃剩的放在廁所裡，有些祕書型的女人會那樣做，她們會坐在廁所小間裡尋求一點平靜，我確實在垃圾箱裡找到剩下的三明治過，奇怪的培根邊，奇怪的乳酪邊。在康智時間壓力很重，越往權力階層下方越重，所以她們喜歡偷溜出來透氣。」

「核的選擇有哪些？」桃碧問，「怎麼看是或不是？」

琵拉爾的思想總讓她覺得很不可思議，她對水果的選擇不可能是毫無計畫的安排。

「桃子核是不：跟牧師無關係；棗子核是有：運氣不好，牧師是你爸，聽到這個就去哭吧，因為你至少有一半瘋子的血統。」

選擇桃子，這對桃碧說得過去：桃子對園丁會成員價值很高，曾經是伊甸園生命之果的候選水果之一，這並不表示說園丁會看不起棗子，或是任何沒噴過化學藥劑的水果。

「康智應該有辦法拿到一些很貴的水果，那時因為蜜蜂大量死亡，我記得桃子跟蘋果的產量應該都驟降了，還有梅子，」她附註，「還有柑橘家族。」

「康智那時賺很多錢，」澤伯說，「大撈，靠他們的維他命丸生意，還有醫藥那一塊，所以他們負擔得起電腦授粉的進口貨，那是在康智工作的樂趣之一，新鮮水果，當然，只有高層人士才有。」

「你找到的是哪個？」桃碧說，「果核。」

「桃子，兩個果核，她畫了重點。」

「你那時覺得如何？」桃碧問。

「關於屠殺過多昂貴水果？」澤伯說，他想閃避情緒。

「關於知道你父親不是你的父親，」桃碧耐心地說，「你肯定有些感覺。」

「好，我覺得，我就知道，」澤伯說，「我永遠都喜歡正確答案，誰不喜歡？同時罪惡感也降低了，妳知道，對於害他口吐白沫而死。」

「你對那件事有罪惡感？」桃碧說，「就算他是你爸，他以前是那麼地……」

「對，我知道，但還是，血濃於水，我還是會受影響。不好的部分是亞當這一邊，我不是很喜歡這種結果：突然他就變成跟我無關的人。完全沒有基因關係，就這樣。」

「你跟他說了嗎？」桃碧問。

「沒，以我自己來說，我還是覺得他是我哥哥，我們心志相通，一起共度了很多事。」

「現在，寶貝，我要講到妳不喜歡的部分了。」澤伯說。

「是因為跟琉森有關嗎？」桃碧問。澤伯不是笨蛋，他一定早就發現她對琉森的感覺，琉森是他在園丁會的同居人，暴躁易怒，規避社群的除草工作，在女性縫紉小組中偷懶，經常編造各種頭痛當藉口，哭著強占著澤伯的女人，毫不關心女兒芮恩。充滿誘惑的琉森，曾經是康智公司的住民，那時她與一高層阿宅結婚，琉森這個浪漫主義兼幻想主義者，與邋遢的澤伯私奔了，只因為她在電影裡看過的美麗女人都這樣。

在琉森的故事版本裡，澤伯為她無法抗拒的魅力癡狂，欲罷不能，那時他在泉馨芳療館，正在進行園丁會的例行工事，在自己的園地內栽種晶玫瑰，看見穿著粉紅長睡衣的她時，雙眼便完完全全被色欲蒙蔽，只想馬上就地在朝露沾濕的草上與她熱情地瘋狂做愛。還在園丁會時，桃碧從琉森那邊聽了好幾次這個故事了，每次聽就更加不開心，如果要她靠著圍籬吐痰，她應該可以準確地吐中澤伯與琉森在草地上第一次做愛滾過的每一個點，至少會很接近。

「對，」澤伯說，「琉森，我的人生接下來就是她了。如果妳想的話，我可以跳過這段。」

「不，」桃碧說，「我從來沒有聽過你這一邊的故事，但琉森跟我說過晶玫瑰的花瓣，說你如何把花瓣撒在她抖動的身上等等。」她試著不要表露嫉妒之情，但很難。

有人曾在她抖動的身子上撒過晶玫瑰花瓣，或甚至只是想過這樣做？沒有，她缺乏那種撒花瓣的氣質，她會搞壞美好的當下——「你拿那些傻花瓣幹什麼？」或者她會大笑，那就完蛋了，現在她只得閉嘴，忍住不發表意見，不然她什麼故事也聽不到了。

「是啊，這個，撒花瓣對我來說很容易，我以前搞過魔術，」澤伯說，「那能分散他人注意，不過她告訴妳的應該大部分是真的。」

澤伯跟琉森第一次看對眼的地方不是泉馨芳療館，而是澤伯負責打掃的女廁——事實上他當時正在打掃——正在扒著金屬桶內的碎屑尋找核果，看是桃子或是棗子。那時他什麼都還沒找到——琵拉爾還沒拿到牧師ＤＮＡ混合液的結果，也或者她還沒搜集到需要的果核——所以當時他從第二間女廁隔間空手——以核果收穫而言——而返，這時除了琉森誰會去女廁呢？

「在半夜發生這種事？」桃碧說。

「確實如此，她在那幹什麼？我自問，要不她就跟我一樣是個義賊，如果是那她肯定是很差勁的，因為她隨時都會因為亂跑而被抓，或者她跟某個康智的高層有染，那個人給她鑰匙卡，於是他們就能在他時髦的地毯上翻滾，假裝他在辦公室加班到深夜，而她則在健身房運動，不過就算是，當時都嫌晚了。

「或兩者皆是，」桃碧說，「偷情跟義賊，兩者。」

「對啦，這兩者很相容：可以互相掩護的兩件事。哦不，我不是在偷東西，我只是背著老公在偷情。哦不，我沒在偷情，我只是在偷東西。不過我很確定是前者，確定，那種症狀不會錯的。」

澤伯戴著他的不透水手套跟外太空來的外星人錐形口罩，從女廁隔間現身時，琉森小聲驚叫了一下，這不是她第一次在深夜遇見尖叫事件，他認為，她臉紅又喘不過氣，而且可以說是披頭散髮，或者也許釦子沒扣，或者，如果她想走衣衫不整的時尚路線，那不用說，她那時是很有魅力的。

「你在女士這邊幹麼？」琉森責備地說，第一條規則：當場被抓時，先指控他人，她說的是女士，而不是女人，這本身就是一條線索。

「什麼的？」桃碧說。

「她的性格。她有偶像崇拜情結，她想要成為偶像，女士比女人更高一級。」

澤伯把他的錐形口罩往上架在頭頂：現在他看來像個遲鈍的犀牛。「我是個殺菌員，第一級的。」他醒目又自誇地附加一句。一個很明顯在跟另一個男人亂搞的迷人女性總是能激發男人的浮誇本能，這是他自我的傷口。「妳又在這棟樓裡做什麼？」他反詰道，他注意到了婚戒。啊哈，他抓到了，籠中的母獅，需要從乏味生活中放個假。

「我有些工作要完成，」琉森說了謊，盡力說得有說服力，「我在這裡出現是完全合情合理的，我有通行證。」澤伯完全可以告發她，但他很敬佩一個女人在那麼虛假的情境中還能說出「合情合理」四個字，於是他沒把她交到安全室去，如果那麼做，就會引得他們查詢配偶姓名、引發愛人不愉快的反擊，到最後可以肯定會導致——現在想起——澤伯自己會被開除。所以他放她走。

「好，對、對不起，」他用羞愧的低姿態讓她接受。

「現在，如果你不介意，這裡是女士用的。我需要一點隱私，何瑞修。」她說，撫摸著他名牌上的名字，她意味深長地看著他的雙眼，那是哀求——不要告發我——也是承諾——有一天我會是你的人——但她並不是真有誠意要兌現承諾。

演得好，澤伯一邊離場一邊想。

於是，當他與琉森第二次相遇時，那是早晨第一道光照射下，她赤腳且穿著什麼也遮不住的粉紅色透視睡裙，他握著充滿雄性威儀的鏟子跟熱情的晶玫瑰花枝，底下踩的是新鋪好的草皮，那是剛落成的泉馨芳療館，就位於遺跡公園的中央，她認出他來。她認得那個人曾經叫做何瑞修，但當時卻很神祕地在泉馨芳療館的地面維護工名牌上寫著——阿塔胥。

「你之前在康智，」她說，「但你不是……」所以很自然地他就親了她，很熱切地報以無法壓抑的熱情，因為她親吻的時候就無法說話了。

「很自然地，」桃碧說，「你那時當的是誰？阿塔胥是什麼名字？」

「伊朗名字，」澤伯說，「移民祖父母，為何不？有很多這樣的人，二十世紀末來到這裡，這樣很安全，只要不碰到任何其他伊朗人，開始被問到譜系問題，你家人是從哪邊來的等問題，雖然我把整組身分都背下了，以防萬一，我有很好的背景故事，有足夠分量的失蹤與屠殺，可以撐過任何時間／空間不一致的問題。」

「所以琉森遇見阿塔胥，懷疑他就是何瑞修。」桃碧說，「或反過來。」她想盡快演完心痛的這一段，幸運的話，從此桃碧再也不用聽到琉森不厭其煩重複描述的那些無法抑制的熱烈性愛與撒花場面。

「對，那可不妙，因為我當時得快速從康智消失，其中有一台電腦上了警報，而我發現的時候已經太遲了，警報顯示有人用過。我一用就知道我啟動了警報，他們很快就會開始追查當時誰在樓裡，那就會指向我來。我用瘋狂亞當聊天室尋求緊急支援，解密小組找到了亞當，他有人可以把我塞進泉馨芳療館當園丁，雖然我們都知道那只是權宜之地，我得很快再度移動。」

「所以，她知道，你知道她知道，她知道你知道她知道，」桃碧說，「在草地遇見時。」

「正確，我有兩個選擇：殺了她或誘惑她。我選擇了最有吸引人的方向。」

「了解了，」桃碧說，「換作我也會這樣做的。」他把誘惑描述得好像是為了方便行事，但他們都知道實際上不只那樣。粉紅色的透視睡衣是他們共同存在的藉口。

「琉森在某些方面運氣很差，」澤伯說，「但在其他方面運氣卻很好，因為妳無法否認她真的很——」

「這段可以不用講了。」桃碧說。

「好，短版的：她抓住了我的小辮子，還不止一條。但我之前在廁所沒有告發她，她有心想回報我，只要我對她夠用心。然後她就纏住我了，其他的妳都知道了：還有什麼比第一次見面戴著豬鼻子的謎樣男子更適合一起私奔呢？

「我帶著她一直在平民區深處到處搬家，一開始她覺得很浪漫，幸運的是，在公司安全衛隊裡沒人——完全沒人——對她的失蹤有半分興趣，因為她沒偷走任何ＩＰ。園區裡的太太們，的確有因為全面無聊的生活而逃走的例子，公司安全衛隊把這種叛逃視為私人事件，他們認定的私人。所以他們不會花太多心思在上面，尤其當老公並不積極，琉森的老公就不會。

「麻煩的是，琉森把芮恩一起帶走了，可愛的小女孩，我喜歡她。但對她來說在平民區深處生活實在太過危險了，像那樣的小孩走在路上就可能會被抓去與雞性交，就算旁邊有大人也一樣，起先是一場平民幫派小子扭打，然後到處噴發的祕密漢堡紅醬，一台翻倒過來的台車或太陽能車——換言之，一個讓你分心的巨響——然後你再回頭，小孩已經不見了。我不能冒那種險。」

澤伯後來又接受了幾次耳朵整形、指紋與網膜修改——到了那時他們應該已經查出他在康智電腦上做的不是好事，正在尋找他了——然後……

「然後你們三個一起在上帝園丁會出現，」桃碧說，「我記得，我第一次見到你就想你在這裡做什麼，你跟其他人好不搭。」

「妳是說我沒有發誓遵守什麼什麼之後喝下生命靈泉？上帝愛你，也愛蚜蟲？」

「差不多這個意思。」

「不，我沒有，但是亞當總得接受我，對吧？我曾經是他的弟弟。」

伊甸崖

「那時亞當已經在運作他的怪人秀了，」澤伯說，「就在伊甸崖屋頂花園裡，那時你也在。還有克郎、蕾貝佳，有沒有想過魯雅娜後來怎麼了？瑪露絲卡助產士，還有其他人，還有斐洛，他真的太慘了。」

「怪人秀？」桃碧說，「這樣講不大客氣吧，上帝園丁會應該不只是那樣。」

「是，當然，」澤伯說，「同意，但平民區的窮夥伴們認為它是怪人秀，這樣正好：在那些地區，讓人認為自己無害、又昏又窮是最好的，亞當完全沒有要反駁他們的意思，事實上他還助長了那種看法，他穿著簡單又好認的僧袍在平民區到處晃，裝成一個回收狂，帶著一隊合唱團唱著瘋子讚美詩，然後又在祕密漢堡攤前宣揚有蹄動物之愛——前腦葉切除的人才會這樣做，街頭裁決是如此。」

「如果他沒做那些事，我就不會在這。」桃碧說，「他跟園丁會的孩子在街頭罵戰中把我帶走，我那時正在工作——暫時被困在祕密漢堡，而經理對我有私心。」

「妳的同伴布朗可，」亞當說，「痛彈場三戰存活老兵，我記得是這樣。」

「是的，他看上的女孩最後都會死，而我正是下一位。他已經進入暴力的階段，他正熱身準備開殺戒，你能感受得到。所以我欠亞當許多——亞當一，那是我認得的他，無論是不是怪人秀。」她打抱不平地說。

「不要誤會了，」澤伯說，「他是我哥哥，我們是有意見不合之處，他有他的做法，我有我的，但那是不同的事情。」

「你沒提到琵拉爾，」桃碧想把話題從亞當一身上轉開，她聽到有人批評亞當一就很不舒服。「她也在那裡，伊甸崖。」

「對，她終於受不了康智了，她一直從內部給亞當提供情報，對他很有用——他喜歡聽到誰快要從公司跳槽，來到正義的一方，也就是他這邊，自然是。但她說自己已經不能再待了，公司安全衛隊已經接掌了所謂的執法功能，公司有權力任意鎮壓捏碎或是清除任何東西，他們對賺錢上癮的程度也開始殘害到她，有毒，我引用她的話，毒害靈魂。

「解密小組幫她編造了一個表面故事，讓她可以人間蒸發，不引起任何人追蹤：她很不幸地，中風了，即刻被裝進冰籃送進凍才園區，搖身一變，她人就到了平民區合住公寓樓中的頂層了，穿著布袋般的衣服製造混合藥劑。」

「還有種蘑菇，教我了解蛆蟲，養殖蜜蜂，她真的很擅長，」桃碧有點悲傷地說，「她很有說服力，她讓我跟蜜蜂講話，當她死時就是我告訴蜜蜂的。」

「是的，我記得全部經過，但她不是亂講的，」澤伯說，「某種程度，她是真心信仰所有的一切，所以她才會願意在康智冒那樣的險，記得葛林的爹怎麼了嗎？她也曾經可能跟他一樣從天橋掉下去的，如果他們抓到她，尤其是抓到她手中有那白色主教棋與三顆藥丸的話。」

「那些都在她那邊？」桃碧說，「我以為她要送去化驗，所以亞當才交給她。」

「她認為那樣太危險，」澤伯說，「任何人把藥丸打開都有可能放出裡面的什麼東西，他們還不知道如何脫手，所以白色主教就一直待在康智中央，直到她離開，她走的時候把它帶上了，然後把藥丸塞進自己手工雕刻的那套棋當中的白主教，我跟妳一起用那套棋下過，在那次我幫亞當去平民區出任務被割傷後，養病的時候。」

桃碧還記得那個畫面：澤伯在一個霧濛濛午後的陰影中。他的手臂，她自己的手，移動著背負死亡的白色主教，那時她還不知道這麼多。

「你總是下黑色的，」她說，「琵拉爾死後主教怎麼了？」

「她的遺囑將整組棋留給葛林，附有一封彌封的信，以前在康智西岸的時候，是她教會他下棋，在她過世時，葛林的媽已經嫁給之前搞上的男人——所謂的皮特叔叔——而他們都被升等到康智中央去了。琵拉爾透過解密小組與葛林保持聯絡，是葛林幫她安排癌症檢驗的，驗出了末期。」

「信裡寫了什麼？」

「彌封了，我猜是怎麼打開主教的方法，我本來想偷看的，但亞當緊抓著不放。」

「所以亞當就把那東西交出去了，主教連同裡面的藥丸？交給葛林——克雷科？他才只是個青少年。」

「琵拉爾說他比實際年齡成熟，而且亞當認為應該尊重琵拉爾的遺願。」

「那你呢？那是在我變成夏娃之一以前，你那時是委員會成員，討論重要事項用的，你一定表達過你的意見吧，你那時是亞當之一——亞當七。」

「其他人都同意亞當一，但我認為不妥，如果那孩子跟我一樣想在某人身上試驗，但也不知道藥效如何，怎麼辦？」

「他應該已經試過了，」桃碧說，「從他本身的癮頭來看，肯定是喜福多藥丸的核心，在你享受過狂喜之後就會染上了。」

「對，」澤伯說，「我想妳說得對。」

「你想琵拉爾知道嗎？他會拿那些細菌病毒或什麼的做什麼去？」她說，「最後的最後。」她記得琵拉爾充滿皺紋的小臉，她的慈愛，她的真誠，她的力量。

但在那之下，必定有著強烈的決心，不能稱它狠毒或邪惡。宿命論，也許是。

「那我們這樣說，」澤伯說，「所有真正的園丁會成員都相信人類注定要迎上人口崩盤，總之是會發生的，所以也許早比晚好。」

「但你不是真正的園丁。」

「琵拉爾以為我是，因為我進行守夜，那是我擁有的頭銜——亞當七——跟亞當一講好的條件之一，他說這頭銜能授予我需要的威嚴，他是這樣說的。你需要狀態加強劑，要成為亞當七，就必須進入守夜模式，看看你充滿靈性的動物們都在忙什麼。」

「我也用過，」桃碧說，「跟番茄樹說話，星星的深處。」

「對，全部那些，我不知道琵拉爾在加強劑裡面放了什麼，但效力很強。」

「你看見了什麼？」

短暫沉默。「一隻熊，在我穿過荒原時，殺了吃掉的那隻。」

「牠有沒有留訊息給你？」桃碧說，她自己的靈性動物一直都很神祕。

「不算是，但這讓我了解到牠一直住在我體內，牠甚至不生我的氣，看起來很和善，亂搞自己神經的效果真驚人。」

他一成為亞當七，澤伯就可以安排琉森跟芮恩成為上帝園丁會貨真價實的成員。她們並沒有融入得很好，芮恩老是想家，想念園區跟爸爸，琉森對於找出真正適合女性園丁的指甲油太感興趣，她在種菜方面的投資是零，她也痛恨規定的制服——暗色、寬鬆的連身裙，像圍兜的圍裙。澤伯早該知道她是無法長久安於這樣的安排的。

澤伯自己也對幫蛞蝓、蝸牛移居、做肥皂、打掃廚房等事務毫無歸屬感，於是亞當跟他達成共識，他的任務會是教導孩子們生存技能，還有「都市殘殺限制」——描述巷戰的一種比較崇高的講法。隨著園丁會成員募集擴大，開始在不同城市設立分部，他會在不同小組之間擔任信差。園丁會成員拒絕使用手機或任何科技，除了澤伯幫自己偷藏起來用的一台電腦，裝有監控軟體，這樣他就能監視公司安全衛隊的動靜，且用防火牆隔開陰陽兩界。

當亞當的信差有好處——離家夠遠，就可以不用聽琉森的抱怨，但也有缺點——因為他不在家，就給了琉森更多可抱怨的事情。她喜歡嘮叨他無法承諾，比方說，為什麼他從來不要求她一起通過上帝園丁會的伴侶儀式？

「就是你們一起跳過營火，然後交換綠色樹枝，其他人站成一圈，之後會有一場假宗教之名的宴會。」澤伯說，「她真的很想要我跟她一起辦，我說對我來說那只是無意義的標誌，然後她就會怪我羞辱他。」

「如果那毫無意義，你幹麼不做呢？」桃碧說，「可能她就滿意了，讓她開心點。」

「最好是，」澤伯說，「我就是不想，我討厭被逼。」

「她說得對，你無法承諾。」桃碧說。

「是吧，總之，她甩掉我了，回到園區去，把芮恩帶著，然後我想讓園丁會變得更有行動力，所以問題都解開了。」

「到了那時，我已經不在那了，」桃碧說，「布朗可從痛彈場出來，緊追我不放，我對園丁會是個負擔，你幫我換了身分。」

「多年的練習，」他嘆氣，「妳走了以後，事情就變得嚴峻，上帝園丁會變得太大、太成功，引起安全衛隊注意。對他們來說，這是反抗勢力的崛起。

「亞當一直把園丁會當成庇護所，收容從生物公司逃出來的人，他們漸漸也開始察覺，所以精液公司出錢叫平民區幫派攻擊我們，身為一名和平主義者，亞當無法下決定讓園丁會進行武裝，我本可以幫他把玩具馬鈴薯槍改裝成有效的短程霰彈槍，但他連聽都聽不進去，這太不神聖了，對他來說。」

「你在開他玩笑。」桃碧說。

「只是描述，無論威脅多麼大，他就是無法直接採取攻勢，得記得他是長子，牧師掌握了他年幼時期，遠在我們兩個發現他是個假扮好人的殺人犯老傢伙之前，亞當腦袋裡仍深植一個觀念：他必須做好人，比好更好，這樣上帝才會愛他。我猜他是要做牧師做過的事，但要走正確的路——所有牧師假裝扮演的角色，他要化為現實。那是艱鉅的任務。」

「但對你卻沒什麼影響。」

「我記得的沒有，我是壞小鬼，記得嗎？那讓我逃離了好人圈，亞當卻很依賴它，他絕不可能用自己的雙手把牧師變成蔓越莓汽水的，他只是把我推向那個方向。儘管如此，他還是有點罪惡感纏身：不管喜不喜歡，牧師是他的父親，而你應該榮耀父母之類的，就算其中一人把另一個埋在石頭花園裡，他也覺得自己應該原諒。他經常痛扁自己，亞當，在他失去卡翠娜．嗚嗚之後，情況變得更糟。」

「她跟別人跑了嗎？」

「並不是那麼開心的事啊。公司決定要接管性交易生意：因為利潤太豐厚了。他們買通幾個政客，獲得合法權，設立了『幸市場』，強迫所有人加入。卡翠娜一開始合作了，但後來他們想制定政策，卡翠娜無法接受。『制定政策』是他們的說法，她心有顧慮，於是她也成為絆腳石了，他們連蟒蛇都處理掉了。」

「哦，」桃碧說，「我很遺憾。」

「我也是，」澤伯說，「亞當可不只是遺憾，他不吃不睡，不成人形，似乎失去了自己的一部分，我猜他在夢裡想過應該把卡翠娜接來花園的，雖說那樣也不一定會有用，因為服裝品味太不同了。」

「太令人難過了。」桃碧說。

「對，是很難過，我應該要更體諒他才對，但我卻找他幹了一架。」

「哦，」桃碧說，「你挑起的？」

「也許雙方都有責任，但那並不是暢所欲言的時刻。我說他真的就跟牧師一樣，只是裡外相反，像隻襪子，他們兩個對於別人根本毫不在乎，總是要不就照他們的方式，要不就是零。他說我一直都有罪犯的傾向，這就是為何我無法理解和平主義以及內在安寧的深意。我說他什麼也不做就等於是在跟搞爛地球的權力結構勾結，尤其是石油公司跟石油教會。他說我沒有信仰，他說造物者自會在時間內整頓這個地球，可能就快了，而那些與造物者有共鳴者，對萬物有珍愛者，便不會凋零。我說這種觀點很自私，他說我聆聽世俗權力的耳語，而我只是需要別人的關注，說我從小觸犯規範就是為了吸引注意力。」他又嘆口氣。

「然後呢？」桃碧說。

「然後我就抓狂了，所以我說了一些永生後悔的話。」他停頓，桃碧等著，「我說他不是我真的哥哥，沒有基因關係，他跟我沒有關係。」又一會停頓，「他起初不相信我，我提出證據，我告訴他琵拉爾做過的檢驗，他就倒了。」

「哦，」桃碧說，「我很遺憾。」

「我馬上就心情很糟，但已經收不回來了，在那之後我們試圖修補，撫平，但是已潰爛，我們只得走各自的路了。」

「克郎跟你一起走了，」桃碧說，她本來就知道這件事。「蕾貝佳、黑犀牛、薛克頓、柯洛齊，還有奧茲。」

「一開始還有亞曼達，」澤伯說，「不過她走了，新人又加入，象牙啄木鳥、蓮灰蝶、白莎草。大家。」

「還有閃狐。」桃碧說。

「對，還有她，我們以為葛林——我們以為克雷科是我們在公司裡的線人，透過瘋狂亞當聊天室餵情報給我們，但這一切只是他陷害我們的圈套，這樣他才能把我們都拖進他的天塘圓頂裡，做他要的人體基因重組工程。」

「還幫他調製瘟疫病毒？」桃碧說。

「我聽到的不是這樣，」澤伯說，「他是自己調的。」

「好建立他的完美世界。」桃碧說。

「不是完美，」澤伯說，「他不會這樣聲稱，比較像是重啟，而從他的角度來看他成功了，直到現在。」

「他沒預料到有痛彈人。」桃碧說。

「他應該要想到的，類似這樣的人。」

森林那端非常安靜，一個克雷科兒童真正在睡眠中唱小曲，在游泳池周圍，器官豬群在做夢，吐出微弱的咕噥聲，像陣陣輕煙。遠處有東西在哭：小山貓嗎？

一陣輕微的涼風吹過，樹葉忙著自己的事，窸窣摩擦，月亮跋涉通過天頂，往下一個階段邁進，記錄著時間。

「你該睡一下了。」澤伯說。

「我們兩個都該睡了，」桃碧說，「我們需要體力。」

「希望我年輕二十歲，」澤伯說，「妳會想說那些痛彈人也不是多健康，誰知道他們都吃些什麼。」

「器官豬都很健壯。」桃碧說。

「但牠們不能扣扳機，」澤伯說，停頓一下，「如果我們明天都活下來，也許我們該辦一場營火會，有綠樹枝的那個。」

桃碧大笑：「你不是說那只是毫無意義的虛名嗎？」

「即使是毫無意義的虛名有時候也會有某些意義，」澤伯說，「妳是拒絕我了嗎？」

「不，」桃碧說，「你怎麼能這樣想？」

「我怕最壞的事情會發生。」澤伯說。

「最壞的事情就是我拒絕你嗎？」

「不要在男人脆弱的時候火上加油。」

「我只是很難相信你是認真的。」桃碧說。

澤伯嘆氣：「我們睡一下吧，寶貝，以後再解決這事。明天就要到了。」

蛋殼

Eggshell

閱兵

桃色的薄暮籠罩東方，天就要亮了，一天之初是那麼涼爽、又那麼輕柔，太陽尚未成為一枚熱辣的探照燈。烏鴉在天外，互相交換信號：呱！呱呱！呱！牠們在說什麼？注意！注意！又或者：狂歡即將開始！有戰爭的地方，就會有烏鴉，牠們熱愛腐肉。還有渡鴉，牠們像老戰鬥機，眼球食客。還有禿鷹，來自往日傳統的腐壞鑑定家。

停止這病態的獨白吧，桃碧告訴自己，我們需要積極正面的視野，所以才會有喇叭吹奏、鼓聲激昂的鼓號樂隊，音樂對士兵說：我們所向無敵。他們必須相信那些說話的旋律，因為沒有音樂，誰能安然無畏地面對死亡？曾傳說披熊皮的北歐戰士，會在出征前用能致幻覺的北方菌菇把自己弄嗨，大概是毒蠅傘，琵拉爾在園丁會是這麼教的，課程叫做「古代蘑菇實例，進階學生專屬」。

也許我該在水裡放點東西，她想，對腦子下毒，然後往前衝去殺人，或者被殺。

她站起身，把粉紅色床單從身上解開，一邊發抖。有露水，髮梢跟睫毛有潮濕的水珠，她的腳很麻，她的步槍放在原來的地方，隨手可及，雙筒望遠鏡也在。

澤伯已經起來了，趴在圍欄上。「昨晚我睡著了，」她對他說，「實在不是好的看守人，抱歉。」

「我也是，」他說，「沒關係，有事器官豬會發出警報的。」

「警報？」她說，笑了一聲。

「妳真是拘泥小節。好吧，咕噥拉警報，我們的豬友們最近很忙。」

桃碧朝著他的視線看去，遠方低處，器官豬群已經夷平草地上所有雜草跟樹叢，從那邊一直到芳療館樓房，其中五隻大的還在忙著，踩爛任何比腳踝高的物體，揉成一團。

「這樣沒人能躲起來偷窺他們了，這很確定。」澤伯說，「聰明的傢伙們，牠們很懂得掩護。」桃碧注意到牠們在中距離處留下一叢葉子。她用望遠鏡偷偷觀察，那肯定是在標記她殺死的那隻公豬，那時她與器官豬群之間就泉馨芳療館的花園引發地盤大戰，牠們還沒把殘骸吞掉，這有點奇怪，因為牠們倒是很願意吃掉死掉的小豬仔。

這種事情會不會跟牠們之間的階級有關？母豬會吃小豬，但沒人會吃公豬？接下來呢？要立紀念碑嗎？

「晶玫瑰真可惜啊。」她說。

「是啊，我自己種的。但它們還會再長，那該死的東西只要一長，就跟葛草一樣難滅。」

「不過克雷科人早餐要吃什麼呢？」桃碧說，「現在樹叢都沒了，我們不能讓他們在森林邊晃蕩吧。」

「器官豬也想到了，」澤伯說，「妳看看游泳池旁邊。」

很清楚地，那邊放了一堆新鮮草料，一定是器官豬搜集來的，因為沒有別人了。

「還真體貼。」桃碧說。

「屁，牠們是聰明，」澤伯說，「說到這個。」他伸手指著。

桃碧舉起望遠鏡，三隻中型器官豬，其中兩隻有斑點，一隻近乎全黑，正怒氣沖沖地從北邊跑來，正勤奮地推平草地的器官豬群連忙轉身、奔跳著去跟牠們會合。一陣咕噥、一陣嗅聞之後，所有豬耳朵都朝前，尾巴都捲著溜溜轉，總之牠們既不恐懼、也不生氣。

「不知道牠們在說什麼？」桃碧說。

「很快就會知道的，」澤伯說，「牠們死活等不及要告訴我們了，我們對牠們來說只是步兵而已，牠們已經覺得我們笨得像樹樁一樣，儘管懂得用噴槍，但牠們才是將領，我敢說牠們已經把戰略都想好了。」

蕾貝佳肯定到處尋尋覓覓在找雜什。

早餐有泡過魔髮羊奶的黃豆片，加了糖，配上特別加菜的一茶匙酪梨身體奶油，泉馨芳療館用的美容產品有很多聽起來像食物的東西：巧克力慕斯面膜、檸檬蛋白糖霜磨砂面膜，還有很多種身體油，滿滿的都是基礎脂肪。

「那個竟然還有剩下的？」桃碧說，「我很確定我之前都吃完了。」

「這個藏在廚房裡，在其中一個有蓋的湯盤下面，」蕾貝佳說，「也許是妳自己放進去後忘記了，妳在這棟樓的某處應該還有個亞拉臘存貨區，在妳工作的期間一點點累積的。」

「是，但那是在補給室，」桃碧說，「一點這裡，一點那裡。我把它藏在清腸劑大包裝裡面，我不可能把自己的存貨放在廚房裡，別人會找到的，最有可能是某個員工藏在那的，他們以前試過——藏一些高檔的泉馨產品起來，把它們賣去平民區的灰色市場，但我每兩星期會查一次存貨，所以我通常能揪出他們來。」

她倒不是每次都會舉報這些人，這份工作又沒多給錢，幹麼賠上性命？

早餐結束，他們在大休息室集合，這裡曾經是送上粉紅果汁飲料的地點，有酒精或無酒精，用來歡迎剛到達的客戶。瘋狂亞當成員，以及前園丁會的人，都到場了，其中一頭公豬也在，以及緊靠著牠的小黑鬍。其他的克雷科人都還在外面的泳池邊，大嚼他們成疊的早餐草，其他器官豬也差不多，都在猛嚼。

「所以，」澤伯說，「現在情況是，我們知道敵人行進的方向，他們有三個人，不是兩個，豬——器官豬群——很確定這點。我們沒看清楚過這些人，偵察豬保持著距離避免被射擊，但牠們一直有追蹤。」

「有多遠？」犀牛問。

「夠遠了，他們比我們早出發許多，但是對我們有利的是，器官豬說他們走不快，因為其中一個人瘸腳，拖著腳走。是不是？」他對小黑鬍說，小黑鬍點頭。

「一條臭腳。」他說。

「這是好事，壞事是他們正朝著回春真精園區行進，也就差不多等於天塘計畫圓頂屋。」

「哦法克，」吉米說，「這樣他們會找到噴槍的電池組！」

「你想他們是去找電池的嗎？」澤伯，「抱歉，蠢問題，我們不可能知道他們的目的。」

「如果他們不只是到處遊蕩，我們可以假設他們有特定目的，」克郎說，「第三個人——他可能是發號施令的人。」

「我們趕在他們前面，」犀牛說，「不能讓他們靠近，不然他們會軍火充足很長一段時間。」

「而且我們很快就要用完了，」薛克頓說，「我們的電池組剩很少了。」

「所以，唯一的問題，」澤伯說，「誰跟我們去，誰留下？有幾個很確定的，犀牛、克郎、薛克頓、柯洛齊、海牛、吸蜜蜂鳥都要去，當然還有桃碧，所有懷孕的女人都留下，芮恩、亞曼達、閃狐，還有誰肚子大了……有誰要承認的嗎？」

「性別角色真討厭。」閃狐說。

那你就別再玩弄性別角色了，桃碧心想。

「同意，」澤伯說，「但那就是現實，我們不能讓人無預警地在……在這段期間大出血吧，還有誰得來的，白紗草？」

「她是和平主義者，」令人意外的是，亞曼達說話了，「還有你知道，蓮灰蝶，會痙攣。」

「那就留下來，還有任何有殘疾的人，或是其他疑慮的嗎？」

「我想去，」蕾貝佳說，「而且我很確定我沒懷孕。」

「妳跟得上嗎？」澤伯說，「這是我下一個問題，老實說，妳可能讓自己與他人處於危險中，退役的痛彈人不是開玩笑的，雖然只有三人，但都是致命武器，這次野餐不適合神經質的人。」

「好吧，算了，」蕾貝佳說，「自我認識，年老體衰，無力，更別說神經質了，我留下。」

「我也留。」白鯨說，

「還有我。」塔摩洛水牛說。

「還有我。」象牙啄木鳥說，「在男人的生命中，有時候無論頭腦多麼靈敏，俗世軀殼卻受到種種限制，尤其是膝蓋，還有說到這個主題……」

「對，還有小黑鬍跟我們去，我們需要他，看起來他對器官豬想傳達的訊息很有辦法。」

「不，」桃碧說，「他該留下，他只是個小孩。」如果小黑鬍被殺，她覺得自己一定活不下去，尤其是想到如果痛彈人抓到他以後會怎麼殘殺他。「而且他沒有恐懼感，碰到人類的時候——沒有任何現實的感受——他可能一跑就跑到空曠的交火處，或是被抓住當成人質，那樣該怎麼辦？」

「對，但我不知道沒有他我該怎麼辦。」澤伯說，「他是我們跟豬之間溝通唯一的使者，而那很關鍵，我們得冒這個險。」

小黑鬍自身也在考慮這項交換。「別擔心，噢桃碧，」他說，「我得去，豬一們說過了，奧麗克絲會幫助我們，還有法克。我已經叫了法克，他正在飛過來的路上，就是現在，你們等著。」桃碧完全無法反駁這些，她自己看不見奧麗克絲或是很熱心助人的法克，也不能理解器官豬在說什麼，在小黑鬍的世界裡，她是又聾又瞎。

「如果他們拿出棍子指著你，」她對他說，「那些人，你一定要趕快趴在地上，或是躲到樹後，如果有樹，不然就找一面牆。」

「好的，謝謝，噢桃碧。」他很有禮貌地說，他顯然已經聽過這些話了。

「那好，」澤伯說，「都清楚了嗎？」

「我也去。」吉米說，每個人都看著他，每個人都以為他會留下來，他依然瘦得像樹枝、蒼白得像馬勃菇。

「你確定嗎？」桃碧說，「你的腳怎麼辦？」

「沒關係，我能走，我得跟去。」

「不覺得很明智。」澤伯說。

「明智，」吉米說著，賊笑了一下。「從沒人那樣罵過我。但如果我們要去的是天塘圓頂屋，那我一定得去。」

「因為？」澤伯說。

「因為奧麗克絲在那兒，」一陣尷尬的沉默，這太瘋狂了。吉米環顧四周，有點緊張地露齒笑了，「好吧，我沒瘋，我知道她死了，但你們需要我，」他說，「因為洪水之後我曾經回到那裡。」吉米說。

「所以？」澤伯說，提高音量，「念舊？」桃碧推測著他提高音量的含義：把這個腦傷的呆子趕走好嗎。

吉米固守立場：「所以我知道所有東西在哪，比如說電池組，還有噴槍，那邊有很大一批存貨。」

澤伯嘆氣。「好吧，」他說，「但如果你拖慢隊伍，我們就得把你送回來，由非人類單位護送。」

「你是說那些狼人豬嗎，」吉米說，「早就體驗過了，牠們認為我是廢物，別想護送的事了，我能跟上。」

突圍

桃碧換上芳療館的家居服，在頭上戴一只拆開的枕頭套防太陽曬，運動衫上的紅唇跟眨眼圖案太不搭了，一點也不像軍隊，顏色是粉紅色這點也很糟，容易成為目標，但泉馨裡面並沒有卡其布料。

她檢查自己的步槍，把一些多的彈藥放進粉紅色的芳療提袋裡，另外還有一些芳療館的棉布半筒襪，腳背嵌著絨毛布球：她穿上一雙，又帶了一雙，如果澤伯敢對她的著裝說半句話，她會氣得揍他。

她在主休息室裡分配水瓶，裝滿了蕾貝佳在芮恩、亞曼達的幫忙下，預先妥善燒開的水，泉馨芳療館非常強調健身時段的補水，所以這裡的塑膠瓶夠多。

瘋狂亞當們也從泥草屋帶來一些勁力棒，還有一些冷凍的碎葛草。「足夠補充體力就好，行李不要太重。」澤伯說，「留一些以後用。」

他看著桃碧身上粉紅唇印的外衣。

「妳要參加什麼試鏡嗎？」

「很明亮。」吉米說。

「好像搖滾巨星，」犀牛說，「差不多。」

「很好的掩護啊。」薛克頓說。

「他們會以為妳是一株木槿花。」柯洛齊說。

「這是一把步槍，」桃碧說，「我是這裡唯一會用這把槍的人，所以閉嘴。」他們都賊賊地笑了。

然後他們啟程。

三隻偵察豬走在最前面，不斷朝地上嗅聞，在他們兩邊各有一隻豬扮演著前驅，用豬鼻前端濕濕的吻探測空氣，桃碧心想，這是氣味雷達。牠們得到的感知強度超出我們遲鈍感官多少倍？就像鷹隼的視覺，牠們有的是嗅覺。

六隻比較年輕的器官豬——才比豬仔大一點——在偵察豬、前驅豬，還有載著比較老又重的器官豬的車——指揮坦克，那些曾經是武裝車輛——之間來回奔跑、傳遞信息。

儘管牠們大隊車馬，牠們移動速度快得驚人，目前牠們以穩定速度前進，保持體力：馬拉松的配速，不是短跑。咕噥聲並不多，且完全沒有嚎叫聲，就像長征中的軍人，牠們在節省呼吸。牠們的尾巴捲起但不動，粉紅色的耳朵朝前伸，在早晨陽光的照耀下，牠們看起來幾乎就像卡通版可以抱在手上的可愛微笑小豬，情人節小豬抓著紅色心形的糖果盒，有邱比特翅膀的那種：如果小豬可以飛，牠會為你帶來愛情！

但只是幾乎而已，這些豬都毫無笑容。

如果我們要執旗，桃碧心想，旗子上面該有什麼？

一開始行軍很輕鬆，他們穿越草地被壓平的部分，地上還有幾個手提袋、靴子、還有骨頭從地下穿刺而出，都是瘟疫受害者遺留的，如果那些東西被雜草蓋住，就可能會絆倒行軍部隊，但現在都看得很清楚，所以容易避開。

魔髮羊被分散到遠處，正在草地邊上嚼食著刻意留下來餵羊的牧草，五隻器官豬被委託負責照看牠們，牠們看起來不大把自己的職責當一回事，也就是說牠們聞不出危險的氣味。有三隻正在用鼻子拚命摧毀植物生態，一隻在泥堆裡打滾，而第五隻則在打盹，如果牠們遇上一隻綿羊獅，會發動攻擊嗎？毫無疑問會。但一對綿羊獅呢？也許還是會，但在牠們靠近之前，年輕的傢伙就會把魔髮羊聚集起來一路趕回芳療館了。

離開草地之後，部隊朝北走，穿越森林，那片森林包圍著泉馨空地，且將外圍的籬笆遮住，北邊的門房已經廢棄，裡外都沒有生命跡象，除了一隻躺在走道中間曬太陽的浣鼬，人馬靠近時，牠站了起來，但卻沒有要跑的意思，這些動物都太過友善，在另個比較嚴苛的世界裡，牠們都已經變成帽子了。

接下來，城市裡的街道比較難行，許多砸爛被丟棄的車輛堵著人行道，到處都是碎玻璃跟扭曲的金屬，葛藤早就已經無情地侵入，把這殘破的景象包上柔軟的綠色絨毛。器官豬很講究地挑選路線，以免傷害到牠們的蹄，人類穿著厚重的鞋子，但他們仍舊必須小心前進，時時注意腳下。

桃碧早就料到小黑鬍來到這滿布碎片跟尖銳物的街道上會有問題，果然，他的腳底縱使長了一層超厚皮膚，但也只夠應付土地跟沙地，最多碎石路，不過桃碧早有先見，她出發前在瘋狂亞當們剩下的存貨中翻找可能適合小黑鬍的鞋子，找到一雙赫爾默斯多功能訓練鞋。起初要他把這些東西穿上腳，令他非常擔心——會痛嗎？會黏在我身上嗎？以後能不能脫掉呢？但桃碧教他如何穿上，如何脫掉，告訴他如果他的腳被尖銳物弄傷的話，他就不能再往前走了，那誰來告訴他們器官豬的想法？經過幾回練習，他終於同意穿鞋，這雙鞋有著貼花的綠色翅膀，還有每走一步路就會閃的燈——電池還沒用完，而現在他可能反而有點太過高興了。

他在部隊中央前方，聽著偵察豬的軍情報告，這不能叫聽，應該說接收，總之他有他的方法。很顯然到目前他還沒收到任何值得傳達下來的新聞，他眼神不時往後看，注意著澤伯的位置，還有桃碧。他又那樣快活地搖著小手了，意思肯定是：一切都好。或者只是：我看見妳了，或：我在這裡，甚或是，只是猜的：看我的鞋子好酷！他高昂清澈的歌聲，夾帶著陣陣脈衝——克雷科國度的摩斯電碼——穿過空氣傳到她耳中。

器官豬們一路上不斷傾斜抬頭看牠們的人類同盟，但牠們的心思只能猜測，跟牠們比起來，用兩條腿走路的人類看來實在太慢了，牠們快被激怒了嗎？憂心忡忡嗎？不耐煩嗎？對槍砲的支援感到欣慰？這幾樣牠們都沒問題，因為牠們擁有人類的大腦組織，可以同時耍弄幾種互相矛盾的情緒。

牠們貌似給每個持槍的人都配了三名護衛，護衛不擠推、不跟群也不指揮，但牠們與負責對象保持兩碼的距離，牠們的耳朵警覺地一直擺動，沒拿噴槍的瘋狂亞當成員則各有一隻豬在旁。另一方面，吉米則有五隻，牠們已經意識到他有多脆弱嗎？目前他一直都能跟上，但他已經開始冒汗了。

桃碧放慢腳步去查看他的情況，她把自己的水瓶給他：他看來已經喝乾自己水瓶的水了。全部的器官豬們——她自己的三隻、吉米的五隻——在他們倆周圍改變隊形。

「豬肉長城，」吉米說，「培根部隊，火腿重裝步兵。」

「重裝步兵？」桃碧問。

「那是希臘的東西，」吉米說，「市民軍隊一樣的部屬，用交錯的盾牌組起一道牆，我在書裡讀到的。」他有點喘不過氣。

「也許那種護衛是種榮譽，」桃碧說，「你還好嗎？」

「這些東西害我緊張，」吉米說，「我怎麼知道牠們不會故意帶我們迷路，然後突襲我們、嗑光我們的內臟？」

「我們不知道，」桃碧說，「但我會說機率很小，他們要吃早就吃了。」

「奧克姆的剃刀。」吉米說著，咳起來。

「再說一次？」桃碧說。

「那是克雷科的話，」吉米傷感地說，「要是有兩種選擇，你選擇最簡單的那個，克雷科的話就會說，最優雅的那個。這混蛋。」

「奧克姆是誰？」桃碧問，他是不是有點瘋？

「某個修士之類的，」吉米說，「或者主教，或者一隻聰明的豬，奧克火腿，」他大笑，「抱歉，不好笑。」

他們不發一語地又走了一兩個街口，然後吉米說：「劃下生命的刮鬍刀片。」

「說什麼？」桃碧說，她很想摸摸他的額頭，是不是發燒了？

「那是一句老話，」吉米說，「意思說你處境很危險，而且，你的喉結說不定會被削掉。」他的跛行越來越醒目。

「你的腳沒事嗎？」桃碧問，沒有答覆，他頑固地跌撞往前。「也許你該回去了。」她說。

「他媽的絕不可能。」吉米說。

眼前的路被一棟半倒住宅的殘骸給堵住了。之前這裡失過火——澤伯說，很像是電線走火，他收到偵察豬回報繞道訊息，叫停了隊伍。燒焦的氣味還在空中，器官豬不喜歡，其中有幾隻噴著氣。

吉米坐在地上。

「什麼事？」澤伯問桃碧。

「他的腳又痛了，」桃碧說，「之類的。」

「所以我們得把他送回芳療館了。」

「他不走。」桃碧說。

吉米的五隻豬開始嗅他，不過保持著禮貌的距離，其中一隻往前去聞他的腳，現在兩隻輕推著他的手臂，一邊一隻。

「走開，」吉米說，「牠們想怎樣？」

「小黑鬍，麻煩你，」桃碧說，招手叫他過來，他擠進豬群，一陣沉默的交流，接著幾個音符。

「雪人吉米必須騎，」小黑鬍說，「牠們說他的……」其中一個字桃碧無法解讀，聽起來像咕噥又像咕嚕。「牠們說他身體部分很強壯，中間很強壯，但是腳很弱，牠們必須載他。」

其中一隻器官豬往前站，不是最胖的那隻，牠在吉米旁邊低下身子。

「牠們要我做什麼？」吉米問。

「拜託，雪人吉米，」小黑鬍說，「牠們說你一定要在背上躺好，摀住耳朵，另外兩隻會在你左右不讓你摔下來。」

「這很蠢，」吉米說，「我會滑下來的。」

「這是你唯一的選擇了，」澤伯說，「搭一程便車，不然就留在這。」

當吉米就定位，澤伯說：「有繩子沒有？可能有點幫助。」

吉米像個包裹一樣被綁上器官豬，他們再度啟程。「所以牠的名字是舞者還是普者？還是什麼？」吉米說，「你說我該拍拍牠嗎？」

「請便，雪人吉米，謝謝。」小黑鬍說，「豬一們告訴我說，抓抓耳朵後面是很好的事。」

很多年之後，當桃碧講起這個故事，她喜歡說器官豬載著雪人吉米像一陣風樣地飛，那樣說一個殞落的戰友是很恰當的，特別是一位曾經執行那麼重要的任務——專程拯救桃碧性命的任務——的戰友，如果雪人吉米沒有被器官豬載走，桃碧會像今晚這樣跟大家一起坐在這嗎？不，她不會，她會在接骨木樹叢下的泥土裡分解成另一種形體，一種跟現在非常不同的形體，這她只有私下偷偷想過。

所以，在她的故事裡，提到這隻器官豬像風一樣飛。

說這個故事的困難在於，桃碧無法將這隻飛行豬的名字好好地發音，她讀得一點也不像原版有厚重咕噥的感覺。不過克雷科人觀眾群中似乎沒人介意，儘管他們偷笑了一會。小孩子編了一個遊戲，是由其中一人扮演像風飛翔的器官豬女英雄，帶著堅毅的表情，另一個小的則扮演雪人吉米，也帶著堅毅表情，緊趴在牠背上。

她的背上，器官豬不是物體，她得把話講對，完全出於尊重。

那個時候，事情有點不一樣，運送吉米的豬跑得有點顛簸，牠的背又圓又滑，吉米被顛得上下跳，而且隨時可能滑下去，一次是從左邊，一次是右邊，當這種情況發生，側翼的豬就用牠們的豬吻用力往上推，推在他的胳肢窩下，每次都讓他神經質地大叫，因為會癢。

「我他媽的老天，妳可以叫他閉嘴嗎？」澤伯說，「我們難不成在吹風笛？」

「他沒辦法克制，」桃碧說，「那是反射動作。」

「如果我在他頭上敲一下，那也算是反射動作。」澤伯說。

「他們可能知道我們要來，」桃碧說，「他們可能已經看見偵察豬了。」

他們依照器官豬的引導往前，不過提供語言指引的則是吉米。「我們還在平民區裡，」他說，「我記得這個地方。」然後：「我們往上去往無人區，通往園區之前的緩衝空地。」

然後：「主要安全防禦工事快到了。」過了一陣子：「在那裡，凍才園區，接下來的是精靈——侏儒，看看那他媽亮燈的精靈標誌！太陽能一定還能用。」

然後：「現在大的來了，回春真精園區。」

烏鴉站在牆上，四隻，不，五隻。琵拉爾以前說過，一隻烏鴉代表哀傷，一隻以上，則是保護者，要不就是騙子，你自己猜。

其中兩隻烏鴉飛起，在頭頂盤旋，打量著他們。

回春的大門敞開，裡面的是死去的房舍、死去的購物中心、死去的實驗室，一切都已死去，一片片破布、廢棄的太陽能車。

「感謝老天有豬帶，」吉米說，「沒有牠們簡直是大海撈針，這個地方是個迷宮。」

但器官豬群很確定牠們的路線，牠們持續往前疾行，一點猶豫也沒，過了一個轉角，又另一個。

「就是那裡，」吉米說，「往上去，就是通往天塘的大門。」

蛋殼

克雷科個人一手規劃出天塘計畫，周邊建有緊密的安全防護網，外加回春的障礙牆，裡面有一座公園，包含著一系列熱帶生物基因組合的氣候微調植被，能夠容許乾旱跟水災。在正中間則是天塘圓頂屋，中央氣候控制外加氣密鎖，那是克雷科堅無可破的蛋殼，他當年的珍寶——美麗新人種——都珍藏在那兒，他在圓頂的正中央設置了人工生態系，克雷科人就帶著他們奇異的完美天性在那裡降臨到世界上，在那裡生活、呼吸。

他們來到了圍牆的大門邊，停下來先行偵察，根據器官豬打的旗號——不動的尾巴跟耳朵，兩邊的門房屋裡都沒有人煙。

澤伯指示大家休息片刻，他們必須恢復體力，人類們靠著瓶子裡的水跟半根勁力棒回神，器官豬找到一棵酪芒樹，正在大啃被風吹落的果實，橘色的橢圓果實在牠們嘴邊爆出果粒，肥美的種子被嚼碎，發酵的甜味充斥在空氣中。

希望牠們不要喝醉了，酒醉的器官豬，那可不妙。「你還好嗎？」她問吉米。

「我記得這個地方，」吉米說，「每個細節都記得，多希望我能忘掉。」

他們的前方是通往森林的路，未經修剪的枝幹都伸進了上方的光廊，風吹又生的雜草從邊緣挺進，沒有節操的藤蔓懸掛在上空，在那一片膨脹起來的植被泡沫中，兀自浮現的圓頂曲線，就像病患被麻醉的半邊白眼，那座圓頂，它必定有過光輝燦爛的往日，它多麼像那歡慶秋收的滿月，又像充滿希望的日出，只差沒有灼燒的光芒，現在看來只是一片荒蕪，更明顯的是，像個陷阱：但是誰知道什麼東西躲在裡面，又在躲誰呢？

但是只是因為我們知道得太多，桃碧想，對不知情的觀眾來說，這個畫面上沒有任何暗示死亡的東西。

「噢桃碧，」小黑鬍說，「看！這就是蛋！克雷科創造我們的地方！」

「你還記得那些事？」桃碧問。

「我不知道，」小黑鬍說，「不太多，裡面有樹在長，會下雨，但不會打雷，奧麗克絲每天都來看我們，她教會我們好多事，我們那時很快樂。」

「裡面可能已經不一樣了。」桃碧說。

「奧麗克絲不在那兒了。」小黑鬍說，「她飛走了，因為雪人吉米生病了，她想幫他，對嗎？」

「是的，我想她有。」桃碧說。

年輕的偵察豬已經被派往前方用嗅覺排除任何可能的埋伏，現在牠們正經過蓋滿落葉的水泥路上疾速返回，牠們的耳朵往後擺，尾巴在背後伸直：拉警報了。

較年長的豬暫且停下酪芒樹下的挖掘派對，小黑鬍連忙跑過去，一場快速的商議展開，瘋狂亞當們聚集在周圍：「怎麼了？」澤伯問。

「他們說壞人就在蛋的附近。」小黑鬍說，「三個，有一隻被繩子綁著，他臉上有白色羽毛。」

「他穿什麼衣服？」桃碧問，這是為了確定是不是亞當一常穿的束腰長袍？但是這要怎麼問？她修正後改問：「他有沒有第二層皮膚？」

「可惡，」吉米說，「別讓他們靠近緊急儲藏室！不然他們會拿走全部的噴槍，然後我們就死定了！」

「是的，他有第二層皮膚，像妳，」小黑鬍說，「但不是粉紅色的，是別種顏色，很髒。他只有一隻那個東西穿在腳上，一隻鞋子。」
「我們該怎麼做？」犀牛說，「我們移動得不夠快。」
「我們先派出幾隻豬，」澤伯說，「跑得快的，牠們可以抄森林的近路。」
「然後怎樣？」犀牛說，「牠們不能守住大門，那些人有噴槍，我們也不知道他們手中剩下多少電池。」
「我們不能讓器官豬像桶裡的老鼠一樣被射死，」桃碧說，「吉米，當你走進天塘入口時，儲藏室在哪個方向？」
「那邊有兩道門，一道氣密式，一道內門，現在兩道都開著，我之前打開的。你從大廳往左走，然後右轉，再左轉，該死的豬們得衝進那道門然後把門從裡面鎖上。」
「好，那我們怎麼跟牠們說明？」澤伯說，「桃碧？」
「左右可能會是個問題？」桃碧說，「我想克雷科人沒有這個觀念。」
「努力想，」澤伯說，「沒有時間了。」
「小黑鬍？」桃碧說，「這是一張蛋的照片，如果你從上面俯視就是這個模樣。」她用樹枝在泥垢上畫出一個圓。「看懂嗎？」
小黑鬍看著圖點頭，雖然不是很確定的樣子。
我們真是命懸一線，桃碧心想。「很好。」她假裝真心地說，「你可以把這些告訴豬一們嗎？跟牠們說，牠們五隻得跑得很快很快，穿過樹林，牠們得跑在壞人前面，進入蛋，然後牠們得到這裡，」她用樹枝描著線條路線，「然後到這裡，這樣對嗎？」她問吉米。
「足夠了。」吉米說。

「牠們得把門關上，牠們得趴在門後，不讓壞人進去那個房間。」桃碧說，「你能把這些全告訴牠們嗎？」

小黑鬍看起來很迷惑，「為什麼那些人要進去蛋裡？」他問，「蛋是用來創造的，他們已經被創造出來了。」

「他們去找一些殺人的東西，」桃碧說，「能戳洞的棍子。」

「可是蛋是好的，它沒有殺人的東西。」

「現在有了，」桃碧說，「我們得快點了，你能告訴牠們嗎？」

「我試試看。」小黑鬍說，他跪在地上，兩隻最大的器官豬低下牠們壯碩的頭，各自靠近他臉的兩側，一根巨大的豬牙就在他脖子旁，桃碧打個冷顫。他一邊跟隨著桃碧用樹枝在沙上畫的記號，一邊開始唱歌，器官豬用鼻子聞著圖表，哦不，桃碧想，這樣行不通的，牠們以為那是吃的。

但器官豬舉起豬吻走回群體中，低聲咕噥著，尾巴焦躁地動著。無法決定？

五隻中等體型的豬從隊伍中站出，往外小跑出發，兩隻朝左邊的路走，三隻朝右，地上的雜亂叢林逐漸吞沒身影。

「看來牠們聽懂了。」犀牛說，澤伯賊笑。

「很好，」他對桃碧說，「我早知道妳有潛力。」

「牠們要去蛋那邊，」小黑鬍說，「牠們說不會靠那些人太近，牠們要小心棍子的事情，會流血的。」

「希望牠們能成功，」澤伯說，「開始健行吧。」

「不會很遠，」吉米說，「總之，他們是不能從窗戶對我們開槍的，因為根本就沒有窗戶。」他虛弱地笑著。

「澤伯？」啟程上路時，桃碧說道，「第三個男人？我不確定，但我想應該是亞當一。」

「對，我知道，」澤伯說，「我之前已經猜到了。」

「我們要怎麼把他弄回來？」

「他們會想交易。」澤伯說。

「用什麼交易？」

「假設豬群把他們團困住，就會要噴槍。或者別的。」

「比方說什麼？」

「比方說，妳，」澤伯說，「站在他們的立場，我就會這麼做。」

對，桃碧想，他們會想報仇。

天塘圓頂就在面前，一切都好安靜，氣密門開著，三隻小豬先進入，然後又出來。「他們在裡面，那些男人，」小黑鬍說，「不過是很裡面，不在門的附近。」

「我得先進去，」吉米說，「幾分鐘就好。」桃碧緊跟在他後面。

氣密間地上有兩具被毀壞的骸骨，骨頭都被啃食過搗亂了，毫無疑問是動物做的，黴菌長滿像地毯，有一隻紅粉相間的涼鞋。

吉米跪倒在地，雙手蓋住臉，桃碧伸手碰他的肩。「我們得走了，現在。」她說，但他卻說：「別管我！」

有一條粉紅色的髒緞帶，綁在其中一個頭骨剩下的黑色長髮上，頭髮爛得非常慢，園丁會的人總是這樣說。吉米把結摘下，把緞帶綁在自己的手指上。「奧麗克絲，噢老天，」他說，「你這混蛋，克雷科！你可以不用殺她的！」

澤伯已經站到桃碧身邊，「也許她本來就生病了，」他對吉米說，「也許他沒有她活不下去。來吧，我們得進去了。」

「噢法克，別用該死的陳腔濫調唬弄我！」吉米說。

「我們可以暫時把他留在這裡，這裡很安全，我們走吧。」桃碧說，「我們得確定他們沒進到儲藏室。」

其他人就在門外等著——瘋狂亞當們、還有器官豬群的主體。「怎麼了？」犀牛說。

小黑鬍拉扯著她的手：「拜託，噢桃碧，什麼是陳腔濫調？」他問。

桃碧根本不知道自己答了什麼，因為現在她還處於事實的打擊中：那兩具骨骸就是奧麗克絲與克雷科。她聽見吉米說的話，深深地打中她，當吉米表情驚恐地往上看著她，她看得見那種突來的墜落、崩潰、損害。

「噢桃碧，這是奧麗克絲嗎？那是克雷科嗎？」他說，「雪人吉米說的！但這些都是臭骨頭，好多好多的臭骨頭！奧麗克絲與克雷科應該要很美麗！就像故事一樣！他們不可能會是臭骨頭！」他開始哭，心碎地哭。

桃碧跪下，用手臂環抱著他，緊緊地擁抱。能說什麼呢？要怎麼安慰他？面前的是這樣一片末世的哀傷。

關於作戰的故事

今晚桃碧沒法說故事，她太過悲傷，為了那些死去的人物悲傷，他們在那場交戰中死去。所以現在讓我試著為你們訴說這個故事，我想用正確的方法告訴你們，可以的話。

首先我把紅色的帽子戴到頭上，雪人吉米的帽子，上面這些記號，你們看：這些都是聲音，這個說的是：紅，那個說的是：襪。

「襪」對克雷科來說是個特別的字，我們不知道它的意思，桃碧也不知道，也許我們以後就知道了。

不過看吧——紅帽子在我的手中，它不會傷害我，我也沒長出多一層皮膚，我有自己的皮膚，一樣的。我可以把帽子脫下，我也能再把它戴上，不會黏在我的頭上。

現在我會吃掉這條魚，我們不吃魚，也不吃臭骨頭，那些不是給我們吃的，這真的很困難，吃魚這件事，但我必須要做，克雷科為了我們也經歷了許多困難，那時他還住在地球上，還有著人類的形體，他為了我們把混沌都清除，還有……你們先不用唱歌。

……他也做了其他很多很艱難的事情，所以今天我也嘗試來做這件艱難的事——吃掉臭骨頭魚。牠煮熟了，牠很小一條，說不定我只需要把牠放到嘴巴裡一下再拿出來，這樣也許對克雷科來說就足夠了。

像這樣。

為我這個病人製造的噪音，我很抱歉。

請把這條魚拿走吧，丟到森林裡，螞蟻們會很高興，蛆蟲們會很高興，禿鷹們也會很高興。是，味道很糟，嘗起來就像臭骨頭的味道，也像死人的味道，我得嚼好多樹葉才能擺脫那個味道，但如果我沒有努力嘗試難吃的東西，我就沒辦法告訴你們克雷科跟我說的故事，從雪人吉米的時候就是這樣，桃碧也是這樣，吃魚是艱難的挑戰——那臭骨頭的滋味——也是必經之路，先撐過壞事，才有故事。

謝謝你們的呼嚕，我現在覺得好多了。

這是關於戰場上的故事，關於澤伯與桃碧、雪人吉米跟其他兩層皮的人，還有豬一們如何一起清理壞人，就像克雷科清理掉混沌中的人，為我們創造美好安全的生活空間一樣。

而且桃碧跟澤伯還有雪人吉米，與其他兩層皮的人與豬一們，他們必須清理壞人，因為如果不這樣，我們住的地方就會永無安寧，壞人會像殺掉豬一寶寶一樣殺掉我們，用刀子，或者用那種會戳洞、害我們流血的棍子，這就是原因。

桃碧告訴我原因，這是一個好原因。

豬一們也幫忙他們，因為牠們不想再有豬一寶寶被用刀、或用那種棍子、或以任何方式——例如繩子——殺死。

豬一們比誰都會聞，牠們比兩層皮的更會聞，牠們也比我們還會聞，所以牠們來幫忙，幫忙聞壞人留在地上的腳印，還有壞人行蹤的跡象，也會幫忙追壞人。

我也在場，這樣我才能告訴他們豬一們在說什麼，我那時腳上穿了鞋子，你看鞋子，在那邊，看到沒？鞋子上面有燈光，還有翅膀，那是克雷科送來的特別禮物，有了鞋子我很感恩，於是我說：謝謝你。我只需要在有危險的時候、還有必須清理壞人的時候才需要穿上，所以我現在沒穿鞋子，但我把鞋子放在身邊，因為它們是故事的一部分。

但在那個時候，我穿著鞋子，走了好長的路，到了一個地方，那邊有很多樓房，但它們都快要倒了，所以我們不會再去那裡，那一次我去了，而且我也看到很多事情。我看到混沌殘留下來的東西，很多，我看到很多空蕩的樓房，很多，我看到空的皮膚，很多，我看到金屬跟玻璃的東西，很多。而且豬一們背著吉米。

然後豬一們用牠們的鼻子追蹤著壞人走，牠們發現壞人已經離去，而壞人跑進了蛋裡，儘管蛋只應該用來創造，而不應該製造殺戮。

有幾隻豬一也進了蛋裡，進到那個放了殺人東西的房間裡，這樣壞人就無法得到那些東西。蛋很黑暗，不像以前那樣明亮。在蛋裡面我們看得見東西，我的意思不是那種黑暗，而是一種黑暗的感覺，有一種黑暗的氣味。

雪人吉米走進蛋口的第一扇門，找到一堆臭骨頭跟另一堆臭骨頭，都混在一起了，他非常傷心，摔倒跪著，一直哭，桃碧想幫他呼嚕，但他說：「別管我！」

然後他從其中一堆臭骨頭的頭髮上，拿起一個粉紅色扭曲的東西，把它握在手中，然後他說：「奧麗克絲，噢老天。」然後他說：「你這混蛋，克雷科！你可以不用殺她的！」然後澤伯說：「也許她本來就生病了，也許他沒有她活不下去。來吧，我們得進去了。」然後雪人吉米說：「噢法克，別用該死的陳腔濫調唬弄我！」

然後我對桃碧說：「陳腔濫調是什麼？」然後桃碧說，當人們想不出任何其他辦法時，那是一個幫他們渡過難關的詞，我那時希望法克正在火速地飛來幫忙雪人吉米，因為他麻煩大了。

我也有不小的難關，因為雪人吉米說那堆骨頭就是奧麗克絲與克雷科，我的心情非常糟糕，我也很害怕，然後我說：「噢桃碧，這是奧麗克絲嗎？那是克雷科嗎？雪人吉米說的！但這些都是臭骨頭，好多好多的臭骨頭！奧麗克絲與克雷科應該要很美麗！就像故事一樣！他們不可能會是臭骨頭！」然後我哭了，因為他們都死了，非常確定死了，都破碎了。

但是桃碧說，那兩堆骨頭不再是真正的奧麗克絲與克雷科了，它們只是外殼，就像蛋殼一樣。蛋也不是真的蛋，不是故事裡講的那樣，那只是一層蛋殼，就像小鳥孵化出來時會弄破然後遺棄的那種殼，而我們就像鳥，所以我們不再需要破掉的蛋殼了，對嗎？

而且奧麗克絲與克雷科現在已經有了不同的形體，非死的形體，善良親切，而且美麗，就像我們在故事裡學到的那樣。

所以那時我覺得好多了。

請先不要唱歌。

然後在我們進入蛋直到最底，裡面不亮、也不暗，因為有陽光透過蛋殼照進來，但是那種黑暗的感覺在空氣中無處不在，然後他們進行了一場作戰。作戰就是當有一邊想要清理另外一邊，而另外一邊也想清理這一邊。我們沒有作戰，我們不吃魚，我們不吃臭骨頭，克雷科如此創造我們，是的，善良仁慈的克雷科。

但克雷科也造了兩層皮的人，這樣他們可以作戰，他也把豬一們做成那樣，牠們用豬牙作戰，其他人用能戳洞流血的棍子來作戰，那是他們被創造的模樣。

我不知道為什麼克雷科要那樣造他們。

豬一們追逐壞人，牠們把壞人一路追到走廊上，然後又追進了蛋的中央，那邊有很多死掉的樹，跟我們被創造的時候不一樣：那時候樹上有很多葉子，美麗的水流，還會下雨，星星在天空閃耀，但現在已經沒有星星了，只有天花板。

豬一們稍後告訴我牠們追逐壞人時經過的所有地方，桃碧不讓我跟去，因為她說我可能會被戳洞流血，或者壞人會把我抓住，那就更糟了。所以我沒辦法看到所有事發的經過，但有很多喊叫聲，豬一們也在尖叫，讓我的耳朵好痛。豬一們尖叫的聲音真的非常非常大聲。

接著是各種混雜的聲音：奔跑聲，穿著鞋子的腳步聲。

然後是一片寂靜，那就是思考開始的時候，壞人開始思考、豬一開始思考、澤伯開始思考、桃碧，還有犀牛。他們希望豬一們追到壞人前面，這樣他們就能用棍子在他們身上戳洞，但是事與願違，在蛋裡面有太多太多的走廊。

其中一隻豬一來告訴我，在走廊上被追趕的壞人只有兩名，但進入蛋裡的壞人有三個，第三個在我們頭上，牠們聞得出來。他在我們上方，不過牠們不知道在哪？

於是我告訴澤伯與桃碧，澤伯說：「他們把亞當藏在二樓某處了，樓梯在哪？」而雪人吉米說共有四處防火梯，然後桃碧說：「你能帶我們去嗎？」然後雪人吉米說：「所以你從一邊追上去，他們從另一邊下來逃走，然後呢？」然後澤伯說：「可惡。」

三隻豬一在走廊追逐壞人的過程中受傷了，其中一隻倒下來之後就再也沒起來，那是把雪人吉米背過來的那隻，我也看到那一部分的作戰，我發出了像病人一樣的噪音，我還哭了。

然後那兩個壞人跑上樓梯，樓梯就是——我等一下會告訴你樓梯是什麼，但豬一們不會爬樓梯，之後壞人就到達頂層，我們看不見他們。

澤伯與桃碧，還有其他兩層皮的告訴豬一們，去找出其他樓梯的位置，如果壞人試著下樓，就大叫。然後他們從外面拿進木材，生火燒煙，煙從樓梯間往上竄，他們用布蓋著臉，然後在壞人逃走的樓梯底附近等待，等到煙變得很多——真的很多煙，我親眼見到，我還咳嗽了！——其中兩個壞人來到樓梯頂端，把第三個男人推到前面，抓住他的手臂，一人抓一邊，他手中有繩子，還只穿一隻鞋子，在他的腳上，但那隻鞋子沒有翅膀，也沒有燈，不像這雙鞋子，這是我那時穿的。

然後桃碧說：「亞當！」

然後那個人開始說話，壞人就打他，那個臉上有短羽毛的人。然後那個臉上有長羽毛的壞人說：「讓我們過去，不然就給他好看。」而我不知道他會得到什麼好看的。

然後澤伯說：「好吧，自由通過，把他交出來。」然後另一個壞人說：「把那婊子丟過來，我們還要噴槍，還有把該死的豬叫走！」

但那個手上有繩子叫做亞當的男人搖搖頭，意思是不，他把抓住他手臂上端的兩人推開，往前跳，他往下掉落，在樓梯上滾，然後其中一個壞人用他的棍子在亞當身上戳了洞。

澤伯往前跑到亞當身邊，桃碧舉起了她的槍東西瞄準了，發出了一個聲響，然後在亞當身上戳洞的人丟下了棍子、抱著腿、尖叫地往下墜落。

桃碧想跑去幫澤伯救亞當，他們在樓梯底，雪人吉米抓著他粉紅色的第二層皮膚，不讓她去，然後雪人吉米把我推到他的身後，但我還是看得見。

另一個壞人一部分藏在牆的後面，但他的頭跟手伸出來，他現在手上有棍子，他正對著桃碧指，但雪人吉米看到了，他很快跑到桃碧的前面，代替桃碧讓自己身體被戳了洞，然後他也摔下去，血流出來，他沒有再站起來。

澤伯用了他的棍子東西，第二個壞人丟下了棍子東西，抓著自己的手，他也在大叫，然後我用手蓋住耳朵，因為太痛了，那讓我痛得要命。

然後犀牛跟薛克頓還有其他兩層皮的都上樓去，抓住那兩個男人，用繩子把他們綁起來，拉下樓梯。但澤伯與桃碧待在亞當還有雪人吉米身邊，他們都很傷心。

然後我們全部離開了蛋，現在煙從蛋裡面冒出來，然後是火焰，我們快步遠離那個地方，從裡面傳出一些巨響。

然後澤伯背著亞當，他很瘦、看起來很白，而亞當還有呼吸。澤伯說：「我找到你了，最好的夥伴，你會沒事的。」但他的臉上都是水。

然後亞當說：「我會沒事的，幫我禱告。」然後他對澤伯笑著說：「不要擔心，我不會撐太久，種一棵好樹。」然後我問桃碧：「噢桃碧，誰是最好的夥伴，這個人是亞當，那是他的名字，妳說過的。」

然後桃碧說最好的夥伴是兄弟的另一個名稱，因為亞當是澤伯的兄弟。

但是後來，那個人——亞當停止了呼吸。

那是晚上，我們慢慢地走回家，壞人被豬一們背著，因為他們身上有洞，還有繩子，豬一們很生氣，因為有很多豬死了，牠們想把豬牙插進那些男人的身體裡，然後拋起來打轉，然後狠狠踐踏他們，但澤伯說還不是時候。

然後雪人吉米跟亞當，還有死掉的豬，都被背在背上，那天晚上我們回到有小孩子、母親、魔髮羊，還有豬一媽媽寶寶的樓房裡，那裡還住著其他兩層皮的——芮恩和亞曼達和閃狐和象牙啄木鳥和蕾貝佳，還有其他人。他們來到外面迎接我們，所有的人都說了好多話，例如：「我好擔心」還有「發生什麼事？」還有「噢天哪！」

而我們，克雷科的孩子們，我們一起唱歌。

那天晚上我們睡在那兒，吃了東西，那些作戰過的人非常疲累，他們低聲說話，而且非常小心地看著死去的亞當，然後說他不是死於克雷科清理混沌的種子，而是因為在他身上有流血的洞，總之，他們說沒有死於克雷科的種子已是一種萬幸。

我之後會問桃碧萬幸是什麼意思，她現在很累，她在睡覺。

而他們把男人亞當包進一層粉紅色的床單裡，頭底下枕著一個粉紅色的枕頭，他們非常安靜、非常傷心，有些豬一跑進泳池裡游泳，牠們非常喜歡游泳。

然後到了第二天，我們走路來到這兒，泥草屋，然後豬一們背著亞當，把他放在樹幹與花朵上，還有死去的豬一也一起，要背牠比較困難，因為牠又大又重。

然後牠們也用同樣的方式背來雪人吉米，雖然在我們開始走路的時候，他還沒有死，芮恩走在他的身邊，握著他的手哭，因為她曾經是他的朋友，柯洛齊則走在她另外一邊，幫忙她。

但雪人吉米在他自己的腦中旅行，走得很遠，就像他以前曾做過的旅行，那時他躺在吊床裡，我們為他做呼嚕聲。但這一次他走得好遠，他回不來了。奧麗克絲在那裡等著他，她一直在幫他，就在他走得太遠而停止呼吸之前，我聽見他對她說話，而現在，他跟奧麗克絲在一起，也跟克雷科在一起。

那就是關於作戰的故事。

現在我們可以唱歌了。

月相

Moontime

審判

第二天早上他們舉行了審判。

他們圍著餐桌坐下——瘋狂亞當們與上帝園丁會的人——器官豬分散於草地跟碎石路上，克雷科人在附近吃草，全神貫注、無窮無盡地嚼食著滿嘴的樹葉。

囚犯並不在場，他們不需要在場，因為他們做過什麼無庸置疑，這場審判只是為了宣判。

「所以，我們聚在這裡決定他們的命運，」澤伯說，「在過程中我們沒有一氣之下炸掉他們，算是他們的不幸，但既然我們沒那樣做，我們得做出一些冷血的決定，現在開始投票，還是有任何需要討論的？」

桃碧說：「他們算是一般的囚犯，還是戰俘呢？因為這兩種很不一樣，不是嗎？」她某種程度覺得有責任要為他們辯護，但是為什麼呢？難道只是因為他們沒有辯護律師？

「不如說是沒良心的神經敗類？」蕾貝佳說。

「人類同胞，」白莎草說，「雖然我剛發現這件事本身沒什麼辯護力度。」

「他們殺掉我們的兄弟。」薛克頓說。

「狗屁八蛋的人渣敗類。」柯洛齊說。

「強暴犯兼殺人犯。」亞曼達說。

「他們開槍射傷吉米。」芮恩說著，哭起來，亞曼達用手臂挽著她，擁抱她，她自己倒是沒哭，她的眼神如燧石般冷漠，好像在這裡的只是一尊她的木雕。她能勝任一名劊子手，桃碧心想。

「怎麼叫他們誰在乎，」犀牛說，「總之不是人。」

要選定一個標籤很難，桃碧想，痛彈場的三場洗禮已把他們身上所有尚可挽救的標籤全部刮除，褪去所有語言能力，三度倖存痛彈場的人，從來就不被認為是人類。

「我投給以上全部，」澤伯說，「現在讓我們來辦正事。」

白莎草開始她那半仁慈的辯護：「我們不該批判他人，」她說，「之前他們的遭遇導致了他們身上的惡，那也是其他人造成的，而考慮到他們大腦的塑性以及惡劣體驗造就的行為模式，我們怎麼知道他們是否能夠控制多少自己的行為？」

「妳他媽的是認真的嗎？」薛克頓說，「他們他媽的把我弟弟的腎臟吃掉了！他們把他當成一隻魔髮羊一樣地宰掉！我要拔光他們的牙齒，再從他們的屁眼抽出來！」他追加了後面這句，也許有點多餘。

「我們不要火上加油，」澤伯說，「先壓下憤怒，我知道我們都有理由，有人的理由更強烈。」他看起來老了一點，桃碧心想，老了點，更加堅強了。找到亞當又失去亞當把他擊垮了。我們都很悲痛，就連器官豬也是，牠們的尾巴低垂著，耳朵疲軟無力，牠們用鼻子摩挲彼此的身體互相安慰。

「我們不該爭吵，這應該是單純哲學思考跟務實決策，」象牙啄木鳥說，「問題是，我們有矯正監禁的設備嗎？或者另一方面，理論上的辯護……」

「現在不要害人想破頭好嗎？」澤伯說。

「在任何情況下奪取他人性命都該受譴責。」白莎草說，「不該讓我們的道德標準有歧異，就算是——」

「就算是人類剛剛被滅族，然後剩下的人連足夠點亮燈泡的太陽能都無法取得？」薛克頓說，「所以妳想讓這兩個惡之糞坑把妳的腦子轟掉？」

「我不懂你為什麼要這麼凶，」白莎草說。「亞當一就會同意要對人寬厚。」

「也許他一直都錯了，」亞曼達說，「妳不在場，妳不知道他們對我們做了什麼，對我跟芮恩，妳不知道他們的模樣。」

「不過，現在剩下的人類那麼少，」象牙啄木鳥說，「人類基因越來越少，也許我們不該浪費任何一組，就算現在提到的這些人理應被殲滅，可能他們的……生殖體液應該要，照原樣地，抽取出來，作為多元基因樣本。我們必須避免小圈子的基因來源。」

「你自己去避免吧，」閃狐說，「個人認為，光是想到為了取得這兩個膿包爛瘡的臭酸基因而要跟他們上床，我就覺得要吐了。」

「妳不會需要跟他們上床之類的，」象牙啄木鳥說，「可以用火雞澆油管受孕法。」

「用在你自己身上吧，」閃狐粗暴地說，「男人老是想管女人怎麼利用她們的子宮們，我說，子宮。」

「我寧願割腕也不要那些生殖體液再度靠近我一步，」亞曼達說，「現在就已經夠糟了，我怎麼知道我的小孩是不是他們其中一個的種？」

「總之，擁有那麼扭曲基因的小孩一定是怪物，」芮恩說，「母親是沒辦法愛它的，噢對不起。」她對亞曼達說。

「沒關係，」亞曼達說，「如果是他們的，我就把它送給白莎草，她會有辦法愛它，要不然器官豬可以吃掉它，牠們會很感謝的。」

「可以嘗試療養恢復措施，」白莎草沉著地說，「讓他們融入社群，晚上把他們放置在安全的地方隔離，當有人覺得他們可以貢獻些什麼時，那會是真實意義的改變……」

「妳看一下周圍，」澤伯說，「有看到哪位社工嗎？看到哪所監獄嗎？」

「對誰貢獻？」亞曼達說，「妳想讓他們負責看管托兒所嗎？」

「他們會害每個人身陷危險。」克郎說。

「這裡沒有什麼安全的地方可以放他們，除了在地上挖個坑。」薛克頓說。

「投票。」澤伯說。

他們用小石子投票：黑色是死刑，白色是饒命。這儀式有點考古氣息，古老的記號系統一直都在我們身邊，桃碧一邊用吉米的紅帽子搜集石子時，一邊這樣想，總共只有一顆白色石子。

器官豬採取集體投票制，由領導代為行使，小黑鬍擔任牠們的口譯員。「牠們都說死刑，」他告訴桃碧，「但是牠們不會吃那些人的，牠們不想讓那些人成為自己的一部分。」

其餘的克雷科人都迷惑了，他們很顯然不明白投票的意思，或者審判，或者為什麼要把小石子放進雪人吉米的帽子裡，桃碧告訴他們這都是因為克雷科。

審判的故事

那兩個壞人在晚上被放在一個房間裡，有繩子綁住他們。我們感覺得到繩子把他們弄得很痛，讓他們又傷心又生氣，但我們並沒有像以前那樣為他們鬆綁。桃碧告訴我們不要，因為那只會造成更多的殺戮。我們也告訴孩子們不可靠得太近，因為壞東西可能會咬他們。

而他們有湯可以喝，臭骨頭湯。

到了早上，舉行了一場審判，在桌子旁邊。有很多話說出口，豬一們也參加了審判。

也許我們以後就會明白了，這場審判。

在審判之後，豬一們往海岸邊離去。

而桃碧跟牠們一起走，她拿著自己的槍東西，我們不可以碰的那個。澤伯也去，亞曼達也去，還有芮恩，還有柯洛齊與薛克頓。但我們沒去，我們這些克雷科的孩子們，因為桃碧說那件事可能會傷害我們。

過了一陣子他們回來了，兩個壞東西沒回來。

他們看起來很累，但顯得平靜多了。

桃碧說現在我們安全了，不用再怕壞東西，然後豬一們說現在牠們的寶寶也安全了，然後牠們說，儘管現在作戰已經結束，但牠們還是會繼續遵守與桃碧的約定，與澤伯的約定，牠們不會獵食任何一個兩層皮的，也不會再來挖他們的花園，也不會吃蜜蜂的蜂蜜。

然後桃碧把要跟牠們說的話告訴我，也就是：我們同意繼續遵守約定。你們每一位、每一位的孩子、孩子的孩子，都不會成為湯裡的臭骨頭，她還追加：也不會成為火腿或者培根。

然後蕾貝佳說：太糟了。

然後柯洛齊說：他們在說什麼，法克，發生什麼事？

然後桃碧說：注意你的用詞，會攪亂他的。

然後我說：柯洛齊不需要叫法克現在過來，因為我們又沒有碰到麻煩，不需要法克的幫忙了。然後桃碧說：對，他不喜歡被繁瑣的小事打擾，然後澤伯咳了一下。

然後豬一們就走了，桃碧跟我們說，那兩個壞東西被捲進海裡，他們被海浪沖走，就如克雷科沖走混沌一般，所以，現在，一切都變得乾淨多了。

是的，善良的、仁慈的克雷科。

請不要唱歌。

因為你們唱歌的話我就會聽不見克雷科要我說什麼，而且當我們唱歌的時候，他就沒辦法訴說這些故事，因為他得專心聽唱歌。

所以以上就是審判的故事，這是克雷科教我們的，我們自己之間不需要審判，只有兩層皮的跟豬一們得舉行審判。

而這是一件好事，因為我不喜歡審判。

謝謝你們，晚安。

祭禮

刺胞動物的慶典，桃碧寫道，盈凸月。

刺胞動物門內包括水母、珊瑚、海葵，還有水蛇，園丁會成員做事詳盡完善，在他們的慶典節日清單中，沒有遺漏任何一門一屬動物，倒不是做不到——不過有些慶祝活動是還滿奇怪的。比方說，腸道寄生蟲的慶典就令人印象深刻，雖然很難稱得上喜氣洋洋。

然而，刺胞動物的慶典就一直是特別美好的一個，會有水母形狀的紙燈籠，還有很多從垃圾箱找到的時尚物件組成的裝飾，他們很有創意的用舊氣球跟吹飽的橡膠手套配上一條條的流蘇拖在地上，海葵是用圓形的洗碗刷改的，而水蛇則是用透明的三明治塑膠袋做的。

小孩們會跳一點水母舞，隨著他們慢慢地舞動手臂，花穗在衣服上飄揚，而每一年他們都會編演一齣無限冗長的戲劇，主題是水母平淡無奇的生命循環。起初我是一顆蛋，然後我長了又長，現在我是一隻水母，綠色、粉紅，跟藍色。雖然當葡萄牙人戰爭之男上場之後，似乎出現了一點戲劇化的跡象：我漂流至此，我的觸手是那麼好看，但可不要跟我糾纏不清，否則我會結束你的生命。

芮恩有沒有在那齣戲裡幫忙過？桃碧思量著，亞曼達有嗎？

那首歌，抓住演一條魚的小小孩，那令人想死的刺痛——他們有亞曼達的耳朵特徵，或說是當年還在街頭闖蕩的平民流氓亞曼達，自從拋掉那兩個惡毒的痛彈人之後，亞曼達就好像獲得了重生一般。

「在擺脫那兩個惡毒的痛彈人之後。」她這樣寫，拋掉讓他們聽起來很像垃圾，例如垃圾拋棄場，她在想這種指名道姓的行為是否配得上她曾經的夏娃六職位，她決定不值得，但還是照寫。

「在拋掉那兩個邪惡的痛彈人之後，芮恩與薛克頓與亞曼達與柯洛齊與我一起沿著泉馨芳療館的森林步道往回走，我們去到痛彈人把可憐的奧茲劃破喉嚨懸掛的樹下，已經沒多少剩下的，烏鴉一直在消化他，天知道還有什麼東西來過，但薛克頓爬上樹去把繩子切斷，他與柯洛齊一起把弟弟的骨頭收集起來，包在一條床單裡。

「然後到了分解的時刻，器官豬想幫我們把亞當與吉米載到定點，當作是友情與跨種族合作的表示，牠們搜集了更多的花草與藤蔓，堆在他們倆的遺體上，然後牠們朝定點列隊行進，克雷科人一路唱歌。」

她又加上：「……歌聲有點讓人受不了。」但後來又想到小黑鬍寫字進步得那麼快，也許某天他會讀懂她的日記，所以她又把這句話劃掉。

「在簡短的討論之後，器官豬理解到我們並不想吃掉亞當跟吉米，也希望豬不要吃他們，牠們同意了。牠們自己對這些事規則看來複雜得多：懷孕的母親會把死去的豬仔吃掉，以提供成長中的嬰兒更多蛋白質，但是成豬，特別是有威望的成豬，則要奉獻給大自然的循環系統。然而，所有其他的種族都可以是奪取的對象。」

亞曼達追加說，她不認為變成豬屎是吉米生命週期中可以接受的環節，不過這個意見沒有被小黑鬍翻譯過去。奧茲的身體剩下的太少，所以不足以成為問題。

「我們把他們三個都葬在琵拉爾的附近，各在他們上方種一棵樹，為了吉米，芮恩、亞曼達與蓮灰蝶跑了一趟植物園裡的世界果園區，顯然很喜歡水果，也知道路的器官豬護送她們過去，她們選了肯德基州咖啡樹，上面有心形的樹葉，長出來的莓果能當作咖啡的替代品。我們小組中有很多人都喜歡喝，因為那種樹根咖啡的味道已經令人生厭了。

「給奧茲的，柯洛齊與薛克頓選了一株橡樹，因為Oak跟奧茲押韻，器官豬很高興，因為不久之後就會長橡子了。

「給亞當，澤伯作為最近的血親有權利選樹，他選了一棵土生的袖珍蘋果花，有點《聖經》意味——他說——但也很合適，長出來的蘋果可以貢獻來做好吃的果醬，亞當知道了會很高興：園丁會的人雖然非常注重象徵符號，但在這種事情上是很務實的。

「器官豬有牠們自己的葬儀，牠們不埋死去的豬，只是把牠放在公園野餐桌附近的空地上，堆上花草樹枝，然後靜靜地站著，尾巴低垂，然後克雷科人唱起歌。」

「噢，桃碧，妳一直在寫什麼？」小黑鬍一邊走進她泥草屋裡的隔間一邊問她——跟往常一樣完全無預警地出現——現在已經站在她的肘邊了，他用閃亮得不可思議的綠色大眼睛看著她。

克雷科當初是如何設計那些眼睛的？如何由內而外發出那樣的光芒？又或只是表面上有發光的感覺。那裡肯定有種發光的機制，也許是某種深海生物體，她老是想不通。

「我在寫故事，」她說，「關於你的故事，還有我的，還有器官豬，每一個人，我寫到我們怎麼把雪人吉米還有亞當一放進地裡，還有奧茲，這樣奧麗克絲就會把他們改造成樹的模樣，那不是很令人開心嗎？」

「是的，很令人開心，妳的眼睛怎麼了呢，噢桃碧？妳在哭嗎？」小黑鬍說，他摸摸她的眉毛。

「我只是有點累，」桃碧說，「我的眼睛也很累了，寫字會讓眼睛很累。」

「我會幫妳呼嚕。」小黑鬍說。

克雷科人的小孩子不會做呼嚕聲，小黑鬍長得好快——這些孩子，他們真的成長得比較快——但他大到可以做呼嚕聲了嗎？顯然是的，他已經把雙手放上她的額頭，那小馬達運轉般的克雷科式呼嚕聲已經傳遍整個房間，她從來沒被呼嚕過，她不得不承認：真的很舒服。

「妳看，」小黑鬍說，「說故事很難，寫故事一定更難，噢桃碧，妳要是做得太累的話，下次我來寫故事，我會幫妳的。」

「謝謝你，」桃碧說，「你真好。」

小黑鬍笑得像日出一樣明亮。

月相

苔癬青苔的節日，殘月

我是小黑鬍，這是我的聲音，而我正在寫東西，幫桃碧。如果你看到我現在寫的東西，你就能聽見我在你的腦內對你說話（我是小黑鬍）。這就是寫字。

但是豬一不需要寫字就能做到，有時候我們克雷科的孩子們也可以，兩層皮的就沒辦法。

今天桃碧說苔癬就是青苔，我說如果那是青苔，那我就該寫青苔，桃碧說它有兩個名字，就像雪人吉米，所以我寫成苔癬青苔，就像這樣。

今天我們做了雪人吉米的圖片，還有亞當的。我們不認識亞當，但我們是幫澤伯跟桃碧做的圖片，也為了給其他不認識他的人看。我們用海邊找來的拖把、罐子蓋，還有幾顆石子做了吉米，但沒讓他戴紅帽子，因為帽子得留給故事用。

做亞當我們用了一塊找到的布皮膚，它有兩隻手臂，又用一個白色的塑膠袋做頭，加上某隻海鷗已經用不到的羽毛，還有從海邊找來的一片藍色玻璃，因為他的眼睛是藍色的。

我們以前做過一次雪人吉米的圖片，為了把他找回來，而且也奏效了。這次的圖片無法把雪人吉米跟亞當找回來，但會讓澤伯與桃碧與芮恩與亞曼達感覺好過一點，所以我們才做了圖片，他們喜歡圖片。

謝謝你，晚安。

聖莫德・巴洛淡水慶典，新月

澤伯慢慢地從亞當之死復原，他跟其他人一起努力增建泥草屋，因為他們很快就會需要育嬰室，懷孕的進展比常態快速太多，大部分女人都相信這三個寶寶會是克雷科混種。

花園也進展得很順利，魔髮羊數量變多了——有三隻新來的，一隻藍頭髮、一隻紅頭髮，還有一隻金髮——雖然牠們讓綿羊獅給搶走了一隻。

綿羊獅也是，看起來也在增加中。

「有克雷科人回報說看見某種發出熊叫的東西，」桃碧寫道，「並不令人驚訝，也許我們該在蜂巢附近設守衛？現在有兩個蜂巢了，因為又找到了另一個野蜂窩。」

「鹿群也在擴張，牠們是可接受的動物蛋白質來源，牠們比豬肉瘦得多，儘管沒那麼好吃。鹿肉做的培根品質不是最好的，但蕾貝佳說那比較健康。」

裸子植物節，滿月

桃碧不該告訴大家這天是上帝園丁會的裸子植物節的，他們開了好幾個關於裸體跟精子的笑話，甚至講到克雷科男人如何誕生，其中一個笑話是澤伯講的，那是好現象，也許他的悲慟期已經快要結束了。

他們裝了三組功能更好的太陽能系統，原本用的那組已經退役，其中一間紫羅蘭環保廁所壞了，薛克頓跟柯洛齊實驗自製木炭，不過結果有點難說。犀牛、克郎，還有海牛去海岸邊捕魚，象牙啄木鳥正在設計一艘柳條艇。

兩隻年輕的器官豬——才比豬仔大不了多少——挖過花園籬笆下方，被發現正在偷吃塊根蔬菜，精確地說是胡蘿蔔跟甜菜，瘋狂亞當們對器官豬的警覺度已經十分鬆懈，以為豬會遵守約定，成豬確實遵守著約定，但是青少年卻遊走在規則邊緣。

於是他們召開了一場大會，器官豬派來三隻成豬代表，牠們看起來既難堪又惱火，表情跟所有因年輕人而覺丟臉的大人一樣，小黑鬍站在中間傳譯。

不會再發生這種事了，器官豬們說，已經警告過年輕的犯規者，如果再犯就把牠們變成培根與骨頭湯，看來已經達到預期的效果。

聖潔利基巴巴鹿節，新月

蜜蜂們產出豐富：第一次蜂蜜收成了，白莎草開始帶領一個音樂冥想小組，多數的克雷科人都很喜歡，白鯨在旁幫她，塔摩洛水牛最近都在試做羊奶乳酪，硬的軟的都做，還有優格。育嬰室的落成剛好趕上時間，很快地，三個寶寶就要誕生，儘管閃狐一直聲稱自己懷的是雙胞胎。搖籃的話題被提出討論。

「小黑鬍現在有自己的日記了，」桃碧寫道，「我給了他自己的原子筆，還有一枝鉛筆，我想知道他寫什麼，但我不想偷看，他現在跟柯洛齊一樣高了，已經開始有變藍的跡象，很快他就會長大，為什麼我覺得有點傷心呢？」

聖法耶克花園慶典

這是我的聲音，你腦中聽見的是小黑鬍的聲音，那叫做閱讀，而這是我自己的書，一本新的給我寫，不是給桃碧寫的。

今天桃碧跟澤伯做了一件奇怪的事，他們跳過一小堆火，然後桃碧給澤伯一根綠色樹枝，澤伯也給桃碧一根綠色樹枝，然後他們互相親吻，而所有兩層皮的都看著，然後他們都在歡呼。

然後我（小黑鬍）說：「噢桃碧，妳為什麼這樣做？」

然後桃碧說：「這是我們的習俗，表示我們相愛。」

然後我（小黑鬍）說：「但你們本來就相愛啊。」

然後桃碧說：「這很難解釋。」然後亞曼達說：「因為這讓他們很開心。」小黑鬍（我是小黑小黑鬍）聽不懂，不過他們覺得開心跟不開心的事情很奇怪。

很快地，小黑鬍就要迎接第一次交配，在下一個女人變藍的時候，他就也會變得很藍，他會採花，而也許他會被選中。他（我，小黑鬍）問桃碧綠色樹枝是不是也像那樣，就像他們送花一樣，為了被選中，然後我們會唱歌，然後她說是的，差不多像那種東西，所以我現在比較懂了。

謝謝你，晚安。

櫟節，器官豬慶典，滿月

「我自作主張地把器官豬加入了常規園丁會節慶日曆，」桃碧寫道，「理應要有一天是用來紀念牠們的榮耀的，我把牠們跟櫟節放在一起，也就是橡樹節，我認為很合適，因為有橡果。」

阿提密斯的慶典，動物的情婦，滿月

在過去兩週裡，三個產婦都生了，總共四個，因為閃狐生了雙胞胎，一男一女，每個都有著克雷科人的綠眼睛，這讓桃碧大大鬆了一口氣。她用花朵床單做了四頂遮陽帽給他們，克雷科女人覺得這好荒謬，戴那種帽子幹麼？她們自己的寶寶不會被曬傷。

亞曼達的寶寶很幸運地是克雷科人血統，不是痛彈人的，那大大的綠眼睛不會錯的。生產很辛苦，桃碧跟蕾貝佳得切開她們的會陰。桃碧不想下太重的罌粟，怕傷到新生兒，所以過程很痛。桃碧還怕亞曼達拒絕跟寶寶親近，但是沒有，從她的表現看來，她很喜歡這個寶寶。

芮恩的寶寶也是綠眼睛的克雷科混種，這些寶寶還會有什麼樣的遺傳特徵？他們會有內建防蟲系統，或者有獨特的聲音結構來做呼嚕聲或者克雷科式歌唱嗎？他們會有克雷科人的性欲週期嗎？這些問題在瘋狂亞當的晚餐桌上是常見話題。

三個母親跟四個孩子都過得很好，克雷科女人經常出現，呼嚕、照顧、帶禮物，禮物都是葛藤葉子跟海灘撿來的亮晶晶玻璃，但她們的用意是好的。

蓮灰蝶自己也懷孕了，雖然她說孩子的爸不是克雷科人：她選的是海牛。他沒去海邊捕魚或去獵鹿的時間，都很積極地陪她。

基於共同撫養芮恩的寶寶的意願，柯洛齊跟芮恩感情變融洽了，薛克頓支持著亞曼達，而象牙啄木鳥則自願成為閃狐的雙胞胎的遠距父親。「我們每個都得付出，」他說，「因為事關人類的未來。」

「祝你好運了。」閃狐這樣說，卻默認了他的幫助。

「澤伯、犀牛和我，冒險去了趟藥房。」桃碧寫道，「想辦法摸來了幾捆免洗尿布，但到底有沒有這必要呢？因為克雷科人寶寶都不需要。」

觀音奧麗克絲慶典，根莖草根慶典，滿月

桃碧說，觀音就像奧麗克絲一樣，她說根莖類就像草根，所以我（小黑鬍）就把這些都寫下來。

這些是出生的寶寶的名字：

芮恩的寶寶叫做吉米當，就像雪人吉米，也像亞當，芮恩說她希望吉米的名字還能經常出現在這個世界，能繼續活著，她對亞當的名字也有同樣的希望。

亞曼達的寶寶叫做琵拉芮，就像跟蜜蜂一起住在接骨木樹叢裡的琵拉爾，也像芮恩，她是亞曼達很好的朋友跟幫手，同甘共苦，她們說。我（小黑鬍）會問桃碧同甘共苦是什麼意思。

閃狐的寶寶叫做腦髓跟延髓，腦髓是女孩，延髓是男孩，閃狐說這些名字都有緣由，但是太難了我不懂，是跟頭裡面的東西有關。

所有的寶寶都令我們開心得不得了。

我（小黑鬍）有過了第一次的交配，跟莎拉蕾西，她選中了他的花，所以他比誰都快樂。很快地會有另一個寶寶，莎拉蕾西告訴我們，因為他（小黑鬍）跟其他三位父親交配得很好。

他們歌唱得也很好。

謝謝你們，晚安。

書

Book

書

現在我手中的書，是桃碧在世與我們一起生活時寫的，我讓你看看，她在書頁上放了這些文字，而書頁是用紙做成的，她用寫字的方式做出這些文字，她用一種叫做筆的東西、裡面放了叫做墨水的液體來做記號，然後她把所有書頁的一邊都連起來，這就叫做一本書。你看，我拿給你看，就是這本書，這些是書頁，這些是字跡。

然後她還教我，小黑鬍，如何做出這些文字，留在書頁上，用筆寫，那時我還小。她教我如何把這些記號變回聲音，於是當我們看著書頁閱讀這些文字，我就能聽見桃碧的聲音，而當我把這些文字讀出聲來，你們也能聽見桃碧的聲音。

請不要唱歌。

在這本書裡，她把克雷科的話給記了下來，還有奧麗克絲的話，以及他們兩人如何同心協力創造了我們，創造了這個美好的；安全的世界，讓我們居住。

這本書裡還有澤伯的話，有他哥哥亞當的話，還有澤伯吃了一隻熊的話，還有他如何成為保護我們、抵抗做了傷天害理的壞人的話，還有澤伯的幫手的話：琵拉爾與犀牛與卡翠娜．嗚嗚與蟒蛇三月，還有瘋狂亞當全體，以及雪人吉米的話，他從克雷科創造我們的時候就在那裡了，之後帶領我們的人離開蛋，來到這個更好的所在。

還有法克的話，雖然這些話並不多，你看，總共只有一頁關於法克。

是的，我知道他會在我們有難時幫助我們，飛奔而來，他是克雷科派來的，我們以克雷科的榮耀呼喚他的名字，不過關於他的事情，並沒有太多寫字留下來。

請還不要唱歌。

而桃碧也把亞曼達與芮恩與閃狐的話給記下來了，三位敬愛的奧麗克絲母親，她們證明了我們與兩層皮的都是人，都是幫手，雖然我們天賦不同，有些人會變藍，有些不會。

所以桃碧說，有關於變藍的問題發生時，我們一定要保持敬意，一定要先問過，看那位女性是否真的變藍了，還是只是聞起來有點藍。

然後桃碧教我如果沒有了塑膠筆、也沒有鉛筆的時候，該怎麼辦，因為她能看穿未來，知道遲早會有一天，在他們長大的混沌城市樓房裡，再也找不到任何筆跟鉛筆。

然後她教我怎麼用鳥的羽毛管做筆，不過我們也用肋骨或壞掉的傘做筆。

傘是來自混沌的東西，他們以前用傘來防止雨水打到身上。

我不知道他們為什麼要那樣。

然後桃碧教我如何用墨水做出黑色的記號，墨水是用胡桃殼混合醋與鹽做成的，這種墨汁是褐色的，可以用各種莓果做出不同顏色的墨水，我們用接骨木莓做出紫色的墨水，琵拉爾的靈魂也在其中，桃碧也教我如何用植樹做出更多的紙。

然後桃碧警告我關於書的事情，她說書本的紙不可以弄濕，不然書裡的文字就會溶掉，就再也聽不到聲音，上面也可能會長黴，那它就會變黑，灰飛煙滅。於是我們就得做出另一本書，上面寫著跟第一本一樣的字，而每當有人獲取了關於這些字、這些紙、這枝筆、這墨水，還有閱讀的知識，那個人也得做出一本一樣的書，上面寫著一樣的字，這樣我們才會一直有書可以讀。

然後在書的最後，我們應該找幾張紙加在書的後面，寫下桃碧走後可能會發生的事，那樣我們就有可能明白全部的話：關於克雷科，還有奧麗克絲，還有保護者澤伯，以及他的兄弟亞當，還有桃碧，還有琵拉爾，還有三位受敬愛的奧麗克絲母親，也有關於他們自己，也關於那顆蛋，那個我們降生的地方。

而我都想通了，關於這本書裡提到的事、關於紙，以及要寫給吉米當、琵拉芮、腦髓跟延髓的文字，他們是由三位敬愛的奧麗克絲母親——芮恩、亞曼達以及閃狐所生下的寶寶。

然後他們會想要學習，儘管很難，但他們能學會這些事，能幫到我們所有人，當有一天我們都不在這了，去到桃碧與澤伯去的地方——桃碧跟我說有一天我也會去的——那麼吉米當、琵拉芮、腦髓跟延髓便能把這些事情傳授給年輕人。

現在我得追加一些文字，寫下那些桃碧無法繼續在書上寫字之後的日子裡發生的事，我得這樣做，這樣我們大家才知道她是什麼樣的人，還有我們會變成什麼樣的人。

這些我做出來的新文字叫做「桃碧的故事」。

桃碧的故事

現在我把雪人吉米的紅帽子戴上，看到了？它在我頭上了。我得把魚放進嘴巴，再拿出來。現在聆聽時刻到了，我要讀的是，我在書的最後寫下的「桃碧的故事」。

有一天澤伯踏上往南旅程，他去那裡是為了獵鹿，他看到一股煙冒得很高，那不是森林大火的煙，那股煙很薄。他觀察了那股煙幾天，煙既沒有變大，也沒有變小，而是維持原樣。直到有一天那股煙變靠近了，又過了一天，又更靠近了一點。

澤伯告訴我們那可能是別人——其他從混沌中活下來的人，從克雷科把混沌清除掉之前就在的人。但那些是好人，還是殘酷的會傷害我們的壞人呢？沒辦法分辨，但在他找出那個問題的答案之前，他不希望那些人靠得太近，如果答案是那些人是很好的人，那我們就能當他們的幫手，他們也能當我們的幫手，但是如果他們不是好人，那麼他就不會讓他們靠近我們、傷害我們，他會把他們清走。

然後亞伯拉罕．林肯與艾伯特．愛因斯坦、索傑納．特魯思，還有拿破崙想跟他一起去，去幫忙，而我，小黑鬍也想去，因為我已經不是小孩了，已經成為男人，會變藍，也有力量。但是澤伯說即將發生的事情，可能會太過辛苦，我們不大知道辛苦的意思，澤伯說但願我們永遠都不會知道，而桃碧說我們得留下來，因為可能會有作戰，如果我們去了卻回不來，其他人會很傷心。桃碧說她問過奧麗克絲、也問過琵拉爾的靈魂，她們都說我們該留下來，不該跟澤伯去，所以我們沒去。

澤伯把黑犀牛跟克郎帶去了，海牛、吸蜜蜂鳥、薛克頓跟柯洛齊也都想去，但澤伯說他們必須留下，因為這裡有小孩子需要保護，桃碧也得留下，帶著那個我們不該碰的槍東西。所以他們沒去。澤伯說那只是一趟勘查之旅而已，看看情況，如果是壞消息他會放火，另一把火升起，我們就會看到煙，然後就能派更多人去幫他，也可以告訴豬一們，不過首先我們得找到牠們在哪，因為牠們居無定所。

然後我們等了好久，澤伯卻沒有回來，薛克頓跟我們當中三個藍色男人一起出發，去看那股又高又薄的煙是否還在，他們回來說煙已經不見了，表示說製造那股煙的人一定不是好人，而澤伯——我們的保護者——必定陷入了一場突來的激戰，而因為他沒有回來，肯定是死在戰場上了，犀牛與克郎也是。

當桃碧聽到那消息，她哭了。

之後我們都很傷心，但桃碧比誰都要傷心，因為澤伯走了，我們全部都一起對她做呼嚕聲，但她從此就沒有再快樂過。

然後她變得越來越瘦，縮水了。幾個月後，她告訴我們她身體裡面有一種消耗的病，會漸漸把她的身體部位吃掉，那種病是呼嚕聲、蛆蟲，或是任何她知道的藥方都沒辦法治的，那種消耗的病會越長越大，很快地她就沒辦法走路了，然後我們說，我們可以背她去任何她想去的地方，她笑了說，謝謝你們。

然後她一個一個把我們叫去她面前，說，晚安，這是她很久以前教我們的東西，這是祝彼此睡個好覺、不受噩夢驚擾的一種方式，我們也對她說晚安，然後我們為她唱歌。

然後桃碧拿了一個很舊的背包，粉紅色的，她把她的罌粟罐放進去，還有一罐她叫我們絕對不可以碰的蘑菇，然後她拿著一根棍子做輔助，慢慢地走進森林裡，她叫我們不要跟著她。

她去了哪裡，我不能在這本書裡寫，因為我不知道。有些人說她獨自死去之後被禿鷹吃掉，豬一們說的，其他人說她被奧麗克絲帶走了，現在到了晚上，就會變成貓頭鷹在森林裡飛翔，還有人說她去找琵拉爾了，她的靈魂也住在接骨木樹叢裡。

還有其他人說她去找澤伯了，他變成了一隻熊，她也變成了一隻熊，現在他們在一起，這是最好的答案，因為這是最快樂的，我把它寫下來了，我把其他答案也寫了下來，但其他的我寫得比較小。

桃碧走後，三位敬愛的奧麗克絲母親哭得非常傷心，我們也哭了，對著她們呼嚕，過了一會她們就好多了。然後芮恩說，明天又是新的一天，我們說不懂那句話什麼意思，然後亞曼達說，別管了，那不重要，蓮灰蝶說那是一種希望的表示，而閃狐告訴我們她又懷孕了，很快就會有另一個寶寶了，孩子的四個父親是亞伯拉罕·林肯、拿破崙、畢卡索，還有我——小黑鬍，我很高興之前能被選中去交配，而閃狐說，如果是個女娃，她的名字就會叫做桃碧，我把這些寫在這本書裡，我把自己的名字——小黑鬍——寫在這，就像桃碧在我小時候教我的那樣，這表示我是留下這些文字的人。

謝謝你。

現在我們唱歌吧。

致謝

雖然《瘋狂亞當》是虛構的作品，但並不包含任何不存在、不在製造中，或理論上不可行的科技或生物體。

大部分在《瘋狂亞當》中出現的主要角色都在系列的前兩本書中出現過——《劍羚與秧雞》，以及《洪水之年》。

其中幾位的名字源自多項援助行動的慷慨支持，包括被虐受害者醫療照顧基金會（the Medical Foundation for the Care of Victims of Torture）（亞曼達・潘恩）、《海象》（*The Walrus*）雜誌（蕾貝佳・艾柯勒），到了《瘋狂亞當》，還加入了艾倫・史雷，由他的女兒瑪麗亞授權（他的自傳名稱為《手之史雷》）；「卡翠娜・吳」出自吳永（Yung Wu，音譯），還有「三月」，出自Wattpad.com的盲畫比賽冠軍之手盧卡斯・費南德斯。聖尼古拉・瓦維洛夫來自索娜・葛羅文斯坦，養蜂訣竅來自澳大利亞坎培拉養蜂樂（Honey Delight）的卡門・布朗。

一如往常，我十分感謝所有的編輯：加拿大麥克萊蘭與史都華出版社（McClelland & Stewart, Canada）的史萊曼；雙日出版社（Doubleday, U.S.A.）的泰勒斯；以及英國布魯貝瑞出版社（Bloomsbury, U.K.）的普林格。

同時感謝我初稿的讀者，潔斯・愛特伍・吉布森，我的英國代理們：薇薇安・休斯特、凱洛萊娜・索敦，以及柯提斯・布朗的貝西・羅賓斯、菲碧・拉摩爾，我的北美代理，以及提摩西・歐康乃爾。也謝謝朗・伯恩斯坦。特別感謝Strongfinish.ca的海瑟・桑斯特，在馬拉松式的文案編輯結束後，她遇上了一場暴風雪跟一台發不動的車子。

還要謝謝我辦公室的員工：莎拉・韋伯斯特和勞拉・史坦伯格，以及潘妮・卡瓦納夫、ＶＪ鮑爾、vjbauer.com、ＶＦＸ藝術家，以及橋・羅賓諾維區，以及薛爾頓・休伊伯。也感謝麥可・布萊德利以及莎拉・庫柏，以及柯琳・昆恩與蕭小蘭。同時，也感謝路易斯・丹尼斯、盧安・沃澤，還有雷尼・古丁斯，謝謝我世界各地的代理與出版社。我還想要感謝大衛・莫索普博士與葛蕾絲・莫索普，芭芭拉與諾曼：巴利歐羅，育空白馬鎮的所有人，還有所有激勵我寫這本書的許多讀者，包括在推特與Facebook上的讀者。

最後，特別感謝格雷姆・吉布森，我跟他一起漫遊過生命中的午後樹林，尋找營養充足的生物體，如果不利於人的就與它們對抗，可以的話就把它們吃掉。

瘋狂亞當
MADDADDAM

作　　者　瑪格麗特·愛特伍 Margaret Atwood
譯　　者　何曼莊
封面設計　莊謹銘
文字校對　李鳳珠
內頁排版　高巧怡
行銷企劃　林瑀、陳慧敏
行銷統籌　駱漢琦
業務發行　邱紹溢
營運顧問　郭其彬
責任編輯　柳淑惠
總 編 輯　李亞南
出　　版　漫遊者文化事業股份有限公司
地　　址　台北市松山區復興北路331號4樓
電　　話　(02) 2715-2022
傳　　真　(02) 2715-2021
服務信箱　service@azothbooks.com
網路書店　www.azothbooks.com
臉　　書　www.facebook.com/azothbooks.read
營運統籌　大雁文化事業股份有限公司
地　　址　台北市松山區復興北路333號11樓之4
劃撥帳號　50022001
戶　　名　漫遊者文化事業股份有限公司
初版一刷　2022年7月
定　　價　台幣500元

ISBN　978-986-489-664-6

國家圖書館出版品預行編目 (CIP) 資料

瘋狂亞當/ 瑪格麗特. 愛特伍(Margaret Atwood) 著 ; 何曼莊譯. -- 初版. -- 臺北市 : 漫遊者文化事業股份有限公司出版 : 大雁文化事業股份有限公司發行, 2022.07
面 ;　公分
譯自 : Madd Addam.
ISBN 978-986-489-664-6(平裝)
885.357　　111009367